Das Buch

Carly McCormick hat seit jeher ein kompliziertes Verhältnis zum St. Patrick's Day und flieht – anders als ihre Landsleute – alljährlich vor dem irischen Feiertag. Doch als ihre geplante Fernreise plötzlich ausfällt, bleibt ihr nichts anderes übrig, als sich einer Last-Minute-Radreise durch die raue Schönheit der irischen Westküste anzuschließen. Mit einer bunten Truppe von Mitreisenden und dem mürrischen, aber sehr attraktiven Reiseleiter Sam begibt sich Carly auf die Reise. Schnell wird die Tour zu einem Abenteuer voller Höhen und Tiefen, und es wird deutlich, dass nicht nur Carly sich ihren Ängsten stellen muss. Inmitten malerischer Landschaften, stürmischer Wetterbegebenheiten und unerwarteter Begegnungen beginnt Carly, ihr Herz wieder zu öffnen – nicht nur für die schroffe Küstenlandschaft und den wilden Burren, sondern auch für Sam. Doch reicht das, um ihr St.-Patrick's-Day-Trauma zu überwinden?

Die Autorin

Josie Donovan schreibt Wohlfühlromane voller Herz und Humor. Sie lebt in den österreichischen Alpen, nutzt aber jede erdenkliche Gelegenheit, um auf die Britischen Inseln zu reisen und dort nach inspirierenden Orten und neuen Geschichten Ausschau zu halten.

Lieferbare Titel

Irish Love – Vom Glück geküsst

JOSIE DONOVAN

Irish Kisses

MEIN WEG ZU DIR

ROMAN

WILHELM HEYNE VERLAG
MÜNCHEN

MIX
Papier | Fördert
gute Waldnutzung
FSC® C014496

Penguin Random House Verlagsgruppe FSC® N001967

Originalausgabe 03/2025
Copyright © 2025 by Josie Donovan
Copyright © 2025 dieser Ausgabe
by Wilhelm Heyne Verlag, München,
in der Penguin Random House Verlagsgruppe GmbH,
Neumarkter Str. 28, 81673 München
produktsicherheit@penguinrandomhouse.de
(Vorstehende Angaben sind zugleich
Pflichtinformationen nach GPSR)

Dieses Werk wurde vermittelt durch die
Michael Meller Literary Agency GmbH, München.
Redaktion: Eva Jaeschke
Umschlaggestaltung: Nele Schütz Design
unter Verwendung von shutterstock/Dean Drobot, ErichFend,
freeskyline, Daria Kho, jakkapan, Pakhnyushchy, MorganStudio
Satz: satz-bau Leingärtner, Nabburg
Druck und Bindung: GGP Media GmbH, Pößneck
Printed in Germany
ISBN: 978-3-453-42902-4

www.heyne.de

Leben ist wie Fahrrad fahren. Um die Balance zu halten,
musst du in Bewegung bleiben.

- Albert Einstein

Lass uns wagemutig und abenteuerlustig sein
und uns auf das freuen, was uns das Leben beschert.

- Lucy Maud Montgomery

Für Marco,
mit dem ich bis ans Ende der Welt radeln würde

Kapitel 1

Dublin, zwei Wochen bis zum St. Patrick's Day

*D*u machst Witze, oder?« Ungläubig starre ich in Mindys kunstvoll geschminktes Gesicht, in dem sich echtes Bedauern widerspiegelt.

»Ich fürchte nicht, Carly-Schatz.« Sie schüttelt den Kopf. »Leider nein.«

Fassungslos lehne ich mich in dem erstaunlich bequemen Kunstledersessel zurück und versuche, die Hiobsbotschaft zu verdauen, die mir meine mütterliche Freundin und Reisebüroberaterin gerade überbracht hat. Meine von langer Hand geplante Fernreise wurde einfach abgesagt. Eine zweiwöchige Rundreise durch Namibia, inklusive einer Safari im Etosha Nationalpark. Zwei Wochen, fernab von hier. Ich starre an Mindy vorbei an die Wand hinter ihr, wo ein riesiges Poster hängt. Palmengesäumte Südseestrände und sorglos aussehende Menschen in Hängematten sind darauf abgebildet. Das Poster bildet einen seltsamen Kontrast zu dem andauernden Dubliner Nieselregen, der schon seit Wochen ein miesepetriger Dauergast zu sein scheint. Und doch ist es nicht das trübe Wetter, weshalb ich in vierzehn Tagen unbedingt woanders sein möchte. Woanders sein *muss*.

»Es wird doch noch irgendeine andere Möglichkeit geben.«
Ich beuge mich vor und sehe Mindy beschwörend an. »Egal
was.«

»Natürlich gibt es Alternativen.« Mindys Blick flackert, und
ich sehe, dass sie gleich noch eine unangenehme Nachricht
für mich hat. »Aber es ist so, dass der Reiseveranstalter, bei
dem wir deine Rundreise gebucht haben, pleitegegangen ist.«
Sie schürzt die Lippen. »Du wirst dein Geld vielleicht wieder-
bekommen, irgendwann, aber das wird dauern, und wahrscheinlich müssen wir es vor Gericht einklagen.«

»Na großartig«, sage ich mutlos. Fünftausend Euro, einfach futsch. Fünftausend Euro, so viel war es mir wert, dass
ich übernächste Woche, wie jedes Jahr um diese Zeit, in einer
Safari-Lodge in Namibia gewesen wäre, anstatt hier in Dublin.
Das wäre mir auch noch viel mehr Geld wert.

»Was soll ich denn jetzt machen?«, frage ich Mindy mit
wachsender Unruhe. »Ich kann auf keinen Fall in Dublin
bleiben.«

Mindy kennt mich schon eine halbe Ewigkeit, genauer
gesagt seit ich zehn Jahre alt bin und Dad mit mir allein in
Dublin blieb, nach seiner Trennung von Mum. Mindy ist eine
alte Bekannte, sie hat auf mich aufgepasst, wenn er mal wieder im Ausland unterwegs war. Deshalb habe ich natürlich
meine erste Fernreise bei ihr gebucht, genau wie die darauf
folgenden, seit jenem Ereignis vor fünf Jahren. Und deshalb
weiß sie auch, dass es sinnlos ist, mich von meinem Vorhaben
abbringen zu wollen.

Ich werde den St. Patrick's Day, diesen von mir gefürchte-
ten 17. März nicht hier verbringen, um keinen Preis der Welt.
Außerdem wäre es gefährlich, mich an diesem Tag in Dublin
aufzuhalten. Buchstäblich gefährlich. Und das weiß Mindy

auch. Sie legt den Kopf schief und überlegt eine Weile, bevor sie wieder zu sprechen beginnt.

»Es ist momentan wirklich schwierig, etwas anderes zu finden. Das Datum fällt genau in die Osterferien, deshalb sind die Sonnendestinationen alle ausgebucht oder überirdisch teuer. Und Wintersportlerin bist du ja auch keine …« Sie mustert mich nachdenklich, als ob sie sich mich beim besten Willen nicht in Wintersportkleidung und Skiern an den Füßen vorstellen könnte. Womit sie übrigens völlig recht hat. »Aber eine Möglichkeit hätte ich noch.«

»Ach ja?« Gespannt lehne ich mich vor, bereit, nach jedem Strohhalm zu greifen.

Sie nickt verhalten. »Allerdings ist es etwas völlig anderes als die Reisen, die du bisher unternommen hast …«

»Das macht nichts«, sage ich rasch. »Sag schon, was ist es?«

»Eine geführte Radrundreise.« Mindy lächelt. »Bekannte von mir veranstalten sie. Sieben Tage an der Westküste, entlang des *Wild Atlantic Ways*, mit Start und Ziel in Galway.« Sie öffnet einen neuen Tab auf ihrem Tablet, tippt etwas ein und schiebt es mir dann über den Tisch. »Gepäcktransport inklusive.«

»Ich soll eine *Radreise* machen?«, frage ich und starre auf Bilder von glücklich aussehenden Radfahrern mit windzerzausten Haaren und knallgelben Warnwesten. »In Irland? Wie um alles in der Welt kommst du denn auf so eine Idee?«

Klar, ich kann Rad fahren. Dad hat es mir als Kind beigebracht, es hat mir damals auch echt Spaß gemacht. Später, als Teenager, habe ich auch ab und zu eine Radtour mit Dad unternommen, das aber eher als langweilig und anstrengend in Erinnerung. Aber das kann auch das Alter gewesen sein.

Mindy beugt sich vor. »Carly … ich weiß, du willst unbedingt deine Fernreise und so viel Abstand wie möglich zu Dublin und dem St. Patrick's Day haben …«

Ich nicke vehement.

»… aber der Westen ist auch schon ein ganzes Stück entfernt und die Gegend dort so richtig schön abgelegen.«

Ich starre immer noch auf die lächelnden Radfahrer. Mit Gruppenreisen habe ich kein Problem; im Gegenteil, ich mag es, meinen Urlaub mit Fremden zu verbringen. Alles ist schön unverbindlich, man ist niemandem Rechenschaft schuldig, und am Ende der Reise trennen sich die Wege wieder. Aber auf dem Fahrrad?

»Die Umweltbilanz einer solchen Reise ist übrigens ganz hervorragend«, sagt Mindy nun mit einem Augenzwinkern. »Das müsste für dich als Expertin in Sachen Nachhaltigkeit doch ein Argument sein?«

Ich verziehe das Gesicht, denn Mindy trifft einen wunden Punkt bei mir. Ich arbeite bei *The Green Change*, wir kümmern uns um die Umweltagenden großer Konzerne, die hier in Dublin angesiedelt sind, und natürlich weiß ich, dass es absolut klimaschädlich ist, jedes Jahr eine Fernreise per Flugzeug zu machen, aber ich gleiche stets den CO_2-Verbrauch aus und verhalte mich das restliche Jahr über so, dass mein ökologischer Fußabdruck so gering wie möglich ist.

»Ist März nicht ein ziemlich ungemütlicher Monat zum Radfahren?«, kommen mir schon die nächsten Bedenken.

Mindy zuckt mit den Schultern. »Du kannst es natürlich so oder so erwischen. Aber generell hat der März an der Westküste eine ganz passable Sonnenstatistik.«

Ich sehe sie misstrauisch an. »Kann es sein, dass du mir die Reise schönreden willst?«

»Carly, ich will dir gar nichts schönreden.« Sie stößt einen tiefen Seufzer aus. »Aber ich kenne deine Einstellung zum St. Patrick's Day. Ich weiß, wie wichtig es dir ist, an diesem Tag irgendwo auf dieser Welt zu sein, nur nicht hier in Dublin, und ich kenne deine finanzielle Situation.«

Da hat Mindy allerdings recht. Ich arbeite selten unter neun, zehn Stunden am Tag, von Montag bis Freitag, aber mein Gehalt bei *The Green Change* ist leider trotzdem nicht so üppig, dass ich mir zwei teure Fernreisen im Jahr leisten könnte. Dafür gibt es immer einen prall gefüllten Obstkorb in der Mitarbeiterküche und eine *TFI Leap Card* für den Nahverkehr. Ob diese Extras meine langen Stunden im Büro allerdings aufwiegen, das habe ich mich in letzter Zeit immer häufiger gefragt.

»Also sei versichert, dass ich im Schweiße meines Angesichts nach einer Lösung gesucht habe, für die du keinen Kredit aufnehmen musst und die dich dennoch weit genug weg von der Hauptstadt bringt.« Sie beugt sich über den Tisch und legt ihre Hand auf meine. »Und außerdem glaube ich, dass diese Radreise etwas sein könnte, was dir guttut, Carly.« Sie betrachtet mich mitfühlend. »Bewegung hilft wahnsinnig, wenn es darum geht, den Kopf frei zu kriegen. Dazu jede Menge frische Luft und andere Menschen.« Mindy lächelt. »Ihr strampelt euch jeden Tag gemeinsam ab, so etwas schweißt zusammen. Und Doreen und Sam, die Veranstalter, die machen das großartig.« Jetzt tippt sie wieder auf dem Tablet herum und reicht es mir. »Das ist die Route, schau mal.«

Widerstrebend sehe ich mir die liebevoll illustrierte Landkarte an, die auf dem Display zu sehen ist. Es geht los in Galway, dann die Küste entlang zu einigen Orten, die mir nichts sagen, aber recht hübsch aussehen, weiter in den Burren, der, wie ich mal gehört habe, ein riesiger Steinhaufen sein soll, bis zu den Aran-Inseln. Mein Blick bleibt an einem Bild der Cliffs of Moher hängen, die auch auf der Route zu liegen scheinen. Es ist das bekannte Bild, auf denen sich die majestätischen, steilen Klippen über dem Atlantik erheben, sanft von der Abendsonne angestrahlt.

Mindy nimmt das Tablet und klickt den Reiseverlauf an. »Siehst du, am 17. März, da wärt ihr auf den Aran-Inseln. Die haben etwas über achthundert Einwohner, insgesamt. Abgelegener geht es kaum, da wird der St. Patrick's Day sicher nicht großartig gefeiert.«

Ich bin immer noch nicht überzeugt. Sicher, diese Inseln sind dünn besiedelt, aber alles, was ich eigentlich will, ist, den 17. März außerhalb Irlands zu verbringen. Ist das wirklich zu viel verlangt?

»Weißt du was, wir machen es so: Ich schick dir den Link, und du siehst es dir in Ruhe an.« Mindy scheint bemerkt zu haben, dass ich nach wie vor skeptisch bin. »Bis übermorgen kann ich dir einen Platz freihalten.«

»Okay, danke, das ist nett von dir.« Ich verabschiede mich von ihr, und als ich die altmodische Eingangstür öffne, erklingt eine Türglocke. Ich trete hinaus auf den Gehsteig. Mindys kleines Reisebüro befindet sich im Stadtzentrum, in der bunten Capel Street, was sehr praktisch für sie ist, denn dreimal die Woche zieht sie sich nach Ladenschluss um und tritt in der berühmten *Panty Bar* in ihrer eigenen Show als Lola Lago auf. Ich bewundere sie dafür, wie sie ihre doch sehr verschiedenen Leben als Reisebürobesitzerin und Travestiekünstlerin scheinbar mühelos unter einen Hut bekommt.

»Eine Radreise an der Westküste …«, murmle ich vor mich hin, während ich die Capel Street entlangtrotte. Es sind nur wenige Menschen unterwegs, aus dem Nieselregen ist ein veritabler Landregen geworden, und meine kupferfarbenen Naturlocken kringeln sich noch mehr, als sie es ohnehin schon tun. Ich glätte mein Haar jeden Tag, aber bei dieser Luftfeuchtigkeit habe ich einfach keine Chance. Genervt streiche ich mir eine Strähne aus meinem Gesicht und bin froh, als ich nach einer Viertelstunde in unsere Straße einbiege. Unsere Wohnung liegt im sogenannten *Antique Quarter,* das seinen Namen von den vielen Antiquitätengeschäften hat, die sich hier befinden. Wir wohnen in einem zweistöckigen Gebäude direkt gegenüber des *St. Patrick's Park* und der gleichnamigen Kathedrale. Als Dad die Wohnung gekauft hat, waren die Preise noch erschwinglich. Heute ist unser Viertel exklusiver geworden, hat sich aber trotzdem einen ruhigen, entspannten Charme bewahrt.

Ich schließe die Wohnungstür auf, nehme mir ein Mineralwasser aus dem Kühlschrank und lasse mich in Dads abgenutzten Ledersessel fallen. Das war sein Lieblingsplatz in unserer Wohnung, dort hat er stets neue Reisen geplant oder Fotos von früheren Reisen sortiert. Dad war immer unterwegs, und wenn er hier war, dann reiste er in Gedanken. Und jetzt sitze ich in seinem Sessel und scrolle mich auf meinem Handy durch die Seite des Reiseveranstalters. *Leprechaun Tours* heißt er, und er ist spezialisiert auf Radrundreisen.

Eine Radreise … Ich bin mehr als skeptisch, muss ich zugeben. Eigentlich wollte ich Elefantenherden an Wasserlöchern beobachten, Löwenbabys, die in der Savanne herumtollen, und unter dem endlosen Sternenhimmel schlafen, alles über dreitausend Kilometer entfernt von hier. Aber bleibt mir denn etwas anderes übrig? Der 17. März rückt unerbittlich näher, und während andere diesen Tag frenetisch feiern, spüre ich schon jetzt das flaue Gefühl im Magen, wie immer, wenn dieses Datum bevorsteht.

Über uns, heißt ein Reiter im Website-Menü. Auf dem Display erscheinen eine stämmige, blond gelockte Frau mit einem herzlichen Lächeln und daneben ein deutlich jüngerer, breitschultriger Hüne mit hellen, kinnlangen Haaren und Bart, der recht ernst guckt. Das müssen die Veranstalter sein, Doreen Clarke und ihr Sohn Sam. Sie sehen eigentlich ganz nett aus, und sie begleiten jede Reise persönlich steht unter dem Bild. Eigentlich macht Fahrradfahren doch auch wirklich Spaß. Und Mindy hat recht: Das Preis-Leistungs-Verhältnis ist unschlagbar. Vor allem, wenn man in Betracht zieht, dass ich dann weit genug weg von Dublin wäre. Und das Allerwichtigste für mich: Auf den Aran-Inseln gibt es sicher keine großartige Feier zum irischen Nationalfeiertag. Kurz entschlossen wähle ich die Nummer von Mindys Reisebüro.

»Mindy, buch mir einen Platz«, beginne ich ohne weitere Einleitung. »Bei dieser Radreise. Ich fahr mit.«

»Sehr gerne, Carly.« Ich höre, dass sie lächelt, und frage mich, ob sie wohl schon geahnt hat, wie ich mich entscheide. »Ist so gut wie gebucht. Ich schick dir deine Reiseunterlagen morgen früh, in Ordnung?«

»Ja, danke, Mindy.«

»Bitte, Liebes. Du wirst es sicher nicht bereuen. Mach's gut.«

»Du auch.« Als ich das Handy auf den kleinen Beistelltisch neben mir lege, frage ich mich, ob das gerade übereilt war. Schließlich wollte ich in den Westen Afrikas, nicht in den Westen Irlands. Aber alles ist besser, als übernächste Woche in Dublin zu sitzen, in einem kleeblattgrünen Meer der Erinnerung und der Angst im Nacken, dass auch dieses Jahr wieder ein Unglück passieren wird. Nein, wirklich alles ist besser als das. Sogar eine anstrengende Radtour in einer gottverlassenen Gegend. Entschlossen greife ich zu meinem Handy und lade mir die Packliste, die sich ebenfalls auf der Website befindet, herunter. Dann fange ich an, meinen Kleiderschrank zu durchstöbern. Irgendwo müssten doch noch ein Paar alte Radshorts sein …

Kapitel 2

Noch fünf Tage bis zum St. Patrick's Day

*H*ast du auch an alles gedacht, Carly?« Es ist Mindy, die anruft, als ich eine gute Woche später frühmorgens am Dubliner Busbahnhof ankomme.

»Ich glaub schon.« Ich muss lächeln wegen ihrer manchmal gluckenhaften Fürsorglichkeit, freue mich aber gleichzeitig darüber.

»Auch an das Tonikum?«

»Auch an das Tonikum«, gebe ich leicht belustigt zurück.

»Deine Waden werden mir noch dafür danken, glaub mir. Radfahren ist echt anstrengend, vor allem am Anfang.«

»Das sagst du mir jetzt, wo ich schon so gut wie im Bus sitze?«, scherze ich.

»Das war natürlich pure Absicht.« Mindy lacht. »Aber im Ernst: Genieß die Zeit! Es wird ganz sicher eine fantastische Reise. Und grüße Doreen und Sam ganz lieb von mir!«

»Mach ich! Bye, Mindy.« Ich beende das Gespräch und schaue mich nach dem Fernbus um, der mich gleich Richtung Westen bringen wird.

Gestern war es zwar noch ziemlich stressig, weil ich bis weit in den Abend hinein gearbeitet habe, um die ausstehenden

Projekte vor meinem Urlaub abzuschließen, aber jetzt ist alles fein säuberlich in der praktischen, wasserfesten Reisetasche verstaut, die ich auch als Rucksack schultern kann. Ein Geschenk von Dad, das bisher nicht oft zum Einsatz kam. Meine St.-Patrick's-Day-Reisen im März waren nämlich bisher immer so geplant, dass ich sie problemlos mit meinem Rollkoffer antreten konnte. Pauschalurlaub, alles abgesichert, durchorganisiert und komplett vorhersehbar. Nahezu ohne Risiko. Nur so kann ich mich entspannen, das dachte ich zumindest bis jetzt.

Ich finde den Bus, lade meine Tasche in den Frachtraum, suche mir einen Platz am Fenster und quetsche meinen Tagesrucksack in das Gepäckfach über mir. Es dauert nicht lange, dann schließen sich die Türen des Busses mit einem Zischen, und es geht los in Richtung Galway. Zu behaupten, es regnete, wäre eine bodenlose Untertreibung. Während wir die westlichen Vororte von Dublin durchqueren, prasselt der Regen unablässig gegen die verschmierten Fensterscheiben des Busses.

Es macht mich ein bisschen nervös, ohne Reiseleitung und Shuttleservice zu verreisen, aber es fühlt sich gleichzeitig auch nach Abenteuer an. Ich überlege noch einmal, ob ich alles eingepackt habe. Eine Regenjacke, wasserdichte, aber atmungsaktive Sportschuhe, Funktionsunterwäsche …

»Solange dein Kopf zwischen deinen Schultern sitzt, ist alles gut«, würde Dad in so einer Situation zu mir sagen und lauthals lachen. Er hat immer alles sehr entspannt gesehen, es gab kein Problem, das sich für ihn nicht lösen ließ, und er ist die Dinge mit einer Leichtigkeit angegangen, die ich mir oft für mich selbst wünschen würde. Ich schlucke den Kloß hinunter, der sich wie immer in Rekordgeschwindigkeit in meinem Hals bildet, sobald ich an meinen Vater denke, und versuche, mich auf meine Packliste zu konzentrieren. Hab ich etwas vergessen, oder war es nur Mindys Anruf, der mich das fürchten lässt? Doch mir fällt beim besten Willen nichts ein. Halbwegs beruhigt mache ich es mir in meinem Sitz gemütlich. Wir sind jetzt schon ein ganzes Stück von Dublin entfernt, und mit jedem Kilometer, den wir zurücklegen, fällt ein Stück Anspannung von mir ab, und es blitzt zum ersten Mal seit Langem ein Funken Abenteuerlust auf.

Es schüttet die gesamte Fahrt über, während wir Irland einmal durchqueren, und es schüttet immer noch, als wir gegen eins den Busbahnhof im Zentrum von Galway erreichen, eine halbe Stunde später als geplant. Der Verkehr war unerwartet stark, und ich sitze bereits wie auf Nadeln, denn eigentlich sollte ich um diese Zeit beim Büro von *Leprechaun Tours* in der Altstadt von Galway sein, und ich hasse es, wenn ich zu spät komme.

Es gießt immer noch in Strömen, als ich aussteige. Bevor ich die Reisetasche aus dem Frachtraum hieve, ziehe ich mir hastig meine marineblaue Regenjacke über, die ich mir gestern noch schnell in einem Outdoor-Laden besorgt habe, zusammen mit einer neuen Radhose, weil die alte nicht mehr gepasst hat. Ich schultere meine Reisetasche, bin überrascht, wie schwer sie ist, obwohl ich wirklich minimalistisch gepackt habe, und tippe in mein Handy den Ort des Treffpunkts ein. Es ist etwa eine Viertelstunde zu Fuß, und ich marschiere im Eilschritt. Ich war noch nie in Galway, aber es ist richtig hübsch hier. Kleine, bunt gestrichene Läden wechseln sich mit coolen Cafés und Bars ab, und gerade durchquere ich einen Park, in dem schon die ersten Maiglöckchen hervorlugen. Ich biege in das bunte Latin Quarter ein, wo weitere farbenfrohe Geschäfte die kopfsteingepflasterten Gassen säumen. Gerade will ich überprüfen, ob ich auf dem richtigen Weg bin, da entdecke ich in etwa zweihundert Meter Entfernung ein kleines Geschäft, vor dem bereits eine Reihe Fahrräder vor der Tür steht, sowie ein betagter, kleeblattgrüner Transporter mit der Aufschrift *Leprechaun Tours*. Das muss es sein. Eine junge Frau, etwa in meinem Alter, in einem knallroten Regenponcho, hantiert an einem der Räder herum. Ich lege noch einmal einen Schritt zu.

»Hallo!« Etwas außer Atem bleibe ich vor ihr stehen. Die Tasche ist richtig schwer, und schon jetzt bin ich froh, dass wir einen Gepäcktransport haben. »Ich bin ein bisschen spät dran, aber ich mache mit bei der Radreise, die heute startet.«

»Einen Moment«, sagt sie, ohne den Blick vom Fahrradsattel zu heben. Energisch zieht sie den Schnellspanner fest und kontrolliert, ob der Sattel wackelt. »So, das hätten wir.« Sie steht auf und sieht mich endlich an. »Du bist Carly, oder? Carly McCormick?«

Ich nicke.

Sie runzelt die Stirn. »Wir haben auf dich gewartet, aber wenn es um Pünktlichkeit geht, versteht Sam keinen Spaß. Er hat mit der Begrüßung angefangen, drinnen, wegen des Regens.« Sie guckt nach oben. »Obwohl, ihr werdet sowieso gleich alle nass, also hätten wir es auch hier draußen machen können.« Sie lacht rau, und ich sehe sie neugierig an. Sie ist recht groß, robust gebaut und sieht aus, als könnte sie so schnell nichts umhauen. Sie ist mit ihren großen dunklen Augen, dem coolen Nasenpiercing und den krausen Haaren, die in alle Richtungen stehen, echt hübsch.

»Also, nichts wie rein mit dir.« Sie deutet mit dem Kopf Richtung Ladentür und zwinkert mir zu.

Leprechaun Tours, verkündet ein verblasstes Schild über der Eingangstür noch einmal den Namen der Firma. Schnell drücke ich die Klinke hinunter, und als ich die Tür öffne, remple ich damit eine rundliche Frau an, die direkt dahintersteht.

»Oh, Entschuldigung«, sage ich hastig. Die Frau dreht sich um. Sie muss in ihren späten Fünfzigern sein, hat eine blonde Dauerwelle und ein freundliches Gesicht. »Das macht gar nichts, Liebes«, flüstert sie, denn vorne am Ladentisch steht ein breitschultriger Hüne, der anscheinend gerade eine Art Ansprache hält. »Wir haben eben erst angefangen.«

Sam Clarke trägt seine Haare inzwischen wesentlich länger als auf dem Foto auf der Firmenwebsite, aber er ist es, unverkennbar. Der Sohn der Firmengründerin Doreen Clarke und Mitinhaber von *Leprechaun Tours*, der jetzt wegen meines Auftritts kurz innehält.

»Es scheint ein Naturgesetz zu sein, dass immer jemand zu spät kommt.« Sein Tonfall ist ruppig. »Auch dieses Mal gibt es da wohl keine Ausnahme.«

»Tut mir leid«, rutscht es mir heraus, obwohl ich mich eigentlich gar nicht entschuldigen will, nicht, wenn er mich so angeht. »Mein Bus hatte ziemlich Verspätung.«

Er ignoriert meinen Einwand. »Also, noch mal von vorne. Herzlich willkommen zu unserer Radreise. Ich bin Sam Clarke, der Co-Inhaber von *Leprechaun Tours*. Leider ist meine Mutter nicht ganz fit, deshalb werde ich diese Reise begleiten.« Er verzieht das Gesicht zu einem Lächeln, was uns wohl vermitteln soll, dass er sich über diesen Umstand freut, aber es gelingt ihm nicht ganz.

»Mum nennt diese Tour ›Die Perlen des Westens‹. Ich finde den Namen ehrlich gesagt ein bisschen kitschig, aber sie hat absolut recht, wenn sie sagt, dass wir eine ganze Reihe von Höhepunkten vor uns haben. Wir werden tolle Landschaften und Orte sehen, und wir werden auch eine ganze Menge radeln.« Er tritt einen Schritt vor. »Das Wichtigste zuerst.« Ich mustere ihn mit ungewolltem Interesse. Er hat seine dunkelblonden Haare, die mit von der Sonne gebleichten Strähnen durchzogen sind, straff nach hinten gekämmt, und im Nacken zu einem Knoten gebändigt, dazu ausgeprägte, hohe Wangenknochen und einen markanten, energisch wirkenden Kiefer. Aber das Interessanteste sind seine Augen. Sie strahlen in einem intensiven, seltenen Blauton, fast Gletscherblau. Sam Clarke erinnert mich unwillkürlich an einen Wikinger. Einen ziemlich attraktiven Wikinger. Als er meinen Blick auffängt, schaue ich schnell weg.

»In der kommenden Woche sind wir als Gruppe unterwegs«, betont er. »Das heißt, jeder ist auf den anderen angewiesen. Wir fahren nicht los, bevor alle da sind, wir bleiben zusammen, und wir passen uns dem Tempo des Langsamsten an.« Mit ernster Miene blickt er in die Runde, als würden wir gleich als Ritter der Tafelrunde vereidigt werden, und nicht, als wäre das der Beginn einer Urlaubsreise. »Wir werden zwar einen Großteil unserer Route auf markierten Straßen und Wegen unterwegs sein, aber wir bewegen uns trotzdem in der freien Natur. Deshalb radeln wir immer umsichtig. Niemand fährt vor mir. Und bitte seid alle pünktlich. Wenn jemand nicht zum vereinbarten Zeitpunkt da ist, hält das die ganze Gruppe auf, und das nervt gewaltig.« Sein Blick flackert in meine Richtung. »Alles klar dahinten?«

»Noch sind wir ja nicht losgefahren«, entgegne ich etwas patzig. Ist es wirklich notwendig, mir vor der gesamten Gruppe die paar Minuten Verspätung gleich so anzukreiden? Die Frau vor mir dreht sich um. »Normalerweise bin ich immer diejenige, die zu spät kommt«, flüstert sie verschwörerisch.

»Ich eigentlich nie«, flüstere ich zurück. »Aber der Bus war im Verkehr stecken geblieben.«

Sam spricht mit erhobener Stimme weiter. »Meiner Erfahrung nach ist man entweder pünktlich oder nicht. Und wenn man es nicht ist, sollte man sich zumindest ein wenig am Riemen reißen.« Auf seinem Gesicht erscheint ein süffisantes Lächeln. »Um der Pünktlichkeit etwas nachzuhelfen, habe ich schon vor Jahren eine Tradition bei meinen Radgruppen eingeführt.« Er dreht sich um, nimmt ein Minisparschwein vom Ladentisch und kommt damit auf mich zu. Die Dame vor mir weicht zur Seite, und Sam steht jetzt unmittelbar vor mir. Er ist riesig, bestimmt an die zwei Meter groß, und ich fühle mich wie ein Schulkind, das nach dem Einmaleins gefragt wird.

»Einen Euro für jede Minute, die du zu spät warst.« Ungerührt hält er mir das Schweinchen unter die Nase. »Das wären dann fünfzehn Euro, bitte.«

Ich starre ihn ungläubig an. Das soll wohl ein Scherz sein! »Das Geld fließt übrigens ohne Abzüge in unsere gemeinsame Pub-Kasse.«

»Kann ich auch mit Karte zahlen?« Ich stemme meine Hände in die Hüften. Ein verhaltener Lacher kommt von hinten rechts, von dem hageren Mann mit der neongelben Regenjacke, der bis eben gerade äußerst skeptisch geguckt hat.

Sam verzieht kurz den Mund, als müsste er ebenfalls beinahe lächeln, aber er bleibt ernst. »Mein mobiles Kartenterminal hab ich gerade nicht dabei, leider.« Er hält mir immer noch das Schweinchen entgegen.

Ich will mir keine Blöße geben, also ziehe ich zähneknirschend zwei Geldscheine aus der Seitentasche meines Rucksacks und stopfe sie hinein.

»Dankeschön.« Ungerührt nickt mir Sam zu, während es in mir brodelt. Da meint wohl jemand, er sei ein ganz Schlauer. Er dreht sich um und stellt das Schweinchen wieder hinter sich auf den Ladentisch.

»So, dann stellt euch doch alle mal kurz vor«, fordert er uns auf. »Die Letzten werden die Ersten sein – also, wie heißt die junge Dame, die gerade so großzügig unser Sparschwein gefüttert hat?«

Am liebsten würde ich ihm die Zunge herausstrecken. »Carly«, antworte ich stattdessen so würdevoll wie möglich. »Carly McCormick. Aus Dublin.«

»Ich bin Dottie O'Malley«, meldet sich die Frau vor mir zu Wort. »Und ich komme aus Tipperary. Das ist ein hübscher Ort im Osten, alle kennen bestimmt das Lied, aber die meisten waren noch nie dort, obwohl wir echt viele schöne Ausflugsziele …«

»Ich denke, jeder mit halbwegs ausgebildetem geografischem Allgemeinwissen weiß, wo Tipperary liegt«, schneidet ihr die elegante Schwarzhaarige mit Pagenschnitt, die neben Dottie steht, das Wort ab. »Wanda Cosgrove. Dublin, London und Sydney.« Sie nickt knapp.

Ihr weißhaariger, betagter Nachbar sieht sie fast ehrfürchtig von der Seite an. »So kosmopolitisch bin ich nicht, fürchte ich.« Er lächelt schüchtern. »Ich heiße Fred Walsh und wohne seit Kurzem in Doolinvarna, einem Etappenort dieser Reise.«

Sam nickt Fred zu. »Dann kannst du uns sicher ein paar Geheimtipps dort verraten.«

»Mein Name ist Horan Fitzpatrick. *Professor* Horan Fitzpatrick aus Dublin«, stellt sich der letzte Reiseteilnehmer vor. Es ist der neongelb gekleidete, hagere Mann in der Ecke, der gerade einen Lacher von sich gegeben hat.

»Okay.« Sam nickt. »Da wir jetzt alle unsere Namen kennen, und ab heute jeden Tag stundenlang gemeinsam im Sattel sitzen: Ist es für alle okay, wenn wir uns beim Vornamen nennen?«

Alle nicken, außer der Professor. Er schüttelt den Kopf. »Ich bleibe lieber beim *Sie*.«

Sam hebt eine Augenbraue. »Ist natürlich auch in Ordnung. Dann also *Mr. Fitzpatrick*.«

»*Professor* Fitzpatrick, bitte«, korrigiert der Mann unseren Reiseleiter. »Dieses Weglassen eines Titels habe ich noch nie gutgeheißen. Inzwischen geht es sogar so weit, dass sich einige Professoren an der Universität von ihren *Studenten* mit Vornamen ansprechen lassen.« Er schüttelt den Kopf, als käme das einer Ungeheuerlichkeit gleich.

»Sie meinen sicher, Lehrende von ihren Studierenden«, korrigiert ihn Wanda, die Elegante mit dem Pagenschnitt, und runzelt dabei die Stirn.

»Ach, dann sind Sie auch so eine?« Der Professor sieht sie angriffslustig an.

Wanda hingegen mustert ihn kühl. »Wenn Sie damit meinen, dass ich die korrekte und inklusive Ansprache aller Geschlechter für eine Selbstverständlichkeit halte, dann haben Sie absolut recht, *Professor*. Und ich habe übrigens auch zwei Doktortitel, halte es aber für unnötig, damit hausieren zu gehen.«

»Ein Doktorat ist ja auch noch lange keine Professur«, gibt der Professor zurück. »Und außerdem ...«

»Hat noch jemand Fragen?«, fährt Sam dazwischen, dem der Schlagabtausch sichtlich auf die Nerven geht.

Ich hebe scheinheilig die Hand. »Ich denke, dass einige von uns auch eine Radreise gebucht haben, weil sie einen umweltfreundlichen Urlaub machen wollen. Wie passt das mit einem benzinbetriebenen Begleitfahrzeug zusammen?«

Sam runzelt die Stirn. »Jede eurer Anreisen hat vermutlich mehr CO_2 verbraucht als unser Transporter während der gesamten Reise.«

»Bei dem Baujahr? Das wage ich zu bezweifeln.« Ich kann es nicht lassen, zu sticheln, weil ich merke, dass ich ihn damit auf die Palme bringe. »Wenn es zumindest ein Elektroauto wäre ...«

Sam zieht eine Augenbraue hoch. »Du kannst dein Gepäck auch jederzeit gern selbst befördern.« Er deutet auf meine Reisetasche. »Dann sparen wir sicher mindestens einen Liter Treibstoff auf hundert Kilometer, so viel, wie dein Monstrum von einer Tasche wiegen muss.«

Schlagfertig ist er, das muss man ihm lassen. Wir funkeln uns an wie zwei Kontrahenten bei einem Duell, und ich halte den Blickkontakt, bis er zuerst wegsieht.

»Sonst noch eine Frage?« Er lässt seinen Blick in die Runde schweifen. »Wenn sich jemand umziehen muss, da wäre die Toilette.« Er deutet auf eine schmale Tür neben dem Schalter. »Wir starten dann gleich.«

Es entsteht eine kurze Schlange. Nur unsere beiden Akademiker stehen bereits im kompletten Radoutfit da: Professor Fitzpatrick in seiner neongelben Regenjacke und Wanda mit ihrer eleganten cremefarbenen Kombi aus eng anliegender Radhose und Regenblouson und dazu passenden Radhandschuhen. Sie strahlt eine mühelose Eleganz aus, wie ich es auch von meiner französischen Mutter kenne. Leider habe ich das Stil-Gen im Gegensatz zu meiner Schwester Ceci nicht geerbt, denke ich bedauernd, während ich auf der engen Gästetoilette in mein langärmliges Funktionsshirt schlüpfe.

»Ein bisschen Beeilung da drinnen, bitte«, tönt es streng herein. Na, das kann ja lustig werden.

Ich krame in meiner Reisetasche herum. Irgendwo muss sie doch sein ... Und dann plötzlich fällt mir siedend heiß ein, was ich vergessen habe.

»Du hast keine *Radhose* dabei?« Sam runzelt die Stirn, als ich zwei Minuten später etwas kleinlaut in meiner Jeans vor ihm stehe. »Auf einer siebentägigen Radtour?«

»Jaja, ich weiß«, sage ich. »Aber ich hatte es ziemlich eilig gestern ...«

Sam runzelt die Stirn. »Zeitmanagement ist nicht gerade dein Ding, oder?«

»Normalerweise schon.« Ich könnte mir selbst in den Hintern beißen, denn ich weiß genau, wo ich meine Radhose liegen gelassen habe: Im Café neben dem Outdoor-Laden. Ich habe mir nach dem Shoppen einen Cappuccino und ein Stück Cheesecake bestellt und die Tüte mit den Shorts an den Stuhl neben mir gehängt. Dort hängt sie wahrscheinlich immer noch, wenn sie nicht schon längst jemand in den Müll befördert hat. »Aber halb so wild. Dann fahre ich halt die erste Etappe so und kaufe mir gleich morgen früh eine Radhose«, biete ich an.

Sam schüttelt den Kopf. »Wir übernachten in Ballyvaughan, da gibt es kein Sportbekleidungsgeschäft. Außerdem würdest du morgen ohne Radhose gar nicht mehr auf den Sattel kommen vor lauter Schmerzen, wenn du weißt, was ich meine.« Er deutet auf seine Kehrseite. »Die Etappe heute ist nicht ohne, wir machen ordentlich Kilometer.« Er hebt die Stimme. »Hat jemand eine zweite Radhose dabei, die er unserer vergesslichen Carly hier leihen kann?«

Dottie hebt die Hand. »Ich habe eine zweite dabei, aber in

Größe 44.« Sie errötet leicht. »Die wird dir wohl eher nicht passen, Carly.«

»Eher nicht.« Ich hebe entschuldigend die Hände. »Ich habe Größe 38.«

Wanda, die Elegante, tut so, als hätte sie Sam nicht gehört. Ich bin mir sicher, sie ist absolut nicht scharf darauf, ihre sündhaft teuren Markenklamotten auszuleihen, und außerdem sieht sie eher nach Größe 34 aus.

»Jemand von den Herren?«, hakt Sam ungerührt nach.

»Ich habe genau eine Radhose dabei, und die befindet sich hier.« Horan deutet auf seine abgenutzte Spandexhose. Fred schüttelt ebenfalls den Kopf. »Bedaure, ich besitze ebenfalls nur ein Modell.« Er trägt eine olivfarbene Radtrekkinghose.

Sam seufzt. »Dann hilft es ja nichts. Wir machen einen Abstecher Richtung Eyre Street, da gibt es ein Sportgeschäft. Du kannst schnell reinspringen und dir eine besorgen.«

»Danke«, entgegne ich, leicht schuldbewusst.

»Also, dann ab zu den Rädern.« Sam öffnet die Ladentür, und wir folgen ihm nach draußen. Der Regen hat inzwischen merklich nachgelassen, und doch müssen wir aufpassen, nicht in eine der zahlreichen Pfützen zu treten.

»Er ist ziemlich schneidig, unser Reiseleiter, findest du nicht?«, raunt mir Dottie beim Hinausgehen zu.

»Na ja, zackig trifft es eher«, gebe ich zurück. »Und das Gehabe kann er sich meiner Meinung nach sparen, wir sind hier schließlich nicht beim Militär.«

»Also, wenn ich jünger wäre, würde er mir hervorragend gefallen.« Dottie kichert. Ich lächle bloß und erwidere nichts mehr darauf. Ich halte Sam Clarke für einen ungehobelten, ziemlich unverschämten Kerl. Er sieht ganz gut aus, das mag sein, aber was bedeutet das schon?

Draußen sehe ich mir unsere Räder genauer an. Es sind stabile, etwas in die Jahre gekommene Trekkingräder, in einem angenehmen Moosgrün und mit einem regenbogenfarbenen *Leprechaun-Tours*-Schriftzug versehen. Sie haben ausladende, gut gefederte Sättel. Wanda und der Professor scheinen eigene Räder mitgebracht zu haben, denn sie steuern zielstrebig auf zwei Rennräder zu und schließen sie auf.

Die Mechanikerin, die vorhin den Sattel montiert hat, weist uns unsere Räder zu.

»Ich bin übrigens Aminata«, ruft sie gut gelaunt in die Runde. »Falls Sam vergessen hat, mich vorzustellen, was ich mir sehr gut vorstellen kann.«

Sam wirft ihr einen knappen Blick zu und grinst. »Da hast du tatsächlich recht. Sorry, Aminata.«

»Ich bin euer Packesel während der Tour«, erklärt sie. Und weil sie Dotties verständnislosen Blick bemerkt, fügt sie hinzu: »Ich fahre den Gepäcktransporter. Also, stellt eure Sachen einfach hier zu mir, und ich bringe sie nach Ballyvaughan.«

»Ob es wohl möglich wäre, mit meinem Koffer besonders vorsichtig umzugehen?«, fragt Dottie zaghaft, während sie einen bonbonrosafarbenen Trolley neben Aminata parkt. »Da ist was Zerbrechliches drin.«

»Ich bin immer vorsichtig«, entgegnet Aminata gut gelaunt, während sie den vorsintflutlichen Bergsteigerrucksack, den Professor Fitzpatrick ihr gerade reicht, in den geräumigen Laderaum des wirklich klapprig wirkenden Fiat Ducato wuchtet. »Keine Sorge.«

Ich stelle meine Reisetasche ebenfalls beim Transporter ab, gehe zum Rad, das mir Aminata zugewiesen hat, und steige für eine kurze Testrunde auf. Es fühlt sich auf dem ungewohnten Rad etwas wackelig an.

»Carly, warte mal«, höre ich eine energische Stimme hinter mir. Der Wikinger kommt mit gebieterischer Miene auf mich zu. »Steig noch mal ab.«

»Was ist denn los?«, frage ich gedehnt. Kurz überlege ich, einfach sitzen zu bleiben, aber Sam hat etwas an sich, das wenig Widerspruch duldet.

»Dein Sattel ist nicht richtig eingestellt.« Er mustert meine Beine eingehend, sodass es mir fast ein wenig unangenehm wird, aber er scheint rein technisches Interesse an ihnen zu haben, denn nun öffnet er den Schnellspanner an meinem Fahrradsattel, drückt ihn ein paar Zentimeter herunter und schließt den Spanner dann wieder.

»Jetzt probier's noch mal«, fordert er mich auf. Ich steige wieder auf, und tatsächlich fühlt es sich besser an als vorher.

»Du bist nicht viel Rad gefahren in letzter Zeit, oder?« Wieder fixiert er mich mit seinem Blick. Ich muss zugeben, dass es mich etwas aus dem Konzept bringt, wenn er mich aus diesen gletschereisblauen Augen ansieht. Sie sind wie die eines Huskys und leuchten richtig aus seinem braun gebrannten Gesicht.

»Ist schon eine Weile her, ja«, gebe ich zu und ärgere mich ein bisschen, dass ich anscheinend eine so schlechte Figur auf dem Sattel abgebe.

Er nickt gönnerhaft. »Wirst sehen, du kommst sofort wieder rein. Der Sattel ist jetzt niedriger, das dürfte für deine recht kurzen Beine von Vorteil sein.«

Damit wendet er sich Dottie zu, die noch mit der Gangschaltung kämpft.

Meine recht kurzen Beine?? Empört blicke ich auf seinen breiten Rücken. Was meint der Typ eigentlich, wer er ist? Zugeben, ich bin nicht die Größte, kratze knapp an der 1,70er–

Marke, aber meine Beine sind vollkommen proportional zu meiner Körperlänge.

»Das ist Bodyshaming!«, schleudere ich ihm hinterher.

Sam dreht sich um. »Ist es nicht«, hält er völlig ungerührt dagegen. »Ich habe deine Beine kein bisschen bewertet, nur festgestellt, dass ihre Länge unter dem Durchschnitt liegt, was ich aufgrund meiner langjährigen Erfahrung als Radreiseleiter sicher beurteilen kann.«

Ich weiß nicht, was ich darauf erwidern soll. Dieser Vollidiot!

Sam deutet auf seine muskulösen Waden. »Ich habe übrigens auch überdurchschnittlich kurze Beine in Relation zu meiner Körpergröße, also mach dir nichts draus. Es kommt beim Radfahren außerdem auf die Oberschenkelmuskulatur an. Und die kann auch bei weniger langen Beinen durchaus effektiv arbeiten.«

»Wie gut, das zu wissen«, gebe ich so kühl wie möglich zurück. Von so einem Wichtigtuer lasse ich mir sicher nicht die Laune verderben. Also setze ich den Helm auf, den Aminata mir gerade mit einem vielsagenden Blick reicht, und nehme eine hässliche neonorangefarbene Warnweste entgegen.

»Bitte denkt alle an eure Radhelme. Und ich würde euch dringend raten, die Warnwesten anzuziehen«, ruft Sam, damit ihn alle hören. »Wir sind heute auf einer viel befahrenen Strecke unterwegs.« Kurz überlege ich wieder, ob ich sie protesthalber in der kleinen Satteltasche lassen soll, aber hier geht es um meine Sicherheit, und ich will nicht gleich auf dem ersten Kilometer von einem Auto angefahren werden. Also schlüpfe ich hinein, genau wie alle anderen, außer dem Professor, dessen Regenjacke auch so schon kilometerweit leuchtet.

»Also, sind alle startklar?« Sam blickt kurz in die Runde.

»Dann los!« Er schwingt sich mühelos auf sein Rad, der Angeber, und fährt los. Gleich hinter ihm folgt Wanda, und der Rest ordnet sich hinter den beiden ein. Aminata sitzt schon im Transporter, und ich höre, wie der Motor knattert, bis er schließlich anspringt.

Wir radeln zuerst eine niedliche, kopfsteingepflasterte Gasse des Latin Quarters entlang, und ich muss aufpassen, in der Gruppe zu bleiben, weil ich den Kopf andauernd nach links und rechts drehe, um alles zu sehen. Als die Fußgängerzone beginnt, wechseln wir auf eine stark befahrene Straße. Plötzlich bremst Sam unvermittelt ab. Er deutet mit dem Kopf Richtung Sportgeschäft. »Carly, du hast zehn Minuten.«

Ich springe vom Rad, stelle es in den Radständer vor dem Laden und murmle ein halbherziges »Danke« in Sams Richtung. Wie blöd, dass ich mich bei einem so ungalanten Riesen auch noch bedanken muss.

Schnell stürme ich in die Radabteilung, finde eine Hose, die gut sitzt, aber eine schreckliche Farbe hat – ein undefinierbares Rotbraun –, doch ich kann jetzt nicht lange fackeln. Nach exakt sieben Minuten stehe ich wieder draußen vor der Tür, wie ich mit einer gewissen Genugtuung feststelle.

Sam mustert mich kurz, verliert aber kein Wort über mein Outfit.

»Also dann.« Er steigt wieder auf und fährt bereits los, obwohl ich noch nicht einmal auf meinem Rad sitze. Ein wirklich unhöflicher Kerl, dieser Sam.

Und dann radeln wir wieder. Bald verlassen wir die hübsche Altstadt von Galway und gelangen in die Vororte. Weinrote Backsteinhäuser wechseln sich mit modernen, gläsernen Bauten ab, wir passieren Bürogebäude und ein großes Krankenhaus. Schließlich werden die Häuser weniger, und der

Wild Atlantic Way beginnt. Das Tempo ist gut gewählt, das muss ich zugeben. Sam dreht sich ab und zu um, um zu sehen, ob wir noch alle da sind, aber selbst Dottie, die rasch das alleinige Schlusslicht bildet, kann mithalten.

Die ersten Kilometer bin ich damit beschäftigt, mit dem Rad vertraut zu werden. Es ist ein solides Modell, der Sattel richtig bequem, die Pedale leichtgängig. Es hat sieben Gänge, und ich kann mir kaum vorstellen, dass ich sie alle brauchen werde. Irgendwann habe ich den richtigen Tritt gefunden und Zeit, mir meine vor mir fahrenden Mitreisenden näher anzusehen.

Wanda sitzt stromlinienförmig auf ihrem edel wirkenden mattschwarzen Rennrad, und hat sichtlich Mühe, nicht auf Sam, der sein Tempo bewusst drosselt, aufzufahren. Dahinter kommt Professor Fitzpatrick. Er ist ebenfalls recht flott unterwegs, auch wenn er eine deutlich höhere Trittfrequenz als Wanda hat. Hinter dem Professor habe ich mich eingeordnet, und bei einem kurzen Blick über die Schulter sehe ich den sympathisch wirkenden Trekkinghosenträger Fred und schließlich Dottie, deren knallpinke Regenjacke mir fröhlich entgegenleuchtet. Sie selbst sieht allerdings weniger fröhlich aus und hat jetzt schon ein bedauernswert rotes Gesicht.

Nach einer halben Stunde fährt Sam auf einen Parkplatz und hält an. »Wie sieht's aus bei euch? Alles okay?«

Wanda nickt knapp, der Professor ebenfalls. Sie wirken beide so, als würden sie zehn flache Radkilometer und etwas Regen lediglich als Aufwärmphase betrachten. Wobei, während Wanda wirklich aussieht, als wäre sie eben erst auf ihr Rad gestiegen, fasst sich der Professor an den unteren Rücken und verzieht dabei das Gesicht. Als er meinen Blick bemerkt, schnellt seine Hand sofort wieder zurück.

»Das Radeln ist in Ordnung. Aber meine Jacke ist viel zu warm«, japst Dottie. »Ich schwitze so was von.« Sie zippt den Reißverschluss auf.

»Anfängerfehler«, brummt der Professor. »Wie kann man denn auch eine nicht atmungsaktive Regenjacke auf eine Radtour mitnehmen? Ist doch klar, dass man da sofort in seinem eigenen Schweiß badet.«

»Das ist meine erste Radreise, ich wusste das nicht.« Dottie wirkt, als müsste sie sich für ihre Kleiderwahl entschuldigen.

»Ich glaube, der Regen wird gleich aufhören, dahinten blitzt schon die Sonne durch, dann kannst du die Jacke ausziehen«, sage ich rasch, denn ich finde es nicht in Ordnung, dass der Professor Dottie dermaßen abkanzelt.

Sie wirft mir einen dankbaren Blick zu. »Ich glaube, das werde ich machen.«

»Wollsachen sind gar nicht das Dümmste, wenn es um körperliche Aktivitäten geht«, meldet sich Fred schüchtern zu Wort. Er trägt tatsächlich einen Aranpullover unter der Warnweste. »Schafwolle ist wasserabweisend und transportiert gleichzeitig den Schweiß nach außen.«

»Tatsächlich?« Dottie mustert Freds Pullover interessiert. Der Professor macht eine wegwerfende Geste.

»Ihr wisst aber schon, dass die Produktion von Schafwolle oft mit tierquälerischem Mulesing einhergeht?« Wanda schnalzt missbilligend mit der Zunge.

Dottie macht große Augen. »Das ist ja furchtbar. Im Mitgliedermagazin von *Ein Herz für vier Pfoten* war mal ein ganzer Artikel über Mulesing drin.«

Fred schüttelt den Kopf. »Mein Pullover ist über dreißig Jahre alt, ich glaube kaum, dass wir in Irland damals solche Methoden praktiziert haben.«

»Ich sage nur: Bambusfaser«, schaltet sich jetzt Wanda wieder ein. Sie tippt auf ihre cremefarbene Designerjacke. »Ressourcenschonend, atmungsaktiv, vegan.«

»Vegan, dass ich nicht lache«, schnaubt der Professor. »So ein Blödsinn. Wer braucht schon eine vegane *Jacke*? Das ist alles bloß Geldmacherei, ersonnen von einer profitbesessenen Bekleidungsindustrie und ...«

»Die Sonne kommt tatsächlich raus«, unterbricht Sam die ausufernde Textildiskussion. »Vegan oder nicht, ihr könnt die Jacken also auf jeden Fall gleich ausziehen. Aber vergesst nicht, eure Warnwesten anzubehalten.«

Wir trinken alle noch etwas Wasser aus unseren Trinkflaschen, dann radeln wir weiter. Bei einem kleinen Ort namens Kilcolgan fahren wir von der Hauptstraße ab und auf einer schmalen Nebenstraße weiter. Hier wird es schlagartig ruhig, es fahren nur noch vereinzelt Autos an uns vorbei, nur ab und zu tuckert gemächlich ein Traktor neben uns her. Ohne sich auf den Verkehr konzentrieren zu müssen, fährt es sich gleich viel entspannter. Ich habe Zeit, mir die hübschen Örtchen anzusehen, die wir durchqueren, ebenso wie eine verfallene Schlossruine am Wegrand. Schade, dass wir hier nicht anhalten, die hätte ich mir gern näher angesehen. Und auch so könnte ich langsam eine Pause vertragen.

»Wir machen als Nächstes einen Stopp in Kinvara«, ruft Sam nach hinten, als hätte er meine Gedanken gelesen. »Von dort aus sind es noch etwas über zwanzig Kilometer bis nach Ballyvaughan, unserem ersten Übernachtungsort.«

Es geht weiter an der Küste entlang, das Meer ist heute ruhig, aber es hat denselben bleiernen Grauton wie der Himmel. Doch als wir das Ortsschild von Kinvara passieren, hat der Regen tatsächlich komplett aufgehört, und die Sonne lugt hervor.

Kinvara ist richtig hübsch. Es hat einen kleinen Hafen, in dessen Becken farbenfrohe Fischerboote auf Grund liegen, weil gerade Ebbe ist. Die Straßen glänzen noch nass vom Regen, und vereinzelt sind Touristen unterwegs, die Fotos vom Hafenbecken und den hübschen bunten Häuserfassaden knipsen.

»Wer will, kann einen Kaffee trinken oder eine Kleinigkeit essen gehen«, sagt Sam, während er unsere Räder gewissenhaft abschließt. »Da vorne links ist ein Laden mit richtig guten Sandwiches. Wir treffen uns in einer Dreiviertelstunde wieder hier.«

Er nickt uns kurz zu, geht auf eine Parkbank auf dem Stück Rasen beim Hafen zu und zieht sein Handy hervor. Wanda ist bereits zielstrebig allein davongezogen, ebenfalls das Handy in der Hand, und der Professor hat sich auf eine andere Parkbank gesetzt und packt sein Lunchpaket aus.

»Hast du Lust auf eine Tasse Tee oder Kaffee?«, fragt mich Dottie schüchtern.

»Klingt gut!« Ich nicke und lächle ihr zu.

»Wenn es euch recht ist, würde ich mich gern anschließen«, kommt es von Fred. »Tee und ein Schnittchen wären jetzt genau das Richtige.«

Zehn Minuten später sitzen wir einträchtig um einen runden Tisch in dem von Sam erwähnten Café. Es ist ein schönes Gefühl, gemeinsam mit meinen Mitreisenden hier zu sein. Ich kenne Fred und Dottie zwar erst seit ein paar Stunden, aber sie scheinen richtig nett zu sein, auch wenn sie beide deutlich älter als ich sind. Wir bestellen Tee und Sandwiches, und plötzlich wird mir bewusst, wie lange ich schon nicht mehr mit anderen in einem Café gesessen und gequatscht habe. Als ich noch studiert habe, war das die Lieblingsbeschäftigung von meinen

Studienfreundinnen und mir. Wir haben Latte macchiato getrunken und über unsere Professoren gelästert oder unsere bestandenen Klausuren gefeiert. Wie unbeschwert damals alles war. Es kommt mir wie eine kleine Ewigkeit vor, dabei ist es nur ein paar Jahre her. Mit zwei Freundinnen, Maeve und Ines, habe ich mich auch nach dem Studium noch regelmäßig getroffen, fast wöchentlich haben wir uns auf den neusten Stand gebracht. Irgendwann hat es sich dann verlaufen. Nein, wenn ich ehrlich bin, habe ich den Kontakt abreißen lassen, zu der Zeit, als die Sache mit Dad war. Wie es den beiden wohl geht?

»Ah, das tut gut.« Fred schließt die Augen, während er einen Schluck von seinem Rooibos-Tee nimmt. »Eine Tasse Tee ist immer die beste Wahl für mich. Nur am Abend, da trinke ich lieber eine warme Milch mit Honig.«

Dottie nickt eifrig. »Die mache ich auch, wenn eines meiner Enkelkinder nicht einschlafen kann. Das hilft immer.«

»Hast du denn viele Enkel?«, frage ich und verspüre plötzlich Sehnsucht nach einer intakten Familie, nach einer Großmutter, die mir Honigmilch macht. Ich habe meine Omas nie kennengelernt, beide sind schon vor meiner Geburt gestorben.

»Vier Stück.« Dottie lächelt. »Acht, sechs, vier und zwei Jahre alt«, sie zeigt die Größen mit der Hand an, »wie die Orgelpfeifen. Und mindestens eines schläft immer bei mir.«

Fred sieht sie erstaunt an. »Leben sie denn nicht bei ihren Eltern?«

»Doch, doch.« Dottie nickt. »Aber mein Sohn Dermot und seine Frau sind so beschäftigt, und ich greife ihnen gern unter die Arme. Ist ja bei Gott nicht leicht, heutzutage alles unter einen Hut zu bekommen – Familie, Beruf, Freizeit …« Sie sieht plötzlich müde aus, so als ob es auch für sie nicht einfach wäre, das alles zu stemmen.

»Ich hätte auch gern Enkelkinder«, sagt Fred. »Aber ich hab nicht mal Kinder. Oder eine Frau.« Er lächelt wehmütig.

»Mein Mann lebt auch nicht mehr«, sagt Dottie traurig. »Michael ist vor einem Dreivierteljahr gestorben.«

»Oh, das tut mir leid«, sage ich aufrichtig.

»Mir auch.« Fred blickt Dottie mitfühlend an. »Mein herzliches Beileid.«

Wir schweigen ein paar Momente lang betreten.

»Ich hab niemals eine Frau gehabt«, sagt Fred schließlich gedankenverloren. »Nur die große Liebe, auf die ich fast mein ganzes Leben lang vergeblich gewartet habe. Aber das ist eine längere Geschichte.« Er nimmt einen Schluck Tee.

»Wir waren eine halbe Ewigkeit verheiratet. Michaels Tod ist auch der Grund, wieso ich diese Reise mache«, sagt Dottie zögerlich. »Meine Freundinnen haben sie mir zum Geburtstag geschenkt. Ich wollte zuerst nicht fahren, und Dermot war auch dagegen, aber die Mädels haben so lange auf mich eingeredet, bis ich doch gefahren bin.« Sie seufzt. »Ich bin das erste Mal ohne Michael unterwegs. Das erste Mal überhaupt in meinem Leben. Ich hab ihn in der Schule kennengelernt, da war ich erst sechzehn«, erklärt sie, als sie unsere erstaunten Blicke bemerkt. »Sobald ich volljährig war, haben wir geheiratet und dann, na ja … hat sich nie wieder etwas ergeben.« Dottie lächelt. »Überhaupt hat immer Michael die Urlaubsplanungen gemacht, aber ich war froh, ich hatte ja auch so viel mit Dermot und dem Haushalt zu tun, wie das halt so ist.« Sie wendet sich mir zu. »Aber du, Liebes, du hast doch sicher einen jungen Mann, der daheim auf dich wartet?«

Ich übergehe ihre Taktlosigkeit und schüttle den Kopf. »Nein, niemanden. Meine letzte Beziehung ist zwei Jahre her.« Sofort sehe ich Dylan vor mir. Wir zusammen waren okay, absolut okay, wir hatten richtig schöne Zeiten, in denen ich ernsthaft dachte, er wäre der Richtige und wir würden ewig zusammenbleiben, aber auch ein paar nicht so schöne, in denen mir dieser Gedanke wieder absurd erschien. Ich denke, wenn die Sache mit Dad nicht gewesen wäre … vielleicht wären wir immer noch zusammen. Aber er ist einfach mit meiner Trauer nicht klargekommen. Es war eine schwierige Situation, aber tief in meinem Inneren weiß ich: Wenn es die wahre Liebe gewesen wäre, dann hätten wir das gemeinsam durchgestanden.

»Soweit ich das vorhin verstanden habe, ist Wanda auch solo. Dann ist das wohl so eine Art Reisegruppe der einsamen Herzen«, sagt Dottie, und wir alle drei müssen schmunzeln, obwohl mir das Wort »einsam« einen kleinen Stich versetzt, denn es ist das Gefühl, das mich seit drei Jahren fast jeden Tag begleitet.

Die Ladentür klingelt, als der Professor das Café betritt. Er scheint uns nicht zu bemerken, denn er steuert zielstrebig auf den Verkaufstresen zu. »Dürfte ich vielleicht meine Wasserflasche bei Ihnen auffüllen?« Mit diesen Worten hält er der verdutzten Servicekraft seine eingedellte Aluflasche entgegen.

»Eigentlich machen wir das nur bei Kunden«, entgegnet sie schüchtern. »Wenn Sie etwas konsumieren würden … oder wir hätten sonst auch Wasser in Flaschen, dort hinten im Kühlregal …« Sie deutet auf einen Getränkekühlschrank. »Still oder prickelnd.«

Der Professor runzelt die Stirn. »Ich will keine Plastikflasche, die nachher wieder im Müll landet, und ich will auch nichts konsumieren. Alles, wonach ich frage, ist ein halber Liter kostenloses Leitungswasser.«

Der Servicekraft ist die Szene sichtlich unangenehm. »Also gut.« Der Professor streckt ihr seine Flasche hin und nimmt sie wenige Sekunden später aufgefüllt wieder entgegen. »Na sehen Sie, geht doch. Schönen Dank auch.«

Fred, Dottie und ich wechseln vielsagende Blicke. So ein Geizkragen! Das kann ja noch lustig werden.

Wir trinken aus, zahlen und schlendern dann zurück zum Hafen, in dessen Becken die ersten Fischerboote bereits wieder Wasser unter dem Kiel haben.

»Das geht hier wirklich erstaunlich schnell mit Ebbe und Flut«, sagt Fred überrascht.

»Allerdings.« Dottie blickt beunruhigt auf das Hafenbecken. »Ich habe schon oft davon gehört, wie jemand von der rasch einsetzenden Flut überrascht wurde und dann einfach ertrunken ist.«

Fred lächelt. »Hier im Hafen ist das wohl eher unwahrscheinlich. Es sei denn, du willst eine kleine Schwimmrunde einlegen.«

»Ich?« Dottie kichert und sieht gleich weniger besorgt aus. »Bestimmt nicht! Ich geh nicht mal gern in den Pool, den Dermot sich in seinem Garten gebaut hat. Er lacht mich immer aus deswegen.«

Sam sitzt nach wie vor auf der Bank am Hafen und starrt hinaus aufs Meer. Als er uns näher kommen sieht, steht er auf. Er hat sich inzwischen ebenfalls seine Regenjacke ausgezogen. Darunter trägt er kein klassisches Radtrikot, sondern ein gut sitzendes langärmeliges Funktionsshirt, das seine muskulöse Brust und seine breiten Schultern betont. Mir fällt jetzt erst auf, dass er keine dieser eng anliegenden Radhosen anhat, sondern weit geschnittene Downhillshorts, die ziemlich cool aussehen. Mein Blick wandert hinunter zu meinem rostfarbenen Ungeheuer von einer Hose. Ich bin nicht sonderlich eitel, laufe in meiner Freizeit meistens in Jogginghosen und T-Shirt herum, aber jetzt gerade wünsche ich mir, dass ich etwas mehr Zeit zum Aussuchen gehabt hätte.

»Und, gestärkt für die Weiterfahrt?«, fragt Sam uns bemüht freundlich, aber er sieht nur Fred und Dottie dabei an.

»Ja«, sage ich. »Ist echt hübsch hier.«

Sam erwidert nichts darauf, sondern blickt bloß wieder an mir vorbei aufs Meer hinaus. So ein Griesgram. Der Professor nähert sich inzwischen unserer Gruppe, und auch Wanda biegt gerade um die Ecke.

Sam sieht auf die Uhr und nickt zufrieden. »Alle pünktlich, sehr gut.« *Jetzt* sieht er mich an, der Blödmann, und grinst dabei.

»Kein Geld für die Pub-Kasse«, sage ich und lächle zuckersüß.

»Schade«, gibt Sam ungerührt zurück. »Ich hatte gehofft, unser erstes Pint heute Abend wäre bereits beglichen.«

»Da hast du wohl umsonst gehofft.«

Unsere Blicke treffen sich für einen Moment, und ich glaube, er merkt, dass ich ihm durchaus Paroli bieten kann.

»Wir fahren noch eine gute Stunde, bis wir in Ballyvaughan sind.« Nun spricht er wieder zu allen. Er hat unsere Räder bereits aufgeschlossen. »Und als kleine Vorwarnung: Es wird jetzt leicht hügelig.« Seine Worte werden von einem kleinen Lächeln begleitet.

Wir steigen wieder auf unsere Räder und machen uns bereit zur Abfahrt. Alle außer Dottie.

»Au-uh!« Sie verzieht das Gesicht, als sie sich wieder auf

ihren Sattel schwingen will. »Mein Hintern tut richtig weh.« Sie reibt sich den Allerwertesten.

Sam blickt sie alarmiert an. »Hast du dich denn vorher ein bisschen eingeradelt?«

»Nicht wirklich.« Sie schaut unseren Reiseleiter verlegen an. »Ehrlich gesagt habe ich seit zwanzig Jahren nicht mehr auf einem Rad gesessen.« Erleichtert denke ich an die zwei Radausflüge, die ich gemeinsam mit Mindy an den letzten Wochenenden unternommen habe, auf die Halbinsel von Howth und in die Wicklow Mountains. Sie hat mir gleich gesagt, dass ich nicht völlig unvorbereitet eine einwöchige Radtour bewältigen kann, und ich schicke ihr dafür gedanklich ein dickes Dankeschön nach Dublin.

Dottie probiert noch einmal vorsichtig, sich auf den Sattel zu setzen. »Nein, das fühlt sich gar nicht gut an«, klagt sie.

Sam seufzt und geht zu seinem Rad, an dem eine kleine Satteltasche befestigt ist. Er kramt darin herum und streckt Dottie eine Salbe entgegen.

»Hier, trag die heute Abend dick auf.«

»Hirschtalgcreme.« Der Professor nickt wissend. »Das Beste, was es gegen wunde Hintern gibt.«

»Ich soll mir *Hirschfett* auf den Po schmieren?« Dottie blickt entsetzt auf die Salbe, und ich muss kichern. Fred neben mir schmunzelt ebenfalls.

Sam zuckt mit den Schultern. »Hat bisher noch jedem geholfen. Aber wie du meinst. Und für die nächste Stunde wirst du einfach die Zähne zusammenbeißen müssen, fürchte ich.«

Dottie betrachtet die Salbe skeptisch, nimmt sie schließlich aber doch entgegen.

Es ist richtig hügelig, dieses letzte Teilstück, und jetzt merke ich auch, wieso die Gangschaltung meines Rades eine hervorragende Sache ist. Ich muss mich im niedrigsten Gang ordentlich abstrampeln, um das Tempo halten zu können, während Sam scheinbar mühelos vorausfährt. Wanda hält locker mit, während beim Professor wohl die ersten Ermüdungserscheinungen auftreten. Immer öfter richtet er sich auf und reibt sich den Rücken, um dann leise fluchend wieder in die unbequem wirkende Rennfahrerposition zurückzugehen.

Fred hinter mir strampelt ebenfalls zunehmend verzweifelt, und Dottie hör ich nur mehr japsen.

»Ich glaube, wir sind zu schnell«, rufe ich nach vorn. Sam scheint in einer Art Flow zu sein, und deshalb nicht zu bemerken, dass er echt zügig fährt.

Doch dann wirft er einen schnellen Blick zurück und wird augenblicklich langsamer. »Sorry«, ruft er nach hinten. »Alles okay bei euch, Dottie und Fred?«

Wieso fragt er *mich* nicht, ob alles okay ist? Ich mühe mich hier genauso ab. Diese Unhöflichkeit geht mir ordentlich auf die Nerven.

»Etwas wenig Luft krieg ich schon«, keucht Dottie. »Und diese Hügel haben es richtig in sich.«

Wanda blickt ebenfalls kurz zurück und verzieht das Gesicht.

»Ich fahre jetzt langsamer, okay?« Sam nickt Dottie zu. »Und ihr meldet euch, wenn es trotzdem zu anstrengend wird.«

In einem deutlich gemütlicheren Tempo radeln wir weiter. Die Landschaft um uns herum verändert sich allmählich. Sind wir bisher überwiegend an teils braunen, teils schon saftig grünen Feldern vorbeigekommen, sieht man auf den Weiden nun öfter Gesteinsbrocken, kleine und größere Felsen, bis schließlich ganze steinerne Adern die Felder durchziehen. Wir sind im Landesinneren unterwegs, aber das Meer blitzt hier und da zwischen den Hügeln hervor. Das Gelände, durch das unser Weg führt, wird immer schroffer, und schließlich gelangen wir wieder auf die Küstenstraße. Die Sonne hat sich inzwischen endgültig gegen die Regenwolken durchgesetzt und scheint wunderbar warm auf meinen Rücken. Als eine kleine Abfahrt kommt, merke ich, dass es mir zum ersten Mal richtig gefällt, auf dem Fahrrad zu sitzen. Ich genieße den tollen Ausblick auf die See, inhaliere die frische Seeluft und muss plötzlich lächeln. Dad hätte das garantiert gefallen, so eine Radtour an der Küste entlang. Wenn er jetzt bloß hier sein könnte …

Kapitel 3

*E*ine halbe Stunde später merke ich, wie sich langsam auch mein Hinterteil bemerkbar macht. Meine Radhose ist zwar gut gepolstert, aber wir sitzen nun doch schon lange auf dem Sattel.

»Noch anderthalb Kilometer, dann sind wir in Ballyvaughan«, ruft Sam nach hinten, und ich höre Dottie laut aufatmen.

Wir passieren einige Häuser, die allesamt in phänomenaler Lage am Meer liegen, und erreichen schließlich den kleinen, aber lebhaften Ortskern von Ballyvaughan. Bunte Häuserfassaden zieren die Hauptstraße, alles sieht hübsch und gepflegt aus, mit Blumenkästen an den Fassaden und liebevoll gestalteten Ladenauslagen. Wir biegen rechts ab und radeln eine kurze Auffahrt hinauf, bis wir schließlich ein pastellgelbes Landhaus mit mehreren Giebeln erreichen. Der kleeblattgrüne Fiat Ducato parkt bereits vor dem Haus, und Aminata winkt uns entgegen, lässig an den Kofferraum gelehnt.

»Da seid ihr ja endlich«, begrüßt sie uns grinsend. »Ich bin schon eine halbe Ewigkeit hier, aber es ist die erste Etappe, da wollen wir mal Gnade walten lassen.«

Wir steigen von unseren Rädern und stellen sie in den Fahr-radständer neben der Eingangstür.

»Sie sind ganz ordentlich gefahren«, sagt Sam. Na hört, ein Lob aus dem Mund unseres strengen Reiseleiters! »Nur die üblichen Kleinigkeiten.«

»Kommt erst mal rein.« Aminata hält uns die Eingangstür auf. »Dann verteilen wir die Zimmer, und ihr könnt gleich die Beine hochlegen.«

An der kleinen Rezeption händigt uns eine freundliche, pausbäckige Teenagerin mit Undercut die Schlüssel aus.

»Wir treffen uns um neunzehn Uhr hier an der Rezeption«, sagt Sam. »Dann gehen wir gemeinsam zum Abendessen.«

»Aye, aye, Sir.« Ich kann es mir nicht verkneifen, zu salutie-ren. Sam sieht mich stirnrunzelnd an, während Dottie kichert.

»Und bitte alle pünktlich sein«, fügt Aminata mit einem Augenzwinkern hinzu. »Ansonsten freut sich Sams Spar-schwein.«

Ich kann mir ein Grinsen nicht verkneifen und folge den anderen die Treppe hinauf ins obere Stockwerk. Es stellt sich heraus, dass Aminata unser Gepäck bereits bis vor die jeweiligen Zimmer gebracht hat, ein wirklich toller Service. Ich habe ein schnuckeliges Zimmer unter einem der Dach-giebel bekommen. Es ist richtig hübsch eingerichtet, stelle ich fest, während ich mich auf das Boxspringbett fallen lasse. Die Wände sind verwinkelt und in einem pastelligen Brom-beerton gestrichen, was einen geschmackvollen Kontrast zu dem mit lindgrünem Stoff bezogenen Betthaupt bildet. An den Fenstern hängen Gardinen mit Blümchenmuster, dem-selben, das auch die Tagesdecke ziert. Ich schließe die Augen. Es ist still hier, ganz anders als in Dublin, wo die vielen Si-gnalhörner der Einsatzfahrzeuge und der Verkehrslärm auch nachts die Geräuschkulisse bilden. Aber hier? Nichts. Nur ab und zu das Kreischen einer Möwe und das Rauschen des Windes.

Das Bett ist so bequem, dass ich richtig dagegen ankämpfen muss, nicht einzudösen. Schnell schnappe ich mir mein Handy, um mir für alle Fälle einen Alarm einzustellen. Auf dem Display erscheint ein Anruf in Abwesenheit. Ceci, meine Schwester, hat versucht, mich zu erreichen. Ich drücke auf die Rückruftaste und habe sie sofort dran.

»Hey, Carly, wie geht's dir?« Sie hört sich wie üblich ein bisschen gestresst an. Im Hintergrund ist Kindergeschrei zu hören und eine energische, tiefe Stimme. Das ist sicher Vincent, ihr französischer Ehemann. »Wir haben uns schon ewig nicht mehr gehört, und ich wollte mal nachfragen, wie es dir geht …« Meine Schwester redet wie immer schnell, als hätte sie nicht genügend Zeit, etwas langsam zu machen. Ihr französischer Akzent, wenn sie Englisch spricht, wird immer stärker, oder bilde ich mir das bloß ein?

»Es geht mir gut, danke«, sage ich rasch. »Ich mache gerade eine Radtour.«

»Eine Radtour?« Meine Schwester wirkt überrascht. »Oh, wie gut für dich!« Sie zögert. »Wolltest du nicht eigentlich nach Kenia oder so?«

»Namibia«, berichtige ich sie. »Und ja, das war der Plan. Aber die Reise wurde gecancelt, und jetzt radle ich an der irischen Westküste entlang.«

»Das klingt … interessant«, sagt Ceci, immer noch überrascht. »Und ein bisschen anstrengend, ehrlich gesagt.«

»Das ist es auch.« Ich muss lächeln. »Ich spüre meine Beine fast nicht mehr.«

»Das glaube ich …« Ceci zögert. »Und ist es denn okay für

dich, wenn du den 17. März in Irland verbringst? Ich weiß, wie schwer dir das fällt …«

»Doch, das ist schon okay«, sage ich, weil ich nicht weiter darüber reden will. »Die Gegend hier ist recht abgelegen.«

»Du weißt, dass du jederzeit bei uns willkommen bist, nicht wahr?« Ceci bemüht sich um einen heiteren Tonfall. »Mum und ich haben erst gestern darüber geredet, wie gern wir dich wieder mal hierhaben würden.«

Mum und ich. Immer sind es die zwei, es gibt sie nur im Doppelpack. »Im Mai habe ich ein paar freie Tage, vielleicht klappt es da«, bleibe ich vage. Es ist nicht so, dass ich sie nicht in Avignon besuchen will, aber manchmal kommt es mir so vor, als würde mich irgendwas davon abhalten. Außerdem ist es jedes Mal dasselbe, wenn ich dort bin: Ceci ist damit beschäftigt, Breipulver einzukaufen, an hungrige Mäuler zu verfüttern und die Reste anschließend vom Hochstuhl abzukratzen, während Mum durch die Stadt streift, ergebnislose Liebschaften pflegt oder ebenso ergebnislos vortäuscht, sich für mein beschauliches Leben in Dublin zu interessieren. Vielleicht tue ich ihr unrecht, aber für mich fühlt es sich oft so an, als wäre unsere Mutter-Tochter-Beziehung eine reine Pflichtveranstaltung. Obwohl ich meine Mutter mag. Sie ist interessant, amüsant, greift Ceci unter die Arme, wo sie kann, und leitet den örtlichen Lesekreis in ihrem Stadtteil in Avignon.

Aber irgendwie bin ich einfach Dads Kind und Ceci Mums, und das war immer schon so. Welch ein Pech, dass mein Elternteil nicht mehr da ist, denke ich mit einer Spur Bitterkeit. Und welch ein Pech, dass mein Elternteil ein Faible für riskante Auslandsexpeditionen hatte.

»Mai ist für uns leider nicht ideal«, erwidert Ceci und schweigt dann. »Aber vielleicht in den Sommerferien?«

»Mal sehen«, erwidere ich und weiß nicht, was ich noch sagen soll.

Da klopft es an meine Tür.

»Ich muss los, Ceci.« Ich bin erleichtert, dass ich eine Gelegenheit gefunden habe, unser Gespräch zu beenden.

»Okay, dann hab weiter Spaß auf deiner Reise«, wünscht mir meine Schwester. »Und pass auf dich auf.«

»Mach ich. Sag den Kindern liebe Grüße. Und Vincent. Und Mum natürlich auch«, schiebe ich schnell nach. Ich beende das Gespräch und starre einen Moment auf das Display.

Schon seit Jahren herrscht diese komische Stimmung zwischen meiner Schwester und mir. Genauer gesagt seit Mums und Dads Scheidung. Keine von uns will das, schließlich habe ich Ceci nach wie vor sehr gern, aber allein der Umstand, dass sie unbedingt mit Mum nach Avignon gehen und ich mit Dad in Dublin bleiben wollte, hat unweigerlich dazu geführt, dass auch meine Schwester und ich uns nicht mehr so nahestehen, wie wir es früher taten.

Es klopft noch einmal.

»Ja, herein«, rufe ich, aus meinen Gedanken gerissen.

Die Tür öffnet sich, und Aminata steckt ihren Kopf durch den Spalt. »Ich wollte dir nur kurz Bescheid sagen, dass wir schon um halb sieben starten. Das Pub, in dem wir essen, serviert in der Nebensaison nämlich nur bis halb neun warme Gerichte. Ist das okay für dich?«

»Klar doch.« Ich nicke.

»Okay, dann bis später.« Aminatas Kopf verschwindet wieder.

Wie gut, dass ich mir den Wecker gestellt habe, denn eine Stunde später schreckt mich sein Piepsen auf. Ich bin tatsächlich eingedöst. Schnell hüpfe ich unter die Dusche, aus der leicht nach Torf riechendes, aber wohlig warmes Wasser kommt, ziehe dann Jeans, ein Shirt und darüber ein simples Sweatshirt an und gehe hinunter in die Lobby. Ich bin früh dran, und noch ist keiner der anderen an der Rezeption. Also trete ich hinaus ins Freie und sehe mich um. Richtig hübsch ist es hier, mit der gepflegten Einfahrt, dem frisch gemähten, saftig grünen Rasen und den bunt bepflanzen Blumenrabatten. Die Sonne steht noch am Himmel, wenn auch tief, und es ist erstaunlich mild für Mitte März.

Ich gehe ein paar Schritte ums Haus in den Garten und bemerke, dass sich meine Beine von der Etappe heute echt schlapp anfühlen. Im selben Moment bemerke ich auch, dass ich nicht allein hier draußen bin. Dottie führt gerade ein Videotelefonat, mit dem Rücken zu mir, aber eine Kinderstimme plärrt so laut aus ihrem Lautsprecher, dass ich es selbst in zwanzig Meter Entfernung noch deutlich hören kann.

»ICH WILL ZU OMAAAA!«

»Ryan, Schatz, die Omi ist doch nächste Woche wieder da«, versucht Dottie, das Kind zu beruhigen. »Das geht ganz schnell!«

»OMAAA! JETZT!«

»Ryan, Liebling, gib mir doch mal deinen Daddy«, bittet Dottie ihren Enkel. Sie klingt bekümmert.

»Was musst du auch diese dumme Radreise machen, Mutter.« Jetzt ist eine tiefe, sichtlich genervt klingende Männerstimme zu hören, das Kindergeheule noch deutlich vernehmbar im Hintergrund. »Du hättest mal dran denken können, wie schwer es ist, den Kindern zu erklären, dass du eine ganze Woche nicht da bist.« Das muss ihr Sohn Dermot sein.

»Es tut mir leid, Schatz, aber ich habe die Reise nun mal geschenkt bekommen, und es ist mein erster Urlaub, seit … seit dein Vater nicht mehr da ist.« Dottie verfängt sich in Recht-fertigungen.

»Ach was, du warst doch mit uns an der Costa Brava.« Ihr Sohn klingt äußerst ungehalten. »Es muss wirklich nicht sein, dass du gleich zweimal im Jahr wegfährst.«

»Ich wollte doch nur ...«, beginnt Dottie.

»Aber bei deiner Kondition hältst du das doch eh keine ganze Woche durch«, fällt ihr Dermot ins Wort und lacht dabei, aber es klingt nicht gerade freundlich.

»Wahrscheinlich nicht«, stimmt ihm Dottie halbherzig zu und wirkt plötzlich richtig entmutigt.

Ich runzle die Stirn. Wie dieser Dermot mit seiner Mutter redet, ist definitiv nicht in Ordnung. In mir wächst zuneh-mend Unmut, je länger das Gespräch dauert, bis mir klar wird, dass ich Dotties Telefonat eigentlich nicht mithören sollte. Rasch gehe ich ein paar Schritte Richtung Haus und betrachte dort die hübschen Blumenrabatten. Sie sind mit Tulpen, Nar-zissen und Primeln bepflanzt. Ab und zu werfe ich einen Blick hinüber zu Dottie, die immer noch telefoniert. Jetzt scheint sie fertig zu sein. Sie starrt einen Moment lang in die Ferne, Richtung Meer. Dann bemerkt sie mich und kommt näher.

»Oh, hallo, Carly.« Sie wirkt verlegen. »Ich hab dich gar nicht gesehen.«

»Ich gucke mich ein bisschen hier draußen um«, sage ich rasch. »Von den anderen war noch niemand in der Lobby.« Ich erwähne nicht, dass ich ihr Gespräch in Teilen mitbekom-men habe.

»Schön ist es hier, nicht wahr?« Dottie blickt sich ebenfalls um. »Natürlich könnte ich es noch viel mehr genießen, wenn Michael noch hier wäre ...« Sie bekommt einen traurigen Blick.

»Es muss sich seltsam anfühlen, wenn jemand, mit dem man so viel Zeit verbracht hat, plötzlich nicht mehr da ist.« Ich sehe sie mitfühlend an.

»Allerdings.« Dottie lächelt wehmütig. »Michael und ich waren niemals getrennt, Tag und Nacht zusammen. Die erste Zeit nach seinem Tod war wirklich hart. Ehrlich gesagt ist es das immer noch.«

Ich weiß genau, was sie meint. Auch wenn bei mir die Dinge etwas anders liegen. Kompliziert sind, womöglich noch schmerzhafter.

»Aber in der letzten Zeit habe ich manchmal das Gefühl, es würde langsam ein wenig ... besser werden.« Sie zögert. »Ein kleines bisschen zumindest.«

»Das wird es bestimmt.« Ich lächle sie an, obwohl ich mir nicht sicher bin, ob es stimmt, was ich sage. Wird es wirklich leichter? Heilt die Zeit alle Wunden, oder gibt es welche, die höchstens vernarben, und das mehr schlecht als recht?

»Sollen wir reingehen und nachsehen, ob die anderen aufgetaucht sind?«, schlage ich vor. »Ich hab schon einen Bärenhunger ...«

»Ich auch«, pflichtet Dottie mir bei. »Eigentlich esse ich ja sonst schon um fünf, mit den Kindern, sonst wird es zu spät für die Kleinen.«

»Sie sind oft bei dir, deine Enkel, oder?« Ich sehe sie von der Seite an.

Dottie nickt. »Eigentlich ständig, und das rund um die Uhr.« Sie lächelt. »Ist manchmal ziemlich anstrengend, ich bin ja auch nicht mehr die Jüngste, aber man hat sie ja von Herzen gern, die Kleinen ...« Sie schluckt. »Ich hab gerade mit zu Hause telefoniert, anscheinend vermissen sie die Oma ganz doll.« Wieder dieser betrübte Ausdruck auf ihrem Gesicht.

»Dann freuen sie sich bestimmt umso mehr, wenn du zurückkommst und ihnen von deiner tollen Reise erzählst.« Ich lächle ihr zu. »Vielleicht kannst du ihnen ja eine Kleinigkeit mitbringen?« Dad hat Ceci und mir von jeder seiner Reisen etwas mitgebracht, und es waren jedes Mal die außergewöhnlichsten Sachen, die aus seiner ledernen Reisetasche zum Vorschein kamen. Vor einer mexikanischen Totenmaske habe ich mich allerdings derart gegruselt, dass ich Albträume bekommen habe. Mum war ziemlich sauer auf ihn, aber Dad davon völlig unbeeindruckt. »In Mexiko haben die Menschen eine völlig andere Einstellung zum Tod«, hat er uns erklärt. »Für sie gehört der Tod zum Leben. Und deshalb genießen sie das Leben auch mehr.«

Ich war immer fasziniert von Dads Weltgewandtheit und seinen Erlebnissen, habe mir aber auch gleichzeitig gewünscht, er wäre mehr zu Hause, bei mir. Besonders dann, als Mum und Ceci nach Avignon gezogen waren.

»Ein Mitbringsel ist eine gute Idee.« Dotties Gesicht erhellt sich. »Michael hielt nichts davon, aber ich finde es eigentlich total schön.«

Als wir die kleine Lobby betreten, sind Sam und Aminata bereits da, ebenso Fred und der Professor.

»Hallo, die Damen«, begrüßt uns Fred gut gelaunt. »Seid ihr ebenso hungrig wie ich?«

»Auf jeden Fall!« Dottie lächelt ihm zu. Die Traurigkeit in ihrem Gesicht ist verschwunden. »Und eine ordentliche Mahlzeit, die haben wir uns auch verdient nach der ganzen Strampelei.«

»Wohin gehen wir eigentlich?«, wende ich mich bewusst an Aminata. Sie ist um einiges umgänglicher als Sam.

»Wir gehen in das *Sailor's Inn*«, antwortet Sam für sie und sieht mich an. Er hat sich ebenfalls umgezogen und trägt jetzt Chinohosen und ein marinefarbenes Shirt dazu, das seine leuchtend blauen Huskyaugen betont. »Da gehen wir jedes Mal hin, wenn wir hier mit Radgruppen Station machen.«

»Die haben echt leckeres Essen und anständige Portionen«, ergänzt Aminata.

»Und hoffentlich auch was Kühles zu trinken«, grummelt der Professor.

»Das kann ich Ihnen garantieren.« Aminata grinst, während Sam nur stumm geradeaus starrt.

Eine Minute später erscheint auch Wanda auf dem Treppenabsatz und nickt uns knapp zu. Sie trägt einen teuer wirkenden cremefarbenen Kaschmirpullover über schlichten schwarzen Leggings und dazu cremefarbene Loafers. Wieder denke ich mir, dass Wanda zu den Leuten gehört, die es mühelos schaffen, elegant auszusehen.

»Dann sind wir ja vollzählig«, sagt Aminata gut gelaunt. Sam setzt sich wortlos in Bewegung, und wir spazieren hinunter ins Dorf.

Eine Viertelstunde später sitzen wir an einem großen, abgenutzten Holztisch im *Sailor's Inn*, das sich als wirklich hübsches Gastropub am kleinen Hafen von Ballyvaughan herausstellt. Die Bedienung hat gerade die Speisekarten ausgeteilt.

»Die haben ja eine Auswahl hier …« Dottie betrachtet ratlos ihr Menü. »Michael hat immer gewusst, war mir schmeckt.« Sie strahlt. »Meistens habe ich die Speisekarte gar nicht ansehen brauchen, er hat einfach gleich für mich mitbestellt.«

Ich sehe sie erstaunt an. Wanda, die neben Dottie sitzt, zieht vielsagend eine Augenbraue hoch, hebt aber den Blick nicht von der Speisekarte.

»Aber so weiß ich ja gar nicht, was ich nehmen soll«, seufzt Dottie.

»Wie wär's mit dem Wildlachs?«, schlage ich meinen Favoriten vor. »Oder dem Caesar Salad?«

Dottie überlegt. »Das klingt beides lecker, auf jeden Fall.« Inzwischen steht die Kellnerin wieder an unserem Tisch und zückt ihren Bestellblock.

»Für mich den Salat mit Thunfisch, Dressing extra, ohne Brot«, bestellt Wanda kurz und knapp, klappt ihre Speisekarte zu und reicht sie der Bedienung. »Dazu eine Flasche Mineralwasser, bitte.«

»Ich nehme den Bohneneintopf mit einer Extraportion Cheddar«, sagt der Professor neben ihr. Er bildet einen skurrilen Kontrast zur eleganten Wanda, mit seiner olivfarbenen Expeditionshose und dem verwaschenen beigen Hemd, das seine besten Jahre schon lange hinter sich hat. »Und ein Lager.«

»Für mich bitte die Fish and Chips. Und ein Guinness. Vielen Dank.« Fred nickt der Bedienung freundlich zu.

Auch Dottie scheint sich endlich entschieden zu haben. »Ich nehme eine Weinschorle und das Irish Stew. Das war Michaels Lieblingsessen, da kann ich gar nicht falschliegen.«

Keiner erwidert etwas darauf, aber ich beginne mich langsam zu fragen, wie Dotties Leben an der Seite ihres Mannes wohl ausgesehen haben mag.

»Einmal den Wildlachs mit Kartoffelgratin. Und einen Cider«, gebe ich meine Bestellung auf.

»Für mich dasselbe«, sagt Sam zu meiner Überraschung.

»Ich nehme den afrikanischen Erdnusseintopf«, bestellt Aminata. »Und ein großes Guinness dazu.«

Als die Kellnerin kurze Zeit darauf unser Essen serviert,

deutet der Professor gönnerhaft auf Aminatas köstlich duftendes Eintopfgericht. »Der erinnert Sie wohl an zu Hause, was?«

»Wieso sollte es?« Aminata runzelt die Stirn. »Ich komme aus Connemara.«

Der Professor mustert Aminata von oben bis unten. »Aber Ihre Wurzeln liegen doch sicher woanders?«

Aminata läuft rot an. »Meine Eltern kommen ursprünglich aus dem Senegal, wenn Sie's genau wissen wollen.«

»Wusste ich's doch.« Der Professor nickt zufrieden. »Ich bin beruflich öfters dort gewesen.« Er schaufelt sich einen Löffel Eintopf in den Mund. »Wunderschönes Land, das Sie da haben, natürlich viele strukturelle Probleme und eine unfähige Regierung, aber das trifft ja auf Irland gleichermaßen zu.«

»Der Senegal ist nicht mein Land.« Aminata runzelt die Stirn. »Ich bin noch nie dort gewesen.«

»Ach ja?« Der Professor hebt erstaunt die Augenbrauen. »Ich dachte … nun ja, ich meinte …«

»Da haben Sie falsch gedacht.« Aminata schenkt ihm einen schroffen Blick, der ihn verstummen lässt. Am Tisch herrscht peinlich berührtes Schweigen. Aminata beginnt demonstrativ, ihren Eintopf zu löffeln.

Jetzt wendet sich der Professor an mich. »Aber Sie stammen bestimmt zu hundert Prozent von der Insel, nicht wahr? Blass, rothaarig, mit so vielen Sommersprossen, dass sie wahrscheinlich auch noch im Dunkeln leuchten, hehe!« Er versucht, mit seinem schalen Witz Boden wettzumachen, was ihm aber gründlich misslingt.

»Da täuschen Sie sich. Meine Mutter ist Französin«, erwidere ich kühl. »Und ich glaube kaum, dass unsere Herkunft hier etwas zur Sache tut. Oder unser Aussehen.«

»Das glaube ich allerdings auch nicht«, springt mir Sam überraschend zur Seite. »Und falls jemand anderer Ansicht ist, kann er auch gerne am Nebentisch zu Ende essen. Allein.« Sein Blick ist derart finster, dass es den Professor nun endgültig zum Schweigen bringt.

»Das Irish Stew ist wirklich ausgezeichnet«, bemüht sich Dottie um ein unverfängliches Gesprächsthema. »Die Sauce hat genau die richtige Konsistenz. Michael hätte es sicher hervorragend geschmeckt.«

»Die Fish and Chips sind auch köstlich«, sagt Fred zwischen zwei Bissen. »Bei uns daheim bereitet Niall, der Pub-Besitzer, sie in der Heißluftfritteuse zu. Das sei viel gesünder, sagt er, und es schmeckt auch recht ordentlich, aber so in Öl herausgebacken, das ist doch was anderes, muss ich zugeben.« Er schmunzelt.

»Fred, stimmt es, dass du in unserem nächsten Etappenort wohnst?«, fragt Aminata neugierig. »In Doolinvarna?«

Fred nickt. »Ja, das stimmt. Noch nicht lange, aber lange genug, um mich offiziell als Einwohner von Doolinvarna bezeichnen zu dürfen. Ursprünglich bin ich aus Donegal.«

»Und was hat dich an die Westküste verschlagen?« Sam hat seinen Teller bereits ratzeputz leer gegessen und sieht Fred interessiert an.

»Oh, das ist eine lange Geschichte.« Fred lächelt. »Aber die kurze Version ist, dass ich dort viele Jahre wegen eines Festivals zu Besuch war, dadurch gute Freunde gefunden habe, und jetzt hat Allie, die Tochter meines ältesten Freundes, einen alten Bauernhof zu einem *Bed and Breakfast* umgebaut. Ich habe ihr dabei geholfen.«

»Das klingt großartig!« Dottie nickt eifrig. »Aber ist es nicht unheimlich viel Arbeit, ein altes Haus zu renovieren?«

Fred nickt. »Das ist es, allerdings. Aber Allie hat keine Mühen gescheut, und demnächst kann sie es eröffnen.«

»Ich freu mich jedenfalls schon auf Doolinvarna«, sagt Aminata geräuschvoll kauend. »Ist immer supernett da.«

Wanda sitzt die ganze Zeit wortkarg über ihrem Salat und scheint mit den Gedanken woanders zu sein. Horan gibt ebenfalls nur mehr Randbemerkungen von sich, er scheint verstanden zu haben, wie unangebracht seine Kommentare zuvor waren. Stattdessen bestellt er noch ein Bier und verdrückt sich dann relativ rasch in die Pension.

Der restliche Abend verläuft harmonisch, und erst gegen halb elf brechen wir auf. Inzwischen ist es dunkel geworden, die Wolken haben sich komplett verzogen, und der fast volle Mond ist am Horizont zu sehen, in einem Meer von Sternen. Als wir bei der Pension ankommen, verabschiede ich mich von den anderen und bleibe noch einen Moment draußen stehen. Ich lege den Kopf weit in den Nacken, um möglichst viel vom Nachthimmel sehen zu können. In dieser Gegend gibt es nur wenig Lichtverschmutzung, und die hellen fast weißlich leuchtenden Sterne heben sich klar vom blauschwarzen Nachthimmel ab. Ich betrachte ihn gerne, den Sternenhimmel, auch wenn ich in Dublin selten Gelegenheit dazu habe. »Da oben sind so viele Sterne wie Sommersprossen in deinem hübschen Gesicht, Carly«, hat Dad immer zu mir gesagt. Er hat versucht, Ceci und mir die Sternbilder beizubringen. Ceci hatte schon als Kind ein beinahe fotografisches Gedächtnis und wusste bald ebenso gut Bescheid über den Nachthimmel wie Dad, aber ich konnte mir nur den Großen und Kleinen Wagen merken sowie das Bild meines Sternzeichens, den Zwilling. Ich suche es, und als ich es finde, muss ich schlucken, weil ich wieder diesen verdammten Kloß in meinem Hals spüre. Wie gern wüsste ich, wo Dad gerade ist. Und wie gern hätte ich ihn an meiner Seite, damit er mir noch einmal die Sternbilder erklärt, obwohl es wahrscheinlich wieder vergebens wäre. Ich muss lächeln. Das hätte ihn nicht im Geringsten gestört, denn Dad war unermüdlich mit seinen Erklärungen. Als ich zurück zum Eingang gehe, bemerke ich, dass noch jemand neben der spärlich beleuchteten Eingangstür steht. Es ist Sam, und er scheint mit jemandem zu telefonieren.

»Gute Nacht, *love*«, höre ich ihn gerade noch sagen, als ich näher komme. Sein Tonfall ist liebevoll. »Schlaf gut. Ich meld mich morgen früh wieder.«

Er ist also vergeben, der Wikinger. Schön für ihn. Plötzlich spüre ich einen Stich Eifersucht, obwohl mir dieses Gefühl sonst fremd ist. Er benimmt sich rüpelhaft, ist wortkarg und die meiste Zeit über schlecht gelaunt. Und trotzdem gibt es jemanden, der ihn liebt und zu Hause auf ihn wartet.

Ich will mich gerade mit einem kurzen Nicken an ihm vorbei durch die Tür schieben, als ich bemerke, dass er das Gespräch beendet hat und mich jetzt ansieht. »Und, bist du bereit für morgen?«

»Na klar«, entgegne ich.

»Du bist heute echt gut geradelt.« Sam nickt mir zu. »Hätte ich nicht erwartet, ehrlich gesagt.«

»Weil meine Beine so kurz sind?«, gebe ich angriffslustig zurück.

Sam muss lachen, aber er sieht auch eine Spur zerknirscht aus. »Ich hab das wirklich nicht böse gemeint. Sorry, wenn das falsch rübergekommen ist.« Sein Lachen verändert sein ganzes Wesen, es lässt ihn weicher wirken, weniger kantig und nicht so verschlossen. Aber dieser Ausdruck verschwindet genauso schlagartig wieder, wie er erschienen ist. »Morgen haben wir eine ordentliche Etappe vor uns, und der Wetterbericht ist nicht gerade vielversprechend.« Sein Tonfall ist wieder wie üblich: bestimmt und leicht schroff. »Nur, dass du dich drauf einstellst.« Er nickt mir noch einmal zu und hält mir die Tür auf. »Gute Nacht.«

»Ähm, danke. Und ebenfalls gute Nacht.« Ich drücke mich an ihm vorbei durch die Tür und gehe hoch in mein Zimmer.

»Zumindest hat er mal einigermaßen freundlich den Mund aufgekriegt, unser Herr Reiseleiter«, murmle ich vor mich hin. Was noch lange nicht heißt, dass ich ihn nett finde. Aber sich ordentlich zu benehmen, das wird doch wohl nicht zu viel verlangt sein.

»Überhaupt nicht zu viel«, murmle ich vor mich hin, während ich mir im Bad die Zähne putze und mein Schlafshirt überziehe. »Das ist ja wohl das Mindeste.«

Sam sieht gut aus, das ist leider nicht zu übersehen, aber das nützt ihm gar nichts, solange er sich so rüpelhaft benimmt. Das ist mein letzter Gedanke, als ich bereits im Bett liege, bevor mir die Augen zufallen, und ich nur Sekunden später eingeschlafen bin.

Kapitel 4

Noch vier Tage bis zum St. Patrick's Day

*S*am lag mit seiner Wetterprognose daneben, denke ich mit leichter Genugtuung, als ich am nächsten Morgen durch das Giebelfenster hinausschaue, und außer ein paar harmlosen rosafarbenen Wolken nur blassblauer Himmel zu sehen ist.

»Morgenrot, Schlechtwetter droht«, unkt der Professor wenig später beim gemeinsamen Frühstück. Er schaufelt schon seit einer Viertelstunde unentwegt Müsli und dick mit Butter bestrichenen Toast in sich hinein, immer abwechselnd, als gälte es, eine Hungersnot zu überstehen. »Aber das hat man davon, wenn man eine Radreise im März bucht.«

»Das Wetter an der irischen Atlantikküste ist auch in jedem anderen Monat wechselhaft«, hält Wanda dagegen. »Es spielt also rein statistisch keine Rolle, wann man hier Rad fährt.«

»Außer im September, da gibt es meistens längere Schönwetterperioden«, meldet sich Fred zaghaft zu Wort. »Hab ich zumindest gehört.«

»Das habe ich auch gehört.« Dottie lächelt Fred zu, und er lächelt dankbar zurück.

Ich nehme einen Schluck vom frisch gebrühten Kaffee,

den ich mir vom liebevoll gedeckten Büfett geholt habe, zusammen mit einem Croissant und einem Klecks Marmelade.

»Jetzt wartet erst mal ab.« Aminata ist bereits bei ihrer dritten Tasse Kaffee, die sie mit einem ordentlichen Löffel Zucker süßt. Sie mag keine halben Sachen, das ist mir schon aufgefallen. »So schlimm wird's schon nicht werden.«

»Zieht aber am besten gleich eure Regensachen an«, meldet sich Sam zu Wort. »Wenn man schon am Anfang nass bis auf die Knochen ist, dann wird das sehr ungemütlich.«

Wanda verzieht den Mund ob dieser Belehrung, in ihren Augen sicher vollkommen unnötig, und auch ich finde seine Warnung ziemlich übertrieben. Was soll es denn aus diesen Miniwolken schon großartig regnen?

Wir frühstücken zu Ende und gehen dann in unsere Zimmer, um das Gepäck zu holen. Sicherheitshalber streife ich meine Regenjacke doch über, weil ich gerne auf alles vorbereitet bin, stopfe die schwarze Regenhose aus Nylon aber nur in meinen Tagesrucksack. Sie ist zwar alles andere als atmungsaktiv, aber dafür hundertprozentig wasserdicht, hat mir die Verkäuferin versichert. Nun, wenn es tatsächlich so stark regnen sollte, wie von Sam prophezeit, kann ich sie immer noch anlegen. Ich sehe mich um, ob ich auch nichts vergessen habe, und ziehe dann den Reißverschluss meiner Reisetasche zu.

Draußen wartet Aminata bereits am Fiat.

»So, dann wünsch ich euch viel Spaß.« Sie grinst, während sie gewohnt energisch unser Gepäck in den Transporter befördert. Dottie verzieht das Gesicht. »Aminata, würde es dir etwas ausmachen, wenn du ein bisschen ... weniger schwungvoll wärst? Ich hab etwas Zerbrechliches in meinem Koffer, du weißt schon ...« Ich sehe sie erstaunt von der Seite an. Dottie hat einen Hartschalenkoffer, und was auch immer sie mit sich herumträgt, es scheint bereits ziemlich gut geschützt sein. »Sicher, Dottie.« Aminata nickt gut gelaunt. »Ich werd in Zukunft dran denken.«

»Vielen Dank.« Dottie lächelt leicht gezwungen und zückt dann ihr Handy.

»Was machst du eigentlich, während wir radeln, Aminata?«, frage ich neugierig. »Du bist mit dem Transporter doch viel schneller am nächsten Etappenort!«

»Das kommt ganz drauf an.« Aminata zuckt mit den Schultern. »Früher habe ich oft für die Uni gelernt. Jetzt schaue ich mir manchmal etwas an entlang der Strecke. Und in manchen Orten habe ich gute Bekannte, mit denen treffe ich mich auf einen Kaffee. Oder was anderes.« Sie grinst vielsagend. »Und am allerliebsten mache ich einfach ein kleines Nickerchen auf dem Fahrersitz. Oder am Strand.« Schwungvoll öffnet Aminata die Fahrertür und steigt ein. »Na dann, wir sehen uns in Doolinvarna!« Sie winkt uns noch einmal zu und startet dann den Motor, was ihr erneut erst nach einigen Anläufen gelingt.

Sam lässt uns inzwischen einen Halbkreis um sich bilden. Er trägt eine schwarze Regenhose und dazu eine Regenjacke. Die Haare unter dem Helm sind wieder straff zusammengebunden, was seine markanten Wangenknochen noch betont.

»Wie schon angekündigt, Leute: Die Etappe heute hat es in sich. Es sind zwar weniger Kilometer als gestern, aber es wird fast durchgehend hügelig, und wir machen viele Höhenmeter. Der Wetterbericht meldet leider Regen und starken Wind.« Sam blickt ernst in die Runde. »Wenn es jemandem zu viel wird, sagt mir bitte Bescheid. Wir können Aminata jederzeit anrufen, dann sammelt sie denjenigen oder diejenige ein.« So etwas wie ein Lächeln huscht über sein Gesicht. »Abgesehen davon wird es heute eine der landschaftlich interessantesten Etappen der Reise. Wir durchqueren den Burren, eine uralte, prähistorische Landschaft.«

»Uralt«, murrt der Professor neben mir. »Für diese ungenaue Definition hätte ich auch einen drittklassigen Reiseführer konsultieren können.«

Sam hat ihn anscheinend nicht gehört, oder er gibt es nur vor.

»Nach etwa der Hälfte der Strecke machen wir halt und wandern ein Stück in den Nationalpark, weil man in diesen Teil mit dem Rad nicht hindarf. Dort gibt es Karsthöhlen, in denen schon zahlreiche Fossilien gefunden wurden.« Er nickt uns zu. »Alles klar? Dann ab auf die Räder.«

Wir folgen ihm zum Fahrradständer und schließen unsere Fahrräder auf. Offensichtlich sind alle Sams Rat gefolgt und haben zumindest schon Regenjacken an. Alle außer Wanda. Sie trägt wie gestern bloß ein kurzärmeliges Radtrikot, dieses Mal fliederfarben, dazu pastellgraue, hautenge Radshorts und setzt sich jetzt noch demonstrativ ihre teuer aussehende Sportsonnenbrille mit polarisierenden Gläsern auf, weil sich gerade noch ein paar Sonnenstrahlen ihren Weg durch die bereits dichter werdende Wolkendecke bahnen.

Ich mache schnell ein Selfie von mir auf dem Rad und schicke es an Mindy.

»*Heute geht es in den Burren!!*«, tippe ich rasch. Postwendend kommt eine Antwort von ihr.

»Du siehst super aus!«, schreibt sie. »Habe gehört, Doreen ist dieses Mal nicht dabei. Ist Sam als Reiseleiter auch okay?«

Ich zögere einen Moment, bevor ich zurückschreibe. »Ja, ist ganz okay«, tippe ich bloß und mache einen Sonnenbrillensmiley dazu. Das muss reichen. Ich verstaue das Handy sicher in der Seitentasche meiner Regenjacke und setze meinen Helm auf.

»Alle bereit?« Sam blickt noch einmal prüfend über die Schulter, bevor er sich auf den Sattel schwingt und losfährt. Dottie, die die ganze Zeit über leise telefoniert hat, legt hastig auf. »Tschüss, Cindy, Liebling, Oma muss jetzt Schluss machen«, wispert sie in ihr Handy. »Ich muss wirklich los, Ryan-Schatz, ja, ich radele heute *wieder* ...« Sie seufzt. »Ja, mach ich. Tut mir leid. Bis später.« Sie bekommt für einen Moment einen leeren Blick, bevor sie hastig auflegt und auf ihr Rad steigt, nicht ohne dabei das Gesicht zu verziehen.

»Wie geht es deinem Allerwertesten?«, frage ich.

Dottie nickt. »Die Salbe von Sam hat wirklich geholfen. Aber etwas Sitzfleisch muss ich mir trotzdem noch zulegen, fürchte ich.«

Wir kichern beide und kassieren dafür einen scheelen Blick vom Professor. Und dann geht es wieder los. Wir radeln die Hauptstraße von Ballyvaughan mit ihren farbenfrohen Häusern entlang, die wir aber bereits nach wenigen Minuten hinter uns lassen. Es geht vorbei am Hafen, dem *Sailor's Inn*, wo wir gestern Abend waren, und nach einer kurzen Strecke entlang der Küste biegen wir ab in Richtung Landesinneres. Bald erscheint vor uns der erste mächtige Felshügel, gut fünfzig Meter hoch. Eine halbe Stunde später türmen sich dunkle Wolkenberge vor uns auf, die die Sonne komplett verdecken. Ebenso bleigrau ist die Landschaft, durch die wir nun fahren. Die See ist nun nicht mehr zu sehen, nur noch rissiges, karstiges Gestein, zerklüftete Felsen, eine faszinierend karge Landschaft.

Sam hat nicht zu viel versprochen, in keiner Hinsicht. Schon bald frischt der leichte Wind zu einer steifen Brise auf, die immer stärker wird. Mir entgeht nicht, dass Sam immer wieder prüfende Blicke in den Himmel wirft, denn die dunklen Wolken über uns verheißen nichts Gutes. Als wir nach einer Dreiviertelstunde auf einem leicht erhöhten Punkt die erste Rast machen, nimmt mir die Aussicht fast den Atem: Vor uns erstreckt sich ein steinernes Meer, Felsbrocken in den verschiedensten Grautönen überall, durchzogen von grünem Heidekraut, so weit das Auge reicht. Noch nie zuvor habe ich so etwas gesehen. Es ist fast, als befänden wir uns auf dem Mond.

»Ein wildes Land, trägt weder Wasser genug, einen Mann zu ertränken, noch einen Baum, ihn zu erhängen, noch Erde genug, ihn zu begraben«, zitiert der Professor düster und deutet auf die karge Landschaft vor uns. »Das hat ein Spießgeselle von Oliver Cromwell über den Burren gesagt, als er hierherkam, um die irische Bevölkerung zu unterjochen.«

Dottie blickt ihn ängstlich von der Seite an. »Das klingt ja schauderhaft!«

»Das ist es ja auch«, sagt der Professor. »Sowohl die englische Unterdrückung als auch diese Landschaft. Nicht mal begraben sein möchte ich hier.«

»Dafür wäre ja auch nicht genügend Erde da«, sagt Sam und verzieht dabei keine Miene. Fred und ich kichern, und sogar Wanda muss ein wenig schmunzeln. Dottie hingegen sieht ihn an, als würde er mit seinem Witz etwas Böses in dieser archaischen Landschaft heraufbeschwören.

Zu unserer Rechten sieht man von hier aus nun wieder das Meer, das heute ebenso bleiern wie die zerklüftete Landschaft um uns herum wirkt. Es ist gar nicht so weit entfernt, wie ich gedacht hätte, höchstens zwei Kilometer, und man kann die riesigen Wellen, die durch den tosenden Wind aufgepeitscht werden, erkennen. Ich atme tief ein. Man kann das Meer sogar riechen, der Wind trägt die salzig herbe Luft weit landeinwärts. Auf diesem ungeschützten Platz stürmt es bereits ordentlich, weshalb wir nur eine kurze Pause machen. Mehrere Räder hat der Wind inzwischen umgeweht, auch meines. Ich zerre es wieder hoch, prüfe, ob nichts kaputtgegangen ist, doch alles scheint intakt zu sein. Ich steige auf, aber als wir losfahren, wird der Wind noch stärker. Es geht auf diesem Abschnitt zwar nur leicht bergauf, aber das Vorankommen wird immer mühsamer. So ungezügelt habe ich die Kraft der Natur noch nie am eigenen Leib erlebt. Sie macht mir ein wenig Angst, aber sie fasziniert mich auch. Eine seltsame Mischung, von der Dad mir oft erzählt hat, wenn er auf einer seiner Expeditionen in ein Tropengewitter oder einen Polarsturm gekommen ist. Mit aller Kraft stemme ich mich gegen die Windböen, die uns mit voller Wucht treffen, und trete so fest in die Pedale, wie ich nur kann, doch ich bewege mich kaum von der Stelle. Dem Professor vor mir geht es genauso, und ständig greift er sich verstohlen an den Rücken. Dottie hat bereits aufgegeben. Sie ist von ihrem Rad abgestiegen und schiebt es, ebenso Fred. Nur Sam und Wanda schaffen es mit Mühe, ein halbwegs gleichmäßiges Tempo zu halten.

Schließlich bleibt Sam stehen und wartet, bis wir aufgeschlossen haben. »Wir probieren es noch fünf Minuten!«, ruft er gegen den Wind. »Dann sehen wir weiter. In Ordnung?«

»Warum hast du eigentlich keine E-Bikes?« Wanda runzelt die Stirn. »Ich will ja niemandem zu nahetreten, aber bei manchen Teilnehmenden würde das schon Sinn machen.« Unwillkürlich wandert mein Blick zu Dottie. Sie hat schon wieder einen knallroten Kopf und tupft sich gerade mit ihrem kleinen pinken Mikrofaserhandtuch die Stirn trocken.

»E-Bikes sind richtig teuer«, erwidert Sam. »Zumindest die für einen gewerbsmäßigen Gebrauch.«

Wanda mustert ihn scharf. »Aber eine Rücklage für notwendige Investitionen wirst du doch wohl haben?«

»Das lass mal meine Sorge sein.« Sam wirkt auf einmal kühl. »Und bis jetzt sind unsere Reiseteilnehmer sehr gut ohne Motor zurechtgekommen. Nicht immer ist alles Neue besser. Ein herkömmliches Bike lässt sich auch viel unkomplizierter warten.«

»Ich wäre ehrlich gesagt ganz froh, wenn ich ein bisschen Unterstützung beim Treten hätte«, japst Dottie. »Nur ein kleines bisschen zumindest.«

»Ich auch«, gibt Fred zu. »Aber Sam hat schon recht, selber zu treten, macht auch ordentlich fit. Ich fühle mich schon wesentlich ausdauernder als am Anfang unserer Reise.«

»Es gibt doch sicher auch Förderungen für den Erwerb von Elektrofahrrädern«, beharrt Wanda. »Du solltest dich mal erkundigen in der Hinsicht.«

»Vielen Dank für den wertvollen Hinweis, Wanda.« Sam sieht aus, als würde er gleich explodieren.

Ich beiße mir auf die Zunge. Es gibt tatsächlich lukrative Förderungen in dem Bereich. Wir bei *The Green Change* beraten zwar vorrangig Konzerne, aber ich habe auch einen groben Überblick über Förderungen für kleinere Unternehmen, und ich könnte Sam sagen, welche für *Leprechaun Tours* infrage kämen. Aber ich glaube, das ist absolut der falsche Zeitpunkt, um meine Ratschläge anzubringen.

Ein paar Minuten später legt sich der Wind etwas, die Böen werden schwächer, aber dafür ziehen jetzt urplötzlich Nebelschwaden vom Meer herein. Zuerst nur hie und da, aber bald wird der Nebel so dicht, dass wir kaum die nächste

Wegbiegung sehen können. Mich fröstelt es. Ich trage zwar inzwischen sogar eine warme Fleecejacke unter meiner Regenjacke, aber die feuchte Kälte des Nebels kriecht durch sämtliche Kleidungsschichten hindurch bis in die Knochen. Kein Mensch ist außer uns zu sehen oder zu hören, kein Auto oder Traktor, nichts. Es sind nur wir in dieser kargen, mondähnlichen Landschaft. Es ist richtig unheimlich.

Sam signalisiert uns, stehen zu bleiben. »Es hat keinen Sinn, wir machen eine Pause.« Sein Gesichtsausdruck ist düster. »Das Wetter wird immer schlechter, für die nächsten Stunden sind auch noch heftige Regengüsse angesagt. Und die Wanderung in den Nationalpark können wir bei diesen Bedingungen ohnehin nicht machen.«

»Ich erhebe Einspruch«, meldet sich Wanda. Sie hat sich inzwischen ebenfalls ihre Regenhaut angezogen, ein ultradünnes, durchsichtiges Modell, das nicht wärmen *kann*, und dementsprechend wirkt sie, als würde sie ziemlich frieren. »Wir haben diese Wanderung heute im Programm, und jedem der Reiseteilnehmer sollte klar sein, dass wir eine Outdoor-Reise machen. Wegen des bisschen Nebels …«

»Ich bin für eure Sicherheit verantwortlich und kann es unter diesen Wetterbedingungen nicht verantworten, die Tour wie geplant fortzusetzen«, entgegnet Sam ruhig. »Sobald das Wetter besser wird, fahren wir weiter, aber ich möchte nicht, dass jemandem etwas passiert.«

Wanda schnaubt verächtlich. »Es ist bewölkt, und wir haben ein bisschen Wind, na und? Außerdem sind wir alle selbst für Leib und Leben verantwortlich.« Sie mustert uns der Reihe nach, und ihr Blick bleibt an Fred hängen. »Da wir ja alle offensichtlich längst die Volljährigkeit erreicht haben.«

Dottie sieht sie erstaunt an.

»Ich bin Anwältin«, fügt Wanda mit einem lässigen Schulterzucken hinzu. »Ich sollte es also wissen.«

»Und *ich* bin der Reiseleiter, und als solcher obliegt mir die Tourenplanung sowie etwaige, jederzeit mögliche Änderungen ebendieser«, entgegnet Sam, jetzt eine Spur schärfer. »Jederzeit nachlesbar in den AGBs, die jeder Reiseteilnehmer vor Antritt der Reise gelesen, unterzeichnet und somit akzeptiert hat.«

Ich meine, so etwas wie Anerkennung in Wandas Blick zu erkennen, aber vielleicht täusche ich mich auch. Auf jeden Fall erwidert sie nichts mehr darauf.

»Ein paar Minuten von hier befindet sich die *Burren Distillery*.« Sam zeigt Richtung Osten. »Wir können vielleicht dort warten, bis das schlimmste Wetter vorüber ist.«

Er zieht sein Handy hervor und wählt eine Nummer. »Hallo, Kieran!« Sein Gegenüber scheint etwas zu sagen. »Ja genau, wir sind unterwegs. Bist du in der Destillerie? Können wir vorbeikommen? Das Wetter wird immer schlimmer …« Wieder eine kurze Pause. »Super. Bis gleich.« Er beendet das Telefongespräch und nickt uns zu.

»Alles klar«, sagt Sam. »Kieran, der Besitzer der Destillerie, ist da und wird uns in Empfang nehmen.«

»Ich würde mir grade noch meine Regenhose anziehen«, sage ich etwas kleinlaut, während ich meinen Rucksack öffne.

»Dann mach mal.« Sam nickt knapp. Zumindest ist keine Genugtuung in seinem Gesicht zu sehen, wie ich mit einem Seitenblick feststelle.

Die nächste Viertelstunde erscheint mir endlos. Wie von Sam prophezeit, beginnt es zu regnen, immer stärker, bis uns der wieder aufkommende Wind den Regen schließlich direkt von vorne ins Gesicht bläst.

»Sam, ist es noch weit bis zur Destillerie?«, ruft Dottie. Die Erschöpfung in ihrer Stimme ist deutlich zu hören.

»Nur noch ein paar Hundert Meter!«, ruft Sam zurück. Er ist ebenfalls komplett durchnässt, seine Haare haben sich gelöst und hängen in Strähnen um sein Gesicht. Mit einer ungeduldigen Geste streicht er sie zurück. »Haltet durch!«

Kapitel 5

*W*ir lassen die Räder die letzten Meter bergab rollen und biegen dann auf eine gepflasterte Einfahrt ein. *The Burren Distillery* steht in minimalistischen Lettern aus schwarzem Stahl über einem großen, hölzernen Eingangstor. Sam steigt ab, drückt die Klinke des Tors und tatsächlich – es schwingt auf. Wir fahren in den kleinen, ebenfalls gepflasterten Innenhof und steigen von unseren Rädern. Nachdem wir sie neben dem Eingang abgestellt haben, versammeln wir uns fröstelnd vor der Tür.

»Hier wird seit über zweihundert Jahren Whiskey hergestellt.« Sam deutet auf das Haus. »Und der Brennmeister ist ein alter Hase.«

Es liegt bereits ein schwacher, aromatischer Duft von Whiskey in der Luft. Ich trete ein paar Schritte zurück, um die Destillerie besser betrachten zu können, aber im selben Moment taucht ein dunkelbrauner Wuschelkopf am kleinen Fenster neben der Eingangstür auf.

»Ah, da ist er ja schon, der Maestro höchstpersönlich!«, begrüßt Sam ihn erfreut. »Hallo, Kieran!« Nach Sams Beschreibung habe ich einen gemütlichen Mittfünfziger mit Bierbäuchlein erwartet, aber ich sehe gleich, dass ich mich komplett getäuscht habe. Kieran, der Brennereibesitzer, mag Erfahrung haben, aber er ist noch recht jung, etwa Anfang dreißig, sehr gut gebaut und mit einem sympathischen Funkeln in den Augen.

»Da sind sie ja, die tapferen Radler!« Er grinst. »Ich wette, ihr verflucht euren Reiseleiter, dass er euch bei dem Wetter überhaupt hat losfahren lassen!«

Sam grinst ebenfalls. Man erkennt sofort, dass die beiden miteinander vertraut sind.

»Wartet, ich mach euch auf.« Kieran verschwindet vom Fenster und erscheint kurz darauf in der Eingangstür.

»Darf ich euch Kieran O'Malley vorstellen?« Sam klopft ihm auf die Schulter. »Eigentümer der *Burren Distillery*.«

Kieran deutet eine Verbeugung an. »Es ist mir eine Ehre, euch heute hierzuhaben.« Er hat ungeheuer anziehende Gesichtszüge, dieser Kieran, einen weichen, geschwungenen Mund und faszinierend graugrüne Augen.

»So alt sieht das Haus noch gar nicht aus«, sagt Dottie verwundert. »Ich meine, es wirkt nicht, als ob es schon zweihundert Jahre alt wäre.«

Um Kierans Mundwinkel zuckt es belustigt. »Du hast absolut recht. Mein Urururgroßvater hat tatsächlich schon an diesem Ort im Burren Whiskey gebraut, aber in einem kleinen Anbau neben dem Stall. Dieses Haus haben meine Brüder und ich erst vor fünf Jahren gebaut.«

Ich kann meinen Blick nur schwer von Kieran lösen. Er ist wirklich einnehmend. Ich muss aufpassen, dass ich ihn nicht anstarre. Plötzlich fällt mir auf, dass Sam mich beobachtet. Ich fange seinen Blick auf und sehe ihn herausfordernd an, denn schließlich ist es alleine meine Sache, wohin ich schaue. Sofort wendet er seinen Blick von mir ab.

»Aber jetzt kommt erst mal rein.« Kieran macht eine einladende Handbewegung. »Ihr seht ja zum Erbarmen aus.«

Dankbar treten wir in den angenehm warmen Eingangsbereich der Destillerie.

»In den Besucher-WCs gibt es eine Heizung, da könnt ihr eure Sachen zum Trocknen aufhängen«, sagt Kieran gerade. »Und ich schau mal nach, ob ich irgendwo ein paar Handtücher für euch auftreibe.« Er überlegt. »Gebt mir eine Minute.«

»Danke, Mann.« Sam klopft ihm auf die Schulter. »Ist echt ein Sauwetter heute.«

Wir schälen uns aus unseren Regenklamotten und teilen uns die Heizungen der beiden WCs. Nur Wanda behält ihre patschnasse, hauchdünne Regenhaut an. Aus Protest, wie ich vermute, über den ungewollten Zwischenstopp. Ich bin die Erste, die wieder in den Eingangsraum tritt. Es ist erstaunlich, aber meine Regensachen haben dicht gehalten, und mir ist zwar kalt, aber meine Kleidung darunter ist kaum feucht geworden.

Kieran ist schon wieder mit einem Stapel Handtücher zurück. Er reicht mir eines davon.

»Vielen Dank!« Ich nehme es entgegen und frottiere meine Haare damit. Augenblicklich fühle ich mich wohler. Zwar springen meine Locken jetzt munter in alle Richtungen, aber dafür habe ich nicht mehr das Gefühl, wie ein nasser Waschlappen durch die Gegend zu laufen.

Kieran betrachtet mich nachdenklich. »Ein Föhn wäre auch keine schlechte Idee, oder? Bei deinen tollen Haaren dauert es sicher Ewigkeiten, bis sie trocken sind!«

Ich lache, etwas verlegen wegen seines Kompliments. »Das stimmt allerdings.«

Kieran verzieht das Gesicht. »Nur leider kann ich damit nicht dienen, fürchte ich.«

»Kein Problem«, sage ich. »Hier drinnen ist es echt schön warm.« Wie umsichtig er ist, genau das Gegenteil von Sam. Der hätte mich nie gefragt, ob ich einen Föhn brauche.

»Wie heißt du?«, fragt Kieran interessiert.

»Carly«, antworte ich, immer noch leicht verlegen. »Also eigentlich Charlotte, aber alle nennen mich Carly.« Ich weiß nicht, wieso ich Kieran meinen Taufnamen genannt habe. Ich mache das sonst nie, vielleicht, weil auch Dad von Anfang an nur meinen Spitznamen verwendet hat. Mum war die Einzige, die mich bei meinem richtigen Namen genannt hat, und irgendwie ist mir das immer steif vorgekommen.

»Dann werde ich das auch tun«, sagt Kieran und lächelt mich an. »Und woher kommst du, Carly? Nicht hier aus der Gegend, oder?«

»Nein, ich bin aus Dublin.« Kierans intensiver Blick bringt mich durcheinander. Er ist der attraktivste Mann, dem ich seit Langem begegnet bin. Und wenn ich mich nicht täusche, zeigt er gerade so etwas wie … Interesse an mir.

»Oh, Dublin, cool.« Kieran nickt. »Ich war da letztes Jahr mal ein paar Wochen, hab Restaurants und Lokale abgeklappert, um unseren Whiskey bekannter zu machen. Tolle Stadt. Das könnte ich mir auch vorstellen, dort zu leben.« Er grinst. »Blöd nur, dass die Destillerie sich nicht so einfach versetzen lässt. Und wir haben sie eben erst neu gebaut, also werde ich es wohl noch eine Weile hier aushalten müssen.«

Er lächelt mich an, und ich lächle, ohne nachzudenken, zurück.

»Und was machst du so in Dublin?«, fragt er interessiert.

»Ich arbeite für eine Firma, die Konzerne in Sachen Nachhaltigkeit und Klimafreundlichkeit berät«, erkläre ich.

»Das ist auch für uns ein Riesenthema.« Kieran nickt. »Wir

haben letztes Jahr eine Photovoltaikanlage installiert, um unseren Strom selbst zu erzeugen, und möchten in Zukunft komplett CO_2-neutral wirtschaften.«

»Wow, das ist echt ein ehrgeiziges Ziel!« Ich höre Kieran mit wachsendem Interesse zu.

»Ehrgeizig schon, aber wir sind so abhängig von der Natur um uns, dass wir auf jeden Fall alles tun möchten, um ihr nicht noch weiter zu schaden.« Ich merke, dass Kieran das Thema ernst nimmt, im Gegensatz zu vielen CEOs der Firmen, die wir beraten. Das ist noch etwas, das mich an meinem Job in letzter Zeit immer häufiger stört. Ich lege viel Engagement und Herzblut in jeden Auftrag, gebe mir Mühe, jedes Konzept maßzuschneidern, aber oft habe ich das Gefühl, dass es sofort nach Fertigstellung in irgendeiner Schublade landet, ohne jemals ernsthaft gelesen zu werden.

»Und was treibt man in seiner Freizeit so in Dublin? Es gibt dort sicher unendlich viele Möglichkeiten im Gegensatz zu hier.« Er lacht unbekümmert. »Hier ist es schon aufregend, wenn mal der Postbote eine Stunde später als gewöhnlich auftaucht.«

»Ja, da bietet die Stadt schon etwas mehr.« Ich lache ebenfalls, aber ein wenig unbehaglich. »Es ist eigentlich immer was los.« Ich bin froh, dass sich Kieran mit dieser vagen Antwort zufriedengibt. Die Wahrheit ist, dass mein Privatleben nicht gerade erfüllt ist. Die meiste Zeit arbeite ich, dann gehe ich nach Hause, mache mir eine Portion Nudeln und lese einen Krimi oder streame eine Serie. Ab und zu treffe ich mich mit meinen Kolleginnen auf einen Drink nach der Arbeit oder mit Mindy in einem Café, aber das war es im Großen und Ganzen auch schon. Ziemlich eintönig. Früher war das anders. Ich bin oft übers Wochenende weggefahren, meistens mit Maeve und Ines, später mit Dylan oder auch mit Dad, wenn er da war. Ich bin regelmäßig ins Fitnessstudio oder Joggen gegangen, und ich habe es geliebt, neue Restaurants auszuprobieren. Wann genau bin ich eigentlich zu einem Einsiedlerkrebs mutiert? Und wann habe ich aufgehört, Dinge zu tun, die mir wirklich Spaß machen?

Sam kommt gerade aus dem Männer-WC, und ich merke, wie er uns wieder beobachtet.

»Kann ich dir irgendwas anbieten, Carly?«, fragt Kieran gerade. »Tee? Kaffee? Oder lieber gleich Whiskey?«

»Tee wäre super«, antworte ich dankbar. Ich merke, wie wohl mir seine Aufmerksamkeit tut.

Er nickt. »Und was ist mit dir, Sam?«

»Tee ist eine gute Idee zum Warmwerden.« Sam hat sich jetzt zu uns gesellt. »Danke, Kumpel.«

Kieran verschwindet hinter einer Tür und kommt ein paar Minuten später, in denen Sam und ich schweigend aus dem großen Panoramafenster der Eingangshalle gestarrt haben, mit einer großen Teekanne und einem Tablett voller Tassen zurück.

Nach und nach trudeln auch die anderen ein. Kieran reicht die Handtücher herum, und jeder nimmt eines, außer Wanda, die mit einem Kopfschütteln ablehnt. »Danke, es geht auch so«, höre ich sie sagen.

»Woher kennt ihr zwei Hübschen euch denn?«, fragt Dottie und tätschelt Kieran den Arm, nachdem er ihr ebenfalls eine Tasse Tee eingeschenkt hat. »Ich meine, Sam und du.«

»Wir haben zusammen studiert«, sagt Kieran und grinst Sam an. »Viel Zeit im Hörsaal verbracht haben wir dabei allerdings nicht.« Beide lachen, Sam eher verhalten, Kieran unbekümmert.

Ich kann sie mir richtig gut vorstellen, die beiden, wie sie die Uni unsicher gemacht haben. Beide extrem gut aussehend, charismatisch und sicher mit einer phänomenalen Wirkung auf Frauen. Wahrscheinlich war Sam damals auch weniger mürrisch als jetzt.

»Da ihr schon mal hier seid: Soll ich euch die Destillerie kurz zeigen?« Kieran blickt uns fragend an.

Alle nicken, bis auf Wanda, die immer noch zu schmollen scheint.

»Dann folgt mir.« Kieran winkt uns, mitzukommen. »Hier in der Gegend wird übrigens schon seit über achthundert Jahren Whiskey gebrannt«, erklärt er. »Mönche haben die Tradition aus Spanien mitgebracht. Mein Urururgroßvater hat sich an diese Tradition erinnert und angefangen, in einer Scheune wieder Whiskey zu brennen. Er hat die Gerste selbst angebaut, hier im Burren. Und genauso machen wir es jetzt auch wieder.«

»Hier in dieser Einöde wächst was?«, entfährt es Dottie, die sich aber sofort die Hand auf den Mund schlägt.

Kieran lacht. »Ja tatsächlich, auch wenn man es kaum glauben mag. Die Gegend ist sogar recht fruchtbar. Eines unserer Gerstenfelder liegt fast direkt am Meer, und sehr feine Gaumen können einen salzigen Hauch im Whiskey herausschmecken.«

Wir folgen ihm in einen großen, hohen Raum, in dem es aus überdimensionalen Kupferkesseln dampft. Schwaden von alkoholhaltigem Dunst ziehen durch die Luft. Es sieht hier ganz anders aus als auf diesem schicken, südfranzösischem Weingut, auf das mich Mum mitgenommen hat, als ich sie das letzte Mal in Avignon besucht habe. Sie hat es gut gemeint, wollte mir etwas von der Gegend zeigen, aber ich empfand die

Atmosphäre dort als steif und unpersönlich. Hier hingegen ist es warm und heimelig, fast wie in einer großen Küche.

Dottie hebt die Nase und kichert. »Da wird man ja sofort beschwipst, ohne auch nur einen Schluck getrunken zu haben!«

»Da hast du allerdings recht.« Kieran zwinkert ihr zu. »Ich hab mich inzwischen daran gewöhnt, aber am Anfang wurde mir tatsächlich manchmal etwas schwummrig.« Er tritt an einen der Kessel heran. »Als ich die Destillerie mit meinen Brüdern geplant habe, war uns wichtig, dass wir nach der alten Destilliertradition der Gegend arbeiten«, erklärt er. »Wir verwenden nur Quellwasser, Gerste und Hefe. Sonst nichts. Die Gerste wird eingeweicht und dann getrocknet. Wir machen das noch traditionell über einem Torffeuer. Dann wird die Gerste gemahlen, erhitzt und mit Wasser vermischt. Die Hefe verwandelt den daraus entstandenen Zucker in Alkohol.« Er deutet auf die Kupferkessel. »Und hier drinnen passiert die Magie. Der Alkohol trennt sich vom Wasser, alle schädlichen und ungenießbaren Inhaltsstoffe verdampfen, und übrig bleibt bester irischer Whiskey.«

Ich war nicht besonders gut in Chemie, aber Kieran hat den Prozess sehr anschaulich erklärt, sodass ich es auch verstehe.

»Wir sind eine Mikrodestillerie«, sagt Kieran, während wir den Brennraum durchqueren. »Wir produzieren nur an die hundertfünfzig Fässer Whiskey im Jahr. Dafür legen wir besonders viel Wert auf Qualität und unsere eigene Handschrift.« Nun sind wir an eine Holztür mit kunstvollen Eisenbeschlägen gelangt. Kieran schließt sie auf. Vor uns liegen endlose Reihen von Holzfässern.

Der Professor pfeift anerkennend durch die Zähne. »Nicht

schlecht«, murmelt er und beäugt die Fässer, in denen der Whiskey lagert.

»Wir lassen den Whiskey mindestens drei Jahre lang reifen, die meisten Sorten wesentlicher länger, bei optimaler Umgebungstemperatur und Luftfeuchtigkeit, die wir ständig mit Sensoren überprüfen«, erzählt Kieran uns. »Nur so wird eine optimale Qualität gewährleistet. Dann füllen wir den Whiskey in Flaschen ab, und er ist bereit zum Verkauf.« Er führt uns durch eine Nebentür in einen gemütlichen Raum, in dem zwischen zwei Reihen weiterer Fässer ein großer Holztisch mit Stühlen rundherum steht.

»Hier machen wir unsere Verkostungen.« Er deutet auf den Tisch. »Und da wir ja ein bisschen Zeit haben, bis der Regen nachlässt, würde ich auch mit euch eine Verkostung machen, wenn ihr Lust habt.«

Er holt ein paar Flaschen aus einem antik wirkenden Whiskeyschrank, dazu bauchige Gläser und eine Karaffe Wasser und stellt alles auf den Tisch.

»Das nenn ich mal eine gute Idee!« Der Professor bekommt glänzende Augen, als er die Whiskeyflaschen sieht.

»Kieran, das ist echt nett gemeint, aber wir haben noch ein ganzes Stück Strecke vor uns«, wendet Sam ein.

Ich bemühe mich um ein unschuldiges Gesicht. »Und wenn wir alle versprechen, dass wir den Whiskey nicht trinken, sondern gleich brav wieder ausspucken?« Es macht einfach Spaß, ein wenig gegen unseren Reiseleiter zu sticheln, das muss ich zugeben.

»So können wir das machen.« Kieran nickt. »Ich hab ein paar Spucknäpfe da.«

»Aber dann verpasst man doch das Finish«, protestiert der Professor.

»Das stimmt«, gibt Kieran ihm recht. »Aber wenn wir alle Kostproben austrinken, hat Sam bei der Weiterfahrt wirklich keine Freude mehr mit euch.«

»Ihr müsst selbst wissen, was ihr tut«, sagt Sam knapp. »Aber bitte übertreibt es nicht.«

»Aye, aye, Sir!« Ich salutiere gespielt, und Kieran lacht lauthals heraus.

»Sam, ich glaube, deine Gruppe hält nichts von deiner Abstinenz.«

»Ist schon gut«, erwidert Sam mürrisch. »Wir sind hier nicht im Kindergarten.« Er lässt sich auf einen Stuhl fallen und verschränkt die Arme.

»Nicht beleidigt sein, Kumpel.« In Kierans Augen blitzt es belustigt, als er sich mir zuwendet und mit gesenkter Stimme weiterspricht: »Sam ist ein feiner Kerl, aber wenn ihm etwas gegen den Strich geht, dann versteht er nicht ganz so viel Spaß wie sonst.«

»Das habe ich bereits gemerkt«, antworte ich und blinzle zu Sam hinüber, der nun mit seinem typisch finsteren Blick vor sich hin starrt.

Inzwischen haben wir alle um den Tisch Platz genommen. Alle außer Wanda.

»Ich muss mal«, sagt sie und verlässt mit raschen Schritten den Raum.

Kieran hat inzwischen mit einer geschickten Bewegung eine Flasche entkorkt. »Der erste Whiskey, den wir verkosten werden, ist ein noch relativ junger, gerade vierundzwanzig Monate gereift, natürlich im …?« Er sieht fragend die Runde.

»Eichenfass«, kommt es vom Professor wie aus der Pistole geschossen. »Wo auch sonst soll ein guter Whiskey reifen.«

»Ganz genau.« Kieran nickt. »Wir lagern unseren Whiskey

nur in mindestens dreißig Jahre alten, ausgebrannten Eichenfässern. Deshalb hat er auch diesen besonderen Geschmack.« Er schenkt uns reihum etwas aus der Flasche ein. »Also gut: Riecht bitte zuerst einmal daran«, instruiert uns Kieran. »Lasst euch Zeit dabei. Welche Nuancen nehmt ihr wahr?«

Ich hebe mein Glas hoch und führe es zur Nase. Ich bin überrascht, wie viele unterschiedliche Duftnoten der Whiskey verströmt. Er riecht erdig, leicht torfig, und ich meine, einen Hauch Seetang zu erhaschen.

»Und nun probiert«, fordert uns Kieran auf. »Aber spuckt den Whiskey bitte wie besprochen in den Napf, sonst wird Sam noch ungenießbarer als ohnehin schon.«

Alle lachen. Sam sitzt mir schräg gegenüber, die Arme immer noch verschränkt, aber auch auf seinem Gesicht erscheint ein kleines Lächeln. Es würde ihm richtig gut stehen, wenn er seine ernste Miene öfter ablegen würde.

Kieran hebt das Glas an seine Lippen, nippt daran und lässt dann den Whiskey in seinem Mund umherwandern.

Ich tue es ihm gleich und werde von der Intensität der goldgelben Flüssigkeit, die sich an meinem Gaumen ausbreitet, überrascht. Ich bekomme einen Hustenanfall und kann gerade noch verhindern, dass dabei eine Ladung Whiskey aus meinem Mund schießt.

»Bist du nicht gewohnt, unseren Saft von der Westküste, was?« Sam zieht eine Augenbraue hoch. »Was trinkt man denn in Dublin so? Gin Fizz?«

Es ärgert mich, dass ich keine passende Antwort herausbekomme, weil ich immer noch husten muss.

Kieran reicht mir ein Glas Wasser. »Es geht vielen so, wenn sie das erste Mal Whiskey probieren.« Er lächelt mir zu. »Ist ganz schön stark, unser Single Malt.«

»Das kann man laut sagen!« Dottie hickst. »Der haut einen ja förmlich um.«

»Ich finde ihn großartig.« Fred nickt anerkennend. »Ich bin bei Gott kein Whiskeyexperte, aber er schmeckt hervorragend.«

Kieran holt eine weitere Flasche aus dem Schrank. »Dann warte, bis du diesen hier probiert hast.« Er stellt neue Gläser vor uns hin.

»In dem Holzschrank sieht man die schönen Flaschen ja gar nicht«, sagt Dottie bedauernd. »Wäre es nicht besser, wenn du sie in einer beleuchteten Vitrine präsentieren würdest?«

»Schöner wäre es auf jeden Fall, da stimme ich dir zu.« Kieran lacht. »Aber Whiskey sollte unbedingt lichtgeschützt gelagert werden, sonst wirkt sich das negativ auf die Qualität aus.«

Er schenkt uns wieder reihum ein. Bei mir hält er kurz inne. »Bereit für eine weitere Kostprobe oder lieber nicht mehr?«

»Gerne.« Ich nicke ihm zu. »Jetzt weiß ich ja, was mich erwartet.«

»Find ich super, dass du dich nicht gleich entmutigen lässt.« Kierans Lächeln erreicht auch seine graugrünen Augen, er strahlt mich an, und ich merke, wie mein Herz schneller zu schlagen beginnt.

Wir nehmen einen Schluck. Diese Mal bin ich auf die Schärfe vorbereitet und kann den Geschmack des Whiskeys besser wahrnehmen. Er schmeckt nach Toffee und auch ganz leicht nach Lakritze.

»Hab schon Schlechteres getrunken«, murmelt der Professor anerkennend, während er sein Glas leert.

Mir ist aufgefallen, dass Sam sich nicht an der Whiskeyprobe beteiligt. Er winkt ab, als Kieran ihm einschenken will. Sam behält gerne einen klaren Kopf, so viel ist sicher.

»Mir schmeckt dieser hier besser als der erste.« Dottie kichert. »Er ist wie ein Dessert, und ich liebe Desserts.«

Kieran grinst. »Du hast recht, mich erinnert dieser Whiskey auch immer an den Toffeepudding meiner Mum. Dieser Jahrgang verkauft sich übrigens richtig gut bei uns.«

Wir kosten noch drei weitere Whiskeys, und ich spucke jedes Mal brav aus. Wir haben einen leeren Magen, und sogar so beginne ich die Wirkung des Alkohols leicht zu spüren.

Kieran geht wieder zurück zum Schrank und bückt sich. »Und jetzt habe ich noch etwas ganz Besonderes für euch.« Er holt eine verstaubt wirkende Flasche aus der Glasvitrine. »Ein *Sean Gael*. Mein Vater hat ihn noch destilliert, vor über dreißig Jahren.«

Horan stößt einen bewundernden Laut aus. »Nicht übel. Gibt es den bei jeder Verkostung?«

»Nicht bei jeder«, sagt Kieran. »Nur bei ganz besonderen Gästen.« Täusche ich mich, oder bleibt sein Blick eine Sekunde länger an meinem hängen als bei den anderen?

Er holt noch einmal neue Gläser hinter der Theke hervor und reicht jedem von uns eines.

»Bei uns hier im Burren gibt es eine uralte Tradition«, verkündet Kieran feierlich, während er reihum etwas von der kostbaren goldgelben Flüssigkeit einschenkt.

»Wenn man zusammen ein Glas *Sean Gael* trinkt, ist man normalerweise auch per Du.«

»Wir sind eh schon alle beim Du«, erklärt Dottie gutgelaunt. »Außer der Professor. Er bevorzugt es, mit seinem Nachnamen angesprochen zu werden.«

Kieran setzt eine bedauernde Miene auf. »Dann werden Sie, Professor, leider nicht in den Genuss des dreißig Jahre alten *Sean Gael* kommen können. So sind die Regeln hier im Burren.«

Der Professor hat bereits ein gerötetes Gesicht. Mit großen Augen starrt er das Glas in Kierans Hand an. Er schluckt und sieht aus, als müsste er sich richtiggehend überwinden. »Ach, dann will ich mal nicht so sein.« Er streckt Kieran die Hand entgegen. »Ich heiße Horan.«

»Ist mir ein Vergnügen, Horan.« Kieran schüttelt ihm lächelnd die Hand und prostet uns dann allen zu, nicht, ohne mit jedem von uns Blickkontakt aufzunehmen. »Na dann, allerseits, *Slainte*!«

Wenn ich ehrlich bin, bemerke ich keinen wesentlichen Unterschied zwischen den vorangegangenen Whiskeys und diesem besonderen, aber ich finde es supernett von Kieran, uns von dieser Rarität kosten zu lassen.

»Ausgezeichnet«, murmelt Fred, der den Whiskey brav in den Spucknapf spuckt.

»Wo ist eigentlich Wanda?« Sam runzelt die Stirn und blickt sich um. »Es ist doch schon eine Ewigkeit her, seit sie aufs WC gegangen ist.«

»Sie wird schon nicht ins Klo gefallen sein«, witzelt der Professor, oder besser gesagt, Horan. Mit sichtlichem Genuss hat er den *Sean Gael* bereits ausgetrunken. »Spendierst du uns noch ein Schlückchen, Kieran?«

»Übertreibt es bitte nicht«, mahnt Sam, während Kieran bereitwillig die Whiskeyflasche öffnet. »Wir haben noch ein ganzes Stück Wegstrecke vor uns.«

»Aye, aye, Captain.« Dottie salutiert wie ich vorhin vor ihm und kichert wie ein Schulmädchen. Sie hat gerötete Wangen, und ich glaube, sie hat von den Whiskeys ebenfalls mehr als nur gekostet.

»Aber wo steckt denn Wanda jetzt wirklich?« Fred blickt ratlos in die Runde.

Sam blickt auf die Uhr. »Sie muss seit einer halben Stunde weg sein.« Er steht genervt auf. »Ich geh mal nachsehen.«

Ein paar Minuten später erscheint er wieder im Türrahmen. Er sieht alarmiert aus. »Wanda ist nicht auf der Toilette.«

»Vielleicht ist sie nach draußen gegangen, eine rauchen?« Kieran hebt fragend die Schultern.

»Also ich hab sie noch nie rauchen gesehen«, sagt Dottie ratlos. »Und sie ist doch eigentlich sehr gesundheitsbewusst, was ich so mitgekriegt hab …«

»Ich war überall, auch draußen.« Sam wirkt beunruhigt. »Ihr Rad ist noch da, aber von ihr keine Spur. Und bei ihrem Handy komme ich nicht durch. Kein Netz.«

Kieran zuckt mit den Schultern. »Das ist hier draußen echt ein Problem. Ein Wunder, dass du mich vorhin gleich erreicht hast.«

»Es hat Wanda überhaupt nicht gepasst, dass wir unser Programm nicht wie geplant absolviert haben«, überlege ich laut. »Und sie war ganz scharf darauf, diese Wanderung zu machen. Vielleicht ist sie einfach alleine los.« Ich schätze Wanda durchaus so ein, dass sie sich auf eigene Faust auf den Weg macht, trotz Nebels, Regen und miserabler Sicht.

»Für wie wahrscheinlich hältst du es, dass sich jemand hier in der Gegend verirrt?«, wendet sich Sam an Kieran.

Der sieht jetzt auch so aus, als wäre ihm nicht mehr ganz wohl bei der Sache. »Ganz ehrlich? Bei dem Wetter – ziemlich wahrscheinlich. Das Gebiet ist riesig, und bei dem Nebel ist es echt schwer, sich zu orientieren.«

»Na toll.« Sam stöhnt auf. »Der zweite Tag, und schon haben wir ein Gruppenmitglied verloren.«

»Vielleicht wollte sie sich ja nur ein bisschen die Beine vertreten«, versucht Fred, ihn zu beruhigen. »Und ist bald wieder da. Wir können ja sowieso noch nicht losfahren, dann bleiben wir eben noch ein Weilchen hier.«

Sam scheint das kein bisschen zu besänftigen. »Es ist inakzeptabel, dass sie einfach so einen Alleingang macht. Ohne mir Bescheid zu sagen.«

»Unsere Frau Rechtsanwalt wirkt durchaus, als ob sie auch allein zurechtkommen würde. Der Inbegriff der modernen Frau.« Horan lacht heiser. »Aber ich an deiner Stelle würde mir nicht allzu viele Sorgen machen. Sie wird schon nicht gleich den nächsten Abhang hinunterstürzen.« Seelenruhig nimmt er einen weiteren Schluck von dem *Sean Gael*, den ihm Kieran eben nachgeschenkt hat. »Ich persönlich verstehe sowieso nicht, wie man das grässliche Karst dieser gemütlichen Stätte als Aufenthaltsort vorziehen kann.«

Kieran wirft einen Blick nach draußen. »Ich würde tatsächlich noch ein Weilchen mit der Weiterfahrt warten, Sam, alleine wegen des Wetters.« Er steht auf. »Ich schau mal nach, ob wir nicht eine Kleinigkeit zu essen dahaben.«

Sam nickt. »Danke, Kieran. Ich versuche nur noch mal, Aminata zu erreichen. Es hat vorhin nicht geklappt, ich hab es schon ein paarmal probiert.«

Wir setzen uns zurück an den Eichentisch, Kieran verschwindet in einem Nebenraum und kommt mit Brot und Cheddar zurück, auf den wir uns alle stürzen. Mir war gar nicht bewusst, wie hungrig ich gewesen bin, aber wir sind vor unserer Ankunft bereits über zwei Stunden geradelt und haben seit dem Frühstück nichts mehr gegessen.

Die Stimmung ist leicht angespannt wegen Wandas Verschwinden, obwohl ich mir nicht wirklich Sorgen um sie mache. Ich glaube, Horan hat recht: Sie kann hervorragend auf sich selbst aufpassen.

Fred, der Gute, erzählt zur Auflockerung einige Anekdoten aus Doolinvarna, das wirklich ein sehr charmantes Örtchen zu sein scheint, und fast finden wir wieder zur heiteren Atmosphäre der Whiskeyverkostung zurück. Nur Sam ist die ganze Zeit über angespannt. Alle paar Minuten probiert er, Wanda anzurufen, doch sie scheint keinen Empfang zu haben, dort, wo sie gerade ist.

Schließlich steht er entnervt auf. »Das hat keinen Sinn. Ich verständige jetzt die Nationalparkwache. Einen Notruf sollte ich auch ohne Empfang absetzen können, oder?«

Kieran nickt. »Sie ist jetzt echt schon lange weg. Wer weiß, ob ihr nicht doch was passiert ist.«

Sam geht kurz nach draußen und telefoniert. Dann kommt er wieder herein. »Sie schicken einen Suchtrupp los, sobald sich das Wetter etwas bessert. Der Nebel soll sich anscheinend bald lichten.«

»Was machen wir inzwischen?«, fragt Horan. »Fahren wir weiter, sobald die Sicht besser ist? Oder warten wir hier?«

»Ich muss auf jeden Fall bleiben.« Sam sieht düster aus. »Wir wissen nicht, *ob* sie Wanda finden, wann und in welchem Zustand. Kann sein, dass sie ins Krankenhaus muss. Oder gleich zur Obduktion.«

Dottie blickt Sam erschrocken an, doch Fred legt ihr eine Hand auf den Unterarm. »Nicht doch, wir müssen ja nicht gleich vom Schlimmsten ausgehen. Vielleicht hat sie sich tatsächlich nur verlaufen, und der Suchtrupp findet sie bald.«

»Dein Wort in Gottes Ohr«, bemerkt Sam trocken und

schüttelt den Kopf, während er auf das Display seines Handys hämmert. »Es ist wie verhext hier draußen. Ich habe Aminata immer noch nicht erreicht, und dabei müssten wir längst in Doolinvarna sein. Sie macht sich bestimmt auch schon Sorgen um uns.«

»Großartig. Das heißt, wir müssen jetzt auch noch auf diese Anwaltsschnepfe warten«, beschwert sich Horan und schielt schon wieder zu den Whiskeyflaschen. »Meister, spendierst du uns noch ein Gläschen?«

Kapitel 6

*E*ine weitere Stunde ist bereits vergangen, und Kieran hat beim besten Willen nichts mehr, was er uns anbieten könnte. Wir haben alle seine Vorräte aufgegessen, und noch mehr Whiskey würde keinem von uns guttun, vor allem, weil wir heute noch eine ordentliche Wegstrecke zurücklegen müssen.

»Was macht das Suchteam jetzt?«, frage ich Kieran halblaut, um Sam, der gerade mit der Wache telefoniert, nicht zu stören. »Wie gehen sie vor, wenn jemand vermisst wird?«

»Sie werden zuerst eine Hundestaffel einsetzen und damit die Gebiete in der Umgebung absuchen«, erklärt er. »Und wenn sie Wanda dort nicht finden, schicken sie den Helikopter los.«

»Das klingt ja richtig dramatisch«, sage ich bestürzt. Verloren in dieser kargen Landschaft, das ist eine ganz schön einschüchternde Vorstellung, wie ich finde.

Kieran nickt ernst. »Es war eine verdammt blöde Idee, bei diesem miserablen Wetter allein ins Karst zu gehen.«

Die Zeit vergeht, doch bis jetzt sind keine Neuigkeiten eingetroffen. Fred hat sich inzwischen auf einer der Sitzbänke ausgestreckt und döst vor sich hin, Horan macht ebenfalls ein

91

Nickerchen, und Dottie zeigt Kieran sämtliche Fotos ihrer Enkel auf ihrem Handy, die er sich geduldig ansieht. Kieran würde einen hervorragenden Reiseleiter abgeben, denke ich mir. Er ist das genaue Gegenteil von Sam. Zugänglich, empathisch, gut gelaunt. In seiner Gegenwart fühlt man sich sofort wohl, ganz anders als bei Sam.

Der hingegen schafft es nicht, länger als zehn Minuten ruhig sitzen zu bleiben. Gleich springt er wieder auf, tigert im Raum auf und ab und tritt immer wieder durch eine Seitentür hinaus auf den Hof. Der Nebel hat sich inzwischen deutlich gelichtet, und auch der strömende Regen ist zu einem leichten Nieseln geworden. Ich gehe ebenfalls nach draußen, weil ich im Moment weder ein Nickerchen machen noch mir Dotties Familienfotos ansehen will.

»Hörst du das?« Sam macht eine knappe Kopfbewegung Richtung Himmel. Ich lausche. Tatsächlich ist ein leises *Flap-flap-flap* zu vernehmen.

»Sie haben tatsächlich den Helikopter losgeschickt«, sage ich mit wachsender Beunruhigung.

»Jap.« Sam starrt düster in den Himmel. »Wenn der sie nicht findet, sieht es richtig übel aus.«

Ich sehe ihn besorgt an. Sam aber meidet meinen Blick, wendet sich ohne ein weiteres Wort ab und lässt mich einfach stehen. Ungehalten sehe ich ihm nach, wie er die Tür öffnet und nach drinnen geht. Er ist so was von unhöflich. Bestimmt wäre Doreen, seine Mutter, eine viel nettere Reiseleiterin gewesen. Dafür tritt Kieran heraus zu mir. Er scheint meinen Blick in Sams Richtung bemerkt zu haben.

»Na, steht ziemlich unter Stress, unser Herr Reiseleiter, oder?« Er lächelt schief.

»Das wird wohl so sein«, antworte ich leicht patzig. »Er

ist dermaßen unfreundlich, und das nicht erst seit Wanda verschwunden ist.«

Kieran seufzt und blickt zur Tür, hinter der wir Sam wieder auf und ab tigern sehen.

»Ich kenne Sam schon seit Ewigkeiten, Carly. Er ist wirklich ein toller Kerl. Lustig, verlässlich, loyal. Ich weiß, manchmal kommt er etwas wortkarg rüber, ab und zu auch schroff, aber lass dich davon nicht täuschen.«

»Also, dass er ein ›toller Kerl‹ ist, wie du sagst, versteckt er bis jetzt aber ziemlich gut«, entgegne ich mit ironischem Unterton. »Ausgezeichnet sogar.«

Kieran blickt mich einen Moment an, als müsste er seine nächsten Worte gut abwägen. »Ich will ihn nicht verteidigen, aber er steht gerade unter ziemlich großem Druck, Carly«, sagt er schließlich. »Und wenn diese Wanda nicht mehr auftaucht, kann er seine Radreisen endgültig vergessen.« Kieran furcht die Stirn.

»Aber Wanda hat sich doch komplett seinen Anweisungen widersetzt«, wende ich ein. »Wir sind alle Zeugen. Sam hat ausdrücklich erklärt, dass es zu gefährlich ist, diese Wanderung zu unternehmen. Und er hat ja sogar diese Etappe wegen des schlechten Wetters unterbrochen.«

»Haftungsmäßig ist er damit sicher aus dem Schneider. Sein Ruf aber wäre trotzdem ruiniert«, sagt Kieran ernst. »Wer will schon einen Radreiseveranstalter buchen, der seine Mitglieder unterwegs verliert?«

Da muss ich ihm allerdings zustimmen. Der Imageschaden für *Leprechaun Tours* wäre gewaltig. Plötzlich tut mir Sam leid. Er ist zwar wirklich oft besserwisserisch und mürrisch, aber ein solches Desaster hat er nicht verdient. Für einen Moment schweigen wir beide.

»Ich schau mal wieder rein«, sage ich schließlich.

»Ich bleib noch einen Moment.« Kieran lächelt. »Dottie ist ja echt nett, aber ich kann mir beim besten Willen nicht noch mehr Bilder von ihren eisessenden und dreiradfahrenden Enkelkindern ansehen.«

Wir müssen beide lachen.

»Ihre Familie scheint ihr Lebensinhalt zu sein, oder?« Kieran macht ein nachdenkliches Gesicht.

»Den Eindruck habe ich allerdings auch«, stimme ich ihm zu. »Wobei ihr Sohn anscheinend total dagegen war, dass sie diese Reise macht.«

»Kein Wunder, damit geht ihm ja auch seine beste Babysitterin flöten«, sagt Kieran trocken. Damit könnte er allerdings recht haben. Ich gehe zurück in den Verkostungsraum. Fred ist inzwischen aufgewacht, und jetzt kommt er in den Genuss von Dotties Familienfotos. Ihm scheint es aber gar nichts auszumachen, sondern er folgt aufmerksam Dotties ausführlichen Erklärungen.

Horan schnarcht immer noch, während Sam niemanden eines Blickes würdigt und stattdessen sein Handydisplay taxiert.

Ich versuche, es mir auf einer der Holzbänke halbwegs gemütlich zu machen, und schließe die Augen.

Es muss eine knappe halbe Stunde vergangen sein, als Kieran zur Tür hereingestürmt kommt.

»Alle herhören!«, ruft er. »Ich glaube, sie haben Wanda!«

Sam springt auf und stürzt nach draußen, wir ihm alle hinterher. Das *Flap-flap-flap* von vorhin wird immer lauter, und schließlich sehen wir den Helikopter. Er schwebt bis knapp vor die Brennerei und sinkt dann immer tiefer.

»Sie wollen hier landen!«, ruft Kieran gegen den anschwellenden Lärm der Rotorblätter. »Kommt!«

Wir laufen durch den Hof und stürmen zum Tor hinaus. Und tatsächlich, der tomatenrote Hubschrauber der National-parkwache ist gerade dabei, auf dem Feld vor der Destillerie zu landen.

Es dauert eine gefühlte Ewigkeit, bis der Pilot den Motor abschaltet, der Wind der Rotorblätter verebbt und sich schließlich die Seitentür des Helikopters öffnet. Gespannt blicken wir zur Tür. Zuerst klettert eine Sanitäterin mit kinn-langen schwarzen Haaren und gelassenem Gesichtsausdruck heraus, und dann tatsächlich Wanda. Sie ist kreidebleich, die Haare kleben ihr patschnass am Kopf, und sie ist in eine goldene Rettungsfolie gewickelt.

Sam stürmt zu ihr. »Was hast du dir dabei gedacht, einfach so auf eigene Faust loszuziehen?« Er schäumt vor Wut.

»Nun mal ganz ruhig«, sagt Wanda. Sie sieht komplett erle-digt aus. »Ich kann nichts dafür, dass hier gleich so ein Zinno-ber veranstaltet wird, nur weil ich eine Weile weg war.«

»*Eine Weile?!*«, tobt Sam. »Wir suchen dich seit Stunden, und das Rettungsteam hat einen *Helikopter* gebraucht, um dich zu finden!« Er fasst sich an die Stirn, vollkommen fassungslos.

»Ich hatte nur vorübergehende Orientierungsprobleme«, entgegnet Wanda ungerührt. »Und der Handyempfang ist in diesem Steinhaufen einfach miserabel …«

»Sind Sie der Reiseleiter?«, wendet sich die Sanitäterin an Sam. Der nickt knapp.

»Sehen Sie zu, dass die Dame nicht weiter auskühlt«, in-struiert sie ihn. »Sie will nämlich partout nicht ins Kranken-haus, um sich durchchecken zu lassen.«

»Was soll ich denn auch da? Mir fehlt nichts«, beteuert Wanda. »Ein heißes Bad und eine ordentliche Tasse Tee, und alles ist wieder in Ordnung.«

Die Sanitäterin wirft Sam einen vielsagenden Blick zu.

»Könnt ihr sie bis nach Doolinvarna bringen?«, fragt Sam die Sanitäterin. »Wir sind mit dem Fahrrad unterwegs, und ich lasse sie auf keinen Fall die restliche Strecke fahren.«

»Klar, machen wir.« Die Sanitäterin nickt. »Welche Adresse?«

»Zum *Grantchester Hotel*«, sagt Sam.

»Das kennen wir.« Die Sanitäterin nickt wieder. »Ist gar kein Problem, die Miss dorthin zu bringen.«

»Das ist nicht nötig«, wehrt Wanda ab.

»Du fährst auf keinen Fall länger auf dem Rad mit«, sagt Sam. »Du holst dir noch eine Lungenentzündung.«

»Auf jeden Fall fahre ich mit«, bleibt Wanda stur.

»Ist dir bewusst, dass du durch dein Verhalten die ganze Gruppe aufgehalten hast?« Sam fällt es sichtlich schwer, ruhig zu bleiben.

»Na, bei dem Wetter wären die sowieso nicht weitergefahren«, sagt Wanda mit einem geringschätzigen Blick in unsere Richtung.

Schön langsam werde ich auch wütend. Was bildet sich diese Schnepfe eigentlich ein?

»Und jetzt bin ich ja wieder da.« Sie reckt das Kinn vor. »Ihr hättet wirklich kein derartiges Trara veranstalten müssen.«

»Dann rede ich jetzt mal Klartext.« Sam kann seine Wut nicht mehr unterdrücken. »Noch so ein Alleingang, und ich schließe dich von der weiteren Reise aus.«

»Das steht so aber nicht in den AGBs«, bemerkt Wanda ungerührt.

Sam sieht aus, als würde er sie am liebsten zerfleischen. Sein Kiefer arbeitet heftig.

Kieran legt ihm beruhigend eine Hand auf die Schulter. »Lass gut sein, Kumpel. Das bringt jetzt nichts.«

Wanda holt inzwischen seelenruhig ihr Rad aus dem Ständer und tut so, als würde sie Sam gar nicht weiter bemerken.

»Wenn das so ist«, schaltet sich die Sanitäterin ein, der das Geplänkel sichtlich auf die Nerven geht, »dann werden wir mal wieder losdüsen.«

»Sicher. Ich danke euch vielmals.« Sam atmet tief durch und schüttelt ihr die Hand, während Wanda für ihre Retter nur ein lahmes Kopfnicken übrighat.

»Ich würde sagen, dann radeln wir am besten direkt weiter, jetzt, wo alle da sind«, wirft Fred schnell ein. »Wir sind sicher alle froh, wenn wir unser Etappenziel erreichen. Wanda, möchtest du ein trockenes Shirt von mir? Ich hab eines in meinem Tagesrucksack ...«

»Sehr freundlich von dir, Fred.« Sie nickt ihm zu. »Ich würde es gerne anziehen. Das heißt«, sie wendet sich an Sam, »wenn das noch drin ist, ein Sprint auf die Toilette? Oder zählt das auch wieder als Alleingang?«

»Du schuldest mir noch ungefähr zweihundert Euro für das Sparschwein!«, brüllt er ihr hinterher.

»Die kannst du gerne haben!«, ruft Wanda lässig über die Schulter zurück.

»In fünf Minuten ist Abfahrt! Wer nicht rechtzeitig da ist, bleibt hier!« Sam stapft, immer noch wutentbrannt, in den Verkostungsraum.

Wir holen schnell unsere Sachen, verabschieden uns hastig von Kieran, denn Sam wirkt nach wie vor richtig geladen, und fünf Minuten später sind wir wieder unterwegs, Wanda nun gar nicht mehr schnittig, sondern ballonartig in einem von Freds alten Flattershirts. Ihr muss ziemlich kalt sein, aber sie lässt sich wie immer nichts anmerken. Sam tritt verbissen in die Pedale, er dreht sich kein einziges Mal mehr um, und wir haben Mühe, bei seinem Tempo mitzuhalten. Irgendwie verstehe ich ihn. Wanda hat sich wirklich unmöglich verhalten, und ich glaube, was Sam noch viel mehr ärgert als ihr Verschwinden, ist ihre absolute Uneinsichtigkeit.

Kapitel 7

Zwei geschlagene Stunden später sind wir immer noch unterwegs, allesamt wortkarg und hundemüde. Wenigstens ist das Wetter mittlerweile besser geworden. Der Wind hat sich gelegt, und es hat aufgehört zu regnen, nur ein paar Nebelschwaden wabern noch herum, und zum Glück geht es nicht mehr so steil bergauf wie am Vormittag. Trotzdem sind wir alle mit den Nerven und unserer Kraft am Ende, als wir endlich unser Hotel für diese Nacht erreichen: Das *Grantchester Hotel* thront auf einem Hügel über Doolinvarna, dem Ort, in dem Fred seine neue Heimat gefunden hat. Es ist ein gesichtsloser Koloss, aber das ist mir im Moment vollkommen egal. Alles, was ich will, ist eine heiße Dusche, eine warme Mahlzeit und ein kuscheliges Bett.

Vor dem Hotel erwartet uns allerdings zuerst einmal eine völlig aufgelöste, ebenfalls komplett durchnässte Aminata.

»Sam! Verdammte Scheiße, wo wart ihr?« Wild gestikulierend läuft sie uns entgegen. »Ich hatte eine Panne! Ich bin in einer Parkbucht kurz rausgefahren, und dann ist der Wagen einfach nicht mehr angesprungen!« Sie bleibt atemlos vor Sam stehen, der bremst und von seinem Rad absteigt. »Und mein

Akku war alle, nicht mal den Pannendienst anrufen konnte ich!«

»Ich hab dir doch schon öfters gesagt, dass du dir ein Ladegerät fürs Auto besorgen sollst.« Sam bemüht sich, ruhig zu bleiben, aber ich sehe ihm an, dass er mit seinen Nerven am Ende ist.

»Tut mir echt leid, Chef«, sagt Aminata kleinlaut. »Aber es war auch ein blöder Zufall, dass der Wagen gerade dann nicht angesprungen ist.«

»Wirklich blöd.« Sam schafft es, einen Funken Ironie in seinen Tonfall zu packen. »Wir haben nämlich inzwischen eine außertourliche Suchaktion starten müssen.« Sein Blick wandert zu Wanda, die gerade vollkommen ungerührt, aber bibbernd von ihrem schicken Rennrad steigt. »Aber das erzähl ich dir später. Jetzt muss ich erst mal unter die Dusche.« Er nimmt den Helm ab und fährt sich durch die feuchten Haare. »Wir sind alle ordentlich nass geworden.«

»Ähm, ich fürchte, da gibt es ein Problemchen ...«, beginnt Aminata und verzieht das Gesicht. »Wir können nämlich unsere Zimmer leider nicht beziehen. Der Besitzer, dieser Desmond, hat sie anderweitig vergeben, weil wir zu spät dran waren.«

»Er hat bitte *was?*« Sam starrt sie fassungslos an. »Das ist hoffentlich nur ein schlechter Witz, oder?«

Aminata schüttelt zerknirscht den Kopf. »Wir waren nicht bis achtzehn Uhr hier und haben uns auch nicht gemeldet, und deshalb sind die Zimmer jetzt futsch.«

»Das sieht Alistair Desmond ähnlich«, murmelt Fred. »Beim letzten Festival hat er uns auch einfach hängen lassen.«

Aminata nickt. »Dieser Typ ist echt knallhart.«

»Das darf nicht wahr sein.« Sam stöhnt auf. »Ich dachte

die ganze Zeit, du wärst schon längst da, deshalb hab ich ihn nicht angerufen.«

»Und ich dachte, *ihr* seid schon längst da«, sagt Aminata bedrückt. »Und außerdem war ja mein Akku leer ...« Sie hebt hilflos die Schultern.

»So was wäre Mum nie passiert«, murmelt Sam, und zum ersten Mal sehe ich so etwas wie Verletzlichkeit in seinem Blick.

»Also gut, was machen wir jetzt?« Aminata sieht ihren Boss an. »Die an der Rezeption waren nicht gerade hilfsbereit, sich nach Alternativen umzusehen. Deshalb hab ich mich selbst erkundigt, aber alle Unterkünfte in der unmittelbaren Umgebung sind ausgebucht. Die nächste Unterkunft mit freien Zimmern liegt in Kilfenora, es sind allerdings gute zehn Kilometer bis dorthin.«

»Ich fürchte, ich schaffe keinen einzigen Meter mehr.« Dottie sieht so aus, als würde sie gleich losheulen. Es fängt gerade wieder an zu tröpfeln, und auch mich schaudert es beim Gedanken daran, mich noch einmal für längere Zeit aufs Rad setzen zu müssen.

»Ich hab eine Idee«, sagt Fred plötzlich. »Unser Bed and Breakfast. Ich meine, Allies. Es hat noch nicht offiziell eröffnet, deshalb sind die Zimmer auch nirgends gelistet, aber sie sind auf jeden Fall bewohnbar.« Seine Augen beginnen zu leuchten. »Soll ich sie anrufen? Es sind nur etwa zehn Minuten von hier aus mit dem Rad.«

»Das wäre großartig, Fred.« Sam sieht ihn dankbar an.

Fred geht ein paar Schritte zur Seite und telefoniert. Dann kommt er wieder zu uns zurück. »Alles in Ordnung!« Er lächelt. »Allie sagt, wenn es euch egal ist, dass ein Teil des Bed and Breakfast noch eine Baustelle ist, seid ihr herzlich eingeladen.«

»Fred, das ist einfach fantastisch!« Sam wirkt, als würde ein tonnenschweres Gewicht von ihm abfallen. Er beginnt zu strahlen, so, wie ich es noch nie zuvor bei ihm gesehen habe. Klar, er hat die Verantwortung für unsere Reisegruppe, und hätten wir kein Hotel gefunden, hätten wir am Ende wohl im Transporter schlafen müssen.

Auch wir anderen tauschen erleichterte Blicke. Man merkt allen an, dass sie heilfroh sind über die Aussicht, gleich ein Dach über dem Kopf zu haben.

Nur Horan hat wieder etwas auszusetzen. »Dafür habe ich aber nicht bezahlt, in einer halb fertigen Pension zu wohnen«, fängt er an zu meckern, aber er verstummt sofort, als wir anderen ihm warnende Blicke zuwerfen.

Mit letzter Kraft schwingt sich jeder noch einmal aufs Rad, und nach fünf Fahrminuten haben wir das kleine, aber äußerst schmucke Doolinvarna durchquert und sind Richtung Küste westwärts gefahren. Über einen ziemlich holprigen Feldweg rattern wir die letzten zwei-, dreihundert Meter bergab, und dann, hinter einer Felskuppe, taucht es plötzlich vor uns auf: ein schiefergraues, pittoreskes Steinhaus, daneben eine Scheune, alles gemütlich erleuchtet. Vor dem Haus erstreckt sich ein großer Garten, wo gerade junger hellgrüner Rasen sprießt, und gleich dahinter fällt die Küste zum Meer hin ab. Trotz des schlechten Wetters und der hereinbrechenden Dämmerung lässt sich erahnen, welch fabelhaften Ausblick man von hier aus hat. Wir lassen unsere Räder langsam ausrollen und steigen dann ab. In der weinrot gestrichenen Eingangstür taucht eine junge Frau mit welligen dunkelbraunen Haaren auf.

»Herzlich willkommen«, ruft sie uns entgegen und winkt überschwänglich.

»Hallo, Allie, meine Liebe!« Fred begrüßt sie herzlich. »Nun haben wir es endlich geschafft.«

»Hallo, Fred.« Sie gibt unserem Radkollegen einen Kuss auf die Wange. Sie ist mir sofort sympathisch mit ihrer warmherzigen Art. »Ihr seid ja alle platschnass, kommt doch erst mal rein. Die Räder könnt ihr hier abstellen.« Sie deutet auf einen Radständer neben der Eingangstür. Dankbar betreten wir das Haus, das gemütlich warm ist, und legen unsere Regenkleidung ab. Allie nimmt sie entgegen und hängt sie auf eine Garderobe.

»Ich hab mir gedacht, heute heiz ich den Kamin an.« Sie deutet auf einen hübschen, altmodischen Steinkamin, der sich neben dem Rezeptionspult befindet. »Ist ja echt ein Sauwetter draußen.«

»Eigentlich hab *ich* den Kamin eingeheizt.« Ein attraktiver Mann Mitte dreißig tritt nun aus einer Seitentür hervor und grinst. »Du hast nur den Befehl dazu gegeben.«

»Das ist unser Schicksal, Jake.« Fred lacht. »Allie ist der Boss, wir sind hier nur Handlanger.«

»Das ist Jake, mein Freund«, stellt Allie den Mann vor, sichtlich verliebt. »Er ist gerade auf Heimaturlaub, leider nur für zwei Wochen.«

»Was machen Sie denn beruflich?«, fragt Dottie interessiert.

»Oh, ich bin Allgemeinmediziner. Und jetzt gerade im Einsatz für Ärzte ohne Grenzen«, antwortet Jake. »In Äthiopien. Noch für ein halbes Jahr etwa.«

Allie kuschelt sich an ihn. »Ein verdammt langes halbes Jahr.«

Er sieht sie liebevoll an. »Ein ganzes Jahr war noch viel länger, und jetzt haben wir schon die Hälfte geschafft, oder?«

»Allerdings.« Allie lächelt ihm zu, und die beiden küssen sich.

Mir fällt auf, dass Sam, genau wie ich, die Szene beobachtet. Sicher erinnert ihn dieses Paar an seine »*love*«, mit der er so oft telefoniert. Wie aufs Stichwort zieht er sein Handy heraus. »Muss mal kurz jemanden anrufen.« Mit diesen Worten stellt er sich etwas abseits, und wieder denke ich mir, dass es schön sein muss, wenn jemand zu Hause auf deinen Anruf wartet.

Im Inneren ist das Bed and Breakfast urgemütlich. Das Kaminfeuer prasselt vor sich hin, beim Renovieren wurden die originalen Steinmauern teilweise unverputzt gelassen und überall die hölzernen Deckenbalken freigelegt, was für einen rustikalen und gleichzeitig heimeligen Look sorgt. Eine Treppe aus Eichenholz führt in das erste Stockwerk, und überall ist ein hübscher Teppichboden mit grau-violettem Rautenmuster verlegt, der die Schritte dämpft. Es hängen allerdings noch ein paar lose Lampenkabel und Glühbirnen von der Decke, und überall stehen Malerutensilien und verpackte Möbelkisten herum.

»Wie ihr seht, sind wir noch nicht ganz fertig«, sagt Allie und grinst. »Aber die Zimmer im ersten Stock sind absolut bewohnbar.« Sie wendet sich an Fred. »Könntest du vielleicht bei Dad schlafen? Jake würde dich ins Dorf fahren, wir haben sonst nicht genug Zimmer.«

Fred nickt. »Kein Problem. Pat ist sicher so nett und bringt mich morgen früh wieder her.«

Allie nickt. »Das macht Dad bestimmt.«

»Ich glaube, dann wäre es am besten, wenn Jake und ich gleich starten?« Fred deutet auf seine feuchte Trekkinghose. »Mir ist furchtbar kalt, und ich würde gerne in die Wanne steigen.«

»Mach das«, sagt Sam, der sein Gespräch beendet hat und wieder zu uns getreten ist. »Wir sehen uns morgen früh, Fred.

Und danke noch mal, dass du uns so schnell eine Ersatzunterkunft organisiert hast. Ohne dich wären wir aufgeschmissen gewesen.«

»Keine Ursache. Und ich glaube, Allie freut sich über die ersten Testgäste.« Fred zwinkert Allie zu. »Oder soll ich besser sagen: Versuchskaninchen?«

Allie lacht. »Wie man es auch nennen mag: Wir freuen uns auf jeden Fall wirklich, dass ihr da seid.«

»Ich bin bereit, Fred.« Jake hat schon die Autoschlüssel in der Hand.

»Also, dann bis morgen.« Fred hebt die Hand zum Abschied, und ich meine, eine Spur Bedauern in Dotties Gesicht zu bemerken.

»Was ich noch vergessen habe zu erwähnen: In der Küche gibt es noch keinen Strom, aber soll ich uns allen Pizza bestellen?« Allie schaut fragend in die Runde. »Ihr habt doch sicher einen Bärenhunger, und Jake könnte sie aus Doolinvarna mitbringen, nachdem er Fred bei Dad abgeliefert hat.«

»Das wäre spitze«, sagt Sam schnell, und ich sehe in seinen Augen, wie hungrig er ist. »Ich frag mal schnell rum, wer was will.«

Nachdem die Pizzen bestellt sind, wendet sich Allie uns zu. »Okay, ihr könnt ja inzwischen schon mal die Zimmer beziehen.«

»Dürfte ich vorher noch schnell aufs WC?«, frage ich eilig. Ich muss die ganze Zeit über schon echt dringend.

»Sicher, da gleich links um die Ecke«, sagt Allie und lächelt mich an. Sie wirkt richtig nett. Und so hübsch mit ihren haselnussbraunen Augen und den schönen, welligen Haaren.

Ich verdrücke mich aufs Klo und brauche eine Weile, bis ich kapiere, dass die Spülung klemmt. Mit Mühe und viel

Geruckel besiege ich sie, und als ich zurückkomme, stehen nur mehr Allie, Aminata und Sam an der Rezeption. Alle anderen scheinen bereits auf ihren Zimmern zu sein.

»Daran hab ich jetzt nicht gedacht ...«, höre ich Allie gerade noch sagen, und sie klingt dabei eine Spur zerknirscht.

»Woran hast du nicht gedacht?«, frage ich rasch, nachdem ich die ratlosen Blicke der anderen bemerke. Hoffentlich gibt es kein weiteres Problem?

»Ich war der Meinung, dass wir drei Einzelzimmer und zwei Doppelzimmer bezugsfertig haben.« Allie hebt hilflos die Schultern. »Weil Fred meinte, ihr seid zu sechst in eurer Gruppe?«

»Da hat er Aminata wahrscheinlich nicht dazugezählt«, überlegt Sam. »Sie radelt ja nicht mit.«

»Wahrscheinlich.« Allie nickt.

»Ich hätte eine Übernachtungsmöglichkeit«, sagt Aminata zögerlich. »Wenn das hilft.«

Sam sieht sie überrascht an. »Bei wem denn?«

»Sagen wir mal so, er ist ein ... guter Bekannter.« Aminata grinst vielsagend. »Und es ist sicher in Ordnung, wenn ich eine Nacht bei ihm unterkomme. Er wohnt ganz in der Nähe.«

Sam nickt erleichtert. »Gut, dann wäre das auch geklärt.«

Allie sieht immer noch unbehaglich aus. »Leider ist das Problem damit immer noch nicht gelöst, denn wie gesagt, ich *dachte*, dass drei Einzelzimmer fertig sind. Aber als ich vorhin mit den anderen raufgegangen bin, habe ich bemerkt, dass eines der Einzelzimmer doch nicht bewohnbar ist. Jake hat dort die Möbel noch nicht aufgebaut, und das Wasser im Bad ist nicht angeschlossen.«

»Und Horan und Wanda haben sich sicher sofort die

anderen beiden Einzelzimmer geschnappt«, schlussfolgert Sam düster, worauf Allie nur kläglich nickt.

»Ich hatte eigentlich geplant, dass du mit dem Professor ein Zimmer teilst, Sam, aber er war sehr ablehnend. Dottie hat eines der Doppelzimmer genommen und gleich dazugesagt, dass sie unbedingt allein ein Zimmer braucht, aus welchem Grund auch immer.« Sie seufzt. »Das heißt, jetzt ist nur noch das andere Doppelzimmer frei.«

»Was bedeutet das jetzt konkret?« Ich merke Sam an, dass er sich nichts sehnlicher wünscht als eine heiße Dusche und eine warme Mahlzeit.

»Das heißt, ihr beide müsstet euch das zweite Doppelzimmer teilen.« Allie sieht unsicher von mir zu Sam und zurück. »Es wären aber Einzelbetten drinnen«, fügt sie rasch hinzu.

Unwillkürlich wechsle ich einen Blick mit Sam. Ich soll mit *dem* in einem Zimmer schlafen? An seiner Miene wiederum erkenne ich, dass er gerade das Gleiche denken muss.

»Ich kann auch hier unten pennen«, sagt Sam eilig. »Vielleicht kannst du mir einfach irgendwo eine Matratze hinlegen oder so.«

Hm. Er schläft also lieber auf dem Boden als mit mir in einem Zimmer? Irgendwie nagt das an meinem Stolz. Aber auf der anderen Seite, was kann mir Besseres passieren, als dass er sich freiwillig selbst ausquartiert?

»Ja, das ginge eventuell …«, antwortet Allie zögerlich. »Das Problem ist, dass wir den Frühstücksraum heute Abend noch nicht benutzen können, dort wird man ganz benebelt von den Farbdämpfen, aber vielleicht lässt sich ein Feldbett hier an die Rezeption stellen …« Sie zieht die Stirn in Falten. »Ich bin mir nur nicht sicher, ob wir überhaupt ein Feldbett *haben* …«

»Wir wollen auf keinen Fall irgendwelche Umstände machen«, sagt Sam rasch und seufzt. »Carly, wenn es für dich okay ist, dann teilen wir uns halt das Zimmer.«

»Wenn es sein muss«, sage ich gedehnt und habe plötzlich einen Geistesblitz. »Oder ich frage Dottie, ob sie mit mir nicht doch ihr Zimmer teilen würde, und du nimmst das andere Doppelzimmer alleine?«

»Das wäre natürlich ideal«, stimmt Sam zu, sichtlich erfreut über die Aussicht, nicht ein Zimmer mit mir beziehen zu müssen. »Fragen wir sie am besten gleich.«

Eine Minute später klopfen wir in ungewohnter Einigkeit an Dotties Tür.

»Einen Moment bitte!« Es dauert eine halbe Minute, dann erscheint Dottie in einem schweinchenrosa Bademantel und mit einem Handtuchturban auf dem Kopf vor uns. »Ich war gerade duschen«, sagt sie entschuldigend.

Sie hat die Tür hinter sich halb geöffnet, weshalb wir gut in ihr Zimmer sehen können, in dem sie sich anscheinend schon eingerichtet hat. Überall liegt ihre Kleidung herum, wild verstreut auf den Betten und dem Fußboden. Was aber noch mehr ins Auge sticht, ist eine wirklich auffällige, hässliche Vase in einem undefinierbaren Grau-Braun-Ton, die auf dem Kaminsims prangt. Komisch, sie scheint so gar nicht zum sonstigen Stil des Bed and Breakfast zu passen.

»Dottie, eine Frage: Würdest du eventuell mit Carly das Zimmer teilen?« Sam sieht sie hoffnungsvoll an. »Wir haben nämlich eines zu wenig.«

»Das wäre total lieb von dir«, füge ich eilig hinzu. Ich bin richtig erleichtert über meine gute Idee. Mit Dottie wird es sicher nett, und dann kann der Wikinger in seinem Zimmer alleine vor sich hin grübeln.

Dottie verzieht zu meiner Überraschung das Gesicht. »Sonst furchtbar gerne, meine Liebe, es ist nur …«, sie errötet. »Ich … äh, leide unter … ziemlich starken Flatulenzen.« Sie wirkt peinlich berührt. »Das auszusprechen, ist schon furchtbar unangenehm, aber wenn man es erleben muss … das möchte ich niemandem zumuten.«

Sam scheint nicht zu wissen, was er sagen soll, und ich muss beinahe kichern.

»Aber ihr jungen Leuten seid ja untereinander viel besser aufgehoben.« Sie nickt uns zu. »Ihr bleibt wahrscheinlich auch viel länger wach als ich.«

»Wahrscheinlich«, sagt Sam in einem so ironischen Tonfall, dass ich schon wieder fast kichern muss. »Aber das ist natürlich kein Problem, Dottie. Wir sehen uns gleich unten.«

»Bis gleich.« Dottie nickt uns noch einmal zu und schließt, immer noch mit hochrotem Gesicht, die Tür.

Einen Moment lang stehen Sam und ich uns schweigend gegenüber. Ich merke, wie sehr ich friere, und dass ich einfach nur raus aus meinen klammen Sachen will.

»Da ich annehme, dass weder Horan noch Wanda mit einem von uns ihr Zimmer teilen wollen …«, beginne ich.

»… wird uns wohl oder übel nichts anderes übrig bleiben, als das Doppelzimmer gemeinsam zu nehmen«, vollendet Sam meinen Satz. »Als wäre der Tag nicht schon schlimm genug gewesen …«, sagt er mehr zu sich selbst.

»Na, vielen Dank, sehr charmant.« Ich sehe ihn entrüstet an. Wie unhöflich kann man eigentlich sein?

»Hab ich das gerade laut gesagt?« Sam blickt mich gedankenverloren an. »Sorry.«

Ich würde ihm am liebsten die Zunge herausstrecken. Gemeinsam trotten wir zu dem Zimmer, dessen Schlüssel Allie uns mitgegeben hat. Sam sperrt auf und lässt mich dann als Erste eintreten, immerhin, so viel Anstand hat er.

Ich mache das Licht an, weil es inzwischen schon fast dunkel ist, und bin überrascht. Das Zimmer ist echt toll. Wie unsere erste Unterkunft in Ballyvaughan hat es gemütliche Dachschrägen, und Allie hat es schlicht, aber geschmackvoll eingerichtet, mit Vorhängen und Bettwäsche aus naturfarbenem Leinen und kuscheligen Schafwollteppichen. An den Wänden hängen abstrakte Bilder in Pastellfarben, und an der Stirnseite des Raumes stehen, nur durch einen schmalen Durchgang getrennt, zwei Einzelbetten. Ich seufze. Wie schön wäre es, würde ich dieses Zimmer nicht mit meinem grummeligen Reiseleiter teilen müssen.

»Geh du zuerst duschen.« Sam deutet mit dem Kopf Richtung Bad. »Das heißt, wenn du dabei nicht das ganze Bad überflutest.«

»Ähm, nein?« Ich sehe ihn ungehalten an. Doch er scheint gar nicht zu bemerken, wie ruppig sein Kommentar gerade war.

»Na dann.« Mit einem Seufzer lässt er sich auf das rechte Bett fallen.

»Hey, wir haben noch nicht geregelt, wer wo schläft«, weise ich ihn auf diese doch nicht unwichtige Tatsache hin.

Sam wirft mir einen schiefen Blick zu. »Die Betten sind doch exakt gleich!«

»Das rechte steht aber näher am Fenster«, sage ich. »Und ich schlafe immer in der Nähe des Fensters.«

Das ist eine Eigenart, die ich von Dad übernommen habe. Seine Missionen waren oft heikel, manchmal sogar gefährlich, das wusste ich, auch wenn er sich meistens nicht lange darüber ausließ. Aber er hatte sich angewöhnt, stets in der Nähe eines

Fensters zu schlafen. »Sei immer vorbereitet, Carly«, hatte er mir eingebläut. In meinem Leben war ich zum Glück noch nie in einer derart brenzligen Situation, dass ich mich mit einem Sprung aus dem Fenster hätte retten müssen. Aber trotzdem – Dads warnende Worte haben sich tief in mir eingegraben.

Sam verdreht die Augen und steht wieder auf. »Na gut, dann nehme ich eben das andere. Ich kann überall gut schlafen.«

»Okay, danke.« Ich räuspere mich und schiebe demonstrativ meinen Koffer zum Bettende des *rechten* Bettes.

Sam guckt mich bloß schräg an. »Nachdem wir das geklärt haben, könntest du jetzt vielleicht endlich ins Bad? Mir ist saukalt, und die Pizza wird gleich geliefert.«

»Jaja, ich mach ja schon«, murmle ich, während ich nach dem Handtuch greife, das auf meinem Bett liegt.

»Aber dusch nicht zu lange, sonst ist das ganze Warmwasser aufgebracht«, kommt es nun vom linken Bett, auf dem Sam sich inzwischen ausgestreckt hat.

»Für einen Naturburschen wie dich wird es wohl kein Problem sein, kalt zu duschen«, gebe ich zurück, bevor ich hocherhobenen Hauptes die Badezimmertür schließe.

Ich dusche flott, aber nicht, um Sam einen Gefallen zu tun, sondern weil der Boiler etwas launisch zu sein scheint. Mal kommt das Wasser angenehm warm aus der Leitung, dann wieder kalt und plötzlich siedend heiß, sodass ich mich fast verbrühe.

»Aua!«, schreie ich und drehe schnell den Brausekopf von mir weg.

»Alles klar da drin?«, ruft Sam von außen.

»Alles gut!«, rufe ich zurück. »Der Boiler spinnt bloß ein bisschen!«

Sam grummelt etwas, das ich nicht verstehe. Schnell dusche ich zu Ende, wickele mir mein Handtuch um den Körper und tapse, ziemlich verlegen, aus dem Bad.

»Du kannst jetzt rein.« Ich deute mit dem Kopf Richtung Bad. »Aber pass auf, das Wasser kommt manchmal kochend heiß aus der Leitung.«

»Danke für die Warnung«, sagt Sam knapp und schiebt sich, ohne mich anzusehen, an mir vorbei. Er riecht nach Moschus, Regen und einem Hauch Zitrone. Schon ist er im Bad und verschließt sofort die Tür hinter sich.

»Hat er Angst, dass ich ihm was weggucke, oder was …«, murmle ich und weiß nicht, ob ich amüsiert oder verärgert sein soll. Ich trockne mich ab und hole eine Jogginghose und ein Shirt aus dem Koffer. In der niedlichen Kommode neben der Tür befindet sich zum Glück ein ordentlicher Föhn. Meine Haare springen, sobald ich sie getrocknet habe, sofort in die gewohnte, lockige Form. Das Glätteisen habe ich dieses Mal zu Hause gelassen, weil mich hier sowieso fast keiner sieht. Ich muss an den Spitznamen denken, den Dad mir gegeben hat, als ich noch klein war. *Curly Carly,* so hat er mich als Kind immer genannt. Okay, eigentlich benutzte er meinen Spitznamen auch noch, als ich bereits älter war. Wie damals, vor über fünfzehn Jahren.

»Curly Carly, wir müssen langsam los, wenn wir die Parade nicht verpassen wollen!«

Es war der 17. März in dem Jahr, als ich vierzehn geworden war. Ich stand im Bad, kämpfte mit einem Glätteisen gegen meine Locken, und ich *wollte* die Parade verpassen. Stattdessen wollte ich lieber auf die St.-Patrick's-Day-Party von Nelly Gloucester, einer meiner Schulfreundinnen, weil dort die Chancen, Michael Sweeney aus der Parallelklasse zu treffen, wesentlich höher waren als auf dieser Parade. Zumal ich schon mit vierzehn insgeheim der Überzeugung war, dass an diesem Tag jederzeit etwas Schlimmes passieren könnte.

So wie damals, als ich elf war. An jenem St. Patrick's Day brach ich mir den Arm, und zwar auf dem Weg zur Parade, die wir uns in der Capel Street angucken wollten. Ceci war damals gerade zu Besuch in Dublin und total sauer auf mich, weil wir ins Krankenhaus mussten. Dad hat sich nichts anmerken lassen, aber ich weiß, dass auch er enttäuscht war, weil wir nicht zur Parade konnten. Ein Jahr später war es dann das Geschoss einer Konfettikanone, das mich so blöd am Auge traf, dass ich zwei Wochen lang eine Augenklappe tragen musste wie eine Piratin. Im Jahr danach blieb ich verschont, aber das war in meinen Augen bloß noch purer Zufall.

Dad musste seine gesamte Überredungskunst aufbieten und mich mit einem Besuch bei *Wowburger* bestechen, damit ich doch noch mit zur Parade kam. Ich hatte mich geweigert, mich zu verkleiden, also hüpfte er alleine mit seinem albernen Hut und seiner Kleeblattkette herum, während ich neben ihm hertrottete. Seine Begeisterung war aber so ansteckend, dass ich nach und nach meinen Widerwillen vergaß und ebenfalls mittanzte, immer ausgelassener, bis diese fiese Bordsteinkante im Weg war.

Eine halbe Stunde später war ich wieder in der Notaufnahme, mit einem gerissenen Band im rechten Fußgelenk und der einbetonierten Überzeugung, dass dieser vermaledeite Feiertag nichts anderes als Unglück in mein Leben brachte. Doch das alles ist Vergangenheit. Jetzt wäre ich bloß froh, wenn Dad am 17. März noch ein einziges Mal da wäre.

Schnell schlüpfe ich in meinen kuscheligen, weiten Pulli, der sich fast so anfühlt wie eine Umarmung, und das tröstet mich. Ich merke, wie mein Magen knurrt.

»Ich geh schon mal runter«, rufe ich in Richtung der verschlossenen Badezimmertür.

»Okay«, kommt es zurück. »Sag den anderen bitte Bescheid, dass ich auch gleich komme.«

»Aber trödel nicht rum«, rufe ich zurück. »Sonst kostet das dieses Mal *dich* was fürs Sparschwein.«

»Die Reiseleitung ist von dieser Regelung ausgenommen!« Ich glaube, ein Grinsen in Sams Stimme wahrzunehmen.

Schnell ziehe ich mir ein Paar warme Socken an, weil ich immer noch kalte Füße habe, und bin schon halb aus dem Zimmer, als ich Sam plötzlich wieder sprechen höre.

»Hast du was gesagt?«, rufe ich hinein, merke dann aber gleich, dass er nicht mit mir redet. Er telefoniert.

»Ja … hey, wir hatten ein paar Probleme heute … Ja genau, die Anwältin …«

Ich will wirklich nicht lauschen, aber die Wand zum Badezimmer ist so dünn, dass ich nicht umhinkomme, das Gespräch mitzuhören.

»Ja, *love*, ich weiß. Ich geb mir Mühe. Bye.« Jetzt scheint das Telefonat beendet zu sein.

Sam ist vergeben, so viel ist klar. Aber was denkt sich wohl seine Freundin, oder gar Frau darüber, dass er sich ein Zimmer mit einer Fremden teilt? Wobei, wahrscheinlich geht sie total souverän damit um. Es ist ja auch keine große Sache. Inzwischen höre ich im Bad die Dusche rauschen.

Kapitel 8

*D*ie anderen sind schon in der Eingangshalle, frisch geduscht und mit hungrigen Mienen, denn es riecht so köstlich im ganzen Raum, dass mir das Wasser im Mund zusammenläuft.

»Schnapp dir deine Pizza, Carly«, fordert mich Aminata auf und deutet zur Rezeption. Dort wartet ein Stapel Pizzakartons. »Du hattest die mit Schinken und Pilzen, oder? Das ist der oberste Karton.«

»Genau, vielen Dank.« Ich hole meine Pizza, die himmlisch duftet. »Sam ist noch unter der Dusche, er kommt gleich«, richte ich brav aus.

»Auf Zuspätkommer wird nicht gewartet«, sagt Aminata und öffnet ihren Karton. Allie hat ein paar Stühle organisiert, und so mampfen wir unsere Pizza, die Kartons auf den Knien balancierend, aber das ist allen egal, weil wir richtig ausgehungert sind.

Es dauert keine fünf Minuten, dann erscheint auch unser Reiseleiter auf dem Treppenabsatz.

»Ihr zwei Hübschen habt also noch geduscht, Chef?« Aminata macht es sichtlich Spaß, ihn aufzuziehen.

»Jap«, antwortet Sam kurz angebunden und schnappt sich den übrig gebliebenen Pizzakarton. Ich glaube, solange er nichts zwischen die Zähne kriegt, ist er noch ungenießbarer als sonst.

»Natürlich nacheinander«, füge ich unnötigerweise hinzu, und Aminata lacht laut heraus. Sam wirft mir einen Seitenblick zu, den ich nicht ganz deuten kann.

»Was für ein Glück, Sam, dass wir so unkomplizierte Reiseteilnehmer haben«, sagt Aminata zwischen zwei Bissen ihrer Diavolo-Pizza. »Nicht jede würde sich ein Zimmer mit ihrem Reiseleiter teilen, auch wenn er so scharf aussieht wie du.«

Sam läuft rot an, und ich sehe, dass ihm Aminatas Spruch peinlich ist. »Hör auf, so einen Blödsinn zu reden, Aminata.«

Seine Mitarbeiterin lacht bloß unbekümmert. »Ach, Sam, es ist so leicht, dich auf die Schippe zu nehmen.«

»Diese Zimmereinteilung ist ja auch aus der Not heraus entstanden«, sage ich eilig. »Von Freiwilligkeit kann gar keine Rede sein.«

»Tut mir echt leid, Carly.« Allie macht ein schuldbewusstes Gesicht. »Zu blöd, dass das dritte Einzelzimmer noch nicht fertig ist.«

»Für eine Nacht wird es schon gehen, mach dir mal keine Gedanken«, nuschelt Sam hinter seinem Pizzakarton hervor. Er vermeidet es, mich dabei anzusehen.

Ich glaube, in meinem ganzen Leben hat mir noch keine Mahlzeit so gut geschmeckt wie an diesem Abend. Herzhaft beiße ich in ein großes Stück. Auch die anderen langen ordentlich zu. Alle außer Wanda. Die pickt auf ihrer Pizza mit Grillgemüse und Oliven herum. »Also für lauwarme Lieferpizza habe ich eigentlich nicht bezahlt«, sagt sie mit einem Stirnrunzeln.

»Es stimmt schon, dafür haben wir nicht bezahlt«, echot Horan, der fast schon seine ganze Pizza verdrückt hat. »Auch nicht für eine halb fertige Unterkunft. Aber ich will jetzt nicht noch Salz in offene Wunden streuen.«

Sam schießt einen Blick in Richtung der beiden, der nichts Gutes verheißt, doch er sagt nichts und kaut stattdessen weiter.

»Ich habe auf jeden Fall eine gute Nachricht«, verkündet Allie strahlend, die die Dissonanz in unserer Reisegruppe nicht zu bemerken scheint. »Wir verlegen heute Abend noch die Kabel fertig, und wenn alles klappt, haben wir morgen in der Küche Strom, und ich kann euch ein leckeres Frühstück servieren.«

»Das wäre toll, Allie!« Sam bemüht sich um eine halbwegs freundliche Miene.

»Hoffentlich bekommt Fred auch noch etwas zu essen heute Abend?« Dottie sorgt sich offensichtlich um unseren Reisegefährten.

Allie und Jake sehen sich an und lachen. »Mach dir mal darüber keine Gedanken. Ich bin sicher, Fred sitzt mit Dad längst im Pub bei Niall, und sie sind schon beim zweiten oder dritten Pint.«

Nachdem jeder fertig gegessen hat, gehen die anderen Reiseteilnehmer relativ rasch auf ihre Zimmer. Nur Sam und ich nicht, keiner von uns hat es besonders eilig, obwohl ich mich schon gerne in mein Bett kuscheln würde. Doch irgendwie ist die ganze Situation skurril. Dann aber verabschiedet sich Aminata ebenfalls, und unsere Gastgeber machen Anstalten, zu gehen.

»Gute Nacht, ihr beiden, schlaft gut!«, Allie verschwindet mit Jake in der Küche, um an der Verkabelung weiterzubasteln.

»Ich werd mich dann auch mal verkrümeln«, sage ich etwas verlegen.

»Dann komm ich mit. Oder ... oder soll ich noch hier unten bleiben?« Sam sieht mich an, und ich bemerke eine leichte Unsicherheit in seinem Blick. Für ihn ist die Situation wahrscheinlich genauso unangenehm wie für mich, denke ich zum ersten Mal.

»Nö, ist doch auch dein Zimmer«, sage ich deshalb so gleichgültig wie möglich.

»Na dann.« Er lächelt schief und setzt sich in Bewegung. Es war echt süß, als er vorhin so rot angelaufen ist. Als wäre es ihm unangenehm, als attraktiv bezeichnet zu werden. Aber das Adjektiv »süß« in Verbindung mit meinem mürrischen Reiseleiter zu bringen, das verbietet sich von selbst. Genauso wie ich nicht so dämlich auf seinen ansehnlichen Hintern starren sollte, während ich hinter ihm die Treppen hinaufsteige. Schnell lenke ich meinen Blick in eine andere Richtung.

Sam sperrt die Zimmertür auf und lässt mir wiederum den Vortritt. Dann betritt er ebenfalls den Raum und zögert einen Moment, bevor er die Tür sachte hinter sich schließt.

»Ich muss noch Zähne putzen«, sage ich verlegen.

»Nach dir.« Sam deutet in Richtung Badezimmer. Auch er sieht verlegen aus.

Es ist wie ein ungelenker Tanz, den wir in dem kleinen Raum aufführen. Hey, wir sind beide erwachsen, und doch scheint mir, dass Sam sich mindestens genauso unbehaglich fühlt wie ich. Nichts ist mehr übrig von seiner sonstigen Selbstsicherheit.

Dazu taucht jetzt, wo es ans Schlafen gehen geht, plötzlich eine Frage nach der anderen in meinem Kopf auf.

Was, wenn Sam ein Wahnsinniger ist und mich in der Nacht erdrosselt?

Er ist dein Reiseleiter, Carly, versuche ich mich selbst zu beruhigen, und hat sicher kein Interesse daran, mit einem Gast weniger zurückzukehren. Vor allem nicht, nachdem ihm Wanda heute fast abhandengekommen wäre.

Aber was, wenn er die ganze Nacht schnarcht?

Du bist heute so müde, du wirst trotzdem schlafen, Carly.

Und was, wenn Sam nackt schläft?

Dann hat er ja immer noch die Bettdecke darüber. Sei jetzt nicht kindisch, ermahne ich mich selbst, und schrubbe meine Zähne.

Sam ist definitiv kein Nacktschläfer, stellt sich fünf Minuten später heraus, oder zumindest heute nicht. Er trägt blauweiß karierte Boxershorts und ein schlichtes weißes T-Shirt und schlüpft schnell unter die Bettdecke, nachdem er ebenfalls im Bad war.

Ich nehme mein Handy, versuche, seine Nähe zu ignorieren, denn wenn ich die Hand ausstrecken würde, könnte ich ihn berühren, und tippe noch schnell eine Nachricht an Mindy, die mich schon am Vormittag gefragt hat, wie unsere Radtour läuft. So recht weiß ich nicht, was ich ihr darauf antworten soll. Also schreibe ich etwas Floskelhaftes, berichte kurz von dem scheußlichen Wetter heute und lege das Handy dann wieder auf den Nachttisch.

»Willst du das Licht noch anlassen?«, kommt es vom Nachbarbett herüber.

»Nein, mach es ruhig aus«, antworte ich schnell. Unsere Betten stehen wirklich sehr nahe beieinander, und ich fühle mich wie eine Internatsschülerin, die Bettdecke keusch bis zur Nasenspitze hochgezogen.

»Schnarchst du eigentlich?«, will ich wissen. Die Frage lässt mir doch keine Ruhe.

»Nur, wenn ich was getrunken hab«, antwortet Sam. »Also heute nicht, keine Sorge.« Eine kleine Pause. »Und du?«

»Sicher nicht«, behaupte ich, ohne zu wissen, ob das noch stimmt. Schließlich hat schon seit einer gefühlten Ewigkeit niemand mehr neben mir geschlafen.

»Ich werd dir dann Bescheid geben«, kommt es herüber.

Wieder Stille.

»Und du leidest hoffentlich auch nicht unter Flatulenzen, so wie die arme Dottie?«, fragt Sam schließlich, todernst. Ich muss in meine Bettdecke kichern. So viel Humor hätte ich ihm gar nicht zugetraut.

»Nicht, dass ich wüsste«, gebe ich schließlich zurück. »Aber sonst wirst du das diese Nacht herausfinden.«

»Lieber nicht«, brummt er und dreht sich demonstrativ um.

Gespräch beendet, wieder Stille.

Das ist schon echt schräg, denke ich. Ich würde nicht sagen, dass Sam sich noch wie ein Wildfremder anfühlt, dazu schweißt das gemeinsame Radeln zu sehr zusammen, aber ich kann absolut nicht einschätzen, was er von mir hält, und das macht mich nervös. Und dann weiß auch ich nicht, was ich von *ihm* halten soll.

Es ist wie verhext. Ich bin so erledigt, dass ich überzeugt war, sofort tief und fest einzuschlafen. Aber jetzt, wo ich im Bett liege, bin ich hellwach. An Schlaf ist nicht zu denken. Ich sehe auf die Uhr. Schon nach elf. Ich mache wieder die Augen zu, aber es hilft nichts, und es ist auch nicht gerade förderlich, dass sich mein Zimmergenosse alle halbe Minute hin- und wieder zurückdreht.

»Sam«, flüstere ich probehalber. »Schläfst du schon?«

»Nein«, kommt es zurück. »Du?«

»Nein, sonst könnte ich ja schlecht fragen, oder?«, kontere ich.

Ich glaube, im Halbdunkel zu erkennen, dass Sam grinst.

»Willst du was spielen?«

»Wie bitte?« Ich luge über den Rand meiner Bettdecke hinweg hinüber zu Sams Bett, wo er ebenfalls eingepackt wie eine Mumie liegt.

»Na, ein Spiel. Canasta zum Beispiel. Bevor wir beide ewig wach liegen ...«

»Echt jetzt?« Ich setze mich auf. Ich *liebe* Canasta. Ich hab es immer mit Dad gespielt, stundenlang, aber bis jetzt noch keinen würdigen Ersatz für ihn als Spielpartner gefunden.

»Echt jetzt.« Sam richtet sich ebenfalls auf. »Spielen wir eine Runde, danach bist du sicher erledigt!«

»Ha, das werden wir noch sehen.« Ich sehe ihn herausfordernd an.

Sam schaltet das Licht an, schlüpft aus dem Bett, schnappt sich seinen Rucksack, kramt darin herum und holt schließlich ein Päckchen abgegriffener Canastakarten heraus. »Ich hab immer welche dabei.« Er blickt sich um. Es befinden sich weder Tisch noch Stühle im Raum. »Sollen wir einfach auf dem Boden spielen?«

»Ja klar!« Ich schnappe mir meine Bettdecke, falte sie auf dem Boden zusammen und mache es mir darauf gemütlich. Er mischt die Karten im schummrigen Licht der beiden Nachttischlampen und teilt sie dann aus. Jeder bekommt dreizehn Karten. Rasch nehme ich sie auf und fange an, sie zu sortieren. Ich habe ein gutes Blatt, aber ich versuche, mir die Freude darüber nicht anmerken zu lassen. Sam legt den Stapel mit den restlichen Karten verdeckt auf den Boden.

»Also, worum spielen wir?« Sam blickt mich gespannt an. »Nicht Geld oder so, aber irgendwas sollte schon auf dem Spiel stehen.« Er überlegt. »Wenn ich gewinne, bist du ab sofort immer pünktlich. Überpünktlich bitte.«

Ich sehe ihn empört an. »Ich war jedes Mal pünktlich bis auf meine Ankunft. Aber bitte, meinetwegen. Und wenn *ich* gewinne, was wahrscheinlich der Fall sein wird, dann bist du etwas weniger grummelig.«

Sam guckt mich schief an. »Du findest mich grummelig?«

»Na ja, schon ein bisschen«, wiegele ich ab und hoffe, dass ich nicht rot werde.

Er sieht aus, als wäre er vor den Kopf gestoßen. »Aber ich bin doch eigentlich ganz umgänglich.«

»Du bist mich ein paarmal ziemlich angegangen«, sage ich und weiß gar nicht, woher ich den Mut dazu nehme.

»Du warst zu spät«, ereifert er sich. »Würde dich das nicht aufregen?«

»Eher nicht.« Ich grinse. Und auch auf seinem Gesicht zeigt sich so etwas wie ein Lächeln.

»Was ärgert *dich* denn?«, fragt Sam jetzt.

»Menschen, die ihre Versprechen nicht halten«, antworte ich, wie aus der Pistole geschossen. Ich schlucke. Besser gesagt Menschen, die sich verabschieden, hoch und heilig versprechen, bald zurückzukommen, und dann nie mehr auftauchen.

»Das mag ich auch nicht«, stimmt Sam mir zu. »So was ist echt blöd.« Wir sehen uns an, und das erste Mal bemerke ich so etwas wie Einigkeit zwischen uns.

»Du bist dran.« Der Moment ist verflogen, und Sam deutet mit dem Kopf ungeduldig auf die Karten in meinen Händen.

»Okay, okay, ich mach ja schon.« Ich lege eine Karte auf den Stapel. »Jetzt du.«

Wir spielen hoch konzentriert, versuchen, möglichst viele Canasta-Sätze zu bilden und dem anderen kein gutes Blatt zukommen zu lassen.

Gerade habe ich ein Ass-Canasta gebildet, das besonders viele Punkte zählt.

»Guter Zug«, sagt er anerkennend, um gleich darauf seine Aufmerksamkeit wieder auf sein Blatt zu richten. »Aber nicht gut genug.«

Ich grinse bloß und knalle ihm eine schwarze Drei hin – die unbrauchbarste Karte des ganzen Spiels.

Wir spielen Runde um Runde, und es ist ziemlich ausgeglichen zwischen uns. Ich gehe teilweise ins Risiko. Sam dagegen ist vorsichtiger, er wägt jeden Zug ab, aber ich habe ziemlich rasch herausgefunden, dass er sich manchmal zu Unvorsichtigkeiten hinreißen lässt, die ich dann eiskalt ausnutze.

Als die aktuelle Runde zu Ende ist und wir die Punkte zählen, liege ich knapp vorne. »Yes!« Ich recke die Faust gen Himmel. »Wieder gewonnen!«

Sam wirft einen Blick auf den Notizzettel, auf dem wir die Punktestände notiert haben. »Wir liegen ziemlich gleichauf.«

»Eine Entscheidungsrunde?«, fordere ich ihn heraus.

Sam greift nach seinem Handy. »Es ist schon fast zwei!« Er gähnt ausgiebig. »Ich bin echt müde. Vertagen wir die Entscheidung auf morgen?«

»Du willst bloß nicht, dass ich gewinne«, stachele ich ihn auf. »Das wäre zu viel für dein männliches Ego.«

»Du hast mich durchschaut.« Sam schmunzelt. »Ganz ehrlich: Ich hatte für heute genug Drama, und eine weitere Niederlage könnte ich beim besten Willen nicht verkraften.« Er spielt offensichtlich auf das Verschwinden von Wanda an.

Wir räumen die Karten zusammen, und dann lassen wir uns in unsere Betten fallen, Sam in das linke, ich in das rechte.

»Gute Nacht, Carly.« Er knipst seine Nachttischlampe aus und zieht die Bettdecke hoch, allerdings nicht mehr bis zur Nasenspitze.

»Ebenfalls gute Nacht.« Ich kuschele mich unter meine Decke. »Und auch wenn es noch unentschieden steht: Du kannst morgen trotzdem schon ein bisschen freundlicher sein«, flüstere ich noch schnell, bevor mir die Augen zufallen.

»Und du kannst trotzdem pünktlich sein«, kommt es zurückgeflüstert. »Und wenn nicht, habe ich ja mein Schweinchen.«

»Das von mir sicher keinen Cent mehr bekommen wird auf dieser Reise.«

»Abwarten.« Sam hebt den Kopf und grinst zu mir herüber. »Gewohnheiten ist hart beizukommen. Ach, übrigens …« Er zögert einen Moment. »Kieran hat mich heute Nachmittag gefragt, ob ich ihm deine Nummer geben könnte.« Er sieht mich mit einem Blick an, den ich nicht ganz deuten kann. »Ist dir das recht?«

»Kieran?«, frage ich überrascht. »Warum denn?«

»Wahrscheinlich hat er Interesse an dir«, antwortet Sam sachlich. »Ihr habt euch doch gut verstanden. Oder etwa nicht?«

»Doch, schon«, sage ich vage. Kieran hat nach meiner Nummer gefragt?

Sam zieht eine Augenbraue hoch. »Also, dann gebe ich sie ihm?«

»Sicher, gib sie ihm ruhig« sage ich und fühle mich ungeheuer verwegen in dem Moment.

Sam sieht aus, als wollte er noch etwas sagen, lässt es dann aber. »Okay, wie du meinst. Also gute Nacht.« Sogar im Halb-

dunklen leuchtet mir das Blau seiner Huskyaugen noch entgegen, und ich muss daran denken, was Aminata vorhin beim
Pizzaessen über ihn gesagt hat. *Ein verdammt heißer Reiseleiter.*

Sam mag attraktiv sein, aber was bedeutet das schon?

Ich bin froh, dass ich jetzt wirklich hundemüde bin und
mir keine weiteren Gedanken darüber machen muss. »Gute
Nacht«, sage ich deshalb bloß und drehe mich um. Es dauert nur wenige Sekunden, und dann sinke ich in einen tiefen
Schlaf.

Kapitel 9

Noch drei Tage bis zum St. Patrick's Day

Am nächsten Morgen weckt mich das Rauschen der Wasserleitung im Bad.

Einen Moment brauche ich, um mich zu orientieren. Dann fällt mir alles wieder ein. Doolinvarna. Allies Bed and Breakfast. Sam in meinem Zimmer. Unser Kartenduell von gestern. Zugegebenermaßen hatte ich seit Dad keinen derart ebenbürtigen Spielpartner mehr. Ich muss grinsen und werde gleichzeitig unsicher. Wird die lockere Stimmung von gestern Nacht anhalten, oder ist er heute wieder der gewohnte Miesepeter?

Ich höre die Badezimmertür aufgehen, und für einen Moment schlägt mein Herz schneller.

»Guten Morgen, Miss Canasta.« Er grinst mich an. Also kein Grießgram-Alarm, stelle ich erleichtert fest.

»Ich verlange heute Abend ein Entscheidungsspiel.« Er ist noch in seinem Schlafoutfit, in Boxershorts und T-Shirt.

»Sicher doch«, gebe ich zurück. »Aber bild dir bloß nicht ein, dass du es gewinnen wirst. Ich hab noch ein paar Asse im Ärmel.«

Sam grinst und fährt sich durch seine Haare, die vom

Schlafen noch ganz verstrubbelt sind. Er tritt zum Gaubenfenster und öffnet es.

»Heute ist das Wetter besser als gestern.« Er blickt prüfend in den Himmel. »Keine Windböen mehr, kein Regen, nur ein Lüftchen aus Südwest und ein paar Schleierwolken über Mittag.«

»Das alles siehst du, wenn du aus dem Fenster schaust?«, frage ich verwundert.

»Aber klar.« Sam nickt ernst. »Als Reiseleiter muss man so was draufhaben.«

Ich mache so lange ein beeindrucktes Gesicht, bis Sam zu lachen beginnt. »Nein, natürlich nicht. Ich hab in die Wetter-App geguckt.« Er grinst. »Aber gut, zu wissen, was du mir alles zutraust.«

»Jaja, sehr lustig«, sage ich und stehe ebenfalls auf, nicht ohne mir dabei etwas komisch vorzukommen. Mich hat schon lange kein Mann mehr direkt nach dem Aufstehen gesehen. Nicht, dass ich besonders eitel wäre. Ich schminke mich meistens nicht, aber zumindest Zähne putzen und Haare bürsten wäre schon ganz angenehm, bevor man von fremden Blicken begutachtet wird. Gestern war es dunkel, doch jetzt, im Sonnenlicht fühlt es sich ganz anders an, Sam so gegenüberzustehen.

»Darf ich?« Verlegen zeige ich auf die Badezimmertür.

»Bitte sehr.« Sam deutet eine Verbeugung an und schmunzelt. »Ich bin schon fertig.«

Ich schlüpfe an ihm vorbei und mache schnell die Tür hinter mir zu. Während ich mir die Zähne putze, fällt mir ein, dass ich meine Bürste auf dem Nachttisch liegen gelassen habe. Ich öffne noch einmal die Badezimmertür, trete nach draußen und schrecke im selben Moment zurück, denn Sam steht vor mir. Völlig nackt.

»Oh du meine Güte!«, rufe ich entsetzt. Ich will nicht, dass mein Blick automatisch an seinem muskulösen Körper entlangwandert, doch es passiert einfach. Und an den pikantesten Stellen verweilt er genau eine Millisekunde zu lang.

O. Mein. Gott.

Sam schnappt sich blitzschnell die Bettdecke und schlingt sie um sich.

»Ich dachte, du bleibst im Bad«, stammelt er. Ihm scheint die Situation ebenso peinlich zu sein wie mir, denn sein Kopf läuft knallrot an.

»Bin schon wieder drin.« Blitzschnell trete ich einen Schritt zurück und knalle die Badezimmertür hinter mir zu. Ogottogott, was denkt Sam jetzt bloß von mir?

Und meine Haarbürste habe ich immer noch nicht. Ich vergehe fast vor Scham, als ich zaghaft nach draußen rufe. »Ähm, könntest du mir bitte meine Haarbürste geben? Oder du kannst sie auch vor die Tür legen, ich sehe bestimmt nicht mehr hin …« Verdammt, warum muss ich das Thema auch noch aufwärmen?

»Jap, gib mir einen Moment.« Eine halbe Minute später öffnet sich die Tür zögerlich von außen, und Sam streckt mir meine Bürste entgegen. Inzwischen trägt er immerhin seine Radshorts.

»Tut mir echt leid«, stottere ich noch einmal und traue mich gar nicht, ihn anzusehen. »Das nächste Mal warne ich dich vor, bevor ich das Bad verlasse.«

»Schon gut.« Sam nickt. Ich blinzle vorsichtig in seine Richtung. Er bemüht sich, locker zu wirken, aber es will ihm nicht recht gelingen, und sein Gesicht ist immer noch knallrot. »Du hast mir ja nichts weggeschaut.«

Da wäre ich mir nicht so sicher, geht es mir durch den

Kopf, denn ich habe immer noch weiche Knie von den Tatsachen, die sich mir da offenbart haben.

Diese breiten Schultern.

Dieser Bizeps.

Der Waschbrettbauch.

Diese Waden.

Dieser ...

Sam hat einen Körper wie die David-Statue von Michelangelo. Nur, dass dieses Bild von einem Mann sich nicht in Florenz befindet, sondern lebendig und leibhaft hier, in einem Hotelzimmer im Westen Irlands, vor mir steht.

Als ich ein paar Minuten später das Bad wieder verlasse – was ich dieses Mal lautstark angekündigt habe –, gebe ich mich so unbefangen wie nur irgend möglich. Sam ist inzwischen komplett angezogen, in seiner gewohnt lässigen Radmontur, und um endlich etwas anderes in meinen Kopf zu kriegen, sehe ich aus dem kleinen Gaubenfenster, so wie er vorhin.

»Oh, guck mal, wie schön!«, rufe ich ehrlich überrascht. Die Aussicht von hier ist einfach phänomenal. Sam stellt sich neben mich, und ich bemerke wieder diesen Duft nach Moschus und einem Hauch Zitrone.

»Allie hat da ein fabelhaftes Plätzchen für ihr Bed and Breakfast gefunden. Abgelegen, ruhig und fast direkt am Meer. So was gibt es nicht oft, oder?«

Ich schüttle den Kopf. »Da unten ist sogar ein kleiner Strand und darüber Schafe«, plappere ich weiter, obwohl mich Sams Nähe plötzlich nervös macht. Mir wäre es lieber, er würde einen Schritt zurücktreten.

»Ich wette, die Leute werden ihr die Bude einrennen«, sagt Sam. »Vielleicht könnten wir unsere Gruppen in Zukunft auch hier einquartieren, wenn wir in Doolinvarna Station machen.

Dieser Alistair Desmond vom *Grantchester* war mir sowieso immer unsympathisch.« Er deutet mit dem Kopf Richtung Tür. »Sollen wir dann runter?«

»Klar«, beeile ich mich zu sagen und bin erleichtert, als Sam sich umdreht und zur Zimmertür geht.

Was sollte denn das eben, schelte ich mich selbst, während ich hinter ihm die Treppen hinuntersteige. Bin ich zu so einer Einsiedlerin geworden, dass mich schon die körperliche Nähe zu einem Mann meines Alters derart aus der Fassung bringt?

Die anderen haben sich bereits vor dem Haus versammelt.

»Guten Morgen«, begrüßt uns Allie strahlend. »Wie habt ihr geschlafen, Carly? Sam?«

Wir wechseln einen kurzen Blick. »Ganz gut«, sagt Sam schließlich unverbindlich, und ich schließe daraus, dass unsere Canasta-Nacht unser Geheimnis bleiben soll.

»Das freut mich zu hören!« Allie nickt uns herzlich zu. »Wir haben es gestern leider nicht mehr geschafft, die Stromversorgung in Gang zu setzen, aber wir haben frische Croissants und Sandwiches in Kellys Dorfladen besorgt, und Jake macht euch gerade Kaffee«, sagt sie.

»Vielen Dank, Allie.« Sam lächelt unserer Gastgeberin zu. Es dauert keine zwei Minuten, dann erscheint Jake mit einem Tablett voller Kaffeetassen, Milch und Zucker. Allie reicht Platten mit den Croissants und Sandwiches herum, und schließlich sind wir alle gestärkt und bereit für die Abfahrt.

Sam stellt sich vor uns. Inzwischen hat er sich die Haare gewohnt straff zurückgebunden. Er mag es nicht, wenn sie ihm beim Radfahren ins Gesicht hängen, das ist mir bereits aufgefallen. Er klatscht in die Hände. »Okay, Leute. Die Cliffs of Moher. Wahrscheinlich muss ich euch nicht sagen, dass sie ein echtes Highlight unserer Reise sind«, sagt er. »Bis dahin werden wir etwa zwanzig Kilometer fahren, meistens auf Feld- und Radwegen, ihr könnt die Warnwesten also im Rucksack lassen.«

Dottie atmet erleichtert aus. »Ist es sehr hügelig bis dahin?«, erkundigt sie sich.

Sam grinst. »Nein, Dottie, keine Sorge. Wir sind Schlimmeres gewohnt. An den Cliffs ist einiges an Zeit eingeplant«, fährt er fort. »Ihr könnt euch dort also in Ruhe umsehen.«

»Ich habe gelesen, dass dort auch an einer bestimmten Stelle Klippenspringer aktiv sein sollen«, sagt Wanda mit unschuldigem Blick, den ich ihr nicht abkaufe. »Weißt du denn, wo sich diese Stelle genau befindet?«

»Selbst wenn ich es wüsste, würde ich es dir sicher nicht verraten«, antwortet Sam ziemlich unfreundlich, aber ich verstehe ihn. »Die Strömungen vor den Klippen sind gefährlich, also komm lieber gar nicht auf dumme Ideen.« Er sieht Wanda warnend an.

»Schon gut, es war ja nur eine theoretische Frage.« Sie hebt abwehrend die Hände. »Also entspann dich.«

Ich sehe, wie Sams Kiefer wieder arbeitet.

»Na, das wär ja was für mich.« Dottie schüttelt sich bei dem Gedanken, von den Cliffs of Moher zu springen. »Mir wird schon ganz schwummrig, wenn ich irgendwo im zweiten Stock auf den Balkon muss. Ich trau mich nicht mal ansatzweise an die Klippen ran, fürchte ich.« Sie macht ein sehnsüchtiges Gesicht. »Obwohl ich sie eigentlich unbedingt sehen möchte.«

»Der neue Weg ist ein ganzes Stück vom Klippenrand entfernt, Dottie«, sagt Sam beruhigend. »Und die Aussichtsplattform ist auch total sicher, mit einem hohen Geländer und so weiter.«

Dottie schüttelt den Kopf. »Wenn man Höhenangst hat, ist man für derlei Argumente nicht zugänglich, glaub mir, mein Lieber.«

»Auf jeden Fall gibt es direkt bei den Klippen ein tolles Besucherzentrum«, fährt Sam fort.

»Touristenabzocke«, murmelt Horan. »Viel interessanter sind die Dolmen von Poulnabrone.«

Sam hält inne. »Hättet ihr denn Lust, euch das anzusehen?«, fragt er. »Ich war noch nie dort, aber ich hab schon öfters von den Dolmen gehört.«

Horan und Aminata nicken gleichzeitig.

»Warum nicht?«, sagt Fred interessiert. »Ich bin schon ein-, zweimal dran vorbeigefahren, aber angehalten habe ich bisher noch nie.«

Sam überlegt. »Wir haben heute genügend Zeit, also wenn alle möchten, wäre das doch eine tolle Ergänzung zu unserem Programm. Vielleicht könntest du uns dort ein bisschen was erklären, Horan?«, wendet sich Sam an ihn. »Das wäre sicher sehr interessant für uns alle.«

»Mal sehen«, ziert sich Horan, aber man merkt ihm an, dass er sich über Sams Bitte freut. »Die Stätte ist ziemlich klein im Vergleich zu dem, was ich sonst so untersucht habe …« Er macht ein wichtiges Gesicht. »Und so aus dem Stegreif ist das natürlich nicht so einfach.«

»Wenn du dich nicht dazu bereit fühlst, Horan, verstehe ich das natürlich auch.« Sam zwinkert Aminata zu. »Aber zum Glück haben wir ja noch eine Archäologin mit an Bord.«

Wir alle blicken überrascht zu unserer Gepäcktransporteurin.

»Du, Aminata?«, entfährt es mir.

»Ja, ich.« Sie blickt uns ungerührt an.

»Sie?«, echot Horan. »*Sie* sind Archäologiestudentin?«

»Keine Studentin«, stellt Aminata klar. »Ich hab einen Master.«

Horan blickt sie verständnislos an. »Wieso arbeiten Sie dann hier als Gepäcktransporteur?«

»Es heißt Gepäcktransporteurin. Und weil es mir Spaß macht«, gibt Aminata eine Spur patzig zurück. »Nicht jeder will im Elfenbeinturm der Wissenschaft Däumchen drehen.«

Sam betrachtet sie bloß, sagt aber nichts.

»Und ja, Sam, ich erkläre sehr gern etwas über die Grabanlage in Poulnabrone.« Aminata reckt das Kinn nach vorne. »Wir haben sie im Zuge mehrerer Exkursionen erkundet.«

Jetzt sieht Horan Aminata sprachlos an.

»Sehr schön.« Sam nickt seiner Mitarbeiterin zu. »Also, dann alle ab zu den Rädern. Wir starten in fünf Minuten.«

»Autsch«, jammert Dottie kurze Zeit später, als ihr Hinterteil den Fahrradsattel berührt. »Tut das weh!«

Wir sind gerade dabei, unsere Räder fertig zu machen, aber Dottie sieht alles andere als glücklich aus.

»Die ersten fünf Minuten sind die schlimmsten«, sagt Sam ungerührt. »Danach wird's besser, versprochen. Hast du die Salbe, die ich dir gegeben habe, benutzt?«

Dottie sieht ihn kleinlaut an. »Aber ich weiß nicht, ob ich sie zu dünn aufgetragen habe …«

»Mach ruhig ordentlich drauf davon.« Sam nickt ihr zu.

»Wenn du willst, können wir gerne unsere Räder tauschen«, bietet Fred galant an. »Mein Sattel ist wirklich äußerst bequem …«

Sam grinst. »Unsere Räder haben alle dieselben Sättel, Fred.«

»Vielen Dank, trotzdem sehr nett von dir.« Dottie lächelt Fred schüchtern an, und er lächelt ebenso schüchtern zurück. Wanda verdreht die Augen und schwingt sich auf ihr schickes Rennrad.

Inzwischen sitzen alle auf ihren Rädern, Allie und Jake winken uns noch zum Abschied, und dann radeln wir wieder los.

Das Wetter ist heute um einiges besser, die Sonne versteckt sich nur hinter ein paar dünnen Schleierwolken, und es weht eine sanfte Brise vom Meer herein. Ich halte einen Moment inne, bevor ich den anderen folge, um das unvergleichliche Panorama zu genießen. Vor uns erstreckt sich die Irische See, blau und endlos weit, und direkt unter uns entdecke ich einen fast weißlich schimmernden, halbmondförmigen Sandstrand. Das muss der Strand sein, den ich auch von unserem Zimmer aus gesehen habe. Schafe grasen auf den grünen Weiden, die schon mit Primeln und Dotterblumen übersät sind, und es könnte kein friedlicheres Bild geben.

»Ist das schön«, sage ich aus tiefstem Herzen, und das erste Mal seit Langem bin ich einfach nur glücklich. Mindy hatte recht. Es tut mir gut, jeden Tag unterwegs zu sein, an der frischen Luft, gemeinsam mit den anderen. Es fühlt sich jetzt schon so an, als würde ich sie schon lange kennen. Vor allem Dottie und Fred, aber auch den Rest, und es gefällt mir, wieder einmal Teil einer Gruppe zu sein.

Heute ist ein guter Tag zum Radeln, gar kein Vergleich zu gestern. Wir fahren über schmale Landstraßen und Feldwege, die auf beiden Seiten von blühenden Büschen gesäumt sind. Sam gibt ein angenehmes Tempo vor, zügig, aber nicht zu schnell. Oder ist inzwischen einfach meine Kondition besser? Aber ich spüre auch den latenten Muskelkater in den Schenkeln, und mein Rücken ist vom vielen Sitzen in der ungewohnten Haltung verspannt. Ich sollte heute Abend ein paar Yogaübungen einlegen, so, wie es mir Ceci immer rät bei allen möglichen Beschwerden. Nur was mein kaputtes Herz wieder heilt, das hat auch sie mir noch nicht sagen können. Doch ich will jetzt keine trüben Gedanken aufkommen lassen, nicht jetzt und hier, wo alles sich gerade so leicht anfühlt, so unbeschwert wie schon lange nicht mehr. Stattdessen genieße ich den milden Fahrtwind und die warmen Sonnenstrahlen auf meiner Haut. So könnte ich endlos weiterfahren.

Bald befinden wir uns wieder mitten im Burren. Um uns herum ist nichts zu sehen als kilometerweit reichende Kalksteinformationen, durchsetzt mit Graspolstern, zwischen denen Buschwindröschen, Huflattich und Schlüsselblumen hervorlugen. Nach etwa einer Dreiviertelstunde biegt Sam auf einen kleinen, geschotterten Parkplatz ab. Aminata wartet dort bereits am kleeblattgrünen Transporter auf uns.

»So, da wären wir«, Sam nimmt seinen Helm ab. »Das ist die Ausgrabungsstätte von Poulnabrone, von der wir vorhin gesprochen haben.«

Wir steigen von unseren Rädern ab und sehen uns um. Vor uns liegen zwischen den Felsen des Burren einige niedrige, verfallene Steinmauern. Kleine Pfade führen durch sie hindurch, und in ihrem Mittelpunkt stehen drei riesige Felsblöcke, zwei bilden die Pfeiler, der dritte liegt waagrecht auf ihnen.

»Aminata, wenn du so weit bist, schieß los.«

»Also gut.« Aminata bekommt leuchtende Augen, als sie auf die drei Felsblöcke deutet. »Was wir hier vor uns sehen, mag für viele von euch wie ein Steinhaufen aussehen. Tatsächlich ist es aber eine prähistorische Grabanlage.«

Horan räuspert sich.

»Ja, Professor?« Aminata zieht eine Augenbraue hoch.

»Definieren Sie prähistorisch.«

»Ich hab doch gerade erst angefangen«, sagt Aminata, eine Spur ungehalten.

»Trotzdem ist es ungenau«, gibt Horan zurück.

»Also gut.« Aminata lächelt ihm gezwungen freundlich zu. »Diese Megalithanlage wurde etwa dreitausendfünfhundert Jahre vor Christi Geburt errichtet und ist, wie schon erwähnt, eine Grabanlage, ein sogenanntes Portalgrab.« Sie pausiert und grinst. »Das heißt, darunter sieht jemand seit über fünftausendfünfhundert Jahren die Radieschen von unten an.«

Sie ignoriert Horan, der abfällig schnaubt. »In ganz Irland sind bis dato etwa tausendsechshundert Megalithgräber aus der Zeit zwischen 4000 und 2000 vor Christus bekannt«, fährt sie fort. »Aber erst zehn Prozent davon wurden untersucht. Bei den meisten von ihnen handelt es sich um Portalgräber, so wie dieses hier.«

»Aber vor fünftausendfünfhundert Jahren ...«, überlegt Dottie laut, »da hatten die Menschen doch noch keinerlei Hilfsmittel. Wie haben die denn diese riesigen Felsbrocken auf die anderen beiden draufgekriegt?«

Aminata nickt. »Da ist eine gute Frage Dottie.«

»Eine etwas dämliche Frage ist das.« Horan verzieht das Gesicht, als würde ihn Dotties Unwissenheit schmerzen. »Natürlich mit Muskelkraft, einfachsten Gerätschaften und der Zuhilfenahme simpler physikalischer Techniken, wie etwa der Hebelkraft, wie denn sonst. Und überhaupt.« Er mustert Aminata abschätzig. »Diese Gräber lassen sich nicht auf ein exaktes Jahrhundert datieren.«

»Deswegen habe ich ja auch gesagt: *etwa* fünftausendfünfhundert Jahre«, kontert Aminata. »Und es ist gar keine dämliche Frage, Dottie. Das Portalgrab wurde übrigens so errichtet, das zur Wintersonnenwende die Sonnenstrahlen direkt in
das Innere des Grabes scheinen.« Aminata lächelt. »Ich finde
es einen schönen Gedanken, dass die Menschen ihren Hinter-
bliebenen auf diese Weise Licht schicken wollten.«

»Romantisches Geschwätz«, schnaubt Horan. »Das ent-
behrt jeder wissenschaftlichen Grundlage.«

»Aber es ist wirklich ein wunderschöner Gedanke«, sagt
Dottie gerührt, und ich bin mir sicher, dass sie gerade an
ihren Michael denkt. Ich hingegen muss an Dad denken,
wie so oft. Die Anlage hätte ihm gefallen, so, wie er an fast
allem interessiert war. Diese Interessen waren es allerdings
auch, die ihn oft und lange von uns, seiner Familie, weg-
geführt haben. Mum wurde es immer überdrüssiger, ihren
Mann und den Vater ihrer Kinder wochenlang nur über die
rauschende Leitung eines Satellitentelefons zu hören, und
ihre Unzufriedenheit wuchs mit jedem Jahr, mit jeder neuen
Reise. Ich denke, Dad konnte einfach nicht aufhören, seiner
Leidenschaft zu folgen, was ihn einerseits glücklich machte
wie kaum etwas anderes und ihn andererseits seine Ehe kos-
tete. Ein intaktes Familienleben. Und am Ende noch viel
mehr.

»Ich finde, Aminata hat genau den richtigen Weg gewählt«, reißt Sams Kommentar mich aus meinen Gedanken.
Mit einem Ohr habe ich mitbekommen, dass Horan gerade
wieder gegen Aminata gestichelt hat. »Wir wollen schließlich
keine Archäologievorlesung, sondern einen kompakten und
für Laien verständlichen Überblick.«

Dottie und Fred nicken zustimmend. »Du machst das ganz

hervorragend, meine Liebe.« Fred lächelt Aminata zu. »Diese ganzen Jahreszahlen kann ich mir sowieso nie merken.«

»Das ist genau der Ansatz, mit dem jedem Anspruch auf wissenschaftliche Exzellenz der Garaus gemacht wird«, grummelt Horan. »Niederste Populärwissenschaft, so nenne ich das.« Er hebt die Stimme. »Bisher haben Sie uns nichts erzählt, was wir nicht auch dieser geschmacklosen Infotafel entnehmen könnten.« Horan deutet spöttisch auf das tatsächlich nicht sehr ansprechend gestaltete Hinweisschild. »Und außerdem vergaßen Sie, zu erwähnen, dass die Dimensionen dieser Anlage die größten in der gesamten Gegend sind«, trumpft er auf.

»Die Dimensionen sind bei Weitem nicht das Wichtigste bei dieser Ausgrabung. Außerdem sind andere beinahe ebenso groß«, entgegnete Aminata bestimmt. »Ich finde die dahinterstehende Botschaft viel wichtiger.«

Horan blickt sie skeptisch an. »Und die wäre?«

»Auch vor über fünftausend Jahren, und noch wesentlich früher, war es Menschen wichtig, ihre Lieben würdevoll zu begraben und eine Stätte zu haben, wo sie sich an sie erinnerten.« Aminata deutet auf das Grab. »Und das ist etwas Universelles, das alle Zeitalter überdauert.«

Horan mustert Aminata von oben herab, oder zumindest versucht er das. »Bei wem haben Sie Ihren Abschluss gemacht?«

»Bei Professor Daley in Galway«, sagt Aminata. »Warum?«

»Dachte ich mir.« Horan nickt voller Genugtuung. »Die Kollegin hatte immer schon einen Hang zur Sozialromantik, dafür wenig Substanz. Wir am Trinity sind da ganz anders an Projekte herangegangen.«

»Anders heißt nicht automatisch besser«, gibt Aminata selbstbewusst zurück. »Ich finde außerdem, dass die Archäologie es immer zur Aufgabe hat, auch den Kontext zur sozialen Realität der damaligen Zeit herzustellen. Ohne diesen Kontext ist es eine tote Wissenschaft.«

»Lieber tot als unpräzise.« Horan reckt trotzig das Kinn vor.

»Das heißt nicht, dass die Qualität der Forschung darunter leidet.«

»Meiner Erfahrung nach schon.«

»Professor, wenn Sie meinen, alles besser zu wissen, wieso haben Sie dann nicht selbst den Vortrag übernommen?« Wanda sieht Horan ungehalten an. »Dann müssten Sie jetzt nicht verzweifelt versuchen, Ihre Kollegin zu bevormunden, was Ihnen übrigens nicht im Geringsten gelingt, wie Sie sicher auch gerade bemerken.«

Horan starrt sie fassungslos an.

»Wenn Sie also nichts Konstruktives beizutragen haben, lassen Sie Aminata einfach weitermachen«, fährt Wanda ungerührt fort. »Wir haben schließlich nicht ewig Zeit.« Sie nickt Aminata zu und lässt den völlig verdatterten Horan stumm zurück.

Wir anderen schauen Wanda überrascht an. Es ist das erste Mal, dass sie sich für jemand anderen als sich selbst einsetzt, und das macht sie gleich um einiges sympathischer.

»Ähm, ja, also«, sagt Aminata verdutzt. »Wenn wir ein paar Schritte gehen, sehen wir, dass das Grab von diesen halbhohen Mäuerchen umgeben ist …«

Von da an kann Aminata zum Erstaunen aller ihre Führung ohne lästige Kommentare seitens unseres Professors fortsetzen. Eine halbe Stunde später sind wir wieder bei unseren Rädern angelangt.

»Vielen Dank, Aminata, das war richtig spannend.« Sam lächelt seiner Mitarbeiterin zu.

»Ja, danke, es war toll, einen Einblick von einer Expertin zu bekommen«, fügt Fred hinzu.

»Ihre Hausaufgaben haben Sie auf jeden Fall gemacht«, sagt Horan widerwillig und bemüht von oben herab.

»Ich weiß«, sagt Aminata selbstbewusst. »Aber natürlich hätte mich auch Ihre Einschätzung interessiert, wenn Sie sie ein bisschen weniger besserwisserisch kundgetan hätten.«

»Ich *weiß* es besser«, schießt Horan zurück.

»Vielleicht *wussten* Sie es einmal besser«, bemerkt Aminata kühl. »Sie sind seit zwei Jahren aus dem universitären Betrieb draußen, oder? Auch in der Welt der Archäologie drehen sich die Räder immer schneller.«

Da scheint sie einen wunden Punkt getroffen zu haben.

»Raten Sie mal, weshalb ich der Uni den Rücken gekehrt habe«, gibt Horan bissig zurück. »Wegen Besserwisserinnen wie Ihnen, die meinen, sie könnten die Welt der Wissenschaft aufmischen, weil alles, was wir Arrivierten gemacht haben, auf einmal schlecht sein soll. Doch dem ist nicht so, im Gegenteil.«

»Ich glaube gerne, dass Sie sich in die ›gute, alte Zeit‹ zurücksehnen.« Aminata sieht ihn spöttisch an. »Damals gab es ja auch Mittel und Wege, eine Professur abzustauben. Ein paar Gläser Wein an der Uni-Bar, ein kleiner Büroplausch hie und da …«

»Wollen Sie mir unterstellen, dass ich durch Vitamin B an meine Stelle gekommen bin?« Horan blickt sie finster an, was Aminata absolut nicht beeindruckt.

»Ich sage damit nur, dass es früher einfacher war«, gibt Aminata zurück. »Heute braucht man dafür ganz andere Projekte und Referenzen.«

»Sie sprechen es nicht aus, aber Sie meinen es.« Horan

wirkt plötzlich erschöpft, als wäre er zu müde, um weiter zu streiten. »Können wir jetzt wieder los?« Damit trottet er zu seinem Rennrad.

»Dem hast du's aber gegeben«, raune ich Aminata zu, als wir ebenfalls den Weg zurück zum Parkplatz antreten. Horan kann richtig anstrengend sein, und ich finde es gut, wie schlagfertig Aminata ihn in die Schranken gewiesen hat.

Doch sie winkt ab. »Wenn, dann war es leider nur ein schaler Sieg.« Sie wirft einen vielsagenden Blick zu Horan, der an seinem Rennrad herumfummelt. »Leute wie er sind genau der Grund, wieso ich niemals eine faire Chance in diesem System haben werde. Sie tun immer alle so liberal, die Herren Professoren, aber wenn es um ihre alten Vorurteile geht, sind sie es kein bisschen. Eine Frau als Professorin für Archäologie, das geht ja noch. Aber eine *farbige* Frau?« Sie lacht spöttisch. »Da bleiben sie dann doch lieber unter sich. Aber danke für deinen Einwand vorhin«, sagt Aminata zu Wanda, die sich neben uns gerade ihren Helm aufsetzt.

»Nicht der Rede wert. Wenn ich etwas nicht ausstehen kann, dann sind es alte weiße Männer, die Frauen bevormunden wollen.« Wanda runzelt die Stirn. »Wir dürfen uns nichts von denen gefallen lassen. Ihnen mag die Vergangenheit gehört haben, aber uns gehört die Gegenwart und ganz sicher die Zukunft.«

Aminata nickt zustimmend. »Das sehe ich genauso.«

»Wieso bist du dann nicht längst zurück an der Uni?«, fragt Wanda geradeheraus.

Aminata versteift sich. »Wollte mal was anderes sehen. War mir zu eintönig.«

»Aber die Archäologie …« Ich zögere. »Deine Führung eben war so toll, du klangst richtig leidenschaftlich!«

»Mir gefallen viele Dinge«, antwortet Aminata vage, um sich dann wieder an alle zu wenden: »So, will jemand noch ein Wasser für die Weiterfahrt?« Ich habe das Gefühl, dass sie uns ausweicht, bohre aber nicht nach, weil ich weiß, wie es sich anfühlt, wenn man über etwas nicht reden möchte.

Kapitel 10

*E*in paar Minuten später schwingen wir uns wieder auf die Räder, Dottie stöhnt nur kurz dabei, und dann fahren wir weiter Richtung Küste. Es ist schon beinahe Mittag, und deswegen bin ich froh, als Sam eine halbe Stunde später an einer Wegkreuzung abbiegt und vor einem unscheinbar aussehenden Imbiss hält. »Hier möchte ich euch gerne jemanden vorstellen«, verkündet Sam. »Das ist Trish, und bei ihr gibt es die besten Fish and Chips an der gesamten Westküste, wenn ihr mich fragt.«

Die Frau hinter dem Tresen hat feuerrot gefärbte Haare und ist mit Tattoos übersät. Sie grinst. »Danke, Sam, das ist nett von dir.«

Wir alle greifen hungrig nach der Portion duftenden Backfischs, die sie uns der Reihe nach über den Tresen reicht, alle außer Wanda.

»Magst du keinen Fisch?«, fragt Dottie sie vorsichtig. »Ich war ja früher auch nicht so scharf drauf, aber meine Schwiegertochter macht eine echt leckere Panade, und seitdem mag ich ihn.« Sie überlegt kurz. »Michael hat ja nicht viel von Fisch gehalten. Er mochte am liebsten Fleisch. Und dann gab es das natürlich meistens bei uns.«

Wanda schnaubt verächtlich. »Ach was, ich liebe Fisch! Aber frisch gefangenen und im ganzen servierten Fisch, eine Goldbrasse in Salzkruste zum Beispiel. Nicht diesen frittierten Mist.«

Ich blicke kurz zu Trish vom Kiosk, aber zum Glück hat sie Wandas abfälligen Kommentar nicht gehört.

»Oh, der Frau Anwältin ist simples Imbissbudenessen wohl nicht gut genug«, macht sich Horan über sie lustig, während er seine Portion wie gewohnt in Lichtgeschwindigkeit in sich hineinschaufelt.

Wanda mustert ihn scharf, aber es liegt auch eine Spur Traurigkeit in ihrem Blick. »Wahrscheinlich liegt es daran, dass ich in meinem Leben genug ›simples Essen‹, wie du es nennst, zu mir nehmen musste.« Sie nimmt einen ihrer High-Protein-Riegel aus der Radtasche und beißt demonstrativ hinein. Fred beobachtet die Szene schweigend, während Dottie und ich einen schnellen Blick wechseln.

Als wir fertig gegessen haben, radeln wir wieder los. Wir sind jetzt in unmittelbarer Nähe zur Küste und folgen einer recht lebhaft befahrenen Straße. Der Verkehr wird immer dichter, je näher wir unserem Ziel kommen, das auf zahlreichen Hinweisschildern bereits Kilometer zuvor angekündigt wird: die Cliffs of Moher, Irlands berühmteste Sehenswürdigkeit. Wir passieren die Schranke, Sam bezahlt den Eintritt für unsere Gruppe, und dann stehen wir auf dem belebten Gelände. Es wuselt nur so von Menschen. Zu unserer Rechten liegt das geschickt in die hügelige Landschaft integrierte Besucherzentrum, auf der anderen Seite ist der breite Rücken der Klippen zu sehen, auf dem der bekannte Klippenwanderweg entlangführt.

Sam hebt die Hand, um sich Aufmerksamkeit zu verschaffen. »Leute, ihr habt jetzt knapp zwei Stunden zur freien Verfügung. Wir treffen uns um fünfzehn Uhr wieder hier.« Er blickt in die Runde, und bei Wanda verweilt sein Blick einen Moment länger als bei uns anderen. »Und bitte seid pünktlich, wir müssen schließlich alles wieder zurückfahren.«

Horan hat eine Landkarte hervorgezogen. »Ich habe mir eine längere Etappe auf dem Klippenwanderweg vorgenommen. Falls jemand Interesse hat, mitzukommen …« Er räuspert sich, und ich sehe ihn erstaunt an. So viel Geselligkeit ist ja etwas ganz Neues. Doch wir lehnen dankend ab, und Horan macht sich allein auf den Weg.

Dottie tritt nervös von einem Fuß auf den anderen. »Ich werd dann mal einen Blick ins Besucherzentrum werfen, denke ich.«

»Willst du dir denn die Klippen wirklich nicht ansehen?«, frage ich überrascht.

»Wollen schon …« Dottie zögert. »Aber … ich trau mich nicht, fürchte ich.«

Fred sieht sie mit einem einfühlsamen Blick an. »Zumindest auf die Aussichtsplattform könntest du doch mitkommen? Die ist ein ganzes Stück weit vom Klippenrand entfernt.«

Dottie lächelt ihn unsicher an. »Danke, das ist lieb gemeint, aber Michael hat auch immer gesagt: Schuster, bleib bei deinen Leisten.«

»Da muss ich deinem Michael aber schon ein bisschen widersprechen.« In Freds Stimme liegt nun sanfter Nachdruck. »Es entgeht einem unheimlich viel, wenn man sich seinen Ängsten nicht stellt.«

»Und Akrophobie ist gut behandelbar«, gibt Wanda ihren Senf dazu.

Dottie blickt sie mit einer Mischung aus Skepsis und Neugier an.

»Das bedeutet Höhenangst«, stellt Wanda etwas hochnäsig klar.

»Dottie, du bist hier und heute bei den Cliffs of Moher«, sagt Fred mit einem gewissen Nachdruck in der Stimme. »Wer weiß, ob du so schnell noch einmal hierherkommst?«

»Ich würde die Klippen zu gerne von Nahem sehen«, gibt Dottie zu. Sie wirkt nicht mehr ganz so ängstlich. »Aber ich trau mich einfach nicht. Und ohne Michael erst recht nicht. In solchen Situationen fühl ich mich erst recht verloren ohne ihn.« Sie lächelt traurig. »Sehr alleine fühle ich mich dann.«

»Du bist aber gar nicht alleine«, sagt Fred. »Wir sind schließlich da.«

Ein zaghaftes Lächeln erscheint auf Dotties rundlichem, noch von der Anstrengung gerötetem Gesicht. »Vielen Dank. Das ist sehr lieb.«

Fred schlägt einen aufmunternden Ton an. »Wie wäre es, meine Liebe, wenn wir uns zuerst zusammen das Besucherzentrum ansehen, in aller Ruhe eine Tasse Tee trinken und dann weitersehen?«

Dottie nickt. »Das klingt nach einer fabelhaften Idee. Wie sieht's mit euch aus? Begleitet ihr uns?«

Aber Wanda hört sie gar nicht mehr. Ohne sich zu verabschieden, hat sie sich schnellen Schrittes von unserer Gruppe entfernt. Sam will etwas sagen, aber dann klingelt sein Handy. Er zieht es hervor und blickt aufs Display. Seine Miene verdüstert sich augenblicklich. »Ich muss da kurz rangehen.« Mit diesen Worten geht er ebenfalls ein paar Schritte von uns weg.

»Ich komme gern mit«, schließe ich mich Fred und Dottie an. Gemeinsam betreten wir das aufwändig gestaltete Besucherzentrum. Wir lesen von Eruptionen, die vor Hunderten Millionen Jahren die berühmten Klippen geformt haben, aber auch, dass Szenen für die *Harry-Potter*-Filme und *Star Wars* hier gedreht wurden. Ich habe als Teenager die *Harry-Potter*-Filme geliebt, während Dad sich keinen einzigen Teil angesehen hat. Er hat dafür alle sieben Bücher gelesen, wozu ich mich nicht durchringen konnte. Ach, Dad.

»Carly?« Fred reißt mich aus meinen Gedanken. »Da vorne ist das Café, sollen wir uns eine Tasse Tee und ein Stück Kuchen genehmigen?«

»Ich würde sagen, das haben wir uns nach der ganzen Strampelei heute eindeutig verdient«, erwidere ich betont gut gelaunt, um jegliche sentimentale Regung schnellstmöglich wieder zu verscheuchen.

Ein paar Minuten später sitzen wir in dem großen Café des Besucherzentrums und haben alle drei Tee und frisch gebackenen Blaubeerkuchen vor uns stehen. Es ist gerammelt voll, aber trotzdem fühle ich mich richtig wohl hier. Nicht zum ersten Mal merke ich, wie gut es mir tut, mit meinen Reisegefährten zusammen zu sein. Mehr Kontakt zu anderen Menschen zu haben als bloß einen oberflächlichen Plausch beim Frühstücksbüfett, und es ist schön, mit jemandem die Erlebnisse während dieser Reise zu teilen. Während ich beobachte, wie Dottie zögerlich eine Gabel von ihrem Blaubeerkuchen nimmt und Fred genussvoll seinen Tee schlürft, wird mir noch etwas klar. Ich will wieder mehr von dem. Mehr erleben, mehr mit anderen zusammen machen, wieder beständiger Teil einer Gruppe sein, so, wie es früher selbstverständlich war. Wenn John, mein Arbeitskollege aus der IT, das nächste Mal zu einer Runde Bowling einlädt, dann werde ich zusagen. Und vielleicht sollte ich Maeve und Ines, meine Freundinnen von der Uni, einfach mal anrufen, sobald ich zurück in Dublin bin. Es fühlt sich gut an, endlich wieder Pläne zu machen. Ich steche die Gabel in mein Stück Blaubeerkuchen und nehme einen Bissen. Köstlich.

»So, Dottie«, beginnt Fred bestimmt. »Wenn wir diese wunderbare Tasse Tee ausgetrunken und dieses leckere Stück Kuchen verputzt haben, dann schlage ich vor, versuchen wir es einfach mal. Wir gehen vor, die Treppen hoch, und dann nähern wir uns schrittweise dem ersten Aussichtspunkt an. Von dort aus kannst du die Klippen sehen, ohne zu nahe am Abgrund zu sein.« Er nickt ihr beruhigend zu. »Du sagst sofort, wenn es dir zu viel wird, und wir sind jederzeit bei dir, nicht wahr, Carly?«

Ich nicke zustimmend. »Das klingt doch nach einem ausgezeichneten Plan.«

»Wenn ihr meint …« Dottie wirkt nicht sehr überzeugt. Sie ist ganz blass um die sonst so rosige Nasenspitze geworden.

»Allerdings«, sagt Fred eine Spur nachdrücklicher. »Und wäre es nicht unheimlich schade, sich ein solches Naturspektakel entgehen zu lassen?«

»Also gut.« Dottie nickt tapfer. »Versuchen wir es.«

Wir verdrücken unseren Kuchen, bezahlen, und als wir aus dem Restaurant hinaus ins Freie treten, wartet Sam schon vor dem Eingang.

»Hier seid ihr«, sagt er. Sein Blick ist ernst, und er wirkt abwesend. »Ich habe euch schon gesucht.«

Was er wohl für ein Telefonat geführt hat, frage ich mich, und ob das für seine Laune verantwortlich ist?

»Wir beginnen jetzt Dotties Konfrontationstherapie«, verkündet Fred feierlich. »Wir wagen uns vor bis zum ersten Aussichtspunkt.«

»Da komm ich natürlich mit«, sagt Sam und bemüht sich um ein Lächeln. »Als Reiseleiter kann ich ja gar nicht anders.«

Wir erreichen den stufig angelegten Weg, der zur ersten Plattform führt, die sich direkt gegenüber den berühmten Klippen befindet, und beginnen, die Stufen hochzugehen. Sam und ich sind bald etwas voraus, da Dottie ein lähmend langsames Tempo anschlägt. Nach ein paar Minuten haben wir den Aussichtspunkt erreicht. Viele Leute sind hier, die meisten machen Fotos, und wir müssen kurz warten, bis wir ganz nach vorne kommen.

Und dann sehen wir sie in ihrer vollen Pracht: die berühmten Cliffs of Moher, Hunderte Meter hoch, majestätisch, moosgrün bewachsen. Die Brandung tost um die Felswände, und das Wasser gurgelt dabei so laut, dass wir es bis nach hier oben hören. Aufgeregte Möwen kreisen hoch über uns, ebenso Dohlen und Lumme.

»Früher dachte ich immer, alle würden bloß viel Gedöns um die Cliffs machen«, fängt Sam schließlich an zu sprechen. »Aber seit ich das erste Mal hier war, weiß ich, wieso sie so beliebt sind.« Er hält kurz inne und blickt aufs Meer. »Sie sind atemberaubend schön, nicht wahr?«

»Ja, das sind sie.« Ich kann mich gar nicht sattsehen an dem Anblick, der sich uns bietet.

Er deutet aufs Meer hinaus. »Siehst du die Inseln dahinten? Das sind die Aran-Inseln, die letzte Station unserer Reise, bevor wir zurück nach Galway radeln.«

»Die Aran-Inseln«, wiederhole ich gedankenverloren. Dort draußen, auf diesen von hier aus winzig wirkenden Felsenflecken, dort werde ich also den ersten St. Patrick's Day in Irland seit Langem verbringen. Ein Ziehen macht sich in meiner Magengegend bemerkbar, und ich fühle mich plötzlich unwohl.

»Alles okay?« Ich bemerke, wie mich Sam aufmerksam von der Seite mustert.

»Ja, alles gut.« Ich bemühe mich um ein Lächeln. Irgendetwas hält mich davon ab, Sam zu sagen, was gerade in mir vorgeht. »Mir ist nur gerade etwas komisch geworden. Ich geh mal zurück zu den anderen.«

Sam nickt. »Mal sehen, ob Dottie ihre Höhenangst besiegen konnte.«

Danach sieht es eher nicht aus, stelle ich fest, als wir zu den beiden anderen gelangen.

Dottie steht auf dem letzten Treppenabsatz des kurzen Wegs zur Plattform, mit halb geschlossenen Augen. Eine Hand umklammert das Stahlgeländer, die andere hält fest Freds Hand, der ihr beruhigend zuredet.

»Ich schaffe es einfach nicht.« Als ich näher komme, sehe ich, dass sie mit den Tränen kämpft. »Man muss einfach seine Grenzen kennen …«

Fred blickt sie mitfühlend an. »Na gut, dann gehen wir zurück.« Behutsam nimmt er sie am Arm und führt sie die Treppen hinunter. Dottie lässt den Kopf hängen, sie sieht wirklich aus wie ein Häufchen Elend.

Sam und ich sehen uns an. »Es ist oft unglaublich schwer, gegen seine Angst anzukämpfen, oder …«

»Allerdings.« Ich schlucke. »Und manchmal ist es leichter, es nicht zu tun.«

Ich setze mich ebenfalls in Bewegung, und Sam folgt mir. Als wir ein paar Minuten später wieder beim Besucherzentrum sind, fällt alles von Dottie ab.

»Es tut mir so leid«, stammelt sie. »Ich hab es einfach nicht geschafft …«

»Das macht doch nichts, meine Liebe«, Fred tätschelt ihr beruhigend die Schulter. »Du brauchst vielleicht einfach noch ein bisschen Zeit.«

Die beiden setzen sich auf eine der zahlreichen Bänke, die den Vorplatz des Besucherzentrums säumen. Dottie atmet tief aus. »Ich verderbe euch den ganzen Ausflug. Dabei sind die Cliffs of Moher doch der Höhepunkt der Reise!«

Sam lächelt schief. »Keine Sorge, Dottie, du verdirbst uns nichts.«

Dottie lächelt ihn an. »Ihr seid alle so nett zu mir, dabei habe ich mir das doch gar nicht verdient.«

Einen Moment schweigen wir alle. Ich beobachte die Leute, wie sie kreuz und quer über den Vorplatz wuseln, viele mit einem Becher Kaffee oder einem Eis aus dem Besucherzentrum in der Hand. Die meisten biegen nach links ab und schlagen mit Vorfreude im Blick den Weg auf die Klippen ein. Wie bunte Punkte bewegen sie sich auf dem schmalen, sich sanft dahinschlängelnden Pfad. Plötzlich überkommt mich eine unbändige Lust, den Weg ebenfalls zu gehen. Ich deute zum Startpunkt.

»Hat jemand Lust, mich zu begleiten? Alle außer dir natürlich, Dottie«, sage ich rasch, als ich ihren starren Blick bemerke.

Fred schüttelt den Kopf. »Ich bleibe hier bei Dottie.« Sie lächelt ihn dankbar an, und nicht zum ersten Mal kommt mir der Gedanke, dass die beiden ein wirklich hübsches Paar wären.

»Ich bin dabei«, sagt Sam zu meiner Überraschung. »Wenn du nichts dagegen hast.«

»Nein, natürlich nicht«, sage ich, leicht überrascht. Wir verlassen die Besucherplattform und schlagen den gut beschilderten Pfad, der auf den breiten, grasbewachsenen Rücken der Klippen führt, ein.

Ich setze einen Fuß vor den anderen und sehe, dass man

den Weg, der ursprünglich ziemlich dicht am Klippenrand ent-langgeführt haben muss, ein paar Meter zurückversetzt hat.

»Es hat ein paar Unfälle zu viel gegeben«, erklärt Sam, als könnte er meine Gedanken lesen. »Deshalb verläuft der Pfad jetzt hier entlang.«

»Das war ja aber auch echt gefährlich.« Mit leichtem Unbe-hagen beäuge ich den schmalen Pfad, der wirklich verdammt nah am Abgrund entlangführte. Stellenweise hat er Lücken, wo das Gestein durch die Erosion weggebrochen ist. Eine kluge Entscheidung, ihn nach hinten zu verlegen.

Hier, am Beginn des Weges, sind viele Leute unterwegs, und wir müssen aufpassen, dass wir die Entgegenkommen-den nicht anrempeln. Nach ein paar Hundert Metern jedoch wird es ruhiger, die meisten gehen nicht bis hierher, sondern drehen schon vorher um. Plötzlich sehen wir, wie jemand etwa fünfzig Meter vor uns behände die Absperrung überspringt und zielstrebig auf den Klippenrand zusteuert.

»Was macht denn die da?« Sam kneift die Augen zusammen.

»Wahrscheinlich wieder jemand auf der Suche nach dem perfekten Foto«, stelle ich fest. Wir haben schon ein paar sol-che Unbelehrbaren gesehen, die die Absperrung überwunden haben, um sie nicht im Bild zu haben. Doch alle sind danach gleich wieder auf den markierten Weg zurückgekehrt.

Diese Person nicht. Unbeirrt läuft sie weiter.

Ich kneife ebenfalls die Augen zusammen. Der Umriss der Gestalt kommt mir seltsam vertraut vor, und einen Moment später weiß ich auch, warum.

Es ist Wanda.

Sie trägt einen kurzärmeligen marineblauen Neoprenanzug und scheint genau zu wissen, was sie tut.

»Sam!« Unwillkürlich packe ich ihn am Arm. Ich fühle die

Muskeln durch den dünnen Stoff seines Longsleeves, aber gerade bin ich zu aufgeregt, um mich davon ablenken zu lassen. »Das da vorne ist Wanda!«

Gebannt blicken wir zu ihr. Es besteht kein Zweifel, es ist eindeutig unsere Mitreisende. Inzwischen steht sie am Rand der Klippe. Ohne zu zögern, tritt sie einen weiteren Schritt vor und scheint die Entfernung zum Wasser unter sich abzuschätzen.

»Sie wird doch nicht etwa …« Sam sieht entsetzt zu ihr und beginnt zu rennen.

Nun laufen wir beide.

»WANDA!«, brüllt Sam. »Was machst du da?«

Zuerst tut Wanda so, als würde sie uns nicht bemerken. Erst, als wir ebenfalls über die Absperrung klettern, und sie unmöglich länger vortäuschen kann, unsere Rufe nicht zu hören, dreht sie sich widerwillig um.

»Was wollt ihr?«, fragt sie in gereiztem Ton. »Ich muss mich konzentrieren.«

»Was um Himmels willen hast du vor?« Sam blickt sie völlig entgeistert an.

»Keine Sorge, ich weiß, was ich tue«, sagt Wanda ruhig. Sie wirkt gelassen und gleichzeitig vollkommen konzentriert.

»Du willst doch da nicht etwa runterspringen?«, frage ich entsetzt. »Da geht's bestimmt fünfzig Meter runter!«

»Ach was. Das ist einer der niedrigsten Teile der Cliffs«, belehrt Wanda uns, während sie weiter gefährlich nah am Abgrund steht. »Das sind bloß zwanzig Meter, wenn überhaupt.«

»Komm sofort wieder hinter die Absperrung«, sagt Sam scharf. »Was du da vorhast, ist lebensgefährlich!«

»Nicht, wenn man die richtige Technik beherrscht«, widerspricht Wanda ihm. »An der Algarve, da …«

»Es interessiert mich einen feuchten Kehricht, was an der Algarve ist«, brüllt Sam jetzt. »Komm sofort her, sonst schließe ich dich endgültig von der Teilnahme an der Reise aus!«

Wanda blickt ihn kurz abschätzig an, dann dreht sie sich um und beugt sich über die Felskante.

»WANDA!«, brüllt Sam und versucht, sich ihr langsam zu nähern.

»Bleib stehen! Ich bitte dich!«

Sie wirft uns einen kurzen Blick über die Schulter zu, den ich nicht recht deuten kann. Dann macht sie noch einen kleinen Schritt nach vorne, sodass ihre Fußspitzen bereits über die Felskante ragen. Sie geht in die Knie, streckt die Arme pfeilförmig nach oben, ihr ganzer Körper spannt sich an – und dann springt sie.

Kapitel 11

W ANDA!« Sams markerschütternder Schrei verhallt in der Leere des weiten Himmels.

Fassungslos starre ich auf die Stelle, an der Wanda gerade noch gestanden hat. »Sie hat es wirklich getan! Sie ist von der Klippe gesprungen!« Wir sehen uns an, dann sprinten wir vor zur Felskante und blicken vorsichtig über den Rand.

Gott sei Dank, sie lebt. Wie eine Boje zwischen den Wellen tanzt ihr Kopf auf und ab, aber auf ihrem Gesicht ist sogar von hier oben ein breites Grinsen zu erkennen.

»Wanda!«, brüllt Sam aus Leibeskräften, aber entweder kann sie ihn nicht hören oder sie will nicht. »Wanda!«, brüllt er noch einmal, doch sein Ruf wird bereits vom Dröhnen eines Außenbordmotors übertönt. Ein Speedboat kommt zügig näher und dreht ein paar Meter vor Wanda bei. Sie krault ihm mit kräftigen Armzügen entgegen und steigt dann über eine kleine Metallleiter an Bord. Wenige Sekunden später fährt das Boot wieder los.

»Sie hat das alles so geplant!«, ruft Sam, völlig fassungslos. »Das Speedboat! Es war sicher nicht zufällig da.«

»Bestimmt nicht.« Ich schüttle den Kopf. »Sie wusste genau, was zu tun ist.«

Sam tritt von der Felskante zurück. »Die hat doch echt einen Knall!« Er fasst sich an den Kopf. »Springt einfach von der Klippe und lässt sich von einem Boot rausfischen, ohne ein Wort zu sagen.« Seine Kiefermuskeln knacken. »Na, die kann was erleben, wenn sie zurückkommt.«

Ich stehe immer noch gefährlich nahe am Abgrund, wird mir auf einmal klar. Schnell trete auch ich ein paar Schritte zurück. »Sollen wir zurück zu den anderen?«, frage ich. »Irgendwie habe ich keine Lust mehr, noch weiterzugehen.«

Sam nickt müde. »Ich auch nicht. Das gerade hat mir den Rest gegeben.«

Schweigend laufen wir den schmalen Pfad zurück. Noch immer kann ich kaum glauben, was gerade passiert ist. So eine Aktion, wie Wanda sie gerade gebracht hat, wäre selbst meinem abenteuerliebenden Dad eine Spur zu groß gewesen. »Kein unnötiges Risiko eingehen«, war sein Motto. Am Ende hat es ihm auch nicht viel gebracht, denke ich mit der vertrauten Spur Bitterkeit. Aber was in Wanda gefahren ist, das würde ich nur zu gerne wissen.

Auf dem Platz vor dem Besucherzentrum treffen wir wieder auf Dottie und Fred. Sie sitzen immer noch auf einer der steinernen Bänke und scheinen sich blendend zu unterhalten.

»Hallo, ihr zwei«, begrüßt uns Fred freundlich, aber als er unsere Mienen sieht, wird sein Blick ernst. »Ist irgendetwas vorgefallen?«

»Das kannst du laut sagen.« Sam lässt sich neben Fred auf die Bank fallen.

»Wanda ist von den Klippen gesprungen«, erkläre ich und setze mich ebenfalls, neben Dottie. »Die Klippe war zwanzig Meter hoch, aber ihr ist Gott sei Dank nichts passiert. Sie macht das wohl öfter, als Sport sozusagen.«

Dottie macht große Augen. »Das klingt ja entsetzlich.«

»Für jemanden mit Höhenangst ist es wahrscheinlich nicht ratsam«, sagt Sam trocken. »Und für alle anderen auch nicht.«

»Und wie ist sie wieder aus dem Wasser gekommen?«, fragt Dottie, immer noch vollkommen fassungslos über Wandas letzten Streich.

»Ein Speedboat hat sie aufgelesen. Wahrscheinlich hat sie es vorher schon bestellt«, sage ich.

»Ein Speedboat? Sie hat aber auch verrückte Ideen, unsere Frau Rechtsanwältin.« Fred schüttelt den Kopf. »Na, zum Glück ist alles gut gegangen. Dottie hat allerdings auch etwas Spannendes zu berichten, nicht wahr meine Liebe?« Er nickt ihr zu.

Mir fällt erst jetzt auf, dass Dottie, im Gegensatz zu vorher, richtiggehend strahlt.

»Allerdings.« Sie kann den Stolz in ihrer Stimme kaum verbergen. »Nachdem ich wieder hier unten war, hab ich nachgedacht. Und die Angst, etwas Einmaliges zu verpassen, war schließlich größer als meine Angst vor der Höhe.«

»Also sind wir noch mal raufgegangen, zur Aussichtsplattform. Und dank Fred habe ich es tatsächlich geschafft.« Sie strahlt ihn an. »Ich hab mich bis ganz nach vorne getraut und tatsächlich die Cliffs of Moher gesehen.«

»Dottie, das ist toll!« Sam sieht sie überrascht an. »Alle Achtung!«

»Du kannst sehr stolz auf dich sein, meine Liebe«, sagt Fred.

»Es war einfach wunderschön! Sie sind so imposant!«, sprudelt es aus Dottie heraus. »Und ich habe ungefähr hunderttausend Fotos gemacht!«

»Das klingt großartig, Dottie.« Ich lächle sie an, und auch Sam verliert für einen Moment seinen grimmigen Blick.

»Sam, ich weiß, es ist gleich fünfzehn Uhr, aber darf ich noch mal kurz ins Besucherzentrum hüpfen?«, fragt Dottie. »Ich habe dort vorher diese niedlichen Papageientaucher aus Plüsch gesehen, die würden den Kindern sicher gefallen.« Dottie zwinkert mir zu. »Du weißt schon, Carly, das Mitbringsel.«

»Sicher, kein Problem.« Sam nickt. »Wir müssen sowieso auf die anderen warten.« Sein Blick verdüstert sich wieder. »Und wer weiß, wie lange das bei Wanda dauert.«

Horan taucht ziemlich pünktlich gegen fünfzehn Uhr wieder auf.

»Sam, hast du gewusst, dass es auch die Möglichkeit gibt, etwa vier Kilometer entfernt zu parken und dann über die Klippen bis hierher zu wandern?«, beginnt er ohne eine weitere Begrüßung. Er sieht ziemlich verschwitzt aus, hat sich die Ärmel hochgekrempelt und seine Radschuhe sind voller Schlamm.

»Nein, das wusste ich nicht.« Sam runzelt die Stirn. »Aber wieso sollte ich auch woanders als hier parken wollen?«

Horan sieht ihn triumphierend an. »Na, weil wir dann das Eintrittsgeld gespart hätten! Nur als kleine Anregung für die nächste Gruppe.« Er schnaubt bedauernd. »Für uns ist es ja schon zu spät.«

Sam und ich wechseln einen amüsierten Blick. Horan ist wirklich ein Geizkragen.

»Sehr aufmerksam von dir, Horan.« Sam bemüht sich, ernst zu bleiben. »Ich werde aber auch sicher das nächste Mal nicht über vier Kilometer mit meiner Radgruppe wandern, nur um zehn Euro zu sparen. Beziehungsweise acht Euro, denn wir bekommen den Gruppentarif.«

»War nur gut gemeint«, sagt Horan leicht beleidigt und stellt schwer schnaufend seinen Rucksack ab.

Jetzt taucht auch Wanda wieder auf, aus Richtung des Besucherzentrums. Sie trägt inzwischen wieder ihre Radklamotten und ein überlegenes Lächeln im Gesicht.

Sams Augen verengen sich, als er sie sieht. »Hast du eigentlich komplett einen an der Waffel?«, ruft er ihr von Weitem entgegen. »Was hast du dir bei der Aktion gedacht?«

Wanda kommt zu uns. Ihre Haare sind noch feucht, aber ihre Augen leuchten. »Du hast gesagt, wir haben zwei Stunden Zeit zur freien Verfügung. Wie wir diese Zeit verbringen, kann dir doch egal sein.«

»Aber doch nicht, wenn du von einer *Klippe* springst!«, entgegnet er hitzig. »Was, wenn dir etwas zugestoßen wäre?«

»Ist mir ja nicht, wie du siehst. Im Gegenteil.« Ich bemerke die Begeisterung in ihrem Gesicht. »Es war einfach nur großartig.«

Sam hat wieder sichtlich Mühe, sich zu beherrschen. »Wenn du so adrenalingeladen bist, dann ist vielleicht eine Rad*trekking*reise nicht ganz das Richtige für dich. Schon mal darüber nachgedacht?«

»Der Gedanke ist mir tatsächlich schon gekommen«, gibt Wanda zurück. »Aber jetzt ich bin ich nun mal dabei, ob euch das passt oder nicht.« Sie funkelt Sam an. »Und ich kann auf mich selbst aufpassen, wie oft soll ich das noch sagen.«

»Dein Verhalten war einfach nur unkollegial.« Er sieht richtig sauer aus, was ich gut verstehen kann. Natürlich sind wir alle erwachsen und tragen die Verantwortung für uns selbst, aber er ist unser Reiseleiter und nimmt seine Aufgabe sehr ernst. Und wenn Wanda wieder etwas passiert wäre, dann hätte das die ganze Gruppe aufgehalten.

Inzwischen ist auch Dottie zurück. Sie hält eine Tüte mit dem Aufdruck des Besucherzentrums in der Hand und wirkt rundum zufrieden. »Ich zahl gerne drei Euro in das Sparschwein«, sagt sie vergnügt und zückt ein pinkfarbenes Geldtäschchen, doch Sam winkt müde ab.

»Dann sind wir alle startklar?« Er schaut in die Runde, ohne Wanda eines weiteren Blickes zu würdigen. Wir gehen zu unseren Rädern und radeln schweigsam und ohne weitere Zwischenfälle zurück. Heute haben wir Glück mit dem Wetter: Außer ein paar Schönwetterwolken ist immer noch nichts am Horizont zu sehen. Die Sonne, die schon recht tief steht, taucht alles in ein warmes rötliches Licht. Bald wird sie untergehen, und ich freue mich auf einen gemütlichen Abend mit Allie und Jake. Ob ich mich hingegen auf eine weitere Nacht mit Sam in unserem Zimmer freuen soll, das weiß ich noch nicht so recht.

Allie empfängt uns bereits vor dem Bed and Breakfast, wo sie einen rebellisch aussehenden Brombeerstrauch, der sich neben dem Hauptgebäude breitgemacht hat, zurechtstutzt.

»Hey, hattet ihr einen schönen Tag?« Sie strahlt trotz der offensichtlich anstrengenden Arbeit. »Jake und ich haben eine gute Nachricht für euch: Wir sind mit dem Frühstücksraum vorhin fertig geworden. Wenn ihr Lust habt, würden wir ihn gerne heute Abend mit euch gemeinsam einweihen! Sagen wir um sieben?«

»Eine tolle Idee!« Aminata ist gerade aus dem Transporter ausgestiegen und gesellt sich bestens gelaunt zu uns.

»Warst du bis jetzt bei deinem … Studienkollegen?«, fragt Sam amüsiert.

»Kann man so sagen, ja.« Aminata grinst. »Ich wusste ja, dass ihr mich nicht früher braucht.«

»Eher hätten wir fast einen Krankenwagen gebraucht«,

raune ich ihr zu, als sie neben mir steht. »Wanda ist nämlich von einer Klippe gesprungen.«

Aminata fällt buchstäblich die Kinnlade herunter. »Nicht dein Ernst?«

Ich nicke. »Gott sei Dank ist nichts passiert. Sie hat ein Motorboot organisiert, das sie wieder rausgefischt hat.«

»Na, langweilig wird es mit unserer Frau Rechtsanwältin zumindest nie, oder?« Aminata schüttelt verblüfft den Kopf. »Ich bin schon gespannt, was ihr noch so alles einfällt.«

»Ich ganz und gar nicht«, sagt Sam finster, der ihre letzten Worte gehört hat.

Wir stapfen alle im Gänsemarsch hinauf in den ersten Stock zu unseren Zimmern. Sam geht direkt hinter mir. Ich schließe unsere Zimmertür auf, und als wir beide einen Schritt vorwärtsmachen, stoßen wir fast zusammen.

»Entschuldige bitte, nach dir.« Sam und ich grinsen uns etwas dämlich an.

»Danke.« Ich betrete das Zimmer vor ihm, und er folgt mir.

»Willst du wieder zuerst duschen?«, fragt er höflich.

»Gerne.« Ich nicke. »Und ich warne dich vor, bevor ich die Tür öffne.« Noch im selben Moment könnte ich mir auf die Zunge beißen, denn auf keinen Fall wollte ich ihn an die Szene von heute Morgen erinnern. Sam verzieht das Gesicht. »Sehr nett, vielen Dank.«

Na super, Carly. Jetzt *habe ich* Sam wieder vor meinem inneren Auge, in seiner ganzen Pracht. Sein perfekt geformter, muskulöser Körper, sein … ich merke, wie mein Gesicht rot anzulaufen droht, noch dazu, weil er gerade so verdammt nahe neben mir steht. Schnell rufe ich mir ein anderes Bild in mein Gedächtnis. Von den Klippen. Von Wanda in Neopren, wie sie einfach runterspringt.

»Diese Wanda hat echt einen an der Waffel.« Überrascht sehe ich Sam an. Wieder ist es, als ob er meine Gedanken lesen könnte.

»Das hab ich mir auch gerade gedacht«, sage ich langsam. »Aber ich glaube, sie ist einfach ein Adrenalinjunkie. Immer auf der Suche nach dem nächsten Kick.«

»Ich weiß nicht.« Sam wirkt plötzlich nachdenklich. »Ich habe das Gefühl, da steckt noch etwas anderes dahinter. Ich werde aus ihr einfach nicht schlau.« Er fährt sich durch die Haare. »Sie scheint überhaupt keinen Wert darauf zu legen, mit uns unterwegs zu sein, aber wieso um alles in der Welt bucht man dann eine Gruppenreise?«

»Gute Frage«, stimme ich ihm zu. »Irgendwie tut sie mir leid. Ich glaube, sie steht sich manchmal selbst im Weg.«

»Mich treibt sie ehrlich gesagt in den Wahnsinn«, sagt Sam düster. »Aber das wird dir ja schon aufgefallen sein.« Er grinst schief.

Ich sehe ihn mitfühlend an. »Die Aktion heute war aber auch echt nicht in Ordnung von Wanda.«

»Ich weiß nicht.« Sam schüttelt den Kopf. »Gestern hab ich sie angebrüllt, heute den ganzen Rückweg über wie Luft behandelt. Das ist nicht gerade, was ich unter einer souveränen Reiseleitung verstehe.«

»Aber das war doch absolut verständlich«, ereifere ich mich. »Ich hätte mich auch nicht beherrschen können.«

»Weißt du, wenn ich unabhängig entscheiden könnte, würde ich solchen Leuten einfach den Laufpass geben.« Er seufzt. »Es ist demütigend, aber ich muss sie eigentlich weiterfahren lassen. Sie ist eine zahlende Kundin, und bei unserer derzeitigen Situation können wir es uns nicht leisten, auf jemanden zu verzichten.«

»Wie sieht denn eure Situation aus?«, frage ich vorsichtig.

Sam wirkt plötzlich, als hätte er mir zu viel erzählt. »Ach, wie es halt so ist. Mit einem eigenen Unternehmen. Waren echt schwierig die letzten Jahre, aber es geht ja allen gleich.«

Ich mustere ihn von der Seite. Seine Kiefermuskulatur arbeitet heftig, und ich bin mir fast sicher, dass er mir etwas verschweigt. Aber ich will nicht weiter nachbohren.

Ein paar Momente lang schweigen wir, weil ich nicht weiß, was ich sagen soll. Schließlich beginnt Sam, wieder zu sprechen: »Dafür war es nett, mit dir auf den Klippen entlangzuwandern. Unerwartet nett.«

»War ich dir gar nicht zu langsam mit meinen kurzen Beinen?«, frage ich unschuldig.

Sam verzieht das Gesicht. »Das werde ich noch sehr oft zu hören bekommen, oder?«

»Ziemlich sicher, ja«, versichere ich ihm gespielt ernst. Wir müssen beide lachen. Wieder denke ich mir, dass er noch ein ganzes Stück attraktiver ist, wenn er nicht seine grimmige Miene aufsetzt. Und gleich hinterher schleicht sich noch ein Gedanke: Seltsamerweise finde ich es gar nicht so übel, heute Nacht wieder das Zimmer mit ihm zu teilen.

»Tja dann …« Sam deutet Richtung Bad. »Ich glaube, du solltest dann mal langsam loslegen. Nicht, dass wir zu spät runterkommen.«

»Das wäre natürlich blöd«, sage ich. »Denkst du, Allie würde auf einer Fütterung des Sparschweins bestehen?« Ich schlage einen verschwörerischen Ton an. »Ehrlich gesagt glaube ich, dass sie überhaupt nichts davon weiß.«

»Aber *ich* weiß es«, gibt Sam belustigt zurück. »Und ich bin da ziemlich unnachgiebig, wie du vielleicht schon bemerkt hast.«

Wir sehen uns in die Augen. Einen Tick zu lange. Er hat einen magnetisierenden Blick, und diese eine Sekunde lang spüre ich etwas zwischen uns, das neu für mich ist. Verwirrend neu.

»Dann geh ich mal.« Leicht verlegen wende ich meinen Blick auf die Badezimmertür. »Oder willst du zuerst?«

»Rein mit dir.« Sam grinst. »Und, Carly?«

Ich bin schon dabei, die Tür hinter mir zu schließen, aber drehe mich noch einmal um. »Ja?«

»Warn mich bitte wirklich vor, wenn du wieder rauskommst.«

Kapitel 12

Als wir eine halbe Stunde später gemeinsam die Treppe hinuntergehen, schallt uns aus dem Frühstücksraum bereits ein irischer Folksong entgegen.

»Passt die Lautstärke so?«, ruft Allie durch den Raum, als wir ihn betreten. Sie und Jake stehen hinter einem Bartisch. »Wir testen gerade die Musikanlage!«

»Für das Frühstück oder eine Party?« Sam grinst. »Als Hintergrundmusik zum Frühstück würde ich sie definitiv ein bisschen leiser drehen.«

Allie lacht. »Das stimmt allerdings.« Die anderen sind bereits alle da, Fred und Dottie, Aminata und Horan, und sogar Wanda hat sich dazu herabgelassen, mit uns den Abend zu verbringen, wie ich erstaunt bemerke. Vielleicht ist sie aber auch nur wegen der vielversprechend wirkenden Schüsseln hier, die Allie und Jake auf dem riesigen Esstisch in der Mitte des Raumes gestellt haben und aus denen es so köstlich duftet, dass man sofort Hunger bekommt.

Der Frühstücksraum sieht einfach toll aus. Die Seite, von der aus man auf das Meer blickt, ist komplett verglast, mit altmodischen, bodentiefen Sprossenfenstern. Der aufgearbeitete

Boden aus massiven Landhausdielen riecht noch intensiv nach Holz, und die frisch lackierten Stühle, die an einer Raumseite zum Trocknen aufgestellt sind, nach Farbe.

»Kommt mal her!«, ruft Allie, die nun vor den Fenstern steht. »Das müsst ihr euch ansehen!«

Wir treten zu ihr. Draußen geht gerade die Sonne über dem Ozean unter. Ein paar Schäfchenwolken werden noch in einem zarten Rosaton angeleuchtet, und während die Sonne nun ganz hinter dem Horizont versinkt, werden sie eins mit dem rauchblauen Dunst der Dämmerung. Kecke Lachmöwen und Lunde schießen durch die Luft, verschwinden unterhalb der Klippe und tauchen dann plötzlich wieder vor unserem Fenster rauf. Selten habe ich etwas Schöneres in meinem Leben gesehen. Den anderen scheint es ähnlich zu gehen, denn alle stehen ergriffen da, und keiner sagt auch nur ein Wort.

»Genau so habe ich es mir vorgestellt!«, sagt Allie schließlich. Sie strahlt über das ganze Gesicht. Fred hat seinen Arm um sie gelegt und lächelt ebenfalls. »Es ist wirklich perfekt, Allie.«

»Das ist es allerdings, mein Mädchen!« Ein grauhaariger Mann mit Vollbart betritt den Raum. Er sieht aus wie ein in die Jahre gekommener Teddybär.

»Dad!«, ruft ihm Allie begeistert entgegen. »Wie schön, dass du doch gekommen bist!«

Sie umarmen sich, und mir gibt es einen Stich, wie so oft, wenn ich Töchter zusammen mit ihren Vätern sehe. Wie gern würde ich meinen Dad noch einmal umarmen können.

»Das ist Pat, mein Dad«, stellt Allie ihren Vater vor.

»Sehr erfreut allerseits!« Pat schüttelt jedem von uns die Hand. »Ich hab einen Bärenhunger. Was gibt es denn Leckeres?«

»Für dich Vollkornbrötchen mit Quarkaufstrich und Paprika«, zieht Jake seinen Schwiegervater auf. »Die Frikadellen und das Kartoffelgratin sind für die anderen.«

Pat verzieht das Gesicht. »Das hat man davon, wenn der Schwiegersohn Arzt ist.«

»Dad hatte letztes Jahr einen Herzinfarkt, wisst ihr«, klärt Allie uns auf. »Und er hat seine Lebensgewohnheiten echt super geändert. Weniger Stress und Fernsehen, mehr Bewegung ... nur das Thema Essen ist und bleibt deine Achillesferse, nicht wahr, Dad?«

»Allerdings.« Pat schmunzelt. »Aber was soll man machen. Irgendein Laster braucht doch jeder.«

»Greift bitte zu!« Allie deutet auf die appetitlich angerichteten Platten und Schüsseln, und wir bedienen uns alle. Unsere Gastgeberin teilt inzwischen bunt gemusterte Sitzpolster aus. »Die Farbe auf den Stühlen muss erst trocknen«, sagt sie entschuldigend. »Alles dauert einfach seine Zeit.«

Die Dunkelheit bricht jetzt, zu Beginn des Frühlings, noch relativ rasch herein. Es gibt hier im Frühstücksraum ebenfalls einen Kamin, an einer der Stirnseiten, und darin prasselt ein Feuer bereits vor sich hin. Es wärmt den Raum, und wir nehmen unsere Polster und setzen uns im Halbkreis um den Kamin herum, Wanda geschmeidig, Fred etwas umständlich und Horan mit einem Grummeln.

Allie schenkt uns Wasser aus einer großen Glaskaraffe ein, und ich merke erst jetzt, wie hungrig und durstig ich bin. Ich nehme einen Bissen. Wow, ist das lecker.

»Die Frikadellen sind wirklich köstlich, Allie«, lobt Fred. »Hast du die von Kelly?«

Allie nickt. »Bei ihr im Laden gibt es einfach die besten, und ich hatte ehrlich gesagt keine Zeit, selbst zu kochen.«

»Ausgezeichnet«, sagt Sam. Auch er hat bereits eine Riesenportion verdrückt und ist gerade dabei, sich einen Nachschlag zu holen, ebenso wie Horan. »Vielen Dank, Allie und Jake, dass ihr euch so gut um uns kümmert.«

»Gerne, Sam.« Allie lächelt ihm zu. »Wir freuen uns so, dass ihr da seid.«

Eine halbe Stunde später sind wir alle pappsatt und zufrieden. Ich habe mein Sitzpolster näher an den Kamin gerückt. Hier ist es schön warm, im Gegensatz zum Rest des Raumes, der noch ungeheizt ist, und ich spüre die wohlige Wärme des Feuers am ganzen Körper. Die Holzscheite knacken gemütlich, und ab und zu sprüht ein Funken heraus, der von dem altmodischen Kamingitter aus Eisen abgehalten wird.

»Jake hatte übrigens noch eine Idee.« Allie, die gerade das Geschirr abgeräumt hat und nun wieder zurück ist, deutet auf eine Ecke des Raumes, die mir bisher noch gar nicht aufgefallen ist. Eine Gitarre hängt dort an der Wand, ebenso eine Violine und ein Akkordeon. »Er hat auf dem Flohmarkt ein paar Musikinstrumente besorgt, damit unsere Gäste nach Lust und Laune musizieren können.«

»Ein toller Einfall, Jake.« Pat nickt begeistert. »Beim Musizieren kommen die Leute zusammen.« Er geht zur Ecke, wo die Instrumente stehen, nimmt sich das Akkordeon, und setzt sich damit wieder zu uns. »Ist ewig her, dass ich gespielt hab.« Er schlägt versuchsweise ein paar Töne an. Dann blickt er in die Runde. »Gibt es hier noch jemanden, der ein Instrument beherrscht? Als Ein-Mann-Band ist es doch ziemlich langweilig!«

Alle schütteln den Kopf. Alle außer Sam. »Ich hab mal ein bisschen Geige gespielt«, sagt er zögerlich. »Aber das ist auch ewig her.« Überrascht sehe ich ihn an. Sam spielt *Geige*?

»Na dann los, mein Junge!«, ermutigt Pat ihn. Er legt das Akkordeon beiseite, geht noch einmal nach hinten und kommt mit einer Violine wieder, ein etwas nostalgisch anmutendes Exemplar, aber gut in Schuss. Er streckt sie Sam hin. Der zögert zuerst, nimmt sie dann aber entgegen. Sanft berühren seine Finger den hölzernen Korpus. Dann legt er sich die Geige in einer fast zärtlichen Bewegung an seine Wange. In die rechte Hand nimmt er den Bogen, der mit feinem Pferdehaar bespannt ist. Er hält kurz inne, als müsste er sich daran erinnern, wie das Geigenspielen funktioniert, und streicht dann sachte mit dem Bogen über die Saiten. Zuerst zögerlich, dann, nach ein paar Takten, mit zunehmender Sicherheit.

»Das ist eine irische Geige. Hört ihr, wie hell und ausdrucksstark sie klingt, im Vergleich zu einer klassischen Geige?« Pat nickt begeistert. »Sehr gut, Junge.« Er hebt wieder das Akkordeon hoch. »Also, was spielen wir?«

Sam überlegt. »Wie wär's mit *Finnegan's Wake*?«

»Das sollte ich hinkriegen.« Pat nickt. »Du gibst den Einsatz!«

Sam zählt an, lässt die ersten Töne erklingen, und Pat stimmt mit dem Akkordeon ein. Schnell finden sie einen gemeinsamen Rhythmus, grooven sich aufeinander ein. Sie spielen lauter, die Musik wird immer mitreißender. Wir wippen alle schon mit den Füßen mit, und sogar die nüchterne Wanda ertappe ich dabei, wie sie fast unmerklich auf ihrem Kissen hin und her schaukelt.

»Wahnsinn!«, ruft Aminata, als Sam das Stück mit einem energischen Schlussakkord beendet. »Ihr seid einfach spitze!«

Sie sind richtig gut zusammen. Und sie haben Feuer gefangen. Sie geben noch ein paar schnelle, lebhafte Stücke zum

Besten, *Home Boys Home, Seven Drunken Nights*, bei dem Horan lautstark mitgrölt, und natürlich *God Save Ireland*.

»Darf ich mir was wünschen?«, fragt Dottie, die schon wieder ganz gerötete Wangen hat. »Bitte, bitte!«

»Sicher!« Pat zwinkert ihr zu. »Was willst du hören?«

»Molly Malone!« Dotties Augen beginnen zu leuchten. »Das war schon als junges Mädchen mein liebstes Volkslied.«

Pat und Sam sehen sich an und nicken. Pat legt das Akkordeon beiseite, und nachdem Sam die ersten Takte des berühmten Liedes auf der Geige angestimmt hat, beginnt Pat zu singen.

»In Dublin's fair city
Where the girls are so pretty
I first set my eyes on sweet Molly Malone«

Es ist ein langsameres Stück als die Nummern zuvor, und Sam blickt ernst und konzentriert. In jeden Geigenstrich setzt er viel Gefühl. Die Atmosphäre hat sich komplett verändert; wir alle hören gebannt zu. Das Lied handelt von Molly Malone, der jungen, hübschen Fischhändlerin, die ihren Karren mit Fisch auf dem Markt anpreist und dann allzu früh an einem Fieber stirbt. Ein trauriges Lied, aber gleichzeitig wunderschön melancholisch. In Dublin, in der Suffolk Street, steht eine Statue von Molly Malone, und ich bin schon oft an ihr vorübergegangen.

»As she wheeled her wheelbarrow
Through streets broad and narrow
Crying: Cockles and mussels, alive, alive, oh!
Alive, alive, oh
Alive, alive, oh«

Pats satter Bariton füllt inzwischen den ganzen Raum.

Ich muss plötzlich an Dad denken. Wir haben das Lied früher oft zusammen gesungen, am St. Patrick's Day gehört es quasi zur Standardplaylist, wenn auch in einer weit weniger ergreifenden Version, als sie uns gerade dargeboten wird. Ich spüre wieder die altbekannte Traurigkeit aufsteigen, die leider so oft anklopft wie ein ungefragter Gast, dem man wohl oder übel die Tür öffnen muss. Wird es für den Rest meines Lebens so sein, dass mich immer etwas an Dad erinnert? Und wird das immer mit dieser Wehmut verbunden sein? Ich wünschte wirklich, das würde endlich aufhören. Ich habe doch so viele tolle Erinnerungen an die Zeit mit ihm. Was haben wir gemeinsam erlebt, wie viel Lustiges, Schönes, Unvergessliches, und ich wünschte, mir käme auch das öfter in den Sinn. Das Schöne, das Leichte. So, wie Dad nie seine Leichtigkeit verloren hat, während bei mir eine gewisse Schwere fast nicht mehr aus meinem Leben wegzudenken ist.

»She died of a fever
And no one could save her
And that was the end of sweet Molly Malone
But her ghost wheels her barrow
Through streets broad and narrow
Crying: Cockles and mussels, alive, alive, oh.
Alive, alive, oh
Alive, alive, oh
Crying: Cockles and mussels, alive, alive, oh.«

Ich schlucke. Meine Augen werden feucht. Irgendwann werde auch ich wieder unbeschwert sein, das Leben leichtnehmen können, das spüre ich, aber noch ist es einfach nicht so weit.

»Alive, alive, oh
Alive, alive, oh
Crying: Cockles and mussels, alive, alive, oh.«

Als Sam und Pat enden, herrscht für einen Moment völlige Stille.

Fred findet als Erster wieder seine Sprache. »Das war einfach wunderbar, ihr beiden.«

»Das ist das Lieblingslied meiner Mum, Dottie.« Sam sieht sie an und lächelt. Gleichzeitig scheint er mit seinen Gedanken ganz woanders zu sein. »Schön, dass du gerade das ausgesucht hast.«

»Wirklich schön. Mein Dad mochte dieses Lied auch sehr.« Ich schaue Sam an, er erwidert meinen Blick, und mir wird klar, wie wenig ich eigentlich über ihn weiß. Er entpuppt sich wie eine dieser Matroschka-Puppen, bei der man eine nach der anderen wegnimmt und jedes Mal etwas Neues, Unerwartetes zum Vorschein kommt. Und ich bin mir sicher, dass ich noch nicht mal die oberste Hülle entdeckt habe.

»Wow, das war wirklich toll, Sam.« Allie klatscht ebenfalls begeistert in die Hände. »Wenn du mal keine Radreisen mehr machen willst, engagiere ich dich glatt als Alleinunterhalter für meine Gäste.«

»Sehr nett von dir, Allie.« Sam lacht. »Aber auf Dauer bleibe ich dann doch lieber beim Radfahren.« Er fährt sich durch die Haare, die sich durch sein temperamentvolles Spiel gelöst haben. »Aber zugegeben: Es macht echt Spaß, wieder mal Musik zu machen.«

»Na dann.« Pat greift wieder zum Akkordeon und stimmt ein schwungvolleres Stück an. Sam stimmt ein, und die beiden spielen und spielen und spielen. Die Stimmung wird immer ausgelassener, und Allie und Jake sowie Dottie und Fred fangen sogar an zu tanzen.

»Sagt mal, habt ihr eigentlich noch was anderes zu trinken als Wasser?« Horan zieht eine Augenbraue hoch. »Nur mal so nachgefragt.«

Jake grinst. »Ich glaub, ich hab da was.« Er verlässt den Raum und kehrt kurz darauf mit einer Flasche Whiskey zurück. Ich erkenne das Etikett sofort, es ist das der *Burren Distillery.*

»Allie hat diesen Whiskey von Kelly, der Besitzerin des Dorfladen, zum Einzug geschenkt bekommen«, erklärt Jake. »Er wird ganz in der Nähe produziert. Heute ist die perfekte Gelegenheit, ihn zu öffnen.«

»Wir waren in der *Burren Distillery*«, sage ich erfreut. »Vorgestern haben wir sie besichtigt, besser gesagt sind wir auf dem Weg hierher dort gestrandet, und Kieran, der Besitzer, hat sich super um uns gekümmert.«

»Kieran ist wirklich ein ganz Lieber«, stimmt mir Dottie zu.

»Ein wirklich Lieber.« Täusche ich mich, oder gilt der süffisante Unterton in Sams Stimme mir?

»Und er brennt hervorragenden Whiskey.« Jake öffnet die Flasche, schenkt jedem etwas ein und reicht die Gläser herum.

»Für mich nicht, danke.« Wanda hebt abwehrend die Hände. Sie trinkt nie auch nur einen Schluck Alkohol, ist mir aufgefallen, aber das ist ja auch völlig in Ordnung. »Ich werd mich dann mal verabschieden.« Damit steht sie auf und ist Sekunden später aus der Tür. Sam sieht ihr kurz nach, aber er sagt nichts zu ihrem plötzlichen Abgang. Vermutlich ist er froh darüber, aber das kann man ihm kaum verübeln.

»Einen Moment, bitte!« Fred steht auf, um einen Trinkspruch zu bringen. »Auf Allie und ihr Bed and Breakfast.

Möge es stets nette Gäste beherbergen, leere Mägen und Herzen füllen und ihr einen vollen Geldbeutel bescheren.«

Alle lachen.

»Vielen Dank, Fred.« Wir stoßen auf unsere Gastgeberin an, auf sie und ihr fabelhaftes Bed and Breakfast, und ich sehe, wie gerührt Allie ist.

Ein paar Whiskeys später sind wir alle ziemlich gut drauf, einer von uns vielleicht etwas *zu* gut. Doch Horan streicht auch schon die Segel.

»Ich glaube, ich muss ins Bett … *hicks*«, er hat sichtlich Mühe, aufzustehen. »War'n passabler Abend«, schiebt er nach, »auch wenn der kulinarische Teil wieder recht einfach gehalten war.« Sam sieht ihn empört an und öffnet schon den Mund, schließlich hat sich Allie wirklich Mühe gegeben mit ihrem Büfett, doch unsere Gastgeberin legt ihm eine Hand auf den Arm. »Freut mich, wenn's dir gefallen hat, Horan. Bis morgen.«

Horan hebt die Hand zum Gruß und verlässt schwankenden Schrittes den Raum. Es rumpelt, als er an den Türrahmen stößt. »Alles in Ordnung«, nuschelt er und grinst.

»Wie wäre es, wenn du mal etwas weniger tief ins Glas schaust, Horan?« Sam runzelt die Stirn. »Nur so als Idee.«

»Wenn ich mir das nur aussuchen könnte, mein Herr Reiseleiter«, gibt Horan zurück. »Aber das kann ich schon eine ganze Weile nicht mehr.« Er bekommt einen trübsinnigen Blick. »Keinen Tropfen habe ich früher getrunken. Höchstens mal ein Achtel Rotwein bei einem Dozentendinner. Aber seitdem sie mich ausrangiert haben wie eine alte Diesellok … *In vino consolatio,* sage ich mir jetzt, Alkohol kann sehr tröstlich sein.«

»Wer hat dich ausrangiert?« Sam runzelt die Stirn.

»Ach, vergesst es.« Horan versucht sich an einem Lächeln. »Ich bin nichts weiter als ein alter Jammerlappen, und ich leg mich jetzt hin.« Er dreht sich um und schwankt weiter, hinaus in den Gang.

Allie sieht ihm etwas besorgt hinterher. »Du hättest ihm nicht so viel nachschenken sollen, Jake.«

Ihr Freund hebt abwehrend die Hände. »Aber er hat doch immer wieder nach einem Glas gefragt …«

»Horan muss selbst wissen, was er tut«, sagt Sam mit Nachdruck. »Er ist erwachsen.«

»Ich werd dann auch mal losdüsen«, sagt Aminata und steht auf. »Ist eh schon total spät geworden.«

Sam grinst. »Scheint ja ein ziemlich komfortables Ersatzquartier zu sein, dass du da gefunden hast.«

»Allerdings.« Aminata grinst ebenfalls. »Nur schade, dass ich es morgen wieder gegen ein einsames Hotelzimmer tauschen muss.«

Dottie gähnt mehrmals lautstark und macht sich auch auf den Weg nach oben.

Zurück bleiben Allie, ihr Dad, Fred, Jake, Sam und ich. Wir rücken ein wenig zusammen, und ich registriere Sams Nähe. Im Gegensatz zu heute Morgen fühlt es sich nicht mehr beängstigend an, sondern eher … angenehm vertraut.

»Also fliegst du bald wieder nach Äthiopien, Jake?« Sam sieht ihn fragend an.

Jake nickt. »Der Plan ist, dass ich das Jahr dort beende und dann wieder zurückkomme.« Er seufzt. »Es fällt mir nicht ganz leicht, meinen Einsatz dort zeitlich zu begrenzen, weil ich gesehen habe, wie dringend die Menschen dort medizinische Versorgung brauchen.« Er fasst nach Allies Hand. »Aber gleichzeitig kann ich es nicht erwarten, unsere zukünftigen Gäste gemeinsam zu betreuen. Und meine Praxis hier in Doolin-varna wieder zu übernehmen.«

Allie lächelt ihn an. »Ein paar Monate kann ich ihn noch entbehren, aber Jake hat mir fest versprochen, rechtzeitig zum Matchmaking-Festival wieder hier zu sein. Da sind wir näm-lich sicher komplett ausgebucht.«

»Geht es um das Festival, das du schon mal erwähnt hast, Fred?«, frage ich.

Fred nickt. »Genau. Und mein Freund Pat ist übrigens der letzte Matchmaker Irlands.« Er zwinkert mir zu. »Wir haben also eine lokale Berühmtheit unter uns, und falls jemand auf der Suche sein sollte, wisst ihr jetzt, an wen ihr euch vertrauens-voll wenden könnt.«

»Wie sieht es bei dir mit der Liebe aus, Carly?«, fragt mich Allie augenzwinkernd. »Wenn es nicht indiskret ist, so direkt danach zu fragen.«

Ich winke ab. »Ich komm gut alleine zurecht, danke. Macht weniger Probleme.«

Ich merke, wie Sam mich mit einem Blick ansieht, den ich nicht ganz deuten kann.

»Für so einen jungen Menschen wie dich ist es meiner Meinung nach zu früh, die Liebe aufzugeben.« Pat mustert mich aufmerksam.

»Ach, ich hab die Liebe nicht aufgegeben …«, wiegele ich ab. Mir ist es unangenehm, so etwas Privates in dieser Runde zu besprechen. »Ich habe nur das Gefühl, dass es zurzeit leich-ter ist, alleine zu sein.« Weil ich dann niemanden mit meiner Trauer vergraulen kann, so, wie es bei Dylan der Fall war.

Pat lässt seinen Blick nachdenklich auf mir ruhen. »Falls du es dir anders überlegst, komm doch im September in Doolinvarna vorbei, Carly.« Er nickt mir freundlich zu. »Ich reserviere dir einen Platz am Matchmaker-Tisch. Es wäre mir ein Vergnügen und eine Ehre.«

»Danke, sehr nett.« Ich hab zwar auf keinen Fall vor, sein Angebot jemals in Anspruch zu nehmen, aber lächle ihm zu, denn ich mag ihn, diesen letzten Matchmaker.

»Was ist mit dir, Sam?«, neckt jetzt Jake unseren Reiseleiter. »Lust auf ein Date?«

Sam schüttelt den Kopf. »Ich bin versorgt, danke.«

Er hat also eine Freundin. *Natürlich* hat er eine Freundin, wie könnte es anders sein? Es war vollkommen klar, und trotzdem flammt dieses winzige Fünkchen Enttäuschung in mir auf.

»Mein Bedarf ist ebenfalls gedeckt«, sage Jake und sieht Allie tief in die Augen. »Und zwar für alle Zeiten.«

»Das will ich doch hoffen!« Allie knufft ihn spielerisch in die Seite, Jake knufft sie zurück, und als Allie spielerisch protestieren will, schließt ihr Jake den Mund mit einem langen, innigen Kuss. Plötzlich überkommt mich eine starke Sehnsucht, so mächtig, wie ich sie schon lange nicht mehr gespürt habe. Wann bin ich das letzte Mal so geküsst worden? Wann war ich das letzte Mal das Ein und Alles für jemand anderen? War ich das überhaupt jemals?

Plötzlich bemerke ich, dass Sam mich beobachtet. Als ich seinen Blick auffange, sieht er mir für einen langen Moment in die Augen. Und in diesem Moment habe ich das Gefühl, dass er genau versteht, was gerade in mir vor sich geht. Doch dann gähnt Fred so lautstark, dass wir alle zu ihm schauen, und ebenso schnell, wie er gekommen ist, ist der Moment zwischen Sam und mir wieder verflogen.

»Ich sollte auch ins Bett, schätze ich. Damit ich unsere Etappe morgen wieder halbwegs schaffe.« Fred lächelt, aber er wirkt wirklich müde.

»Du hältst wacker mit, Fred«, sagt Sam und klopft ihm anerkennend auf die Schulter. »Und das in deinem doch etwas fortgeschrittenen Alter, wenn ich das mal so formulieren darf.«

»Natürlich darfst du.« Er kichert. »Ich bin ein alter Esel auf einem Drahtesel.« Er steht auf. »Pat, würde es dir was ausmachen, wenn wir langsam aufbrechen? Ich würde vorher noch kurz wo hingehen …«

Pat nickt. »Sicher. Ich komm gleich raus.«

Jake räuspert sich. »Hat Allie nicht was erzählt von einer gewissen Dame, die in letzter Zeit öfters bei dir vorbeischaut?«

»Gloria ist bloß eine … Freundin.« Pat wird tatsächlich etwas rot. »Wir gehen viel zusammen spazieren.«

»Natürlich.« Jake nickt gespielt ernst. Allie sagt nichts, sondern lächelt bloß.

»Ach, Fred.« Allie sieht ihn mit einem liebevollen Blick nach, als er hinausgeht. »Er ist einfach der Beste, findet ihr nicht?«

»Allerdings.« Sam schmunzelt. »An ihm ist ein Seelsorger verloren gegangen. Oder ein Psychologe. Oder beides.«

»Wisst ihr eigentlich, warum wir Fred die Reise geschenkt haben?«, fragt uns Allie.

»Fred hat uns tatkräftig bei den Renovierungsarbeiten unterstützt. Ich meine, er hat Allie unterstützt«, beeilt sich Jake hinzuzufügen, als er den Blick seiner Freundin sieht. »Weil ich ja die meiste Zeit weg war. Er war wirklich eine riesige Hilfe. Aber unser Geschenk hat auch einen anderen Grund.«

Allie sieht uns ernst an. »Hat euch Fred seine Geschichte erzählt? Wieso er Jahr für Jahr zum Matchmaking-Festival gekommen ist?«

Ich nicke, aber Sam schüttelt den Kopf. »Mir nicht, nein.«

Allie erzählt Freds Liebesgeschichte, die wirklich wunderschön und tieftraurig zugleich ist.

»Wow«, sagt Sam, als sie geendet hat. Er wirkt gerührt, ein Ausdruck, der mir neu an ihm ist. »Das Leben ist manchmal wirklich unfair.«

»Und deshalb haben wir uns gedacht, dass es ihm guttäte, auf andere Gedanken zu kommen. Etwas anderes zu erleben, neue Leute zu treffen.« Allie lächelt.

»Auf Radreisen fällt es den Leuten generell meistens leicht, Kontakt zu schließen.« Sam nickt. »Und Fred hat sich super in die Gruppe eingefügt. Er ist sehr zuvorkommend, und ich habe das Gefühl, er hat alle im Blick.«

»Das glaube ich sofort.« Allie seufzt. »Aber er neigt auch dazu, immer nur anderen helfen zu wollen und sich selbst dabei zu übersehen. Also, tut uns bitte einen Gefallen und passt gut auf ihn auf.«

»Das machen wir«, verspricht Sam.

Jake blickt uns aufmerksam an. »Täuscht es mich, oder verstehen Dottie und er sich recht gut?«

»Da liegst du ganz richtig, glaube ich«, sagt Sam schmunzelnd. »Die beiden sind total auf einer Wellenlänge.«

»Ich würde es Fred so sehr wünschen, dass er eines Tages eine neue Liebe findet.« Pat seufzt.

»Das hoffe ich auch. Weil es wirklich wunderbar ist, verliebt zu sein.« Jake sieht Allie mit glänzenden Augen an. Sie strahlt zurück, und wieder denke ich, wie schön es die beiden haben.

Plötzlich spüre ich, wie bleiern sich mein Körper anfühlt. »Ich geh dann mal nach oben«, sage ich und lächle Allie zu. »Vielen Dank für den tollen Abend. Ich werde mich immer gerne daran erinnern.«

»Wir auch«, erwidert Allie. »Und wir würden uns sehr freuen, wenn ihr uns mal wieder besucht.«

»Meine Einladung steht ebenfalls, Carly.« Pat nickt mir zum Abschied herzlich zu. »Es würde mich sehr freuen, wenn du dich im September hier blicken lässt.«

»Mal sehen.« Ich versuche mich an einem unverbindlichen Grinsen. »Aber vielen Dank, Pat.«

»Ich komm auch gleich, Carly.« Sam nickt mir zu. Ich verabschiede mich von Allie, Jake und Pat und trotte dann die schmalen Teppichstufen hinauf.

Ich bin todmüde, der Tag heute hatte es in sich. Ich reibe meine Schenkel und Waden mit dem Tonikum ein, das mir Mindy mitgegeben hat. Es fühlt sich wirklich gut an. Ich genieße das kühle Prickeln auf meiner Haut und massiere mir meinen Nacken. Trotz allem Schmerz: Es tut so gut, meinen Körper wieder einmal richtig zu spüren. Schnell putze ich mir die Zähne, ziehe mein Schlafshirt an und lasse mich in das gemütliche Bett plumpsen.

Ich muss an Pats Worte von vorhin denken. Daran, dass es für mich zu früh ist, den Glauben an die wahre Liebe aufzugeben. Und natürlich hat er recht damit. Aber wann wird es mir gelingen, mich wieder auf jemanden einzulassen? Es kommt mir immer noch unvorstellbar vor, nach dem, was am St. Patrick's Day vor zwei Jahren geschehen ist.

Dad hatte ich damals bereits verloren, aber Dylan war an meiner Seite. Noch. Ich wollte wieder weg, dieses Mal nach Thailand, um den 17. März auf keinen Fall in Dublin verbringen zu müssen. Dylan aber, den ich schon für den Flieger eingecheckt hatte, stellte sich auf einmal quer. Wir fingen an, immer heftiger zu diskutieren, ein Wort gab das andere, bis Dylan meinte, er würde auf keinen Fall mitkommen. Ich solle nicht mehr länger davonlaufen, sondern mich meiner Trauer stellen. Als ob ich die drei Jahre davor mit etwas anderem beschäftigt gewesen wäre. Als ob das so einfach wäre in diesem speziellen Fall.

Es war nur die Spitze des Eisbergs gewesen, das wurde mir im Nachhinein bewusst. Meine Trauer hatte sich von Anfang an wie ein Schatten über unsere Beziehung gelegt, und Dylan kam nicht damit klar, dass ich gewisse Dinge nicht mehr mit derselben Leichtigkeit wie er angehen konnte, mich immer wieder in meiner Trauer verlor. Ich werde nie vergessen, wie ich im Flur unserer Wohnung stand, meine fertig gepackte Reisetasche neben mir und Dylan mir gegenüber, mit verschränkten Armen und traurigem Blick.

Er blieb bei seinem Entschluss.

Ich fuhr allein zum Flughafen.

Am St. Patrick's Day zwei Tage darauf lag ich auf Krabi auf einem abgewetterten Plastikliegestuhl am Strand und trank lauwarmes Singha-Bier. Und während ich mir noch vergeblich versuchte einzureden, wie wunderbar alles wäre, machte Dylan per Videotelefonat mit mir Schluss.

Danach wollte ich nur meine Ruhe haben, mich auf niemanden mehr einlassen, um nicht noch einmal im Stich gelassen zu werden. Doch gerade während dieser Reise spüre ich deutlich, dass ich auf Dauer nicht in meiner selbst gewählten Isolation bleiben kann. Bleiben will.

Ein leises Klopfen an der Tür reißt mich aus meinen Gedanken.

»Carly?« Es ist Sam. »Kann ich reinkommen?«

»Sicher!« Ohne genau zu wissen, warum, ziehe ich mir die Bettdecke bis zur Nasenspitze hoch.

Sam öffnet die Tür und lugt herein. »Du bist schon im

Bett …« Er betritt den Raum. »Ich mach schnell, dann hast du gleich Ruhe.«

»Wieso plötzlich so zuvorkommend?«, frage ich ein wenig neckisch, aber Sam macht eine schuldbewusste Miene.

»Ich bin manchmal echt ein Elefant im Porzellanladen, oder?«

»Schon gut«, sage ich. »So schlimm ist es nun auch wieder nicht.«

»Mit dem Bed and Breakfast hat Allie was Großartiges geschaffen«, sagt Sam, während er ins Bad geht. »Es wird super laufen, glaube ich. Es gibt doch so viele Leute, die einfach mal Ruhe wollen, Ruhe und Natur, und von beidem hat dieser Ort mehr als genug zu bieten.«

»Es ist echt schön geworden«, stimme ich zu, nicht ohne den Blick von Sam abzuwenden. Er hat die Badezimmertür offen gelassen, während er sich die Zähne putzt, was eine seltsam vertraute Atmosphäre schafft. Er ist jetzt fertig im Bad und tritt an sein Bett. Er dreht sich von mir weg und zieht etwas linkisch sein Shirt aus. Ich sehe nur seinen muskulösen, braun gebrannten Rücken. Er muss im Ausland gewesen sein vor nicht allzu langer Zeit, denn im irischen Winter bekommt man bestimmt nicht so eine intensive Farbe. Ich kann nicht aufhören, seinen Rücken anzustarren, die vielen Muskeln, die sich leicht bewegen, während er sich sein T-Shirt, das er zum Schlafen trägt, überstreift, und als er sich wieder umdreht, fürchte ich, dass ich ein Ticken zu spät wegschaue. Sam sieht verlegen aus und schlüpft ebenfalls schnell unter seine Bettdecke. »Das war ein schöner Abend heute, oder?«

»Wirklich schön. Ihr habt toll zusammen musiziert, Pat und du. Und wie du Geige spielen kannst …« Ich schlucke, weil ich nicht die richtigen Worte für das finde, was Sams Musik in mir ausgelöst hat. »Vor allem *Molly Malone*. Das war echt ergreifend.« Damit es nicht zu gefühlsduselig wird, schiebe ich schnell nach: »Das hätte ich gar nicht von dir erwartet.«

»Das hätte mich auch sehr gewundert«, versucht Sam zu scherzen, aber er wirkt durchaus erfreut.

»Wann hast du es gelernt?« Ich sehe zu ihm hinüber. Dabei fällt mir wieder auf, wie nahe nebeneinander unsere Betten stehen. Unsere Nasenspitzen sind höchstens eine Armlänge voneinander entfernt. »Das Geigenspielen, meine ich. Schon als Kind?«

»Mit acht habe ich angefangen.« Sam nickt. »Mum spielt auch Geige ...« Er zögert. »Oder zumindest hat sie das getan.«

»Und jetzt spielt sie nicht mehr?«, hake ich vorsichtig nach.

Sam schüttelt nur den Kopf. »Nein, nicht mehr.« Er starrt Richtung Decke. Offensichtlich will er nicht mehr dazu sagen.

»Auf jeden Fall wäre ich nie im Leben auf die Idee gekommen, dass du Geige spielen kannst«, sage ich, mehr, um die Stille zwischen uns zu brechen.

»Ach ja?« Sam sieht jetzt wieder belustigt aus. »Welches Instrument hättest du mir denn zugeordnet?«

»Einen Dudelsack«, sage ich, ohne lang zu überlegen.

Sam lacht laut heraus. »Wieso um Himmels willen einen Dudelsack? Sehe ich danach aus? Grobschlächtig und eintönig?«

»Nein, das nicht.« Ich muss ebenfalls lachen. »Aber eine Geige muss man sanft behandeln, gefühlvoll mit ihr umgehen.«

»Und das hast du mir nicht zugetraut?« Wieder dieser Blick,

den ich nicht deuten kann. »Gefühlvoll zu sein? Und sanft mit meinen Händen?«

Ich weiß nicht, warum, aber plötzlich habe ich eine wohlige Gänsehaut am Rücken. Ich kann mir sehr gut vorstellen, dass Sams große Hände *sehr* sanft sein können.

»Auf jeden Fall war es echt schön, wieder einmal eine Geige in der Hand zu haben.« Er schließt die Augen. »Ich weiß eigentlich gar nicht, wieso ich es so lange nicht mehr gemacht habe. Geige spielen, meine ich. Es hat sich richtig gut angefühlt.«

»Mit Sachen, die sich gut anfühlen und die man lange nicht mehr gemacht hat, kenne ich mich allerdings aus«, antworte ich trocken und merke zu spät, wie anzüglich sich das anhört.

Sam sieht mich zuerst überrascht an, dann lacht er laut heraus. »Entschuldige, aber du bist manchmal wirklich amüsant, Carly.«

Ich überlege kurz, ob das nun ein Kompliment sein soll oder er mich auf den Arm nimmt, aber dann kichere ich ebenfalls, und wieder einmal stelle ich fest, dass ich es richtig genieße, mit ihm zu lachen. Seltsam, dass ich ihn gestern noch für finster gehalten habe.

Er hebt den Kopf und grinst zu mir herüber. »Schlaf gut, Carly.«

»Du auch.« Ich drehe mich um und kuschele mich in meine Bettdecke.

An Schlaf ist allerdings nicht zu denken, stelle ich wenig später ernüchtert fest. Noch lange liege ich wach und lausche Sams tiefem, gleichmäßigem Atem. Er hat gar nicht mehr davon gesprochen, wieder Canasta zu spielen. Allerdings ist es heute auch wesentlich später geworden als gestern. Wieso bloß wünsche ich mir trotzdem, er hätte gefragt? Die Antwort darauf ist relativ klar, wenn ich ehrlich zu mir selbst bin.

Ich glaube, ich beginne, Sam Clarke zu mögen. Und ich kann absolut nichts dagegen machen.

Kapitel 13

Noch zwei Tage bis zum St. Patrick's Day

Ich habe dann anscheinend doch ganz ordentlich geschlafen, denn am nächsten Morgen wache ich erst auf, als mir dezenter Kaffeeduft in die Nase steigt. Sam muss schon unten sein, sein Bett und das Badezimmer sind leer. Als ich zehn Minuten später im Frühstücksraum ankomme, sitzen bereits alle um den großen Esstisch auf den jetzt getrockneten Stühlen.

»Guten Morgen, Frau Langschläferin«, begrüßt mich Sam gut gelaunt. »Du bist recht spät dran. Mein Sparschwein wartet schon.« Er grinst, und tatsächlich steht das Schweinchen neben seiner Kaffeetasse.

»Da keine Uhrzeit fürs Frühstück im Reiseablauf angegeben ist, kann ich auch nicht zu spät sein«, gebe ich zurück. »Deshalb gibt es leider kein Futter.«

Sam schmunzelt. »Der Punkt geht an dich.«

»Ich bin auch gerade erst gekommen, Carly«, sagt Dottie gewohnt fröhlich. »Ich habe allerdings auch schon eine halbe Stunde mit den Kindern telefoniert.« Ihre Miene wird für einen Moment betrübt. »Die Kleinen vermissen mich wirklich ganz schrecklich und machen jeden Tag Theater. Wie dumm, dass meine Reise der Familie solche Unannehmlich-keiten bereitet.«

»Ich hab dein Telefonat vorhin mitbekommen«, sagt Wanda. »War ja nicht zu überhören, das Geplärre.« Sie zeigt mit ihrem Löffel auf Dottie. »Wenn mein Sohn mit *mir* in einem solchen Tonfall reden würde, dann würde er allerdings was zu hören bekommen.«

Dottie erwidert nichts darauf, aber ich sehe, dass sie noch eine Weile an Wandas harschem Kommentar knabbert.

Jake war anscheinend schon im Dorf einkaufen, und jetzt stehen frisch gebackenes Brot, Butter, Cheddar und Marme-lade auf dem Tisch. Allie kommt gerade mit einer Schüssel dampfenden Porridges herein.

»Wie findet ihr eigentlich die Idee, dass alle Gäste an einem Tisch sitzen?« Allie sieht uns gespannt an, während sie uns Kaffee nachschenkt. »Mir hat der Gedanke irgendwie gefallen, von wegen Gemeinschaftsgefühl und so.«

»Kommt immer drauf an, wer dabei ist«, sagt Horan, wie-der mal mit vollem Mund. Er hat einen üppig beladenen Teller vor sich stehen, und ich frage mich langsam, wohin er das ganze Essen steckt, spindeldürr, wie er ist.

»Allerdings.« Wanda wirft ihm einen vielsagenden Blick zu, aber er scheint die Ironie in ihrem Tonfall nicht zu bemerken. Sie sitzt kerzengerade auf ihrem Stuhl, und nimmt sich jetzt etwas Porridge.

Sam hat seinen Kaffee bereits ausgetrunken und dazu zwei Marmeladenbrote verputzt. Jetzt ist er schon wieder auf den Beinen. »Also, Leute, wir treffen uns in einer halben Stunde draußen, fertig gepackt und gestriegelt, okay? Ich muss noch mal telefonieren.«

»Aye, aye, Sir«, sagt Horan zwischen zwei Bissen, und ich

muss kichern. Mein Spruch aus der Destillerie scheint zum Running Gag zu werden.

Sam geht nach draußen, und einige Momente später können wir ihn durch die große Fensterfront auf dem Rasen sehen. Er zückt sein Handy und tigert dann wie immer, wenn er telefoniert, auf und ab. Heute scheint seine *love* wohl keine besonders gute Laune zu haben, denn er wirkt angespannt. Ich versuche, mich wieder auf mein Butterbrot zu konzentrieren. Es geht mich nichts an, mit wem Sam telefoniert, und schon gar nicht, wie er sich dabei fühlt. Rasch nehme ich einen Schluck Kaffee und wende mich Dottie zu, dir mir gegenübersitzt.

»Und, hast du auch gut geschlafen?«

Sie scheint immer noch mit den Gedanken woanders zu sein, denn sie reagiert mit Verzögerung auf meine Frage.

»Entschuldige, Liebes.« Sie lächelt. »Was hast du gesagt?«

»Nicht so wichtig.« Ich lächle sie an und stelle überrascht fest, wie gern ich sie inzwischen habe. »Woran denkst du?«

Dottie seufzt. »Ach, es ist nur ... weißt du, diese Reise ... es ist das erste Mal, dass ich wieder etwas richtig genießen kann. Nach Michaels Tod, meine ich. Aber Dermot versteht einfach nicht, wie wichtig es ist, dass ich ein eigenes Leben habe.« Sie seufzt. »Aber wahrscheinlich ist es meine eigene Schuld. Und wahrscheinlich bin ich daheim einfach besser aufgehoben.«

»Lass dir das bloß nicht einreden.« Ich schüttle den Kopf. »Vertrau deinem Gefühl. Dir gefällt die Reise, dann genieß sie! Und dein Sohn und seine Familie können ruhig lernen, auch mal ohne dich auszukommen.«

»Wahrscheinlich hast du recht.« Dottie nickt langsam. »Danke, Carly.«

Wir frühstücken zu Ende, und als ich danach in unser

Zimmer hochgehe, stelle ich fest, dass Sam bereits seine Sachen gepackt und mitgenommen hat. Ich stopfe meine Dinge ebenfalls in meine Reisetasche, hastig, damit ich nicht zu spät komme. Beim Hinausgehen fällt mein Blick durch Dotties halb geöffnete Tür in ihr Zimmer. Dottie kauert vor ihrem bonbonrosafarbenen Trolley und scheint Mühe zu haben, ihn zu schließen. Vorsichtig klopfe ich an die Tür. »Brauchst du Hilfe?« Ich deute auf den Koffer.

Dottie schreckt wie von der Tarantel gestochen hoch.

»Nein, nein, es geht schon«, ruft sie mir hastig zu. An ihrem Blick bemerke ich, dass etwas nicht stimmt.

»Okay«, sage ich und gehe weiter. Doch ich habe gesehen, was Dottie versucht hat, in ihren Koffer zu stopfen. Das Ungetüm von einer Vase, die mir vorgestern aufgefallen ist. Die Vase auf Allies Kaminsims.

Ich bin verwirrt. War das tatsächlich, wonach es ausgesehen hat? Dottie wirkt überhaupt nicht wie eine Diebin, und wenn, dann würde sie doch sicher keine derart hässliche Vase stehlen? Vielleicht habe mich ja auch getäuscht, und es war ein anderer Gegenstand, den Dottie in ihren Koffer quetschen wollte? Ich beschließe, die Sache vorerst auf sich beruhen zu lassen.

Draußen haben sich schon fast alle versammelt, und Aminata ist schon dabei, unser Gepäck zu verladen.

Ich blinzle zu Dottie hinüber, die gerade zur Tür herauskommt und nicht die geringste Spur eines schlechten Gewissens zu haben scheint. Wahrscheinlich haben mir meine Augen nur einen Streich gespielt. Ich wende meinen Blick von Dottie ab und sehe stattdessen zu Sam, der uns signalisiert, dass er etwas sagen will.

»Wir haben heute wieder echtes Glück mit dem Wetter«,

beginnt er. »Für den ganzen Tag ist kein Regen gemeldet, auch keine Wolken, dafür viel Sonnenschein. Und der Wetterbericht scheint zu stimmen.«

Es ist tatsächlich ein prachtvoller Morgen heute, der Atlantik glitzert tiefblau im Sonnenschein, und es ist ungewöhnlich mild für Mitte März. Ich überlege, ob ich ausnahmsweise nur im Shirt und Fleecepullover losfahren kann.

»Vielleicht können wir die Regenjacken mal eingepackt lassen«, spricht Dottie meine Hoffnung laut aus.

»Wenn, dann heute«, antwortet Sam trocken. »Der Wetterbericht für morgen sieht leider wieder weniger rosig aus.«

»Wenn Engel reisen«, kichert Dottie, und Fred schmunzelt.

»Wir haben eine lange Etappe vor uns«, fährt Sam fort, und als Dottie leise aufstöhnt, fügt er hinzu: »Aber dafür ohne wesentliche Steigungen, sie sollte also gut zu bewältigen sein.« Er sieht uns aufmunternd an. »Ich schlage vor, dass wir ein relativ zügiges Tempo anstreben, denn unser Tagesziel ist Lahinch, ein richtig toller Küstenort.«

»Oh, Lahinch. Da kommen schöne Erinnerungen bei mir auf.« Aminata grinst vielsagend.

»Bei mir auch.« Sam grinst ebenfalls. »Und ich bin mir sicher, ihr werdet es ebenfalls großartig finden.« Ungewöhnlicherweise kommt von keiner Seite Protest, nicht einmal von Wanda. Wahrscheinlich liegt es am guten Wetter. Sie trägt nur ein kurzärmeliges Radtrikot und knappe Radshorts.

»Ich wünsche euch eine gute Weiterfahrt!« Allie ist noch einmal herausgekommen, um sich zu verabschieden, ebenso Jake. »So schön, dass ihr hier wart!«

»Danke, dass wir eure ersten Gäste sein durften.« Sam lächelt den beiden zu, dann schwingt er sich auf sein Rad. »Also, wenn ihr bereit seid, dann geht es los!«

Allie und Jake winken uns noch lange nach. Fast schon etwas wehmütig schaue ich noch einmal zurück, bevor sie und das Haus hinter der ersten Wegbiegung aus unserem Blickfeld verschwinden. Ich habe die beiden richtig ins Herz geschlossen, sie und ihr traumhaftes Bed and Breakfast hier am wunderschönen Ende der Welt.

»Allie und Jake sind einfach toll!«, rufe ich über meine Schulter Fred zu, der wieder hinter mir radelt.

»Allerdings«, ruft er zurück. »Ganz wunderbare junge Menschen. Dabei hatten es beide nicht immer leicht. Was für ein Glück für mich, bei Allies Projekt dabei sein zu dürfen.«

»Sie haben aber auch ein Riesenglück mit dir, Fred, was ich so mitbekommen habe«, schaltet sich jetzt Sam von vorne ein.

»Man tut, was man kann.« Das ist typisch Fred, zurückhaltend und bescheiden.

»Wie geht's eigentlich dem Allerwertesten, Dottie?«, ruft Sam unserem Schlusslicht gut gelaunt zu.

»Ganz gut, danke, Sam«, gibt Dottie zurück, nicht ohne zu erröten. »Die Salbe hilft wahrlich Wunder!«

»Die habe ich auch selbst langjährig erprobt!« Sam deutet auf sein Hinterteil, und wir müssen alle lachen.

Heute liegt definitiv etwas in der Luft, oder ist es bloß das herrliche Wetter? Alles fühlt sich leicht und beschwingt an. Die Etappe ist lang, aber die Kilometer fliegen nur so dahin. Meine Füße und Beine wissen inzwischen, was zu tun ist, sobald sie die Pedale berühren, und ich trete mit rundem, gleichmäßigem Schwung. Ich merke, dass ich wesentlich mehr Kraft habe als am Anfang der Reise und mich nicht jede kleine Steigung gleich aus der Puste bringt. Dottie hingegen japst schon wieder, als es wenige Minuten später das erste Mal bergauf geht.

»Alles in Ordnung, Dottie?« Ich blicke über die Schulter zu ihr.

»Ja!«, ruft sie zurück. »Es geht schon! Aber Sam hatte eigentlich gesagt, dass es heute flach ist!«

»Ich habe lediglich gesagt, dass wir nur unwesentliche Steigungen drin haben, Dottie!« Sam grinst zu ihr zurück. »Ab und zu mal einen Ameisenhügel hielt ich nicht für erwähnenswert!«

»Falls du doch mal E-Bikes in deine Flotte mit aufnehmen solltest, für mich kannst du gleich eins reservieren!« Dottie schnappt immer noch nach Luft.

Tief atme ich die Frühlingsluft ein. Ich nehme den Wind wahr, der über meine Haut streicht, sehe Heidekrautwiesen, die noch immergrün auf den Sommer warten. Wie schön müssen sie dann aussehen, und wie berauschend duften! Ich habe sie inzwischen zu schätzen gelernt, diese steinige Landschaft. So karg sie mir am Anfang vorgekommen ist, so nuanciert und vielfältig erscheint sie mir jetzt. Und langsam verändert sie sich. Die mannshohen Felsen und granitfarbenen Steinformationen werden weniger, an ihre Stelle treten weitläufige Wiesen und Weideflächen, die von niedrigen, krummen Steinmauern begrenzt werden. Ab und zu thront ein markanter Weißdornbusch inmitten der Felder, stolz und einsam. Zu unserer Rechten sehe ich die ersten schwarz-weiß gefleckten Kühe auf der Weide stehen. Sie recken ihre Köpfe der Sonne entgegen, als hätten sie bloß auf diesen Moment gewartet, nach den langen Monaten im dunklen Stall. Ein neugeborenes Kalb hüpft übermütig auf einer bereits saftig grünen Wiese umher. Wir haben uns mittlerweile vom Meer entfernt, aber wieder einmal staune ich darüber, dass man die salzige Luft des Atlantiks, obwohl wir einige Kilometer weit im Landesinneren unterwegs sind, noch riechen kann. Geschmeidig trete ich in die Pedale, bin vollkommen konzentriert, um den Abstand zu Horans Hinterrad nicht kleiner, aber auch nicht größer werden zu lassen. Ich könnte in Dublin auch anfangen, das Rad zu nehmen, geht es mir durch den Kopf. Jeden Tag zur Arbeit und zurück, das wären insgesamt etwa acht Kilometer. Fast ein bisschen wenig. Es ist erstaunlich, wie schnell sich Grenzen verschieben können, wenn man an etwas dranbleibt. Und es ist ebenfalls erstaunlich, wie energiegeladen ich mich während dieser Reise fühle, auch wenn ich jeden Tag stundenlang radle. Mir wird wieder bewusst, wie eintönig und leer mein Leben in Dublin geworden ist, und dass ich dringend etwas ändern möchte, wenn ich zurück bin. Etwas ändern muss. Mein Job bei *The Green Change* ist mit einem Ablaufdatum versehen, das ist mir ebenfalls klar geworden. Das Gespräch mit Kieran in der Destillerie hat mich daran erinnert, wie entmutigend es sein kann, ignorante Konzernbosse vergebens davon zu überzeugen, wie wichtig es ist, klimaneutral zu wirtschaften. Ich glaube, es würde mir gefallen, in Zukunft mit den Inhabern kleiner Familienbetriebe zu arbeiten. So wie Kieran oder auch Sam, für die Nachhaltigkeit und Klimaschutz nicht bloß ein Lippenbekenntnis oder ein umweltfreundlich gedruckter, vollmundiger Nachhaltigkeitsbericht sind, sondern eine Lebenseinstellung.

Nach etwa eineinhalb Stunden sehen wir von Weitem den kleeblattgrünen Ford neben der Straße parken. Aminata steht davor und winkt uns enthusiastisch entgegen.

Sam lässt sein Rad ausrollen, bis er bei ihr zum Stehen kommt. Wir tun es ihm nach.

»Ich dachte, hier ist der perfekte Platz für eine kurze Pause«, ruft sie uns gut gelaunt entgegen und schwenkt eine Thermoskanne. »Wer will Kaffee? Und Sandwiches?«

Wir nehmen alle dankbar einen Becher Kaffee und eins der appetitlich belegten Brote entgegen, die Aminata herumreicht.

»Eine super Idee, Aminata«, lobt Sam seine Mitarbeiterin. »Wir fahren ein ordentliches Tempo heute.«

Aminata nickt. »Ist aber auch eine tolle Strecke, oder?«

»Allerdings.« Sam nickt. »Und das Wetter ist einfach ein Traum.«

»Wie lang werdet ihr noch nach Lahinch brauchen?« Aminata sieht ihren Chef fragend an. Der blickt auf die Uhr. »Es kommen noch ein paar Steigungen, wir werden das jetzige Tempo nicht ganz beibehalten können. Ungefähr zwei Stunden?«

»Okay.« Aminata überlegt. »Wäre es denn eventuell okay, wenn ich ein bisschen später dazustoße? Oder braucht ihr das Gepäck sofort?«

»Ich denke nicht.« Sam schüttelt den Kopf. »Erfahrungsgemäß wollen alle zuerst an den Strand.«

»Super, danke.« Aminata lächelt. »Ich will mir nämlich noch ein relativ neues Ausgrabungsprojekt in der Nähe anschauen. Falls das in Ordnung ist, Sam.«

»Sicher.« Er nickt. »Komm einfach nach.«

»Welche Ausgrabung sehen Sie sich denn an?« Horan blickt Aminata mit kaum verhohlener Neugier an.

»Das Ringfort von Lissydeela«, antwortet Aminata recht kühl. »Sicher zu unbedeutend, um Ihren Ansprüchen zu genügen.«

Horan schüttelt ungehalten den Kopf. »Es kommt doch bei einer Ausgrabung nicht auf die Größe an.«

»Hört, hört.« Aminata zieht leicht spöttisch eine Augenbraue hoch. Sie sammelt die Becher wieder ein und schraubt die Thermoskanne zu. »Dann werde ich mich mal auf die Socken machen.« Sie winkt einmal in die Runde. »Bis später.«

»Halt!« Horan scheint mit sich zu kämpfen, denn er zögert, bevor er weiterspricht. »Hätten Sie etwas dagegen, wenn ich mich Ihnen anschließe? Nach Lissydeela, meine ich.« Er macht dabei ein Gesicht, als ob man dabei wäre, ihm einen Zahn zu ziehen.

»Sie wollen mit mir mitkommen?« Aminata sieht ihn ungläubig an.

»Geht sich sonst noch jemand eine Ausgrabung anschauen?«, gibt Horan wenig charmant zurück. »Und ehrlich gesagt ist mir jede Ausgrabung lieber als ein sinnloses Starren auf dröge Meereswellen, wie es zweifelsohne der Rest in diesem gesichtslosen Badeort tun wird.«

Aminata steht die Verblüffung ins Gesicht geschrieben. »Ähm, ja, wenn es sein muss … Ich meine, von mir aus kann ich Sie schon mitnehmen«, verbessert sie sich.

Horan nickt. »Sehr freundlich.«

»Dann lade ich Ihr Rad hinten in den Transporter, oder?« Aminata wirkt immer noch so verdutzt, dass ich fast kichern muss. »Und Sie hüpfen einfach vorne rein?«

Horan öffnet die Beifahrertür und steigt ein, ohne sich von uns zu verabschieden.

»Na dann …« Aminata nickt uns zu, ehe sie das Rad verlädt und dann ebenfalls in den Transporter steigt. »Bis später!«

»Bis später«, ruft ihr Sam nach und kann sich dabei ein Grinsen nicht verkneifen. »Und viel Spaß euch beiden!«

Und dann fahren sie davon, als neu gefundenes Duo, das ungleicher nicht sein könnte.

»Was sagt man dazu?«, fragt Dottie erstaunt.

Wanda sieht ihnen mit gerunzelter Stirn nach. »Wollen mir mal hoffen, dass sie sich nicht die Köpfe einschlagen. Horan kann ein richtiger Stinkstiefel sein.«

Sam und ich tauschen ebenfalls einen wissenden Blick. »Damit hätte ich jetzt auch nicht gerechnet«, stellt Sam fest. »Ich hoffe, die beiden reißen sich zusammen.«

»Ach, das tun sie bestimmt.« Fred lächelt. »Wenn es etwas gibt, das Menschen miteinander verbindet, dann ist es doch eine geteilte Leidenschaft.«

»Ich hab mich mit Aminata gestern noch etwas unterhalten«, sagt Wanda. »Die Frau hat echt was auf dem Kasten.«

»Allerdings.« Sam nickt. »Sie ist großartig.«

»Aber wieso arbeitet Aminata dann ausgerechnet für dich?«, ziehe ich ihn auf.

»Jetzt sag bloß«, steigt Sam auf meinen Scherz ein, »du hältst mich nicht für den nettesten, großzügigsten und attraktivsten Chef der Welt?«

»Den nettesten? Dass ich nicht lache«, gebe ich ihm sofort Konter. »Und großzügig? Wer läuft denn mit einem Sparschwein herum und kassiert Geld für minimale Verspätungen?«

Sam hört mir mit verschränkten Armen zu, aber er grinst.

»Attraktiv, na, das kann ich dir vielleicht nicht unbedingt absprechen«, rutscht es mir heraus. Teufel, wieso habe ich das gerade laut gesagt? Ich würde mir am liebsten auf die Zunge beißen. Aus den Augenwinkeln sehe ich, wie Dottie und Fred einen verstohlenen Blick austauschen.

»Du hältst mich also für attraktiv?« Sam zieht belustigt eine Augenbraue nach oben.

»Ich denke, dass jemand mit nicht allzu hohen Ansprüchen dich wohl für attraktiv befinden würde«, beeile ich mich klarzustellen. »In Sachen Optik.«

»Ach so.« Sam grinst immer noch. »Dann bin ich ja beruhigt. Ich dachte schon, du wirst langsam zu nett.«

»Darauf kannst du lange warten«, gebe ich zurück. »Aber im Ernst«, lenke ich das Gespräch auf unverfänglichere Themen zurück. »Wieso ist Aminata nicht mehr an der Uni?«

Sam zuckt mit den Schultern. »Ich glaube, irgendwas ist dort vorgefallen, und jetzt macht sie die Schotten dicht. Auf jeden Fall redet sie nicht gern darüber.«

»Eine Verschwendung von Potenzial und Geist«, kommentiert Wanda knapp, ehe sie eine ungeduldige Geste macht. »Können wir dann weiter?«

»Aye, aye, Ma'am!« Jetzt ist es Sam, der gespielt ernst vor Wanda salutiert. Fred, Dottie und ich müssen grinsen, aber wir steigen brav auf unsere Räder.

Noch etwa zwei Stunden Fahrt sind es bis zu unserem Etappenziel. Jetzt, wo Horan weg ist, fahre ich direkt hinter Wanda. Es ist ungewohnt, nicht mehr sein neongelbes Radtrikot vor mir zu haben. Wanda greift sich, im Gegensatz zu Horan, auch nicht alle fünf Minuten an den Rücken. Geschmeidig tritt sie in die Pedale ihres Rennrads, und ich merke, dass sie sich zügeln muss, um Sam nicht zu überholen.

Wie von Sam angekündigt, sind noch ein paar kürzere Anstiege zu bewältigen, aber zu meiner Überraschung finde ich auch diese Abschnitte nicht anstrengend. Schneller als erwartet nähern wir uns wieder der Küste und folgen schließlich den Straßenschildern Richtung Lahinch. Wir passieren einen Ortsteil mit gesichtslosen, einheitlich beigefarben gestrichenen Reihenhäusern, bevor wir das kleine Zentrum des Badeorts erreichen. Doch das scheint nicht unser endgültiges Ziel zu sein, denn Sam passiert das Zentrum und bringt sein Rad erst zum Stehen, als eine breite Promenade, die von einer Kaimauer begrenzt wird, vor uns auftaucht. Er steigt ab und schiebt sein Rad nun. »Kommt.«

Wir tun es ihm gleich und folgen ihm zu Fuß bis zur Kaimauer.

»Und jetzt schaut erst mal«, fordert er uns auf. Ich hebe den Kopf, und der Ausblick raubt mir den Atem.

Eine breite, sichelförmige Bucht liegt vor uns. Eine Traumbucht mit breitem Sandstrand und glasklarem Wasser, das in der Sonne glitzert. Zu beiden Seiten wird der Strand von grünen Weiden begrenzt, und überall wächst Strandhafer in üppigen Büscheln. Der Parkplatz direkt neben der Strandpromenade ist voller Food Trucks und Camper Vans, und draußen auf dem Wasser sind unglaublich viele Surfer unterwegs.

»Ist echt schön, oder?« Sam sieht mich von der Seite an.

»Es ist traumhaft!« Ich merke, dass meine Augen vor Begeisterung leuchten müssen. Begeisterung – ein Gefühl, das ich schon sehr lange nicht mehr verspürt habe.

Sam lächelt. »Es sind genau diese Momente auf einer Radtour, die ich gegen nichts anderes eintauschen wollte.«

»Ich auch nicht«, sage ich aus tiefstem Herzen.

Sicher, solche Strände habe ich in den letzten Jahren auf jeder meiner Reisen gesehen. Aber das war stets auf einem anderen Kontinent, ich bin immer so weit wie möglich geflogen, um von Irland wegzukommen – nach Thailand, Bali, Mauritius. Meistens hat es auch ganz gut funktioniert, dort alles für eine Zeit lang hinter mir zu lassen. Und doch wird mir jetzt auf einmal klar, dass mir dort, in der Ferne, immer etwas gefehlt hat, sogar wenn ich mit Dylan unterwegs war: Dieses starke, fast überwältigende Gefühl von Heimat, von

Zugehörigkeit, das sich in diesem Moment in meiner Brust breitmacht.

Eine Weile stehen wir alle einfach nur da und genießen den unglaublichen Ausblick.

»Was haltet ihr davon, wenn wir gleich an den Strand gehen?«, wendet sich Sam schließlich an uns. Seine Augen leuchten ebenfalls, und dieses Leuchten verleiht seinem Blick etwas Magisches.

Während Fred, Dottie und ich begeistert zustimmen, zuckt Wanda nur mit den Schultern. »Von mir aus.«

Wir stellen unsere Räder in die Radständer an der Promenade, schließen sie ab und steigen dann gemeinsam die breiten Stufen hinunter, die von der Kaimauer an den Strand führen. Das Wetter meint es heute wirklich gut mit uns. Die Sonne strahlt vom wolkenlosen Himmel, die Brandung rauscht, und es ist fast schon frühsommerlich warm. Wir lassen uns in den puderweichen Sand fallen. Alle, außer Wanda. Sie hat anscheinend schon eigene Pläne, aber wir sind es inzwischen gewöhnt, dass sie sich absondert. Sogar Sam betrachtet sie heute mit einer gewissen Gelassenheit, als sie wieder einmal mit der ihr eigenen Zielstrebigkeit davonstapft.

»Ah, tut das gut.« Fred, der neben mir sitzt, atmet tief die salzige Meeresluft ein. »Ich glaube, ich habe noch nie in meinem Leben einfach so am Strand gesessen.«

»Noch nie, Fred?« Dottie sieht ihn überrascht an. »Michael und ich waren andauernd im Strandurlaub.« Sie überlegt. »Eigentlich haben wir nichts *anderes* gemacht, als am Strand zu liegen.« Nachdenklich starrt sie auf die Wellen, die unablässig auf den Sand rollen. »Ich hätte mir manchmal auch gerne was angesehen, aber mein Michael musste immer so viel arbeiten, dass er im Urlaub einfach seine Ruhe brauchte.«

»Was hat er denn beruflich gemacht?«, erkundigt sich Fred.

»Er war der Finanzreferent der Stadtverwaltung von Tipperary.« Der Stolz in Dotties Stimme ist unüberhörbar. »Fast zwanzig Jahre lang.«

Sam und ich wechseln einen schnellen Blick.

»Na, das klingt in der Tat anstrengend«, sagt Fred höflich, während ich mir ein Lachen verkneifen muss.

»Das sieht einfach toll aus!« Dottie blickt inzwischen sehnsüchtig zu den Surfern aufs Wasser. »Schaut mal, wie elegant die wirken! Sie schweben richtig über die Wellen!«

»Warum probierst du es nicht einfach aus?« Sam lächelt ihr aufmunternd zu.

»Ich und surfen?« Dottie macht große Augen. »Ich kann das doch gar nicht. Und das Wasser … es ist jetzt im Frühling doch bestimmt eiskalt!«

»Dafür gibt es Neoprenanzüge«, entgegnet Sam ungerührt. »Und wieso solltest du das nicht können?«

»Ach, ihr jungen Leute habt so was vielleicht im Nullkommanix drauf.« Dottie errötet. »Aber ich bin doch zu unsportlich dafür … und vor allem zu alt.«

»Man ist niemals zu alt für etwas, meine Liebe«, wirft Fred leise, aber bestimmt ein. »Nur, wenn man sich selbst zu alt dafür hält.«

»Du musst ja nicht gleich Wellenreiten«, schaltet sich Sam wieder ein und sieht dabei aus, als hätte er eine Idee. »Wartet hier.«

Ein paar Minuten später kommt er zurück, drei bunte Bretter unter den rechten Arm geklemmt. In der linken Hand hält er drei Neoprenanzüge.

»Was ist das?« Fred sieht ihn erstaunt an.

»Das sind Bodyboards.« Sam lässt die Bretter vor sich in

den Sand fallen. »Es macht fast genauso viel Spaß wie das Wellenreiten, ist aber schneller zu lernen. Man steht nicht auf ihnen, sondern liegt darauf.«

»Ich weiß nicht so recht, Sam.« Dottie betrachtet die Bretter, als würden sie sie jeden Moment in den Fuß beißen.

»Du hast gesagt, du würdest gern raus aufs Wasser«, beharrt Sam. »Und Bodyboarden ist wirklich einfach.«

»Ja schon«, gibt Dottie zu. »Aber …«

»Das Meer liegt direkt vor dir«, fällt Sam ihr bestimmt ins Wort. »Das Wetter ist perfekt. Die Wellen sind es auch. Bessere Bedingungen als hier und heute wirst du nicht finden.«

»Er hat recht, meine Liebe«, ermutigt Fred sie. »Jetzt kommt es nur mehr auf dich an.«

»Was würde Michael wohl dazu sagen?«, murmelt Dottie, die immer noch auf die Bodyboards starrt.

»Ich glaube, Michael würde es gefallen«, sage ich mit fester Stimme. »Zu sehen, dass seine geliebte Frau Dinge ausprobiert, die sie glücklich machen.«

Dottie scheint immer noch mit sich zu kämpfen, aber dann ringt sie sich zu einem Entschluss durch. »Also gut. Ich versuche es.«

Sam lächelt ihr zu. »Dann rein mit dir in den Neopren, lass einfach deine Unterwäsche drunter an. Da drüben ist eine öffentliche Toilette, wo du dich umziehen kannst.« Dottie nimmt den Anzug mit zittrigen Händen entgegen und stapft Richtung WC davon.

Sam greift sich ebenfalls einen Neopren.

»Und für wen ist der?« Ich deute auf den dritten Anzug.

»Na, für mich wahrscheinlich nicht.« Fred kichert.

»Gut kombiniert.« Sam grinst. »Natürlich für dich, Carly! Du glaubst doch wohl nicht, dass du hier gemütlich sitzen bleiben kannst, während wir nass werden.« Er wirft mir den Neopren zu. »Los, anziehen.«

Ich strecke ihm die Zunge heraus. »In dem Befehlston funktioniert schon mal gar nichts bei mir.«

Sam lacht bloß, während er bereits beginnt, sein Radtrikot auszuziehen. Ich bemühe mich, nicht hinzustarren, obwohl ich das gar nicht verhindern kann, und fummle selbst verlegen an dem Reißverschluss meiner Kapuzenjacke herum.

»Du bist aber wirklich braun gebrannt«, entfährt es mir, bevor ich mir noch auf die Zunge beißen kann.

Sam blickt mich erstaunt an. »Was meinst du?«

»Na, dein Teint.« Ich hoffe, dass meine Wangen nicht rot werden.

Jetzt grinst Sam. »Ach so. Ich war vor unserer Reise in Chile, auf einer Radtrekkingreise. Dort ist gerade Sommer.«

»Und in Südamerika, radelt man da ohne Shirt?«, redet mein Mund weiter, ohne dass ich es will.

Fred neben mir kichert.

»Nein, da radelt man auch mit Shirt.« Sam grinst. »Aber ich habe danach noch einen Abstecher auf die San-Blas-Inseln gemacht. Und da war ich meistens in der Badehose unterwegs.« Er schmunzelt. »Sind damit alle Fragen rund um meine Bräune geklärt?«

»Absolut«, antworte ich und bemühe mich, möglichst gleichmütig zu klingen. »Ich geh mich dann auch mal umziehen.« Damit folge ich Dottie zu den Toiletten.

Ob Sam mich wohl für prüde hält? Aber warum sollte ich mir überhaupt darum Gedanken machen, was Sam von mir hält? Schnell quetsche ich mich in den engen Neopren. Zum Glück ist am Reißverschluss ein langes Band dran, sodass ich ihn mit beiden Händen selbst zuziehen kann. Wenige Minuten später stehen Dottie und ich wieder bei Sam und Fred am Strand.

Die Vorfreude steigt, als ich auf das glitzernde Meer hinausschaue. Es macht sicher einen Riesenspaß, dort hinauszuschwimmen, trotz der niedrigen Wassertemperatur. »Hast du das schon mal gemacht?«, frage ich Sam, als er mir mein Board reicht.

»Einmal schon, ja«, sagt Sam. »In Costa Rica. Ich bin nicht gerade gut darin, aber man wird regelrecht süchtig danach.«

Dottie hält zuerst die Zehen ins Wasser und watet dann äußerst zögerlich hinein. Als ich sie dabei beobachte, merke ich erst, wie lieb ich sie in den letzten Tagen gewonnen habe. Ich folge ihr, deutlich zügiger. Das kalte Wasser macht mir nicht viel aus, und der Neopren hält mich schön warm.

»Puh, ist das eisig!« Dottie verzieht das Gesicht, als ihr die erste Miniwelle ins Gesicht platscht.

»Am Anfang ist es am schlimmsten, es wird gleich besser, Dottie!«, ruft Sam ihr gut gelaunt zu. Ihm scheint die niedrige Wassertemperatur ebenfalls nichts auszumachen. Mit kräftigen Armbewegungen krault er, auf dem Bodyboard liegend, aufs Meer hinaus. Ich tue es ihm gleich, und als die erste Welle kommt, schaffe ich es zu meiner Überraschung, sie gleich zu nehmen. Erfreut über diesen Erfolg, paddle ich sofort wieder raus, auf der Suche nach der nächsten Welle. Sam hatte recht, es macht unglaublichen Spaß.

Dottie gibt zuerst eine ziemlich unglückliche Figur ab. Sie schafft es nicht, auf dem Board zu bleiben, und rutscht immer wieder ins Wasser. Aber sie gibt nicht auf, und nach einigen Versuchen findet sie endlich die Balance.

Eine halbe Stunde später lasse ich mich von einer breit ausrollenden, sanften Welle an den Strand treiben. Ich nehme mein Bodyboard, stehe auf und gehe zurück zu unserem Platz. »Und, wie war es, Carly?« Fred grinst mich an. »Ausgesehen hat es großartig!«

»Es war echt super«, bestätige ich und setze mich zu ihm. Nach ein paar Minuten kommen Dottie und Sam ebenfalls aus dem Wasser.

»Das war einfach unglaublich! Die Wellen haben mich bis an den Strand getragen! Und ich war richtig schnell!«, sprudelt es aus Dottie heraus. Ihre Lippen sind blau angelaufen, die Haare hängen ihr feucht und wirr ums Gesicht, und sie wirkt erschöpft, aber zu hundert Prozent glücklich. »So etwas habe ich noch nie erlebt!«

»Es lohnt sich immer, über seinen eigenen Schatten zu springen.« Fred strahlt sie übers ganze Gesicht an. »Das hast du wieder großartig gemacht, meine Liebe.«

»Es war wirklich cool, oder?« Ich grinse ebenfalls übers ganze Gesicht. »Ich hätte nie gedacht, dass es so viel Spaß macht!«

»Dann kann Carly McCormick also auch noch was von mir lernen«, nimmt mich Sam auf den Arm. Er lässt sich neben mich in den Sand fallen und grinst mich von der Seite an. »Kaum zu glauben!«

»Hey!«, protestiere ich, mit halb gespielter Empörung. »Wenn das jetzt wieder so losgeht …«

»Tut es nicht«, wehrt Sam lachend ab. »Keine Sorge.«

»Auf jeden Fall hätte das Michael sicher nie für möglich gehalten, dass seine Frau noch das Bodysurfen lernt!« Dottie sieht zugleich schuldbewusst und triumphierend aus. »Wahrscheinlich hätte er es auch nicht passend gefunden.«

Wir alle erwidern nichts darauf, aber Sam und ich wechseln einen vielsagenden Blick. »Wie auch immer.« Dottie zuckt mit den Schultern. »Ich bin auf jeden Fall richtig froh, dass ich es probiert habe.« Sie strahlt immer noch übers ganze Gesicht. »Und darauf gebe ich euch jetzt eine Runde aus.« Schon stapft sie davon, Richtung Strandkiosk, und ich schaue ihr nach, voller Zuneigung und Respekt. Ich glaube, in ihr steckt viel mehr, als sie selbst ahnt.

»Ich wette, es gibt eine Menge anderer Dinge, die Dottie noch nicht ausprobiert hat und die ihr richtig Spaß machen würden«, sagt Sam, der ihr ebenfalls nachsieht. »Und die der liebe Michael für nicht passend befunden hätte.«

»Das glaube ich auch«, sagen Fred und ich wie aus einem Mund und müssen beide lachen.

Kapitel 14

Kurz darauf sitzen wir alle vier einträchtig am Strand, mit einem kühlen Cider in der Hand. Keiner von uns sagt etwas, aber das ist auch nicht nötig, denn der Moment ist einfach perfekt. Die Sonne steht schon tief und taucht alles um uns herum in ein sattes goldgelbes Licht. Nach wie vor ist keine Wolke über uns zu sehen. Ich nehme einen Schluck aus der apfelgrünen Flasche und beobachte die vielen Surfer, die draußen noch unterwegs sind. Der Wind hat aufgefrischt, und zu den vielen Wellenreitern haben sich einige Kitesurfer gesellt. Wie fröhlich sie aussehen mit ihren bunten Schirmen, die hoch am Himmel flattern wie Drachen, die Kinder im Herbst steigen lassen.

»Hey, sagt mal …« Sam kneift angestrengt die Augen zusammen und deutet auf eine Surferin, die elegant Welle um Welle reitet. »Ist das da draußen Wanda?«

Ich kneife die Augen ebenfalls zusammen. »Ich glaub schon!« Sie ist es, bestimmt. Ich erkenne ihren kurzärmeligen marineblauen Neopren wieder. Sie surft gerade eine richtig gute, hohe Welle und schafft es, auf dem Wellenkamm zu bleiben, bis die Welle bricht. Im letzten Moment springt sie vom Board und taucht erst in der Nähe des Strands wieder auf.

»Unglaublich!«, staunt Dottie. »Wie macht sie das bloß?«

Wir beobachten Wanda, die scheinbar mühelos eine Welle nach der anderen nimmt, noch eine ganze Weile. Nun scheint sie fertig zu sein, denn sie lässt sich von der letzten Welle an den Strand tragen, kommt aus dem Wasser und mit einem zufriedenen Gesichtsausdruck auf uns zu.

»Warst du das gerade da draußen?« Sam macht ein ungläubiges Gesicht.

»Sieht ganz so aus, oder?« Wanda bleibt wie immer knapp mit ihren Antworten. Unter ihrem Arm klemmt ein Board mit einem superstylischen schwarz-weißen Schachbrettmuster.

»Du kannst ja richtig gut surfen!« Dottie sieht sie mit großen Augen an.

»Ist das so eine Überraschung?« Sie lächelt schief, und ich habe das Gefühl, sie versucht, zu verbergen, dass sie gerade richtig glücklich ist. »Ich war schon auf der ganzen Welt surfen. Bali. L.A. In Sydney sowieso.«

»Du bist wirklich eine Frau voller Überraschungen, Wanda«, bemerkt Fred.

Das erste Mal, seit wir unsere Reise angetreten haben, erscheint so etwas wie ein echtes Lächeln auf Wandas Gesicht. »Das ist ein großes Kompliment, Fred. Ich will nämlich nicht vorhersehbar sein.« Sie richtet ihren Blick hinaus auf den Ozean. »Das wollte ich noch nie. Es ist besser, unberechenbar zu bleiben.«

»Wo hast du so gut surfen gelernt?«, frage ich Wanda neugierig. Sie schüttelt ihr dunkles, kinnlanges Haar, sodass die Wassertropfen abperlen. »In Sulawesi. Ich war dort mehrere Monate während eines Auslandssemesters.«

»Echt stark«, sagt Sam anerkennend. »Da sehen wir mit unseren Bodyboards ja richtig lahm dagegen aus.«

Wanda erwidert nichts darauf, aber es wäre auch nicht sie, wenn sie es täte. »Ich geh in die Pension duschen. Hoffentlich ist genug Druck in der Wasserleitung, sonst krieg ich das Salzwasser nie im Leben aus den Haaren.«

»Bisher hatten wir keine Probleme damit«, gibt Sam zurück.

»Kann ich mein Zimmer schon beziehen?« Sie sieht unseren Reiseleiter an. »Auch wenn unsere Frau Gepäcktransporteurin *immer* noch nicht da sein sollte?«

»Auf jeden Fall!«, gibt Sam gut gelaunt zurück. »Es ist das *Lahinch Beach Bed and Breakfast*, gleich hier runter, in der zweiten Reihe hinter der Strandpromenade.«

»Ich weiß.« Sie ist schon beim Gehen, dreht sich aber noch einmal um. »Schließlich lese ich den Reiseverlauf.«

Sam schüttelt den Kopf, als sie wieder einmal ohne sich zu verabschieden, davonstapft.

»Eine mysteriöse Dame ist sie, unsere Wanda«, bemerkt Dottie, ungewohnt nachdenklich. »Meint ihr nicht?«

»Mysteriös, aber unbestritten mit mannigfaltigen Talenten.« Fred sieht ihr nach. »Und manchmal wohl auch ein wenig einsam.«

»Und meistens ziemlich unfreundlich«, bemerkt Sam trocken. »Ich werde dann auch mal unter die Dusche hüpfen.« Er steht auf und zeigt auf seinen Neopren. »Wird doch ein bisschen frisch in dem Teil hier.«

»Ach was«, ziehe ich ihn auf. »Unseren Naturbuschen wird es doch nicht frösteln?«

Dottie kichert. »Aber Sam hat recht, Carly. Wir holen uns noch eine Erkältung, es ist ja erst März.«

Wir machen uns zusammen auf den Weg zur Pension.

»Vielen Dank noch mal, das war eine tolle Idee mit den Bodyboards, Sam.« Dottie strahlt unseren Reiseleiter an. »Es hat richtig viel Spaß gemacht.«

»Sehr gerne, Dottie.« Ich sehe, dass auch Sam zufrieden ist. Er gibt die Bodyboards im Verleih zurück. Die Neoprenanzüge dürfen wir morgen zurückbringen, denn nass sind sie noch schwerer auszuziehen, als anzulegen.

Lahinch ist belebt, trotz der Nebensaison, und überall schwirren Surferinnen mit feuchten Haaren und in dicken Daunenmänteln herum oder schlürfen heißen Kaffee aus Thermoskannen im geöffneten Kofferraum ihrer Camper Vans, die am geräumigen Strandparkplatz abgestellt sind. Vom Strand ist es nur ein Katzensprung bis zu unserer kleinen, schnuckeligen Pension. Das *Lahinch Beach Bed and Breakfast* ist von außen tannengrün gestrichen und auch im Inneren recht hübsch, wenn auch nicht zu vergleichen mit Allies Pension.

Aminata erwartet uns bereits an der Rezeption.

»Horan und du habt euch also nicht gegenseitig zerfleischt.« Sam begrüßt sie mit einem Grinsen. »Sehr gut.«

Aminata verzieht das Gesicht. »Ein paarmal bin ich kurz davor gewesen, das kannst du mir glauben.« Sie teilt jedem einen altmodischen Schlüssel mit einem schweren Messinganhänger aus. »Ich habe euer Gepäck schon raufgebracht. Und, wie war's am Strand?«

»Es war großartig!«, berichtet Dottie, immer noch ganz aufgekratzt. »Ich war das erste Mal in meinem Leben Bodysurfen!«

Aminata sieht sie erstaunt an. »Echt jetzt?«

»Ja, und Dottie hat sich echt super gemacht auf dem Board, finde ich«, sagt Sam. Dann sieht er mich von der Seite an. »Carly hat sich auch ganz passabel geschlagen.«

»Sam dagegen so mittelprächtig«, sage ich scherzhaft zu Aminata gewandt.

»Ich sehe schon, ihr hattet Spaß zusammen.« Sie grinst.

»Wahnsinnigen Spaß.« Sam verdreht die Augen, aber ich merke genau, dass er es nicht ernst meint. »Wir treffen uns um halb sieben zum Abendessen. Hier an der Rezeption.«

»Aye, aye, Sir!« Dieses Mal ist es Dottie, die salutiert, und Sam damit sogar so etwas wie ein Grinsen entlockt.

Wir stapfen hintereinander die steile, mit Teppich belegte Treppe hinauf. Dottie und Fred haben ihre Zimmer im ersten Stock, während Sam und ich noch weiter hinaufmüssen.

»Irgendwie ungewohnt, dass wir jetzt kein Zimmer mehr teilen«, sage ich, ohne nachzudenken, als wir das Dachgeschoss erreichen. Dann bemerke ich Sams Blick. »Natürlich ungewohnt angenehm«, beeile ich mich hinzuzufügen. »Endlich habe ich wieder meine Ruhe.«

»Absolut.« Sam nickt ernsthaft. »Dein Geschnarche war ja nicht auszuhalten.«

»Ich hab garantiert nicht geschnarcht!«, erwidere ich, ebenfalls mit gespielter Empörung. »Aber du, du hast dich mindestens hundertmal hin und her gedreht, und jedes Mal hat dein Bett dabei fürchterlich geknarzt …«

Doch irgendwie haben unsere Sticheleien ihre Spitzen verloren, und wir müssen beide lächeln.

»Tja dann …« Sam zögert. »Bis später, Carly.«

»Bis dann.« Wir sperren beide unsere Türen auf, und dabei berühren sich unsere Rücken fast, so schmal ist der Gang.

Ich betrete das kleine, aber gemütliche Mansardenzimmer, ziehe meine Turnschuhe aus, öffne den Reißverschluss des Neoprens und sehe dabei vor mir, wie sich Sam gerade gegenüber aus seinem Anzug schält, Stück für Stück, bis sein muskulöser Oberkörper freilegt ist, dann die privateren Teile. Mir stockt der Atem. *Was um Himmels willen soll das, Carly?*

Schnell versuche ich, mich abzulenken. Ich gehe ins Bad und drehe die Dusche auf. Sam hatte recht, ein kräftiger Strahl schießt aus dem Duschkopf. Ich steige hinein, lasse das heiße Wasser über meine Haare und meinen Körper laufen und ermahne mich, *nicht* daran zu denken, wie Sam gerade ebenfalls unter der Dusche steht. Verdammt, was soll das blöde Kopfkino auf einmal? Sicher ist mir der Cider vom Strand zu Kopf gestiegen. Ich sollte wirklich nichts mehr trinken auf leeren Magen. Schnell versuche ich, mich auf etwas anderes zu konzentrieren, shampooniere meine Haare besonders gründlich und steige dann wohlig aufgewärmt aus der Dusche. Ich föhne meine Haare, bis sie wieder in die gewohnte, lockige Form springen, und schlüpfe in ein lindgrünes Maxikleid, das einzige Kleid, das ich eingepackt habe. Mum hat es mir gekauft, vor Jahren, als ich bei ihr zu Besuch in Avignon war. Es stammt aus einer winzigen, schicken Boutique, in die ich mich allein nie hineingetraut hätte, aber Mum hat sie zielsicher angesteuert und das Kleid für mich ausgesucht. »Pastellfarben passen besser zu deinem blassen Teint«, hat sie erklärt, was wahrscheinlich nett gemeint war und auch stimmt, denn Knallfarben sehen grässlich an mir aus, doch ich habe es als Kritik aufgefasst, wie so oft, wenn sie über mein Aussehen redet.

Das Kleid ist aber wirklich schick, und während ich mich im Spiegel betrachte, muss ich daran denken, was Dad gesagt hat, als er mich zum ersten Mal darin gesehen hat.

»Dieses Grün passt einfach perfekt zu deinen tollen Haaren, Curly Carly«, um dann mit aufrichtiger Bewunderung in den Augen hinzuzufügen: »Aber du kannst alles tragen, mein Schatz.« Ach, Dad.

Schnell versuche ich, jeden Gedanken an ihn zu verdrängen. Ich schlüpfe in meine weißen Sneaker und mache mich auf den Weg nach unten, denn es ist zwei Minuten vor sieben.

Um Punkt sieben versammelt sich die Reisegruppe frisch geduscht und gestriegelt an der Rezeption, bis auf unser Surfergirl Dottie.

»Aminata, hast du heute noch was vor?«, frage ich sie scherzhaft. Sie sieht super aus, in dem figurbetonten feuerroten Shirt, den engen Lederleggings und mit den riesigen Kreolen an den Ohren.

»Es ist Pub-Quiz-Abend im *Mermaid's Tail*.« Ihre Augen beginnen zu leuchten. »Ich möchte unbedingt hingehen nach dem Essen. Sam, du musst sowieso mit.« Sie zeigt ihrem Chef mit einer bestimmenden Geste, dass er gar keine andere Wahl hat. »Und es wäre super, wenn ihr auch alle mitkommt. Dann zeigen wir diesen Typen aus Lahinch, wie wir in Galway Pub-Quiz spielen!«

»Wie war eure Exkursion?«, frage ich interessiert. »Die Ausgrabung in Lissydeela?«

»Och, ganz in Ordnung«, sagt Aminata gedehnt.

»Und mit Horan?« Fred kichert. »Ihr zwei seid ja ein hübsches Duo!«

Aminata wirft ihm einen vielsagenden Blick zu. »Er ist zwar so was von einem alten weißen Mann, aber wir haben uns länger unterhalten, und seine Forschungsarbeit ist ganz vernünftig. Haben ja auch nicht alles falsch gemacht, die Boomer.«

»Na, wie schmeichelhaft, das von der jungen Dame zu hören, die ihren Bachelor größtenteils online absolviert hat«, stichelt Horan, der ihren Kommentar offensichtlich gehört hat, zurück. »Aber schön, dass meine Arbeit von Ihnen nicht als komplett überflüssig abgetan wird, im Gegensatz zu manch anderen.« Sein Blick verdüstert sich.

Ich will gerade nachhaken, als Sam in die Hände klatscht. »Okay, Leute, es geht los. Ich hab einen Tisch im *La Cucaracha* reserviert. Ich hoffe, ihr mögt alle mexikanisch?«

»*Original* mexikanisch wird die Küche dort wohl kaum sein«, findet Horan schon wieder ein Haar in der Suppe. »Das, was bei uns meistens kredenzt wird, ist eine abgewandelte Tex-Mex-Küche.« Als er unsere Blicke bemerkt, hebt er entwaffnend die Hände. »Nur, dass sich später niemand wundert.«

»Wo bleibt denn Dottie?« Sam blickt stirnrunzelnd auf die Uhr. »Es ist zehn nach sieben.«

»Eine Verspätung biblischen Ausmaßes«, kommentiert Horan ungewohnt launig.

»Na freu dich doch, dann bekommt das Schweinchen mal wieder Futter«, füge ich hinzu. »Nachdem es ein paar Tage lang hungern musste.«

Sam schmunzelt. »Du hast am Anfang stark vorgelegt, aber leider auch gleich wieder nachgelassen. Oder Gott sei Dank, je nachdem, wie man es betrachtet.« Wir grinsen uns an, wieder einen Tick zu lange, denn Wanda sieht uns irritiert an. Dieses Mal bin ich diejenige, die zuerst wegschaut.

Da kommt Dottie die Treppe heruntergeeilt. »Tschuldigung«, japst sie. »Musste nur noch kurz mit Dermot was klären.«

Wortlos streckt Sam ihr das Sparschwein, das er immer dabeizuhaben scheint, entgegen.

Dottie zieht ihr pinkfarbenes Geldtäschchen hervor. »Acht Euro, bitte sehr.«

»Danke.« Sam nickt. »Und jetzt los, sonst vergeben sie noch unseren Tisch.«

»Das Essen im *La Cucaracha* ist wirklich lecker, du wirst sehen«, versichert mir Aminata wenig später, als wir die Hauptstraße, die parallel zum Strand verläuft, hinunterspazieren. Auch Dottie, die neben uns geht, hat sich fein gemacht. Sie trägt eine gebatikte Tunika mit einem fröhlichen quietschbunten Mustermix, dazu eine beigefarbene Hose sowie hübsche pinke Sneakers.

»Sam und ich machen dort mit unseren Gruppen immer halt, das heißt, eigentlich war es Doreen, die das Restaurant ursprünglich entdeckt hat.«

»Sams Mutter?«, hake ich nach.

»Genau.« Aminata nickt. »Sie hat ein besonderes Näschen für so was.«

»Wieso ist sie nicht mehr bei den Reisen dabei?«, frage ich.

Aminata wirkt plötzlich verhalten. »Den genauen Grund weiß ich nicht. Sam hat nur mal gesagt, sie nimmt sich eine längere Auszeit.« Ich habe das Gefühl, dass das nicht zu hundert Prozent der Wahrheit entspricht, will sie aber nicht durch weiteres Nachfragen in Verlegenheit bringen.

Sie deutet auf ihren Chef, der ein paar Meter vor uns in ein angeregtes Gespräch mit Fred verwickelt ist. Auch von hinten ist Sam ziemlich attraktiv. Sein breiter, muskulöser Rücken kommt in dem eng anliegenden salbeifarbenen Pulli, den er heute trägt, besonders gut zur Geltung. Mindy würde wohl sagen, er sei ein echtes »Sahneschnittchen«. Bei dem Gedanken muss ich grinsen. Mindy wäre hin und weg von ihm, so viel ist klar.

»Sam hat früher die Überseereisen betreut«, reißt mich Aminata aus meinen Gedanken. »Trekkingradreisen in Südamerika, die abenteuerlichen Sachen. Gerade vor unserer Tour ist er aus Chile zurückgekommen.«

»Besser gesagt von den San-Blas-Inseln«, murmle ich. Aminata hebt eine Augenbraue. »Was hast du gesagt?«

»Ach nichts.« Ich muss wieder grinsen, weil ich an unser Gespräch von heute Nachmittag denken muss.

»Da wären wir schon.« Sam bleibt vor einem sonnengelb gestrichenen Haus an der Hafenpromenade stehen. »Darf ich bitten?« Er hält uns die Tür auf, und wir betreten das bunt geschmückte Lokal. Von der Decke baumeln Sombreros und knallgrüne Kakteen aus Pappmaché, und die großen Tische sind mit Platzdecken mit Ethnomustern ausgelegt.

Sobald wir an unserem Tisch sitzen, schnappt sich Horan eine der üppig verzierten Speisekarten und studiert sie eingehend. »Die haben hier sogar Mole Poblano«, stellt er erstaunt fest. »Wer hätte das gedacht?«

»Ich liebe Mole Poblano!« Aminata leckt sich die Lippen.

»Was ist das?« Dottie blickt sie fragend an.

»Huhn in einer leicht scharfen Zartbitterschokoladensoße«, erklärt Aminata. »Einfach köstlich.«

»Das nehm ich auch«, entscheidet sich Dottie für ihre Verhältnisse blitzschnell.

Wir schließen uns alle an, und so werden uns nach einer Riesenportion Nachos mit Guacamole und Salsa Roja sieben Portionen dampfend heißes Hühnchen in Schokoladensauce serviert.

»Mmh, das ist wirklich lecker«, sagt Dottie nach dem ersten Bissen.

»Kann man durchaus essen«, sagt Wanda, wie gewohnt ohne einen Hauch Enthusiasmus, doch ich sehe, dass es ihr schmeckt.

»Sehr gut«, gibt es ebenfalls unerwartetes Lob von Horan. »Wenn auch nicht ganz so gut wie die Mole Poblano, die ich seinerzeit in einem kleinen Dorf nahe der *Cueva de las Jarillas* genießen durfte.«

Aminata blickt ihn mit widerstrebendem Interesse an. »Sie waren dabei, als die *Cueva de las Jarillas* entdeckt wurden?«

Horan nickt. »Ich habe die Ausgrabung zusammen mit einem Kollegen geleitet. War ein außerordentlicher Fund.«

Aminata sagt nichts mehr, sondern nimmt stattdessen einen Schluck von ihrem Daiquiri. Ungewöhnlich still starrt sie den Rest Hühnchen auf ihrem Teller an.

Nach dem Essen sitzen wir noch eine Weile bei den köstlichen, eiskalten Margaritas und Daiquiris zusammen. Nur Wanda trinkt die Virgin-Version, alle anderen sind inzwischen leicht angeheitert, was bei Dottie und Horan am augenscheinlichsten ist.

»Puh, diese Cocktails haben es wirklich in sich«, stöhnt Dottie, die schon wieder gerötete Wangen hat. »Deshalb war für mich bei Michael auch immer nach zwei Cocktails Schluss.« Sie kichert. »Aber wisst ihr was, sie schmecken einfach verdammt gut.«

»Lieber ist mir zwar ein kühles Bier, aber diese Drinks sind in der Tat ganz ordentlich.« Horan hat bereits einen glasigen Blick.

Aminata schüttelt den Kopf. »Wie wollt ihr denn so noch irgendwas gewinnen, geschweige denn das Pub-Quiz im *Mermaid's Tail*?«

Sams Augen blitzen amüsiert. »Da wir ja gleich mehrere Neunmalkluge dabeihaben, dürfte das kein Problem werden.« Sein Blick streift mich dabei, und wieder strecke ich ihm gedanklich die Zunge heraus, aber ich muss grinsen. Inzwischen fällt es mir immer schwerer, ihm ernsthaft böse zu sein.

Wir zahlen und bummeln an der Strandpromenade entlang in Richtung Pub.

Es ist bereits fast dunkel, der Mond ist über der Bucht aufgegangen und wirft sein silbriges Licht auf das Wasser. Die ersten Sterne funkeln am Firmament, und eine abendliche Brise umschmeichelt uns.

»Seht doch, der Mond!«, ruft Dottie begeistert. Sie hat sich bei Fred eingehängt, was diesem sichtlich gefällt. »Wie wunderschön! Und so romantisch!«

Wanda gibt nur ein verächtliches Geräusch von sich. Es hätte mich auch sehr gewundert, wenn sie mit Romantik viel am Hut gehabt hätte.

»Apropos Romantik.« Sam geht neben mir und sieht mich jetzt von der Seite an. »Hat sich Kieran eigentlich schon bei dir gemeldet? Oder du dich bei ihm?« Er guckt neutral, aber ich habe den Eindruck, dass ihn das wirklich interessiert.

»Kann schon sein«, bleibe ich absichtlich vage, weil es mir einen Riesenspaß macht, ihn ein bisschen auf den Arm zu nehmen.

»Soll ja ziemlich harte Arbeit sein, das Brennereibusiness.« Sam bleibt stehen und lehnt sich gegen das Geländer der Promenade. Er blickt aufs nächtliche Meer hinaus. Die anderen sind inzwischen weitergegangen, sodass nur noch wir beide dort stehen. »Wenn der Hopfen reif ist, wird wochenlang nur geerntet, und danach verschwindet Kieran zwischen seinen vielen Eichenfässern. Da bleibt wenig Zeit für eine Beziehung, könnte ich mir vorstellen.«

»Ist das bei Radreiseunternehmern so viel anders?«, stelle ich eine Gegenfrage. »Die sind doch auch andauernd unterwegs, zumindest in der Hauptsaison, oder?«

Sam grinst. »Da hast du natürlich einen Punkt. Nur dürfte das für dich keine Rolle spielen.« Er sieht mich mit einem Blick an, den ich nicht ganz deuten kann.

»Das tut es allerdings nicht«, gebe ich zurück. »Aber ich hoffe für dich, dass es deiner Freundin nichts ausmacht.«

Sam blickt mich überrascht an. »Wie kommst du darauf, dass ich eine Freundin habe?«

»Du hast gemeint, du seist ... versorgt oder so ähnlich.« Ich bemühe mich, nicht rot zu werden. »Als Jake dich zum Matchmaking-Festival eingeladen hat.«

Sam schüttelt den Kopf. »Damit meinte ich lediglich, dass ich neben dem ganzen Stress mit dem Betrieb gar keine Zeit für eine Beziehung habe.«

Was? Sam ist nicht vergeben? Ich zögere. »Aber du ... du telefonierst doch die ganze Zeit mit jemandem. Der dir offensichtlich sehr nahesteht.«

Sam sieht mich überrascht an. »Das ist dir aufgefallen?«

»Ist ja ziemlich offensichtlich ...«, erwidere ich vage.

Er verzieht das Gesicht. »Pokerface habe ich wirklich keines, das muss ich zugeben.«

Zu gerne würde ich fragen, mit *wem* er denn dann telefoniert, wenn es nicht seine Freundin ist, aber ich traue mich nicht.

»Auf jeden Fall hast du recht«, sagt Sam jetzt und grinst schief. »Das Leben als Radreiseveranstalter kann schon ganz schön unstet sein. Und dann gibt es immer wieder diese interessanten Reiseteilnehmerinnen ...« Er sieht mich an, und ich bin mir ziemlich sicher, er neckt mich bloß wieder. Wieso hofft dann gerade ein kleiner Teil von mir, er würde es nicht tun?

»Eben. In jedem Ort sein Mädchen, wie bei den Seeleuten.« Ich schüttle den Kopf. »Das wäre nichts für mich.«

Sam sieht mich von der Seite an. »Aber mit einem pausenlos beschäftigten Whiskeybrenner könntest du dich arrangieren?«

»Ich glaube schon«, sage ich, mehr, um ihn zu ärgern. »Und es ist doch auch echt schön im Burren.«

»Das stimmt.« Sam kommt mir plötzlich etwas steif vor, und fast tut es mir leid, ihn auf den Arm genommen zu haben. Die Wahrheit ist nämlich, dass sich Kieran zwar tatsächlich bei mir gemeldet hat, aber bis auf ein bisschen höfliches Hin- und Herschreiben nichts weiter passiert ist. Kieran ist ein echt lieber Typ und wahnsinnig attraktiv, und ich habe mich über sein Interesse gefreut, aber richtig gefunkt hat es zwischen uns nicht. Ich bin mir ja nicht einmal sicher, ob ich für ein richtiges Kennenlernen bereit wäre.

»Na, eigentlich geht mich das ja auch gar nichts an«, sagt Sam.

»Das tut es allerdings nicht«, sage ich.

»Dann wäre das ja geklärt.« Sam und ich sehen uns an, und plötzlich habe ich das Gefühl, dass etwas zwischen uns in der Luft liegt.

»Kommt ihr, Sam, Carly?«, ruft Aminata über die Schulter zurück. »Wir verpassen sonst den Start des Quiz!«

Wir lösen uns aus unserer Erstarrung und beeilen uns, zur Gruppe aufzuschließen. Aminata schreitet zielstrebig voran, wir folgen ihr die Hauptstraße hinunter, und nach etwa hundert Metern biegen wir in eine Seitengasse ab.

»Ich sag's euch gleich: Wenn Aminata im Pub-Quiz-Fieber ist, ist sie nicht mehr zu bremsen.« Sam schmunzelt. »Nur, damit ihr Bescheid wisst.«

»Hier ist es!« Aminatas Augen beginnen zu leuchten, als sie die Schiefertafel mit der Aufschrift »*Heute Abend Pub-Quiz*« erreicht.

»Das wird sicher lustig!« Dottie sieht sich vorfreudig um, als wir nacheinander das Pub betreten. »Und hier ist ja richtig was los!« Sie hat recht. Die meisten der dunklen, schweren Eichentische sind schon besetzt von kleineren und größeren Gruppen.

Wir suchen uns einen Tisch, der groß genug für uns alle ist, und setzen uns.

»Was trinkt ihr?« Sam zückt seine Geldbörse und sieht fragend in die Runde. »Die erste Runde geht auf mich!«

»Hört, hört«, sagt Aminata erfreut. »Danke, Chef.«

»Sind das denn die Einnahmen aus dem Sparschwein?« Die Frage kann ich mir nicht verkneifen.

Sam lacht. »Nein, diese Runde geht wirklich auf mich. Das Geld aus dem Sparschwein hebe ich mir für einen besonderen Anlass auf.« Er grinst. »Also, was wollt ihr trinken?«

»Für mich ein Bier«, kommt es von Horan wie aus der Pistole geschossen. »Ein kleines, bitte.« Er scheint einen Moment mit sich zu ringen. »Ach, bring mir direkt ein großes.«

»Ich hätte gern ein Gläschen Sekt.« Dottie kichert verlegen. »Dann quizzt es sich doch gleich viel besser.«

Sam nickt und wendet sich dann mir zu. »Was möchtest du, Carly?« Er grinst. »Vielleicht auch ein Gläschen Sekt?«

»Für wen hältst du mich?«, gebe ich zurück. »Wenn ich im Pub bin, dann gibt es nur Guinness für mich.«

Sam zieht die Augenbrauen hoch. »Na, schau an. Ein Pint?«

»Auf jeden Fall.« Ich nicke, obwohl ich die Wirkung der Cocktails von vorhin immer noch spüre.

Aminata nimmt ein Pale Ale, Wanda bestellt wie immer Mineralwasser, Fred Zitronenlimonade, und als Sam ein paar Minuten später mit einem vollen Tablett zurückkommt, sehe ich, dass er sich auch für ein Pint Guinness entschieden hat.

»Auf uns!« Wir heben die Gläser und prosten uns zu. Sam sitzt neben mir, und es ist ziemlich eng. Ich spüre seine körperliche Präsenz, rieche wieder seinen frischen, männlichen Duft. Ab und zu berühren sich unsere Arme. Es macht mich irgendwie nervös, Sam so unmittelbar neben mir zu wissen, aber gleichzeitig fühlt es sich gut an, ihm nahe zu sein. Verstohlen mustere ich ihn ab und zu, während er sich mit Dottie auf seiner anderen Seite unterhält. Vor ein paar Tagen hielt ich ihn noch für einen mürrischen, besserwisserischen Affen. Inzwischen weiß ich es besser, auch wenn ich mir immer noch nicht im Klaren darüber bin, wer Sam Clarke eigentlich ist.

»Wie nett, dass du auch mitgekommen bist, Wanda«, sagt Fred neben mir gerade zu unserer Eiskönigin.

»Ich dachte mir, heute ist ein gehobener Intelligenzquotient sicher nicht von Nachteil«, erwidert sie in gewohnt herablassender Manier. Oder es soll ein sehr trockener Scherz sein.

Aminata ist zur Theke gegangen und hat von dort einen Block, einen Stift und einen knallroten Buzzer geholt.

»Ach, es geht einfach nichts über ein gutes Pub-Quiz!« Sie stellt die Sachen auf den Tisch und reibt sich vorfreudig die Hände.

»Also, Folgendes: Wir sind ein Team. Wenn jemand die richtige Antwort weiß, muss er zuerst buzzern, sonst zählt die Antwort nicht.«

Pünktlich um neun betritt die Quizmasterin, eine voluminöse Rothaarige, die winzige Bühne neben der Bar.

»Guten Abend Lahiiinch!«, ruft sie durch das Mikrofon. »Seid ihr alle bereit für einen unvergesslichen Quizabend?«

»Jaaa!«, schreit Aminata aus vollem Hals. Sie ist von ihrem Platz aufgesprungen und reißt die Arme in die Höhe.

Sam beugt zu sich zu mir. »Jetzt siehst du, was ich vorher

gemeint habe.« Er deutet auf seine Mitarbeiterin. »Gib ihr ein paar Quizfragen, und sie kennt kein Halten mehr.«

Ich muss lachen. »Ist doch cool, wenn jemand für etwas Feuer und Flamme ist.«

»Ach ja?« Sam zieht die Augenbrauen hoch. »Wofür brennst du denn, Carly?« Er sieht mich aus seinen gletscherblauen Augen an, und wieder einmal denke ich mir, wie hypnotisierend sein Blick ist, vor allem, wenn er mir so nah ist. Dieser Blick bringt mich so durcheinander, dass mir keine passende Antwort einfällt.

»Für vieles«, sage ich deswegen bloß. »Und du, wofür brennst du, Sam?«

Er zögert ebenfalls einen Moment. »Na fürs Radfahren. Wofür denn sonst?« Er klingt recht überzeugend, doch ich merke, dass es nicht das ist, was er eigentlich sagen wollte.

»Es geht los, Leute«, unterbricht uns Aminata. »Seid ruhig, sonst überhören wir noch die erste Frage!« Ihre Finger umklammern den Stift, und der Notizblock, auf den wir unsere Antworten schreiben sollen, liegt vor ihr.

»Sind alle bereit?« Die Quizmasterin zeigt eine durchsichtige Plastikbox herum, in der sich zahlreiche Zettel befinden, alle im selben Format und säuberlich gefaltet. »Ich lese eine Frage vor, und wenn ihr die richtige Antwort wisst, vergesst nicht, euren Buzzer zu drücken. Ich werde die Fragen ziehen, ohne hinzusehen. Nicht, dass mir hier noch jemand Schiebung vorwirft oder, Mikey, Darling?« Sie wirft dem beleibten Mittsechziger an unserem Nebentisch eine herzhafte Kusshand zu, was dieser mit schallendem Gelächter quittiert.

»Also, dann kann es ja losgehen – hier kommt die erste Frage!« Sie zieht einen der zusammengefalteten Zettel aus der Box. Schlagartig wird es still im Pub, und es herrscht eine konzentrierte, gespannte Atmosphäre. »Die erste Frage: Mit welchem Song landete die damalige Countrysängerin Taylor Swift das erste Mal in den Top Fünf der irischen Charts?«

Ich sehe ratlos zu den anderen. Zwar höre ich Taylors Songs total gerne, vor allem die neueren, poppigen Nummern, aber das übersteigt mein Wissen.

Da drückt Wanda unseren Buzzer, der in der Mitte des Tisches steht.

»Team *Pedalritter*?« Die Quizmasterin zeigt auf uns.

»*Love Story*«, sagt Wanda knapp. »Im Jahr 2007.«

»Das iiiiist … *richtig*!«, ruft die Quizmasterin durchs Mikrofon. »Der erste Punkt geht an die *Pedalritter*!«

Wir alle sehen Wanda sprachlos an.

»*Du* bist eine Swiftie?«, frage ich verdutzt. Von jedem hätte ich das erwartet, aber nicht von unserer toughen Frau Rechtsanwältin.

Wanda zuckt mit den Schultern. »Ich mag Taylor. Sie ist eine starke Frau, die sich gegen die Misogynie ihres immer konservativer werdenden Heimatlandes erfolgreich zur Wehr setzt und die Tücken ihres Daseins in der Popkultur überaus treffend in Wort und Ton kleidet.« Sie nimmt einen großen Schluck von ihrem Mineralwasser. »Darum.«

»Du könntest auch einfach sagen, du findest ihre Lieder stark«, grinst Aminata. »Aber egal, vielen Dank für den ersten Punkt! Die Anfangspunkte sind immer die wichtigsten, da zeigen wir nämlich den anderen, dass sie mit uns rechnen müssen.«

»Uuuund es geht gleich weiter! Runde zwei!« Wieder greift die Quizmasterin in ihren Lostopf und zieht einen Zettel.

»Wie nannten die Römer in der Antike die Insel Irland?«

»Hibernia!«, rufen Aminata und Horan gleichzeitig wie aus der Pistole geschossen.

»Das stimmt, aber ihr habt leider etwas vergessen«, sagt die Quizmasterin und hebt eine Augenbraue.

»Oh nein!«, ruft Aminata bestürzt. »Wir haben nicht gebuzzert!«

»Zum Teufel!«, murmelt Horan. Dottie kriegt große Augen und tupft sich mit einem Taschentuch das Gesicht ab.

Aminata verfällt in kurze Panik, dass wir den Punkt nicht zugesprochen bekommen, aber die Quizmasterin drückt nach einer kurzen Absprache mit den gegnerischen Teams noch einmal ein Auge zu.

»Zur dritten Frage. Für welche antiken Skulpturen fordert der griechische Staat seit über zweihundert Jahren Restitution vom British Museum?«

Ich habe nicht den leisesten Schimmer, und wenn ich mich umblicke, geht es den anderen im Pub genauso. Nur Aminata und Horan beginnen sofort zu diskutieren.

»Das müsste die Nike von Samothrake sein …«

»Die steht doch im Louvre!« Aminata beugt sich vor und senkt die Stimme, damit das gegnerische Team am Nebentisch sie nicht hört. »Was ist mit dem Bassae-Fries?«

Horan schüttelt den Kopf. »Das wurde nie von den Griechen zurückgefordert.« Er überlegt. »Ich glaube, es sind die Parthenon-Skulpturen.«

»Die Parthenon-Skulpturen?« Aminata blickt skeptisch. »Sind Sie sicher, Professor?«

»Nicht zu hundert Prozent.« Horan wirkt ungewohnt unschlüssig. Er überlegt noch einmal angestrengt. »Doch, ich glaube, es sind die Parthenon-Skulpturen. Die Griechen wollen sie wieder in der Akropolis haben, aber die Engländer rücken sie einfach nicht raus.«

»Soll ich?« Aminata zögert noch und lässt ihre Hand über dem Buzzer schweben. Horan schließt einen Moment lang die Augen. Dann nickt er. »Ja, versuchen wir es.«

Aminata drückt den Buzzer. »Es sind die Parthenon-Skulpturen!«, sagt sie mit fester Stimme.

»Und das ist ... richtiiiig!«, ruft die Quizmasterin und applaudiert. »Eine wirklich schwierige Frage, gelöst von unseren *Pedalrittern*!«

»Super, ihr beiden!«, freut sich Fred. »Wer hätte gedacht, dass ihr so ein tolles Team seid!«

»Na, ich bestimmt nicht«, entgegnet Aminata salopp.

»Ich wahrscheinlich noch viel weniger«, sagt Horan und klingt selbst erstaunt. »Auf den Kopf gefallen ist die junge Dame jedenfalls nicht, dass muss ich zugeben.«

Aminata verdreht die Augen. »Ja, ich Sie auch, Professor.«

Horan hat spätestens jetzt ebenfalls der Ehrgeiz gepackt. Er und Aminata pushen sich gegenseitig zu Höchstleistungen. Sie haben allerdings auch beide ein immenses Allgemeinwissen, ebenso wie Wanda. Ich kann einiges bei den kniffligen Schätzfragen beitragen, Dottie hat überraschend viel Expertise, wenn es um Stars und Sternchen geht, und Sam und Fred halten sich dezent zurück, sind aber fleißig beim Notieren und kümmern sich um Getränkenachschub.

Nach vierzehn Runden liegen wir mit dem Team vom Tisch schräg gegenüber, den *Ballyvaughan Bandits*, gleichauf.

»Sehr spannend!«, tönt es durch das Mikrofon. »Da wir einen Gleichstand haben, gibt es jetzt die Entscheidungsfrage!«

»Okay, Leute«, schwört Aminata uns ein. »Wir schaffen das! *Pedalritter*, los geht's!«

Horan knackt bedrohlich mit seinen Fingerknöcheln. »Diese Idioten aus Ballyvaughan lernen uns jetzt so richtig kennen!«

Gespannt lehne ich mich nach vorne. Inzwischen bin auch ich vollends im Quizfieber.

»Anlässlich unseres geliebten Nationalfeiertags, den wir ja in Kürze feiern, gibt es eine Schätzfrage!«, tönt es durchs Mikro.

»Das ist was für dich, Carly«, feuert mich Aminata an.

Sämtliche Blicke ruhen auf mir, was mich richtig aufgeregt werden lässt.

»Alle bereit? Okay, dann geht es los! Wie viele Pints Bier werden am St. Patrick's Day laut offizieller Statistik in Irland ausgeschenkt?«

Ich erstarre, als ich zur Quizmasterin blicke. Sie hat sich, passend zur Frage, einen giftgrünen Zylinder mit aufgenähten Kleeblättern aufgesetzt, genau dasselbe Modell, das rund um den St. Patrick's Day zu Abertausenden verkauft wird. Er ist aus glänzendem Polyester, und die Kleeblätter leuchten im Dunkeln, ein absurd kitschiges Teil. Plötzlich wird mir ganz schwummrig. Ich versuche, die Erinnerung wie immer zu verdrängen, aber dieses Mal will es mir einfach nicht gelingen. Zu oft habe ich dieses scheußliche Plastikding auf Dads Kopf gesehen, zu oft aus dem Wandschrank im Wohnzimmer gekramt, um es ihm, zusammen mit der ausgefransten Kleeblattkette mitzubringen, wenn er mal wieder in letzter Minute von irgendeinem Ende der Welt einflog.

So auch am St. Patrick's Day vor fünf Jahren.

Es war bereits Mittag, ich trug schon meine Partymontur,

zwar mit einem mulmigen Gefühl, aber andererseits auch voller Vorfreude, weil in einer Stunde Dads Maschine am Flughafen landen sollte. Dylan, mit dem ich zu diesem Zeitpunkt seit einem knappen Jahr zusammen war, wartete in seinem Tesla unten auf der Straße. Wir wollten Dad abholen und dann direkt zur Parade in die Innenstadt weiterfahren. Dad hatte wie immer darauf bestanden, verkleidet hinzugehen, also hatte ich seinen giftgrünen Zylinder und die alberne Kette mit den Kleeblättern in meinen Rucksack gestopft und war gerade dabei, mir die Schuhe zuzubinden. Dylan hupte bereits zum dritten Mal, ich musste mich beeilen. Ich war etwas nervös, weil das ungute Gefühl, das mich immer am St. Patrick's Day beschlich, an jenem Tag besonders stark war. Ich schrieb es der Aufregung um Dads Anreise zu und der Tatsache, dass ich von ihm seit drei Tagen nichts mehr gehört hatte. Das war nichts Ungewöhnliches, denn im Amazonas-Delta, wo er sich damals aufhielt, kann man an vielen Orten nur per Satellitentelefon Kontakt zur Außenwelt halten. Und doch – spätestens am Flughafen in Manaus hätte Dad mir doch zumindest eine kurze Nachricht schreiben können. Ich hastete die Treppe hinunter, sprang ins Auto, und wir kamen gut durch, bis wir auf der Straße zum Flughafen in einen Stau gerieten. Die Zeit wurde knapp, aber wir schafften es gerade noch rechtzeitig zum Ankunftsterminal. Ich weiß noch ganz genau, wie wir dort standen, Dylan und ich, in unseren albernen Kostümen, inmitten vieler anderer verkleideter Menschen, die ihre Liebsten erwarteten. Und dann stellte sich heraus, dass ich mit meinem Gefühl richtiggelegen hatte.

Dads Maschine war zwar pünktlich gelandet.

Aber er saß nicht drin.

Er war gar nicht eingestiegen, erfuhren wir nach stundenlangem Nachfragen am Flughafen und chaotischen, abgehackten Telefonaten nach Brasilien. Er hatte auch nicht eingecheckt, war niemals am Flughafen in Manaus erschienen. Die Suchaktion lief noch in derselben Stunde an, in der ich das Gespräch mit dem irischen Konsulat in São Paulo beendete. Und diese Suche verläuft bis zum heutigen Tag im Sande.

»Ich brauch kurz frische Luft«, murmle ich und quetsche mich an Fred vorbei in den Gang.

»Aber doch nicht jetzt, Carly!«, Aminata blickt mich entgeistert an. »Sieh doch mal auf den Punktestand! Ohne dich sind wir bei der Frage aufgeschmissen!«

»Bin gleich wieder da«, beharre ich und gehe eiligen Schrittes zur Tür.

Sam steht auf und will wohl noch etwas sagen, aber ich bin schon zur Tür hinaus. Draußen ist die Nachtluft inzwischen kühl und klar. Ich atme tief ein, dann wieder aus. Ich muss mich beruhigen, denn dieser dumme Kleeblatthut hat alles wieder an die Oberfläche gespült.

»Es ist nur ein Hut, Carly«, spreche ich mir vor. Und doch hat mich sein Anblick in Panik versetzt. Auf einmal mischt sich in meine Angst unbändige Wut. So kann das nicht weitergehen. Werde ich immer vor dem St. Patrick's Day davonlaufen müssen, mich immer auf der Flucht befinden? Und wieso verdirbt mir dieser blöde Feiertag auch noch meine Reise? Die Radtour macht so viel Spaß, aber sie wäre noch schöner, wenn ich nicht das Gefühl hätte, ich würde vor meiner Angst davonradeln. Doch genau das tue ich. Und werde ich es überhaupt schaffen, vor meinem Schicksalstag endgültig zu fliehen?

»Es ist unmöglich, vor sich selbst davonzulaufen«, würde Dad sagen. »Denn sich selbst trägt man stets mit sich herum.«

Ich bemühe mich standhaft darum, das nicht zu glauben, weiß aber in meinem tiefsten Inneren, dass er recht hatte. Ich verberge mein Gesicht in den Händen. Wenn mich schon ein alberner Polyesterhut dermaßen aus der Fassung bringt, wie soll ich dann den gesamten St. Patrick's Day in Irland überstehen? Dass die Aran-Inseln zu den abgelegensten Gegenden des Landes zählen, gibt mir zumindest ein bisschen Hoffnung. Und jetzt die Reise abzubrechen, das geht mir gegen den Strich. Zu sehr sind mir meine Mitreisenden ans Herz gewachsen, zu viele schöne Momente habe ich bisher auf dieser Tour erlebt. »Irgendwie muss es gehen«, murmle ich, fast trotzig. Aber eigentlich will ich das so gar nicht mehr. Ich will keine Angst mehr haben vor dämlichen Hüten oder zu vielen Kleeblättern oder weiß Gott was. Jetzt muss ich erst mal wieder rein, mich bei den anderen entschuldigen. Ich drücke die Schultern durch und sammle mich für einen Moment, bevor ich die Tür zum Pub öffne. Als ich an unseren Tisch komme, ist die Stimmung eher verhalten, während es die *Ballyvaughan Bandits* gerade ordentlich krachen lassen. Wir haben also verloren.

»Tut mir echt leid, Leute«, sage ich matt. »Und sorry, Aminata. Ich weiß, dass du das Quiz gerne gewinnen wolltest.«

»Schon gut, Carly.« Aminata bemüht sich um ein Lächeln. »Es geht ja hauptsächlich darum, Spaß zu haben.« Ich bin ihr dankbar, dass sie mir meinen vorzeitigen Abgang nicht übelnimmt. »Und schließlich ist dabei sein alles, oder?«

»Wo kommen wir denn da hin, wenn sich das jeder denkt«, murrt Horan, und dann noch irgendetwas von der sukzessiven Abschaffung der Wettbewerbskultur. »Kein Wunder, dass wir Probleme beim Forschungsnachwuchs haben. Meint ihr, wir hätten so einen einzigen Nobelpreis gewonnen? Oder auch nur eine einzige wichtige historische Stätte entdeckt, wenn es immer bloß ›ums Dabeisein‹ gegangen wäre? Ganz sicher nicht!« Er zieht seine rechte Augenbraue hoch. »Und du, Miss Schätzgenie, hättest mit deinem plötzlichen Abgang auch noch ein Minütchen warten können«, beschwert er sich nun bei mir.

»Nun mach mal halblang, Horan«, fährt Sam ihn in einem scharfen Tonfall an. »Carly ging es nicht gut. Das hat man ihr deutlich angesehen.«

Ich werfe ihm einen dankbaren Blick zu, und er nickt unmerklich.

»Jaja, schon gut, Professor.« Aminata verdreht die Augen. »Es ist bloß ein Pub-Quiz, also sollten wir mal die Kirche im Dorf lassen.«

»Und der zweite Platz ist ja auch ganz ordentlich«, meldet sich Dottie zu Wort. »Darauf geb ich einen aus!« Sie ist wirklich in Spendierlaune heute, unsere Dottie.

Ich weiß, es ist keine gute Idee, an der Shot-Runde, die sie kurz darauf an den Tisch bringt, teilzunehmen. Und auch, dass es noch eine viel schlechtere ist, die nächste Runde von Shots (Jägermeister mit Red Bull) auszugeben und wieder mitzutrinken. Erst recht nicht hätte ich den Whiskey, den Fred zu guter Letzt spendiert hat, trinken sollen. Aber was ist schon vernünftig im Leben?

»Puh, ich bin so was von beschwipst.« Dottie hat wieder ihren knallroten Kopf und fächert sich mit der Hand Luft zu. Es ist fast Mitternacht, und das Pub leert sich langsam. Wanda hat wie immer nicht mitgetrunken, aber zumindest ist sie noch da, was mich schon wundert.

Ich verstehe, woher die Redewendung »sich etwas schöntrinken« kommt, gerade vollkommen. Für ein paar Stunden sieht die Welt besser aus, rosiger. Wenn man nur nicht an danach denkt.

Sam mustert mich scharf. »Carly, täuscht es mich, oder hast du für heute genug getrunken?« Er runzelt die Stirn, als er meinen sicher höchst glasigen Blick bemerkt. »Komm, gehen wir besser zurück zur Pension.«

»Ich brauche keinen Mann, der mich beschützt.« Ich recke das Kinn vor. »Ich komme hervorragend allein zurecht.«

»Sehr gut, Carly.« Wanda nickt ernst. »Dieses männliche Dominanzgehabe muss endlich ein Ende haben.«

»Aber Sam meint es doch nur gut!« Dottie macht große Augen.

»Ähm, ja?« Sam sieht irritiert von einer zu anderen. »Ich wollte lediglich meiner Pflicht als Reiseleiter nachkommen.« Er mustert mich stirnrunzelnd. »Und ich denke, das ist gerade auch vonnöten. Schließlich haben wir morgen eine ordentliche Etappe vor uns.«

Sams Worte zeigen Wirkung. Wir brechen auf, brauchen für den Rückweg wesentlich länger als zuvor, und als wir die Pension erreichen, schwanke ich ziemlich, als ich die schmalen, steilen Treppen hinaufmuss.

»Komm, halt dich an mir fest.« Sam streckt mir seine große, sehnige Hand entgegen. Ich ergreife sie, und plötzlich wird mir ganz schwummrig. Das muss der Jägermeister sein. Ganz sicher. Und es ist bestimmt auch nur dieses verdammte Gebräu, was mich so albern werden lässt. »Ist es sehr anstrengend, sich um alle Reiseteilnehmerinnen zu kümmern?«, frage ich ihn, etwas kokett, als wir den letzten Treppenabsatz hinauf ins Dachgeschoss steigen.

»Manchmal mehr, manchmal weniger.« Sam runzelt die Stirn. »Gerade eher mehr.«

»Ach was.« Ich kichere. »Ist doch lustig, so ein gemeinsamer Quizabend.«

»Das Pub-Quiz meinte ich ja auch nicht.« Sams Blick ist belustigt. Wir haben inzwischen mein Zimmer erreicht.

»Aber was ich dich noch fragen wollte.« Sein Gesicht wird plötzlich ernst, und ich merke, dass ich immer noch seine Hand halte. »Warum bist du vorhin so plötzlich rausgegangen?«

»Ach, nur so.« Wenn ich gerade auf etwas *keine* Lust habe, dann ist es eine Diskussion über meinen Dad, meine komplizierten Familienverhältnisse und meine panische Angst vor dem irischen Nationalfeiertag. Wirklich nicht. Ich lasse seine Hand los.

»Du willst nicht darüber reden, oder?« Er sieht mich aufmerksam an.

»Im Augenblick nicht, nein.« Ich schüttle den Kopf. »Ich weiß auch gar nicht, ob ich dazu überhaupt imstande wäre«, setze ich nach. »In meinem jetzigen Zustand.«

Sam nickt. »Du hast recht. Leg dich besser erst mal hin.«

Ich hebe den Zeigefinger. »Kein männliches Dominanzgehabe, bitte, Herr Reiseleiter.«

Sam lacht. »Gute Nacht, Carly.« Damit wenden wir uns voneinander ab und unseren gegenüberliegenden Zimmertüren zu.

Ich will gerade aufschließen und habe ehrlich gesagt Mühe, das Schlüsselloch zu treffen, als ich hinter mir ein Räuspern höre.

»Carly …« Sam hat sich wieder umgewandt und berührt mich sachte an der Schulter.

Ich merke, wie die Stelle unter seiner Berührung zu prickeln beginnt. Augenblicklich bin ich stocknüchtern.

»Ja, Sam?«, hauche ich. Wir sehen uns in die Augen, und

ich spüre, dass sich das hier komplett anders anfühlt als alle Situationen, die ich vorher mit Sam erlebt habe.

»Ich ...« Er wirkt plötzlich so verlegen, wie ich ihn noch nie erlebt habe. »Vielleicht ist das der falsche Zeitpunkt, *wahrscheinlich* ist es der absolut falsche ... aber ich frage mich die ganze Zeit ...«

»Sam!«, brüllt plötzlich jemand durch das Treppenhaus. Wir zucken erschrocken zurück, und mir wird bewusst, wie nahe wir beieinandergestanden haben.

»Sam!« Plötzlich lugt Horan um die Ecke.

»Tschuldige.« Er hickst, sichtlich angeheitert. »Wollte nicht stören. Aber gut, dass ich dich noch erwische, Herr Reiseleiter. Ich hab nämlich meinen Zimmerschlüssel irgendwo liegen lassen.«

Sam löst seinen Blick von mir und braucht sichtlich einen Moment, um zu verarbeiten, was Horan gerade gesagt hat. »Wie bitte?«

»Hast schon ganz richtig gehört.« Der Professor kommt leicht schwankend näher. »Ich hab meinen Zimmerschlüssel verloren, dieses hässliche Messingteil.«

»Wo hast du ihn zuletzt gesehen, Horan?«, fragt Sam in scharfem Tonfall. »Oder hast du ihn vielleicht an der Rezeption abgegeben und kannst dich bloß nicht mehr daran erinnern?«

»Sicher nicht.« Horan schüttelt den Kopf. »Das mach ich nämlich nie. Ist ja förmlich eine Einladung für diebische Zimmermädchen, sich an meinen Sachen zu vergreifen.«

Sam und ich wechseln einen kurzen Blick. Horan ist einfach unverbesserlich. »Vorhin, als ich aus dem Haus gegangen bin, hatte ich ihn noch.« Er überlegt angestrengt. »Glaube ich zumindest.«

»Horan, das ist nicht dein Ernst!« Sam stöhnt.

Unser Professor zuckt mit den Schultern. »Sonst würd ich's ja wohl kaum sagen. Für einen Scherz bin ich außerdem viel zu betrunken.«

Sam fasst sich an den Kopf und sieht plötzlich richtig erschöpft aus. »Na gut, dann los. Wir müssen den Schlüssel suchen.«

»Ich helfe euch«, biete ich an.

»Bist du sicher, Carly?« Sam blickt mich an. »Es ist schon nach Mitternacht …«

»Ach, das macht nichts«, winke ich ab. »Ich bin gut in so was.« Das stimmt tatsächlich. Einmal hat Ceci einen winzigen Ohrring verloren, kaum größer als ein Stecknadelkopf, und ich war diejenige, die ihn in der Sofaritze gefunden hat.

»Also gut, dann kommt.« Sam seufzt, und eine Minute später stehen wir wieder auf der Straße. Sam und ich haben die Taschenlampenfunktion unserer Handys eingeschaltet und leuchten damit die Stellen, die nicht vom fahlen Schein der Straßenlaternen erfasst werden, ab. Nichts.

»So was Blödes aber auch«, sagt Horan immer wieder. Er beteiligt sich nicht wirklich an der Suche, sondern stapft uns mit einer Mischung aus Reue und Missmut hinterher. »Das ist mir noch nie passiert.«

Sam und ich gehen schweigend weiter und konzentrieren uns darauf, jeden Quadratmeter des Bodens abzusuchen, den gesamten Weg von der Pension bis zum Pub. Ohne Erfolg.

»Sollen wir noch mal *im* Lokal nachsehen?«, überlege ich laut. »Vielleicht ist dir der Schlüssel beim Aufstehen rausgerutscht, Horan?«

Der zuckt hilflos mit den Schultern. »Kann auch sein.«

Wir läuten also den Besitzer raus, der schon beim Aufräumen ist, und dürfen noch mal kurz nach drinnen.

Ich bücke mich und leuchte den Boden unter dem Tisch ab, wo wir vorher gesessen haben. Und tatsächlich: »Er ist hier!« Triumphierend fische ich den Schlüssel unter der Sitzbank hervor. »Er ist unter die Bank gerutscht!«

Ich überreiche Horan den schweren Messingschlüssel, den er erleichtert entgegennimmt.

»Danke«, nuschelt er.

»Super, Carly.« Sam ist ebenfalls sichtlich erleichtert. »Ich hab mich schon die restliche Nacht herumsuchen sehen. Die Rezeption in der Pension ist nämlich erst wieder ab sieben Uhr morgens besetzt.«

Rasch gehen wir zurück zum Bed and Breakfast.

»Vielen Dank noch mal, Carly«, nuschelt Horan, als wir den ersten Stock erreichen, wo sein Zimmer liegt. »Wär 'ne ziemlich ungemütliche Nacht geworden ohne mein Bett.«

»Keine Ursache.« Ich nicke ihm zu.

»Und, Horan, vielleicht würde es wirklich nicht schaden, wenn du in Zukunft nicht mehr ganz so tief ins Glas schaust«, formuliert Sam vorsichtig. »Mir ist aufgefallen, dass du gerne einen … na ja, einen über den Durst trinkst.«

Horan öffnet den Mund, als wollte er etwas zurückschießen, aber dann fällt er in sich zusammen. »Ich weiß, dass ich zu viel trinke. Aber ich weiß auch, *wieso* ich das tue.«

»Hat es mit deinem Abschied von der Uni zu tun?«, hake ich vorsichtig nach. »Du erwähntest da neulich mal was …«

»*Abschied* ist ein sehr freundliches Wort, Carly.« Horan schüttelt den Kopf. »Sie haben mich einfach ausrangiert und auf einem mit Unkraut überwachsenen Abstellgleis geparkt, um es bildlich auszudrücken.«

»Wer hat dich ausrangiert?« Sam sieht ihn fragend an.

»Na, die neue Institutsleitung.« Horan hebt verzagt die Schultern. »Sie wollten jemand ›Dynamischeren‹, mit einem Blick nach vorne, was auch immer das heißen soll. Und mich haben sie direkt in Frührente geschickt.«

Ich sehe ihn mitfühlend an. »Das klingt nicht gerade angenehm.«

»Nicht angenehm? Es ist eine veritable Katastrophe.« Horan sieht so mitgenommen aus, dass er mir wirklich leidtut. »Sie haben mir meine Forschung, meine Arbeit, meine Leidenschaft genommen. Eigentlich alles, wofür ich die letzten fünfundvierzig Jahre gelebt habe.« Er starrt ins Leere. »Ich weiß nicht, was ich ohne meine Arbeit überhaupt machen soll. Wer ich sein soll. Und das ist ein höchst unangenehmes Gefühl.«

»Ein exzellenter Radfahrer, auf jeden Fall«, versucht Sam zu scherzen, aber Horan blickt weiter trübsinnig vor sich hin. »Ach, das ist auch nicht mehr so wie früher. Da bin ich sämtliche Alpenpässe rauf- und runtergeradelt ohne Probleme, und jetzt zwickt der verdammte Rücken, sobald ich länger auf dem Rad sitze. Meine Frau hält es langsam auch kaum mehr aus mit mir. Und ich verstehe sie. Wer will schon einen alten arbeitslosen Jammerlappen ertragen müssen?«

Er ist wirklich deprimiert, das merkt man ihm deutlich an.

»Deine Frau liebt dich anscheinend noch genug, um dir diese Reise zu schenken«, wirft Sam ein. »Und sehr wahrscheinlich hat sie sich etwas dabei gedacht.«

»Ja, und ich weiß auch was.« Horan lacht bitter. »Nämlich, dass sie mich wenigstens für eine Woche los ist.«

»Das glaube ich nicht.« Sam und ich wechseln einen Blick. »Wie dem auch sei, schlaf dich erst mal aus.«

»Und morgen sieht die Welt schon wieder ganz anders aus, oder was?«, sagt Horan mit einem schiefen Lächeln.

»Das vielleicht nicht, aber immerhin wieder ein Stück klarer.« Sam nickt ihm zu. »Gute Nacht, Horan.«

»Ja, gute Nacht.« Damit schlurft er davon, und ich sehe unseren neunmalklugen Universitätsprofessor nun mit anderen Augen.

»Echt blöd, dass sie ihn einfach so rausgekickt haben«, sagt Sam, während wir schon zum zweiten Mal an diesem Abend einen Stock höhersteigen. »Aber was für ein Glück, dass du den Schlüssel gefunden hast.« Dieses Mal brauche ich Sams Hand nicht, aber ich hätte nichts dagegen, sie wieder zu halten. Sie hat sich nämlich wunderbar angefühlt, Sams starke, sehnige Hand. »Sonst hätte ich womöglich noch mein Zimmer mit Horan teilen müssen.«

»Da bin ich natürlich die angenehmere Zimmergenossin«, sage ich und grinse.

»Wesentlich angenehmer.« Sam grinst ebenfalls.

»Und spielen kannst du auch mit mir. Canasta, meine ich«, schiebe ich eilig nach, um jegliche Zweideutigkeit auszuschließen.

»Natürlich.« Sam sieht mich an und nickt in Richtung seines Zimmers. »Ich muss da rein.« Seine Iris ist ganz dunkel geworden, ein intensives Nachtblau. Sein Gesicht befindet sich wieder ziemlich nah an meinem, weil es wirklich eng hier im Gang ist.

»Schade«, entschlüpft es mir. »Ich meine, ich hätte gerne wieder ein paar Runden gespielt.«

»Ich hätte auch gern wieder mit dir gespielt«, sagt Sam, und er gibt sich keine Mühe, Zweideutigkeiten zu vermeiden. »Und dieses Mal hätte ich dich erledigt.«

»Träum weiter«, gebe ich zurück.

Wir lösen unsere Blicke nicht voneinander. Sam rückt fast unmerklich näher, sodass uns nur noch wenige Zentimeter trennen. Ich spüre die Anziehungskraft, die von ihm ausgeht, so stark wie nie zuvor, und plötzlich spielt mein Körper verrückt. Es ist pures Verlangen, das ich empfinde, und ich denke nicht, dass der Jägermeister noch irgendeinen Anteil daran hat.

»Na dann …«, beginne ich atemlos, weil es jeden Moment, den ich länger hier stehe, gefährlicher für mich wird.

»Na dann«, wiederholt Sam, und ich bin mir ziemlich sicher, dass auch er sich der ungeheuren Anziehungskraft zwischen uns bewusst ist. »Schlaf gut, Carly.« Seine Stimme klingt rau und seltsam belegt.

Ich schlucke. »Du auch.«

Wir schaffen es nicht, unsere Blicke voneinander zu lösen, wir stehen einfach da, sehen uns an und rühren uns nicht vom Fleck. Schließlich reiße ich meinen Blick gewaltsam los und drehe mich um. Meine Wangen glühen, als ich mit zitternden Händen meinen Zimmerschlüssel aus der Jackentasche fummele und ihn mit Mühe ins Schlüsselloch bekomme. Ich drücke die Klinke, und ohne Sam noch einmal anzusehen, der immer noch im Gang steht, betrete ich das Zimmer und schließe die Tür hinter mir.

»Carly, was soll das?«, flüstere ich ins Dunkle des Raumes. Fiebrig lehne ich mich gegen die Tür. Ich verstehe selbst nicht, wieso mein Körper gerade so überreagiert hat. Das gerade eben mit Sam will mir nicht mehr aus dem Kopf. Auch später, als ich schon im Bett liege und mich von einer Seite auf die andere drehe, kann ich an nichts anderes denken. Es fühlt sich seltsam an, heute in einem Einzelzimmer zu schlafen.

Fast wünschte ich mir, er würde wieder in einem Bett neben meinem liegen. Oder besser gleich in meinem Bett. O mein Gott. Mein Kopfkino spielt verrückt. Die Bilder, die darin ablaufen, sind garantiert nicht mehr jugendfrei, und ich bin von mir selbst überrascht, was ich mir alles so mit Sam vorstelle. Und was tue ich?

Ich genieße es.

Kapitel 15

Noch ein Tag bis zum St. Patrick's Day

$\mathcal{A}$ls ich am nächsten Morgen die Augen aufschlage, dreht sich alles. Ich brauche eine gefühlte Ewigkeit, bis ich aufrecht im Bett sitzen und noch eine weitere, bis ich schließlich aufstehen kann. Wie lange ist es her, dass ich das letzte Mal so verkatert war? Ich greife mir an die Schläfen, wo sich ein unangenehm pochender Schmerz bemerkbar macht. Ich tapse ins Bad und stürze drei Zahnputzgläser voll Wasser hinunter. Dann schlüpfe ich in unendlich langsamem Tempo in mein Radoutfit und schlurfe nach unten. Wenn ich daran denke, dass ich in etwas weniger als einer Stunde schon wieder im Sattel sitzen soll, kommen mir fast die Tränen. Und ich brauche unbedingt etwas gegen die Kopfschmerzen.

»Willst du auch eine?« Sam streckt mir bereits ein Aspirin entgegen, als ich den Frühstücksraum betrete.

»Ja, bitte!«, sage ich mit brüchiger Stimme und mustere ihn. Er sieht topfit aus, wie immer, steckt bereits in seinen Radklamotten und hat die Haare wie immer straff nach hinten zusammengebunden. Sein Blick ist klar, und ich frage mich, ob ich gestern nicht etwas weniger hätte trinken sollen.

Doch er ist, von Wanda abgesehen, die rühmliche Ausnahme. Ein Blick in unsere Frühstücksrunde verrät mir, dass ich nicht die Einzige bin, die heute Morgen einen ordentlichen Kater hat. Dottie ist zur Abwechslung mal nicht rot im Gesicht, sondern ziemlich bleich, Fred sieht todmüde aus, Aminata nimmt ebenfalls gerade ein Aspirin, und Horan hat nur eine winzige Schüssel mit Haferbrei und ein großes Glas Wasser vor sich stehen und ist immer noch recht blass um die Nasenspitze.

»Und, gut geschlafen?« Sam grinst. Er ist wirklich unsympathisch fit. Und ja, auch *er* hat gestern bei den Jägermeisterrunden mitgemacht. Wenn auch vielleicht nicht bei allen.

»Es geht so«, antworte ich wahrheitsgetreu, ohne dabei ins Detail zu gehen. Denn dass ich neben meinem Schwips die halbe Nacht lang wegen völlig unpassender, lüsterner Gedanken, die ihn betreffen, nicht schlafen konnte, das werde ich ihm auf keinen Fall erzählen.

Ich hole mir eine Scheibe Toast mit Marmelade vom Frühstücksbüfett, dazu eine Tasse starken schwarzen Kaffee. Mehr bringe ich beim besten Willen nicht hinunter.

»Leute.« Sam klatscht in die Hände, was Horan regelrecht zusammenzucken lässt.

»Nicht so laut, Mann«, beschwert er sich sofort. »Geht doch auch ein bisschen leiser.«

Sam ignoriert den Einwand.

»Auch wenn der Abend gestern etwas … ausgeartet ist, haben wir heute doch eine ordentliche Etappe vor uns«, verkündet er, sichtlich ungerührt von unserem Elend. »Es sind etwa vierzig Kilometer bis zum Hafen, von dem aus wir die Fähre zu den Aran-Inseln nehmen.« Er hält kurz inne. »Leider ist uns der Wettergott heute nicht mehr wohlgesonnen, es werden starker Wind und auch etwas Regen prognostiziert.«

Er deutet auf die Regenjacke, die über seinem Stuhl hängt. »Also, zieht euch bitte dementsprechend an. Wir treffen uns in zwanzig Minuten draußen vor dem Hotel.«

Allgemeines Gemurre setzt ein. Es fühlt sich fast wie bei einer kleinen Meuterei an.

»Können wir nicht ein wenig später losfahren?«, erkundigt sich Dottie.

»Kommt nicht infrage«, erwidert Sam knapp.

»Nur ein bisschen …«

»Nope.« Sam bleibt hart.

»Sei doch nicht so streng, Boss.« Aminata leert gerade die dritte Tasse Kaffee. »Wegen einer Stunde hin oder her …«

Sam sieht sie kopfschüttelnd an. »Aminata, gerade du solltest doch wissen, dass die Fähre nicht auf uns wartet. Und wenn wir noch länger hierbleiben, müssen wir alles auf dem Weg wieder einholen.« Er streift uns mit einem vielsagenden Blick. »Wozu wir gerade heute sicher kaum imstande sein werden. Aber glücklicherweise soll Bewegung ja gegen einen Kater helfen. Also, Herrschaften, in zwanzig Minuten draußen, bitte.« Er nickt uns zu und verlässt den Raum.

»Ich glaube, das macht ihm Spaß«, murrt Horan und schickt Sam einen finsteren Blick hinterher. »Uns so zu quälen.«

»Wir sind ja selbst schuld«, sagt Dottie bekümmert. »Wir hätten gestern einfach nicht so viel trinken dürfen.«

»Oder etwas trinkfester sein«, kommentiert Wanda trocken. Sie sieht frisch und ausgeruht aus wie immer.

»Ich traue mich gar nicht, heute mit Dermot zu telefonieren.« Dottie sieht ganz schuldbewusst aus. »Der sieht mir sofort an der Nasenspitze an, wenn ich was getrunken habe.«

»Und wenn schon.« Aminata runzelt die Stirn. »Er wird

seiner Mutter ja wohl ein wenig Spaß gönnen, nach allem, was bei euch passiert ist.«

»Aber ich sollte doch ein Vorbild sein, meint ihr nicht?« Dottie blickt sorgenvoll auf ihre Tasse Schwarztee. »Und außerdem traut er mir dann sicher noch weniger zu.« Sie seufzt. »Genau wie Michael. Aber vielleicht haben beide ja recht. Bin nie schlecht gefahren, wenn ich mich auf den Rat meines Michael verlassen habe. Und jetzt ist eben Dermot für alles zuständig.«

Wanda mustert sie mit einem scharfen Blick. »Wie meinst du das?«

»Na, Michael hat das Haus auf ihn überschrieben, und er verwaltet auch das Aktiendepot und die Sparkonten.« Dottie sieht Wanda an, als wäre das selbstverständlich.

»Deinem Sohn gehört *dein* Haus, und er verwaltet *deine* Finanzen?« Wanda runzelt die Stirn.

»Na ja, wir hätten es ihm ja sowieso irgendwann vererbt, und ich kenne mich mit solchen Dingen wirklich nicht aus. Dermot kümmert sich um alles und überweist mir jeden Monat mein Haushaltsgeld auf mein Konto.« Sie lächelt. »Was für ein Glück, dass mir meine Freundinnen diese Reise geschenkt haben. Ansonsten wäre das sehr knapp geworden mit meinem Budget.«

»Bitte sag mir, dass das ein Witz ist!« Wanda stöhnt.

Dottie blickt sie überrascht an. »Wieso sollte es? Michael war ein überaus weitsichtiger Mensch, er hat alles in seinem Testament entsprechend verfügt ...«

Wanda schaut unsere Reisegefährtin mit einem Blick an, als wüsste sie nicht, wo sie anfangen sollte. »Und es kommt dir gar nicht komisch vor, dass du weder die Immobilie besitzt, in der du wohnst, noch Zugriff auf dein *eigenes* Geld hast?«

Dottie zuckt mit den Schultern. »Manchmal hab ich mir schon gedacht, dass es ganz schön wäre, wenn Michael das anders gelöst hätte, aber auf der anderen Seite ist Dermot ja mein Sohn und will nur das Beste für mich.«

»Da wäre ich mir nicht so sicher«, kommt es düster von Horan.

»Dieses ganze Konstrukt«, schaltet sich Wanda wieder ein, »ist eine bodenlose Frechheit von deinem Mann und deinem Sohn. Du kannst dich doch nicht derart bevormunden lassen!« Wanda blickt sie kopfschüttelnd an.

»Aber wieso denn nicht?«, fragt Dottie überrascht.

Wanda schüttelt den Kopf. »Das ist nicht rechtens, nicht im moralischen Sinn und juristisch gesehen ebenfalls nicht.«

»Aber wenn es doch so im Testament stand«, beharrt Dottie. »Das bedeutet doch was.«

Wanda sieht unsere Reisegefährtin eindringlich an. »Dottie, du und Michael, ihr habt eine Ehe geführt. Wenn er irgendein Depot angelegt hat oder Sparkonten erstellt haben sollte, dann hast du Anspruch auf mindestens die Hälfte davon, ganz egal, was dein Mann in seinem Testament verfügt hat. Ebenso sollte dir das Haus gehören. Du hast doch aber hoffentlich ein verbrieftes Wohnrecht auf Lebenszeit?«

»Ich weiß es ehrlich gesagt nicht.« Dottie runzelt die Stirn, während sie angestrengt überlegt.

»Weißt du, was das bedeutet? Das heißt, wenn es deinem Sohn nicht mehr passt, kann er dich jederzeit aus deinem eigenen Haus werfen«, fasst Wanda gnadenlos zusammen.

»Aber das würde mein Dermot niemals machen.« Dottie schüttelt den Kopf. »So gut kenne ich ihn.«

»Wir reden auf jeden Fall noch einmal in Ruhe, Dottie.«

Wanda nickt entschlossen. »Du kannst das so auf keinen Fall auf dir sitzen lassen.«

»Ich will ungern stören, aber wir sollten jetzt wirklich los«, sagt Fred leise, aber bestimmt. »Wir dürfen die Tagesplanung nicht aufhalten, und außerdem ist die Wettervorhersage für heute wirklich miserabel. Wir werden noch froh sein, früh genug gestartet zu sein.«

Es scheint, als hätte der Wettergott Freds Worte gehört, denn als wir zehn Minuten später nach draußen treten, bläst uns ein eiskalter, gar nicht frühlingshafter Wind entgegen.

»Westwind«, stellt Wanda ungerührt fest. Sie trägt wie immer nur ihre dünne Windjacke. »Kann ungemütlich werden heute.«

Ich habe vorsorglich meinen wärmsten Pulli unter meiner Regenjacke angezogen, und auch Sam hat nicht wie gewöhnlich sein luftiges Radoutfit an, sondern eine lange, wetterfeste Hose und einen kuschelig aussehenden Kapuzenpulli.

Dottie ist auffallend gut gelaunt, nachdem sie auf das Rad gestiegen ist.

»Dir macht das Wetter nichts aus, oder?« Ich lächle sie an.

»Nicht wirklich.« Sie lacht. »Heute ist nämlich der erste Tag, an dem mein Hintern nicht mehr wehtut, sobald ich mich auf den Sattel schwinge. Und das ist ein herrliches Gefühl!«

Wir stimmen alle in ihr Lachen ein, doch zumindest mir vergeht es gleich wieder, nachdem wir losgefahren sind und Lahinch hinter uns gelassen haben. Der Wind, der uns von Beginn an unbarmherzig ins Gesicht bläst, ist wirklich stechend kalt, und er treibt dunkle Wolken vom Atlantik herein, die sich bedrohlich über uns aufbauen. Ich ziehe den Kragen meiner Jacke so hoch wie möglich und setze meine Sonnenbrille auf, obwohl die Sonne nicht zu sehen ist. So kann ich aber wenigstens verhindern, dass meine Augen durch den Wind ständig tränen. Zumindest hatte Sam recht, was meinen Kater betrifft: Schon nach kurzer Zeit fühle ich mich besser, und nach einer halben Stunde ist so gut wie nichts mehr zu spüren von den Nachwehen des gestrigen Abends.

Die heutige Etappe erinnert mich unangenehm an die Fahrt im Burren. Wir sprechen wenig, radeln fast durchweg stumm hintereinander, weil wir all unsere Kraft brauchen, um uns gegen den Wind voranzukämpfen. Nach einer guten Stunde bedeutet uns Sam, in eine Parkbucht zu fahren, wo er anhält.

»Wie geht's euch?« Ich erkenne die leichte Sorge in seinem Blick, als er uns der Reihe nach ansieht. »Ist echt keine einfache Etappe heute, vor allem mit dem Wind.« Er blickt nach Westen, wo der Himmel inzwischen pechschwarz erscheint. »Und jetzt kommt gleich auch noch einiges an Regen dazu.« Sam zögert. »Aminata hat auf dem Beifahrersitz noch Platz. Wenn also einer von euch die Etappe abbrechen will, verstehe ich das vollkommen.«

Unsere Blicke wandern unwillkürlich zu Dottie und Fred, den schwächsten Gliedern in der Gruppe. Dottie wirkt aber durchaus noch kampfbereit, trotz nass geschwitzter Jacke und knallrotem Kopf, wie immer. »Also ich nicht«, sagt sie mit fester Stimme. »Ich fahre weiter.«

Fred streckt seine hageren Schultern durch. »Ich komme auch mit. Wir werden schon fertig mit dem Wetter. Sind schließlich Iren.«

Sam mustert die beiden noch einmal und nickt dann. »Okay. Wie sieht's mit dem Rest aus?«

»Um *uns* musst du dir keine Sorgen machen«, betont Wanda. »Außerdem ist das eine Frage der Ehre. Wir können doch die Reise nicht so einfach unterbrechen.«

»Wanda hat recht«, stimmt Horan ihr zu. »Wir haben eine Radreise im Westen Irlands gebucht, und genau die bekommen wir jetzt. Wenn jemand im Sonnenschein radeln will, muss er das in Andalusien tun.«

»Ihr seid ziemlich hart im Nehmen.« Sam nickt ihnen anerkennend zu. Dann wandert sein Blick zu mir. »Carly?« Es ist windig, es ist kalt, bestimmt hätte Aminata im Transporter einen Becher heißen Kaffee für mich, aber mein Stolz lässt es nicht zu, dass ich so einfach aufgebe. Also schüttle ich den Kopf. »Natürlich fahre ich auch weiter. Ist doch klar.«

Ein Lächeln breitet sich auf Sams Gesicht aus. »Ihr seid echt eine tolle Truppe, das muss man sagen. Danke, Leute, vor allem für euer Vertrauen in mich.«

»Können wir dann jetzt weiter?« Wanda schnalzt mit der Zunge. Sie hat offensichtlich genug von Sams emotionaler Ansprache.

»Aye, aye, Ma'am!« Sam grinst und steigt wieder in den Sattel. »Also los!«

Wir radeln wieder los, mit neuem Schwung, und ich bemühe mich, meine Trittfrequenz nicht aus dem Takt kommen zu lassen. Leider fällt mir das mit jeder Minute, die wir unterwegs sind, schwerer. Es scheint, als hätten sich die Elemente jetzt völlig gegen uns verschworen. Graupelschauer jagen über die karge Landschaft, durch die unser Weg führt. Der Wind ist zu einem handfesten Sturm angewachsen, und bei jeder Böe bemühe ich mich, nicht das Gleichgewicht auf dem Rad zu verlieren. Die Sonnenbrille habe ich längst abgenommen, weil es inzwischen schüttet, und ich muss mir immer wieder über die Augen wischen, damit ich überhaupt noch etwas erkenne.

Plötzlich ertönt ein lauter WUMS!, auf den ein gellender Schrei folgt.

»Aaaaaaaah!«

Ich drücke so fest die Bremsen, dass ich mich fast mit dem Rad überschlage. Im nächsten Moment sehe ich, dass Fred im Straßengraben liegt, mit dem Gesicht im Morast, die Gliedmaßen seltsam verdreht.

»FRED!«, rufen Dottie und ich im Chor, in Panik.

Sam ist bereits von seinem Rad gesprungen und kniet neben ihm. »Alles in Ordnung mit dir?«

Zu unser aller Erleichterung reagiert Fred auf die Ansprache. Er dreht sich ungelenk auf den Rücken und setzt sich dann mit Sams Hilfe in quälend langsamem Tempo auf. Ich erschrecke, als ich sein Gesicht sehe. Es ist übersät mit Schnitten von den spitzen Kieselsteinen, die überall auf dem Feldweg liegen. Ein besonders tiefer Schnitt verläuft quer über seine Stirn.

»Ach du meine Güte, das sieht gar nicht gut aus!«, sagt Dottie entsetzt, die inzwischen ebenfalls neben ihm kniet. »Du blutest aber ziemlich!«

»Schon gut«, erwidert Fred gefasst, aber der Schreck steht ihm ins Gesicht geschrieben. Er betastet vorsichtig seine Arme, Hände und Beine. »Nichts verstaucht, nichts gebrochen. Alles halb so wild.« Er deutet auf einen tellergroßen Felsbrocken, der ein paar Meter hinter uns mitten auf dem Weg liegt. »Ich hab den Kameraden hier nicht gesehen.«

Sam hat inzwischen ein Erste-Hilfe-Set aus seinem Rucksack geholt. Er kramt eine Wundauflage und eine Mullbinde heraus und legt Fred einen Druckverband an. »So. Damit müssten wir die Blutung ziemlich rasch stoppen können.«

Fred ist inzwischen ziemlich bleich um die Nasenspitze. Sam gibt ihm sicherheitshalber eine silberne Notdecke, die Dottie um ihn wickelt.

»Carly, kannst du Aminata anrufen?« Sam blickt zu mir auf. »Sie soll Fred auflesen und mit ihm zum Arzt fahren.«

»Das ist doch nicht nötig«, wehrt Fred ab. »Sind doch nur ein paar Kratzer. Ich ruhe mich ein wenig aus, und dann fahre ich weiter.«

»Das ist schon etwas mehr«, befindet Wanda lakonisch und mustert Freds zerschundenes Gesicht.

»Du fährst auf keinen Fall weiter«, sagt Sam ruhig. »Wir wissen nicht, ob du eine Gehirnerschütterung oder Ähnliches hast. Das muss abgeklärt werden.«

Wir warten über eine halbe Stunde, bis Aminata erscheint. Weil wir nicht mehr in Bewegung sind, fange ich in den feuchten Radklamotten an zu frösteln. Alle sind erleichtert, als endlich der kleeblattgrüne Fiat Ducato um die Kurve biegt.

Kaum, dass das Auto anhält, springt Aminata auch schon heraus. »Was machst du denn für Sachen, Fred?« Sie beugt sich zu ihm hinunter, und es ist rührend, zu sehen, welche Sorgen sie sich um unser ältestes Reisemitglied macht. »Was ist denn passiert?«

»Hab einen Stein übersehen«, antwortet Fred schlicht. »Ziemlich dicker Brocken.«

Aminata und Sam helfen ihm auf und bringen ihn zum Wagen, wo er sich, sichtlich erschöpft, auf den Beifahrersitz hievt.

Als Sam zurückkommt, sehe ich, dass er ebenfalls geschafft ist. »Leute, fahren wir weiter.« Er atmet tief aus. »Ist echt nicht einfach heute.«

Das ist es wirklich nicht. Der Regen kennt kein Erbarmen, der Wind ebenfalls nicht, und zusammen bilden sie ein teuflisches Wetterduo.

Niemand spricht ein Wort, jeder braucht seine Energie,

um halbwegs das Tempo zu halten. Wir kommen nur langsam voran, und vor allem von Dottie höre ich nur mehr angestrengtes Schnaufen.

Und dazu scheinen wir heute wirklich vom Pech verfolgt zu sein. Ist das womöglich der St. Patrick's Day, der seinen langen Schatten vorauswirft? Der Gedanke beunruhigt mich. Der Weg, auf dem wir uns jetzt befinden, ist nur noch ein schmaler, holperiger Pfad.

»Scheiße!« Ich sehe, wie Sam in ein kleines, aber anscheinend ziemlich tiefes Schlagloch fährt. Es staucht ihn richtig zusammen, und es gibt einen lauten Rums. Er hat anscheinend Schwierigkeiten, sein Rad unter Kontrolle zu behalten. Es schlingert wild hin und her, und Sam scheint nur bedingt lenken zu können. Mit Mühe gelingt es ihm schließlich, zu bremsen, und er springt vom Sattel. »Na toll«, stöhnt er. »Hat sich denn heute alles gegen uns verschworen?« Er mustert sein Rad. »Ich glaube, das Vorderrad hat eine Acht.«

Sams Vorderreifen sieht in der Tat nicht gut aus. Es ist ziemlich verzogen.

»Und was bedeutet das jetzt?«, fragt Dottie ratlos, während ich mir Sams Antwort schon denken kann.

Er braucht einen Moment, bevor er antwortet. »Ich kann unmöglich weiterfahren, und Aminata ist mit Fred unterwegs zum Arzt. Außerdem würde sie diesen Teil des Weges mit dem Transporter sowieso nicht befahren können.«

»Na großartig«, murmelt Horan.

»Aber es sind von hier aus nur noch etwas mehr als fünf Kilometer bis zum Fährhafen, und es gibt keine Stelle, an der man sich verfahren kann.« Sam atmet tief aus. »Mein Vorschlag also: Ihr fahrt voraus, damit ihr die Fähre erreicht, und ich komme zu Fuß nach.«

Wanda nickt. »Das klingt nach einer nicht idealen, aber vernünftigen Idee.«

»Wirklich nicht ideal«, grummelt Horan. »Aber wenn es nicht anders geht ...«

Dottie zögert. »Wir können dich doch nicht alleine zurücklassen, Sam.« Ich sehe, dass ihr Mutterinstinkt durchkommt.

»Ich kann notfalls die nächste Fähre nehmen«, erklärt Sam. »Und Aminata wird ja bis dahin hoffentlich wieder bei euch sein. Sie sollte mit Fred zurück sein, bis die Fähre ausläuft.«

»Ich bleibe bei dir«, höre ich mich plötzlich sagen, ohne richtig darüber nachzudenken.

Sam sieht mich überrascht an, genauso wie der Rest der Gruppe. »Das musst du wirklich nicht, Carly«, erwidert er, aber ich sehe an seinem Blick, dass eine ehrliche Antwort anders ausfallen würde.

»Nein, schon gut«, bekräftige ich. »Die anderen sollen vorausfahren, und ich begleite dich. Ist doch echt blöd, hier alleine langzulaufen.«

»Dann bleib ich ebenfalls«, sagt Dottie entschlossen. »Ich lasse euch nicht im Stich.«

»Das ist nicht nötig, Dottie.« Sam schüttelt den Kopf.

Horan hat sich auf sein Rad geschwungen. »Also ich fahre jetzt. Hab keine Lust, mir noch länger den Hintern abzufrieren und am Ende die Fähre zu verpassen.«

»Dottie, radele du ruhig mit den anderen mit«, sagt Sam zu Dottie, die immer noch hin- und hergerissen ist. Unsere Blicke treffen sich, und ich weiß, dass wir beide dasselbe denken. Dottie wäre uns keine Hilfe, wenn sie zu Fuß geht.

»Wenn ihr wirklich meint ...«, zögernd steigt sie ebenfalls wieder auf ihr Rad.

»Und du kannst auch mitfahren.« Sam sieht mich an.

»Mich wirst du nicht los«, stelle ich klar. »Ich bleibe.«

Sam scheint zu merken, dass jeder Widerspruch zwecklos ist. Also sehen wir den anderen nach, wie sie davonradeln, jetzt mit Wanda an der Spitze, und setzen uns dann ebenfalls in Bewegung. Anfangs reden wir nicht viel. Sam stößt ab und zu einen leisen Fluch aus, wenn sein Rad wieder besonders störrisch nach rechts oder links ausbricht.

Ich betrachte ihn von der Seite. Sogar in seinem jetzigen Zustand, komplett durchnässt und frustriert, sieht er noch unglaublich gut aus, aber das ist nicht der Grund, wieso mein Herz gerade viel schneller als gewöhnlich schlägt.

Sam war am Anfang unserer Reise ein rotes Tuch für mich, ein ungehobelter Rohling, mürrisch und wortkarg. Jetzt sehe ich ihn anders, das wird mir immer klarer. Er mag zwar manchmal etwas raubeinig sein, aber dafür auch loyal und verlässlich. Er versteht Spaß, man kann wunderbar mit ihm lachen, und mit jedem Tag kommt mehr von dem Mann, den mir Kieran in der Destillerie beschrieben hat, zum Vorschein. Schon seltsam, wie sehr sich innerhalb weniger Tage Gefühle für einen Menschen ändern können. Ob es ihm wohl ähnlich ergeht?

»Ich hätte die Tour heute abbrechen sollen«, sagt Sam plötzlich. Er ist stehen geblieben und schaut mich an. »Freds Sturz war meine Schuld.«

»Wie kommst du denn darauf?«, frage ich und halte ebenfalls an. »Er hat einen Stein übersehen, das kommt vor. Außerdem war die Sicht miserabel.«

»Aber trotzdem …« Sam schüttelt den Kopf, und ich sehe, dass er sich Vorwürfe macht. »Ich hätte einfach nicht mit euch losfahren dürfen, nicht bei einem solchen Wetterbericht.«

»Sam, du kannst nicht für alles die Verantwortung übernehmen, selbst als Reiseleiter nicht«, widerspreche ich eindringlich. »Und wie Horan so passend gesagt hat: Wer Sonnenschein pur will, muss eine Radtour in Südspanien buchen.«

»Jaja, für einen blöden Spruch ist Horan immer gut, nicht wahr.« Sam verzieht das Gesicht, und wir müssen beide lachen. Die Schwere ist aus Sams Gesicht gewichen.

»Fred wird sich sicher schnell erholen«, sage ich. »Wer weiß, vielleicht kann er ja morgen schon wieder mit von der Partie sein …«

»Das hoffe ich.« Sam seufzt. »Aber du hast recht. Ich kann nicht für alles und jeden die Verantwortung übernehmen.« Er lässt den Blick abwesend in die Ferne schweifen, und ich glaube, er hat gerade mehr zu sich selbst gesprochen, weshalb ich mir eine Antwort erspare.

Langsam setzen wir uns wieder in Bewegung. Ich mustere ihn ab und zu verstohlen von der Seite, sein ebenmäßiges Profil mit den hohen, markanten Wangenknochen, die durch seine straff nach hinten gebundenen Haare wie immer betont werden. Sein Handrücken streift ab und zu meinen Arm, wenn der Weg wieder schmaler wird, und ich merke, wie gefährlich gut sich das anfühlt. Was, wenn er erst …?

»Danke, dass du bei mir geblieben bist, Carly«, sagt er und reißt mich damit aus meinen zu hundert Prozent nicht jugendfreien Gedanken. Seine Stimme klingt belegt. »Es wäre echt kein Highlight, alleine durch den Regen trotten zu müssen.«

»Sehr gerne, vorausgesetzt, ich halte dich mit meinen kurzen Beinen nicht auf«, scherze ich.

»Wie oft willst du diesen Witz jetzt noch machen?« Er verzieht das Gesicht, lacht dann aber ebenfalls.

Ich grinse. »Och, bis du endgültig von deiner Großspurigkeit geheilt bist.«

Er bleibt stehen. »Ich hätte mir nie gedacht, dass ich das mal sagen würde, aber ich bin echt froh, dass du gerade hier bist.«

»Ach, tatsächlich.« Ich gebe mich forsch, versuche damit aber nur zu verbergen, dass mein Herz plötzlich noch schneller schlägt.

Sam nickt. »Als ich dich das erste Mal gesehen habe ... da kamst du mir vor, als wärst du eine typische Hauptstädterin, wenn ich das so sagen darf. Null Kondition, dann auch noch zu spät, weil du deine eigene Zeit für wichtiger hältst als die unsere.« Sam schmunzelt. »Und dann hattest du nicht einmal eine Radhose dabei! Für eine siebentägige Radtour!«

Ich nicke schuldbewusst. »Das war wirklich blöd.«

»Aber wahrscheinlich bin ich manchmal einfach zu ... streng mit meinen Reiseteilnehmern.« Er furcht die Stirn. »Weißt du, das kommt von meinen früheren Radreisen. Du weißt schon, in Übersee.« Er seufzt. »Ehrlich gesagt war ich seit meinen frühen Zwanzigern nicht mehr so viel in Irland unterwegs wie momentan.«

»Du meinst, in Chile und so weiter?«, hake ich nach.

»Ja genau.« Sams Augen beginnen zu leuchten. Ich kenne dieses Leuchten. Dad hatte es in den Augen, wenn er wieder einmal zu einer seiner Missionen am anderen Ende der Welt aufbrach – es ist pure Abenteuerlust. »Ich bin einmal mit einem Kumpel die gesamte Panamericana mit dem Rad abgefahren. Das war eine der tollsten Touren meines Lebens.«

»Wow, das ist echt weit ...«

Sam nickt. »Extrem weit. Und manchmal grenzwertig. Aber meistens habe ich Radtrekkingtouren in den USA und Kanada geleitet. Das waren allerdings auch komplett andere

Radtouren als das, was wir hier gerade machen, und das ist überhaupt nicht abwertend gemeint. Aber wir haben dort meistens im Zeltlager übernachtet, auf offenem Feuer gekocht, und wenn sich jemand nicht an meine Anweisungen gehalten hat, dann war er oder sie ernsthaft in Gefahr. Mit Elchen und Bären ist nicht zu spaßen.«

»Warum hast du damit aufgehört?«, frage ich. »Mit den Trekkingtouren in Übersee, meine ich. Es klingt, als hätte es dir eine Menge Spaß gemacht, oder?«

»Das hat es auch.« Sams Blick verdüstert sich. »Aber manchmal kann man Entscheidungen eben nicht für sich alleine treffen. Losgelöst von allem anderen, meine ich.«

»Manche scheinen das sehr wohl zu können«, murmle ich gedankenverloren. Sams Worte haben etwas in mir ausgelöst.

»Was meinst du damit?« Sam blickt mich aufmerksam an.

»Ach, ich hab nur laut vor mich hin gedacht.« Ich versuche, keine Bitterkeit in meine Stimme kommen zu lassen. »Weißt du, mein Dad hat nie viele Gedanken an andere verschwendet, wenn ihm etwas wirklich wichtig war. Seine Arbeit, meine ich. Seine Arbeit war ihm extrem wichtig.«

Dad hat so oft davon gesprochen. »Wir haben eine Verantwortung Carly, weißt du. Wir müssen den Leuten auf der Welt zeigen, was passiert. Die Menschen, die unter den Folgen des Klimawandels leiden, haben selbst oft nicht die Chance, es zu tun.«

Er hat es vielen Leuten gezeigt; Kampagnen gestartet, Geld gesammelt, Preise für seine Arbeit gewonnen. Aber wie viel hat er dafür geopfert? Seine Ehe, seine Familie und am Ende sogar sein Leben.

»Wenn du sagst, sie *war* ihm wichtig, heißt das … meinst du damit, dass …« Sam wagt nicht, den Satz zu vollenden.

»Ich weiß es nicht.« Augenblicklich muss ich um Fassung kämpfen. »Er gilt als vermisst, seit fast genau fünf Jahren. In einem abgelegenen Gebiet des Amazonasbeckens, dort war sein letzter Aufenthaltsort. Er wollte einen indigenen Stamm besuchen, dessen Territorium vom Klimawandel empfindlich beeinflusst wurde, und darüber berichten. Dad war Investigativjournalist, weißt du.«

Tiefe Betroffenheit steht in Sams Gesicht geschrieben. »O Gott, Carly … das tut mir so leid.«

»Schon gut.« Ich schüttle den Kopf. »Ich habe gelernt, damit zu leben. Mehr oder weniger.«

Wenn jemand vermisst wird, ist das eine eigenartige Situation. Man schwebt in einem Vakuum, weiß nicht, ob man hoffen oder trauern soll. Bei mir war es lange Zeit beides zugleich. Immer wieder spürte ich wilde Hoffnung, nur, um dann in ein tiefes Loch zu fallen, wenn wieder ein Suchtrupp der Regierung oder einer NGO erfolglos aus dem Amazonasdelta zurückkehrte.

Ceci und Mum beschworen mich immer wieder, zu ihnen nach Avignon zu kommen. Aber ich weigerte mich, wollte in Dublin bleiben, um bei seiner Rückkehr sofort das Leben mit Dad wiederaufnehmen zu können. Meine Schwester war ebenfalls erschüttert von Dads Verschwinden, genau wie Mum, obwohl sie längst von ihm getrennt war. Aber am meisten gelitten habe ich. Am meistens leide noch immer ich.

Sam sieht mich lange an. »Die Ungewissheit muss schwer sein.« Er legt mir eine Hand auf die Schulter. Eine spontane, mitfühlende Geste, die in mir jedoch eine Kaskade an widersprüchlichen Gefühlen auslöst.

»Ja schon, aber wie gesagt, ich habe gelernt, damit zu leben.« Ich probiere ein Lächeln, und fast will es mir gelingen.

Sam nimmt die Hand von meiner Schulter und stellt sein Fahrrad ab. »Komm her.« Damit zieht er mich an sich, in eine lange, liebevolle Umarmung. Zuerst bin ich überrascht und erstarre in seinen Armen, weil es das Letzte ist, womit ich gerechnet habe, aber dann lasse ich mich fallen. Es fühlt sich unglaublich gut an. Sams Körper ist fest und anschmiegsam zugleich. Ich weiß nicht, wie lange wir so dastehen, aber es muss eine ganze Weile sein. Irgendwann lösen wir uns wieder voneinander.

»Danke, das hat echt gutgetan«, murmle ich, nun etwas verlegen. Sam erwidert nichts darauf, aber er sieht mich wieder an, auf eine bisher unbekannte Weise, eine Mischung aus Zärtlichkeit und Verletzlichkeit in seinem Blick, und ich spüre, dass er diese Umarmung gerade genauso gebraucht hat.

Er räuspert sich. »Ich glaube, da vorne ist der Hafen.« Der Zauber des Moments ist verflogen. Er kneift die Augen zusammen und deutet zum Horizont, wo das Meer zu erkennen ist.

»Gott sei Dank!«, sage ich aus tiefstem Herzen. Dieser Tag hatte es bis jetzt wahrhaftig in sich.

»Wir sollten uns lieber nicht zu früh freuen.« Sams Blick verdüstert sich. »Wenn mich nicht alles täuscht, liegen beide Fährboote, die Inishmore ansteuern, im Hafen vor Anker. Dabei sollte mindestens eines unterwegs sein.«

Ich sehe ihn erschrocken an. »Du meinst, der Fährverkehr ist eingestellt?«

»Das wäre kein Ding der Unmöglichkeit, oder?« Sam runzelt die Stirn. »Bei dem Wetter … die Sicht ist miserabel, und die Wellen sind bestimmt gigantisch hoch.«

Kapitel 16

*S*am düstere Vorahnung bestätigt sich, wie wir eine halbe Stunde später feststellen, als wir endlich den Fährhafen erreichen. Der Wind bläst immer noch stramm landeinwärts, und gewaltige Wellen krachen gegen die Kaimauer, als wollten sie diese wegsprengen.

Aminata steht auf dem Vorplatz des kleinen Hafengebäudes, wo auch der kleeblattgrüne Transporter parkt, und winkt uns entgegen. »Hallo, ihr beiden!«

»Wie geht es Fred?« Sam sieht sie besorgt an. »Alles okay bei ihm?«

»Alles gut.« Aminata nickt. »Die Ärztin meinte, er solle sich heute noch ein bisschen schonen, aber er ist noch einmal mit ein paar Schürfwunden davongekommen.«

Sam atmet erleichtert aus. »Ein Glück.«

»Und wie sieht's mit deinem Rad aus, Boss?« Aminata wirft einen Blick auf Sams schiefen Reifen und verzieht das Gesicht. »Eher mittelprächtig, würde ich sagen, oder?«

Sam nickt. »Wenn wir es nicht selbst reparieren können, gibt es eine kleine Radwerkstatt auf Inishmore, soviel ich weiß.«

»Hier gibt es auch eher bescheidene Nachrichten.« Aminata deutet auf einen handgeschriebenen Zettel, der an der hölzernen Tür des Warteraums prangt. *»Fährverkehr derzeit eingestellt«,* steht darauf geschrieben.

Sam runzelt die Stirn. »Steht fest, ob heute überhaupt noch eine Fähre ausläuft?«

Aminata schüttelt den Kopf. »Bis jetzt nicht. Aber der Typ vom Hafen ist auch nicht sonderlich auskunftsfreudig.«

»Na, dann wollen wir mal.« Sam betritt den kleinen, schummrigen Warteraum. Ich folge ihm und sehe, dass sich der Rest der Reisegruppe um einen der abgewetzten Holztische versammelt hat. Außer ihnen ist niemand zu sehen.

»Carly! Sam!«, begrüßt uns Fred freudig. »Schön, dass ihr endlich da seid!« Auf seiner Stirn prangt zwar ein riesiges Pflaster, aber sonst wirkt er schon wieder recht vergnügt.

»Wie gut, dass es dir schon wieder besser geht.« Sam nickt Fred herzlich zu. Dann blickt er sich suchend um. In einem kleinen Kabuff mit Schiebefenster zum Warteraum sitzt ein vollbärtiger Mittfünfziger mit grimmigem Gesichtsausdruck und buschigen Augenbrauen. So habe ich mir immer einen Klabautermann vorgestellt.

Sam klopft gegen die verschmierte Scheibe. Widerwillig öffnet der Klabautermann sie ein Stück.

»Wissen wir schon, ob und wann heute noch eine Fähre nach Inishmore ablegt?«, fragt Sam ihn.

»Seh ich aus wie ein Hellseher?«, blafft er zurück. »Wenn der Wind abflaut, ja, wenn nicht, bleibt heute alles im Hafen.«

»Vielen Dank.« Sam lässt sich von der Ruppigkeit des Hafenarbeiters nicht beeindrucken und zieht stattdessen sein Handy hervor. Er tippt etwas ein und blickt auf das Display. »Laut

Wetterprognosen sollte sich der Wind bald legen«, verkündet er schließlich. »Das heißt, mit ein bisschen Glück läuft die Fähre heute Abend noch aus.«

»Und wenn nicht?« Dottie macht große Augen. »Müssen wir dann hier übernachten?« Sie deutet auf die Holzbänke, die den kargen Warteraum zieren.

»Im Leben nicht«, grummelt Horan schon wieder.

Dottie sieht aus, als würden ihr gleich die Tränen kommen.

»Keiner muss hier im Warteraum schlafen«, versucht Sam, Dottie zu beruhigen, aber ich merke, dass auch er beinahe am Ende seiner Kräfte ist.

»Und selbst wenn, es gibt Schlimmeres«, sagt Wanda gelassen. »Dann nehmen wir eben die erste Fähre morgen früh.« Sie lehnt sich demonstrativ zurück und verschränkt die Arme vor der Brust. »Ich habe kein Problem mit Warten. Macht vieles im Leben einfacher.«

»Das hat aber in der Whiskeybrennerei einen ganz anderen Eindruck gemacht«, stichelt Horan.

»Dort haben wir ja auch völlig unnötigerweise eine Pause eingelegt«, entgegnet Wanda, gewohnt kühl. »Im Gegensatz zu hier. Es ist eindeutig, dass das Ablegen eines Schiffs bei den derzeit vorherrschenden Wetterbedingungen nicht nur höchst risikoreich, sondern auch völlig verantwortungslos wäre.« Sie zuckt mit den Schultern. »Mit anderen Worten: höhere Gewalt. Und da bringt es gar nichts, sich aufzuregen.«

Horan will etwas darauf erwidern, wird aber von Aminata unterbrochen, die gerade zur Tür hereinkommt.

»Hat jemand von euch vielleicht Hunger?« Sie hält zwei große Supermarkttüten in der Hand. »Ich habe etwas zu essen und trinken besorgt, während Fred beim Arzt war.«

Erst jetzt merke ich, wie sehr mir der Magen knurrt. Wir

haben seit dem Frühstück außer ein paar Energieriegeln nichts mehr gegessen.

»Eine hervorragende Idee!« Horan hat angesichts der prallen Tüten glänzende Augen bekommen, und sogar Wanda befeuchtet sich verstohlen die Lippen.

Aminata packt eine Köstlichkeit nach der anderen aus, sie hat üppig belegte Sandwiches, Käsewürfel, Antipasti und Muffins mitgebracht.

»Mmh, so gut, dass du an was zu essen gedacht hast, Aminata«, sagt Sam dankbar.

Alle langen ordentlich zu, und eine Weile hört man nur unser Kauen, die Wellen und den Wind, der draußen tobt.

Es tut wirklich gut, wieder etwas im Magen zu haben. Nachdem mein größter Hunger und Durst gestillt sind, lehne ich mich zurück. Dann fällt mir ein, dass ich heute noch gar nicht auf mein Handy geschaut habe. Als ich es aus meinem Tagesrucksack herauskrame, sehe ich, dass Ceci schon ein paarmal angerufen hat. Das ist ungewöhnlich für meine Schwester. Meine Sorge ist mit einem Schlag wieder da. Rasch stehe ich auf, entferne mich ein paar Schritte von der Gruppe und tippe auf ihre Nummer.

»Hey, Carly.« Ceci ist gestresst, das höre ich sofort. »Danke, dass du zurückrufst. Hast du einen Moment?«

»Sicher.« Ich merke, wie sich mein Körper anspannt. »Ich hatte bis jetzt keinen Empfang, wir sind durch die Pampa geradelt, und es ist ein Sauwetter hier … Was ist los?«

»Ich weiß, es ist jetzt total blöd, weil du die Radreise gemacht hast, um endlich mal an was anderes zu denken«, beginnt Ceci zögerlich. »Aber es gibt eine neue Entwicklung. Wegen Dad.«

»Was meinst du damit?«, frage ich mit wachsender Beunru-

higung. »Haben sie etwa … sie haben ihn doch nicht etwa …«
Ich wage nicht, es auszusprechen. Ich merke, wie mein Herz
plötzlich anfängt zu rasen.

»Nein, sie haben ihn nicht gefunden, Carly.« Meine Schwester klingt müde. »Aber es könnte sein, dass es eine neue Spur gibt. Eine vielversprechende Spur.«

»Was soll das heißen?«, frage ich überrascht. Aber auch ein bisschen enttäuscht, dass es meine Schwester ist, die *mir* diese Nachricht überbringt und nicht umgekehrt. Schließlich bin ich Papas Tochter, aber Ceci ist die Ältere, daran wird es wohl liegen, dass die Behörden sie zuerst kontaktiert haben.

»Noch heißt es wirklich gar nichts«, stellt Ceci klar. »Eine Beamtin der Wasserschutzbehörde in Manaus hat mit einem Mitglied der Parakanã gesprochen, und der hat anscheinend jemanden, auf den Dads Profil passen würde, im Apyterewa-Schutzgebiet gesehen.«

»Das ist dort, wo er zuletzt gesichtet worden ist.« Kurz flackert die altbekannte Hoffnung in mir auf. Mühsam unterdrücke ich sie. Ich will nicht noch einmal enttäuscht werden.

»Es könnte Dad sein, aber auch ein anderer englischsprachiger weißer Mann seines Alters.« Ceci seufzt. Auch sie will sich keine vergeblichen Erwartungen machen, das weiß ich.

»Du hast recht«, sage ich leise und bemerke, wie brüchig sich meine Stimme plötzlich anhört. »Es könnte irgendjemand sein. Aber trotzdem …«

»Hör zu, Carly. Sobald ich etwas Neues höre, geb ich dir natürlich sofort Bescheid. Aber wer weiß, ob dieses Mal etwas dabei herauskommt. Wir hatten schon so oft eine Spur, die dann im Sand verlaufen ist.«

»Ja, das stimmt«, sage ich bedrückt. Diese vermeintlich verheißungsvollen Spuren waren immer die schlimmsten. Du bangst, du wartest, du hoffst, und dann war wieder alles umsonst.

»Wo bist du gerade?«, fragt meine Schwester, nun in einem betont fröhlicheren Tonfall.

»Wir stecken am Fährhafen Richtung Aran-Inseln fest. Wir wollten eigentlich schon längst auf Inishmore sein, aber das Wetter ist so schlecht, dass wir nicht wissen, ob heute überhaupt noch eine Fähre ausläuft.« Ich betrachte durch das verschmierte Fenster die tosenden Wellen, die immer noch gegen die Kaimauer donnern.

»Oh, das klingt auf jeden Fall nach einem Abenteuer.« Ceci versucht, die Betroffenheit in ihrer Stimme zu verbergen, aber es gelingt ihr nicht ganz. »Ich drück euch auf jeden Fall die Daumen.« Sie zögert. »Vielleicht können wir mal alle zusammen hinfahren, mit Vincent und den Kindern und Mum, in den Ferien. Ich wollte immer schon mal auf die Aran-Inseln. Allerdings nur bei schönem Wetter«, versucht sie einen Scherz.

»Das wäre großartig«, sage ich, doch wie immer wissen wir beide genau, dass wir wohl niemals als Großfamilie Urlaub auf den Aran-Inseln machen werden.

»Mach's gut, Carly.«

»Du auch.« Damit lege ich auf, sammle mich für einen Moment und gehe zurück zu den anderen.

»Alles klar bei dir?« Sam mustert mich aufmerksam. Er scheint gemerkt zu haben, dass ich etwas neben der Spur bin.

»Alles gut.« Ich lächle, obwohl mir im Moment überhaupt nicht danach zumute ist.

»Du hast …« Doch Sam wird unterbrochen, denn der Klabautermann betritt den Warteraum.

»Die Fähre läuft in zehn Minuten aus«, bellt er. »Könnte etwas ruppig werden, aber wir kommen durch.«

Wir sehen uns alle erleichtert an.

»Sehr gut.« Sam nickt. »Packen wir zusammen und dann los.«

Als wir nach draußen gehen, erfährt unser Optimismus einen Dämpfer. Die Wellen im Hafenbecken sind zwar nicht mehr so hoch wie zuvor, aber immer noch beachtlich. Immerhin hat sich der Wind gelegt, und auch der Regen ist fast verebbt.

»Das wird eine ziemlich raue Überfahrt werden«, warnt Sam uns vor. »Wird jemand von euch seekrank?«

»Ich.« Aminata hebt die Hand. »Hab aber meine Tabletten dabei.«

»Gut.« Sam nickt. »Hört zu, ihr habt echt super durchgehalten heute. Die letzte Etappe schaffen wir auch noch, oder?«

Die Gangway der Fähre ist bereits ausgeklappt. Sam beginnt, mithilfe eines Matrosen unsere Räder einzuladen. »Geht ruhig schon an Bord«, ruft er uns zu. Aminata hat inzwischen den Transporter gestartet und fährt ihn im Schritttempo in das Heck der kleinen Fähre.

Ich will ebenfalls so schnell wie möglich an Bord, stolpere dabei aber fast über Dottie, die abrupt vor mir stehen bleibt.

»Was ist los?«, frage ich überrascht.

Dottie ist ungewohnt blass und starrt mit leerem Blick auf die Gangway. Dann schüttelt sie den Kopf. »Ich schaff das nicht. Ich meine, die Cliffs of Moher waren noch in Ordnung. Das Bodyboarden auch. Aber das hier, das ist einfach zu viel.« Die Verzweiflung in ihrer Stimme ist deutlich zu hören. »Mein Michael wäre auch niemals an Bord gegangen bei diesem Seegang.«

»Aber du bist nicht Michael!«, ruft Wanda hinter mir. »Du

musst endlich anfangen, Verantwortung für dein eigenes Leben zu übernehmen, Dottie!«

»Aber was, wenn das Schiff untergeht?« Sie ist kreidebleich und tut mir wirklich leid. »Ich hab es im Gefühl! Es *wird* untergehen bei dem Wellengang!«

Horan schüttelt den Kopf. »Bei aller Liebe, aber das ist einfach nur lächerlich. Ich geh jetzt an Bord.« Damit stapft er davon und verschwindet im Inneren des Schiffs. Wanda folgt ihm. »Es wäre echt schade, wenn du jetzt kneifst«, wirft sie Dottie im Vorbeigehen noch zu.

»Dottie, es ist so …« Sam hält kurz mit dem Verladen der Räder inne und kommt zu uns. »Wir können dich nicht hierlassen, und wir können auch die anderen nicht alleine nach Inishmore übersetzen lassen. Du müsstest auf eigene Faust ein Taxi und ein Hotelzimmer organisieren oder gleich die Heimreise …«

Dottie sieht ihn erschrocken an. »Aber ich will die Reise doch gar nicht abbrechen … Ich will sie doch zu Ende machen, gemeinsam mit euch …«

»Meine Liebe.« Fred lächelt sie an. »Wenn der Kapitän der Meinung ist, dass die Überfahrt sicher ist, dann können wir darauf vertrauen. Diese Leute kennen die Bedingungen hier, und ich bin mir sicher, sie würden uns niemals einem unnötigen Risiko aussetzen.« Er legt beruhigend eine Hand auf Dotties Arm. »Mir ist auch nicht wohl dabei, aber es ist bloß ein gutes halbes Stündchen, und das werden wir sicher irgendwie überstehen.«

Dottie sieht ihn mit großen Augen an. »Ich fühle mich gerade so dumm, weil ich gedacht hab, ich schaffe diese Reise.« Sie schnieft. »Ich hätte auf Dermot hören sollen, als er mir gesagt hat, ich soll zu Hause bleiben … Da bin ich wahrscheinlich besser aufgehoben. Und mein Michael, was würde der wohl sagen, wenn er jetzt hier wäre.« Sie senkt den Kopf und sieht unglaublich traurig aus.

»Ich glaube, dein Michael wäre stolz auf dich, wenn er jetzt hier wäre«, sagt Fred leise. »Du bist Hunderte Kilometer geradelt, trotz wundem Hinterteil und fehlender Kondition. Du hast deine Höhenangst überwunden, bist in der Irischen See surfen gewesen, und ich bin mir sicher, dass du auch diese Herausforderung wieder mutig meistern wirst.«

Dottie verzieht gerührt das Gesicht. »So, wie du das sagst, klingt es mutig.«

»Du *bist* mutig, meine Liebe.« Fred nickt entschlossen.

»Kannst du mir vielleicht deine Hand geben?« Dottie sieht Fred schüchtern an. »Ich glaube, dann würde ich mich trauen, an Bord zu gehen.«

Fred reicht ihr seine Rechte und lächelt. »Aber selbstverständlich.«

Dottie atmet tief durch, und dann betreten die beiden langsam die Gangway, Hand in Hand.

Sam wirft mir ein knappes Lächeln zu, und ich glaube, wir denken beide dasselbe: Dass die beiden ein wirklich hübsches Paar abgeben würden. Wir folgen ihnen, und dann wird auch schon die Gangway eingeklappt. Gleich darauf erzittert der Schiffskörper, und das gleichmäßige Dröhnen des Bordmotors ist zu hören. Sam bleibt an der Reling stehen und beobachtet, wie der Matrose die Leinen löst und wir auslaufen.

»Die Überfahrt ist aber nicht wirklich riskant, oder?«, frage ich, leicht beunruhigt. Die Wellen um uns sehen immer noch beängstigend hoch aus.

Sam schüttelt den Kopf. »Die Bootsführer hier kennen

die See und das Wetter wie ihre Westentasche. Und sie würden niemals ablegen, wenn sie nicht hundertprozentig sicher wären, dass wir gefahrlos übersetzen.«

Ich nicke. Sams Worte haben mich beruhigt. Bis die erste Riesenwelle die Fähre seitlich trifft. Ich stolpere, muss mich an der Reling festhalten und schnappe nach Luft.

Sam wirft einen prüfenden Blick auf das aufgewühlte Meer und packt mich am Arm. »Komm, wir gehen besser rein. Nicht, dass wir noch weggespült werden.«

Drinnen herrscht eher gedrückte Stimmung. Es ist stickig, die Luft abgestanden. Aminata und Horan haben beide eine grünliche Gesichtsfarbe und sitzen ungewohnt friedlich nebeneinander auf einer Bank in Fahrtrichtung. Dottie sagt kein Wort und sieht nur starr geradeaus, während Fred beruhigend ihre Hand hält. Nur Wanda scheint völlig ungerührt von den elenden Gesichtern um sie herum zu sein.

»Wirst du seekrank?« Sam sieht mich fragend an.

»Ich glaube nicht«, antworte ich zögerlich. »Allerdings war ich auch noch nie bei so einem Wellengang an Bord eines Schiffs.«

»Nun, dann wird es spannend.« Sam verzieht das Gesicht zu dem schrägen Lächeln, das ich inzwischen gut kenne. »Setz dich besser hin.«

»Hätte jemand die Güte, mir eine Tüte oder Ähnliches zu reichen?« Horan scheint es gar nicht gut zu gehen.

»Warte, ich frag mal nach.« Sam springt auf, verschwindet kurz und kommt tatsächlich mit einer Plastiktüte zurück.

»Besten Dank«, kriegt Horan gerade noch heraus, bevor er sich in die Tüte übergeben muss.

»Professor!«, ruft Aminata. Ihr Gesicht ist noch grünlicher als zuvor. »Das ist widerlich!«

»Ich bitte vielmals um Entschuldigung«, ätzt Horan, aber ich sehe ihm an, dass ihm wirklich hundeelend zumute ist.

Aminata hält sich die Hand vor den Mund. »Ich glaube, ich glaube, ich muss jetzt auch …« Und schon muss sie Horans Beispiel folgen, allerdings ohne eine Tüte in der Hand.

»DAS ist jetzt widerlich!«, ruft Horan entsetzt und muss schon wieder würgen.

»Ich hab die Tabletten zu spät genommen«, wimmert Aminata. »Sie wirken noch nicht.« Sam besorgt schnell ein paar Papierhandtücher aus dem WC, von denen er Aminata einige reicht und mit dem Rest notdürftig die kleine Pfütze zu ihren Füßen aufwischt. Aber der Gestank im Inneren der Fähre wird immer unangenehmer. Horan und Aminata sind immer noch kreidebleich. Sam hat vorsorglich noch ein paar braune Papiertüten geholt.

Eine weitere, heftige Welle trifft uns von Backbord, und plötzlich löst sich Dotties Koffer, den Aminata mit einer Schnur gesichert hat, und rollt quer über das Schiffsparkett.

»Mein Koffer!« Dottie springt panisch auf. Er kippt um und fällt scheppernd auf den Boden. Dottie hastet zu ihrem bonbonrosa Trolley und öffnet den Reißverschluss. Hektisch kramt sie im Inneren herum.

»Nichts passiert, Gott sei Dank!« Sie atmet tief aus und zieht den Reißverschluss wieder zu, aber ich, die ihr am nächsten sitzt, erhasche einen kurzen Blick auf den Inhalt. Und was blitzt unter Dotties verwaschener Blümchenunterwäsche hervor? Ein Stück der eigenartigen Vase aus Allies Bed and Breakfast.

Die Vase! Ich hatte sie vollkommen vergessen.

Dottie scheint sich wieder halbwegs gefasst zu haben und setzt sich neben Fred. Hier und jetzt ist absolut nicht der richtige Zeitpunkt, aber früher oder später muss ich Dottie deshalb zur Rede stellen. Sie kann doch nicht einfach eine Vase klauen!

Wir versinken alle in Schweigen, und ich starre durch die Fenster auf die Wellen, die immer wieder seitwärts gegen unser Schiff krachen und es hin und her schlingern lassen. Zu meiner Überraschung macht es mir aber nicht das Geringste aus. Meine Gedanken wandern von Dotties Diebesgut zurück zum Telefonat mit Ceci.

»Das ist ja ein richtiges Abenteuer, Curly Carly!«, würde Dad jetzt wahrscheinlich sagen. Er hat solche Abenteuer geliebt. Werden sie ihn dieses Mal wirklich finden? Der St. Patrick's Day steht unmittelbar bevor, mein Schicksalstag. Ich wage nicht, daran zu denken, und weiß nur: Gerade fürchte ich diesen verdammten Tag mehr denn je.

Sam sitzt dicht neben mir, und es ist beruhigend, seine Wärme an meiner Seite zu spüren. Jetzt beugt er sich herüber.

»Ich glaube, wir haben es gleich geschafft.« Er deutet zum Fenster hinaus, und tatsächlich, auf der Steuerbordseite kommt ein rot-weiß gestreifter Leuchtturm in Sicht, der sein Licht bis zu uns aufs Meer hinausschickt.

»Wir sind bald da«, sagt Sam, jetzt so laut, dass es alle hören.

»Gott sei Dank« Dottie wirkt unglaublich erleichtert. Sie hat Freds Hand die ganze Zeit über nicht losgelassen. »Das hat ja eine Ewigkeit gedauert.«

»Genau genommen waren es nur knapp vierzig Minuten«, stellt Wanda mit gewohnter Präzision klar, aber niemand will ihr in diesem Moment zuhören.

Wir kommen Inishmore näher, und jetzt ist auch die felsige Küste der Insel erkennbar. Als das Schiff endlich im kleinen

Hafen anlegt, stürzt Aminata als Erste an Deck, beugt sich über die Reling und übergibt sich noch einmal.

»Jetzt geht es besser«, bringt sie hervor. Ihre Gesichtsfarbe ist wieder etwas normaler. »Was für ein Tag!«

»Das kannst du laut sagen«, brummt Sam. Wir beobachten, wie der Matrose die Gangway hinunterlässt. »Zum Glück ist das Hotel gleich hier am Hafen.«

Er lädt unsere Räder aus, und mit letzter Kraft schieben wir sie den kurzen Anstieg von der Mole bis zu dem kleinen Inselhotel hinauf, dessen Fassade fast in demselben Kleeblattgrün gestrichen ist wie der Transporter. Es leuchtet uns in der einsetzenden Dämmerung heimelig entgegen.

»Wer hätte gedacht, dass diese Reise ein solches Abenteuer wird?«, fragt Fred, als wir vor der Eingangstür stehen und endlich durchatmen können. Er ist der Einzige, der noch lächelt, trotz Riesenpflaster im Gesicht.

»Na, ich sicher nicht«, kommt es von Dottie, die ziemlich erschöpft, aber auch ein bisschen stolz wirkt. »Dann wäre ich nämlich gar nicht erst mitgekommen, ganz sicher nicht.«

»Wie gut, dass du es nicht wusstest.« Fred und Dottie lächeln sich an, und plötzlich liegt etwas in der Luft.

»Ich brauch dringend einen Drink«, murmelt Horan vor sich hin.

Da Aminata immer noch kreidebleich ist, erledigt Sam dieses Mal den Check-in für uns.

»Hat jemand Hunger?«, fragt er in die Runde, nachdem er jedem von uns einen Schlüssel, dieses Mal eine moderne Chipkarte, ausgehändigt hat. »Hier im Hotel gibt es nur Frühstück, aber ein paar Häuser weiter ist ein nettes Pub ...«

»Ähm, nein.« Aminata sieht aus, als würde sie sich gleich wieder übergeben.

»Danke, ich glaube, mein Magen ruht sich heute auch am besten aus«, sagt Fred höflich. Auch ich habe überhaupt keinen Appetit, und den anderen scheint es ähnlich zu gehen. Außerdem ist es spät, schon nach neun. Ich glaube, jeder von uns freut sich einfach nur auf eine heiße Dusche und ein gemütliches Bett.

»Gut.« Sam nickt. »Morgen ist unser radfreier Tag. Ihr könnt also in Ruhe ausschlafen. Um zehn würden wir dann gemeinsam eine Aran-Pullover-Fabrik besichtigen.« Er verzieht das Gesicht. »Ich bin euch aber absolut nicht böse, wenn ihr das auslassen wollt. Mum hat die Besichtigung schon seit jeher im Programm, aber ehrlich gesagt finde ich es eher langw...« Er unterbricht sich und scheint sich auf seine Reiseleiterpflichten zu besinnen. »Aber wenn jemand die Fabrik sehen will, Treffpunkt zehn Uhr. Ihr wart heute wirklich tapfer, alle Achtung.« Er räuspert sich. »Und ich wollte noch sagen, nun ja ... Es ist echt toll, mit euch unterwegs zu sein.«

»Hört, hört«, sagt Horan, und dieses Mal kann ich nicht die Spur eines ironischen Untertons erkennen.

Dottie kann sich ein lautstarkes Gähnen nicht länger verkneifen. »Ich geh dann mal auf mein Zimmer, ich bin hundemüde.«

»Gute Nacht allerseits!«, verabschiedet sich auch Fred, und wir setzen uns alle in Bewegung, außer Sam, der noch kurz mit der Hotelbesitzerin redet, die er zu kennen scheint.

Ich habe anscheinend die Zimmer im Dachgeschoss gepachtet, denn wieder muss ich bis ganz nach oben hinaufsteigen, dieses Mal gemeinsam mit Aminata.

Mir fehlt die Energie, mein Zimmer näher in Augenschein zu nehmen, ich registriere nur, dass es wie alle Hotelzimmer auf unserer Tour gemütlich eingerichtet ist. Noch nie habe ich mich so darauf gefreut, mich endlich in ein weiches, warmes Bett kuscheln zu können wie heute. Ich bin vollkommen erledigt.

Schnell streife ich die klammen Sachen ab und beschließe, doch noch eine heiße Dusche zu nehmen. Ich schlurfe zur Tür gegenüber des Bettes, hinter der ich das Badezimmer vermute, und öffne sie – doch statt in einem Bad stehe ich plötzlich vor Sam.

Die Situation erinnert mich sehr an seinen Nacktauftritt in Doolinvarna, nur, dass er dieses Mal seine Sachen anhat. Fast bedauere ich das. Dafür bin ich halb nackt, trage nur meinen BH und einen knappen Slip, wie mir gerade bewusst wird.

»Ist das eine Verbindungstür?«, frage ich überflüssigerweise. Sam starrt mich verblüfft an.

»Was zum Teufel …« Er mustert die Tür. »Ja, das muss wohl so sein.«

Mein Herz fängt plötzlich an zu klopfen, so stark, dass ich mir sicher bin, Sam muss es hören.

Er sieht total verlegen aus und bemüht sich, nur in mein Gesicht zu schauen. »Eine Verbindungstür also.« Er grinst. »Fast so gut wie ein gemeinsames Zimmer.«

»Fast.« Ich nicke, und wir stehen nur Zentimeter voneinander entfernt. Eigentlich müsste ich noch verlegener sein, schließlich bin ich halb nackt. Aber inzwischen ist da diese Vertrautheit zwischen uns, es fühlt sich fremd und nah zugleich an. Sam rückt unmerklich ein Stück näher. Er müsste nur seine Hand ausstrecken, um mich zu berühren.

»Carly …« Er klingt schon wieder heiser, und gerade finde ich das verdammt sexy. Meine Müdigkeit ist wie weggeblasen, ich bin hellwach.

»Sam, ich …«, bringe ich gerade noch heraus, und ich

meine, in seinem Blick etwas zu lesen, was ich schon sehr lange nicht mehr in den Augen eines Mannes gesucht habe. Ist es Zuneigung, Anziehung oder … Verlangen?

Ich könnte stundenlang in seine gletscherblauen Augen schauen, und plötzlich habe ich das dringende Bedürfnis, ihn zu berühren. Sam kommt noch ein Stück näher, sodass ich seine Gegenwart förmlich spüren kann. Er strahlt eine unglaubliche Wärme aus, fast schon eine Hitze. Plötzlich wird mir wieder bewusst, wie wenig ich anhabe. Und ich erschrecke fast, als ich merke, dass ich mir wünsche, Sam würde mir meine restlichen Sachen auch noch vom Leib reißen.

»Willst du … ich meine …« Es ist mehr ein Knurren, aber gerade würde ich zu allem Ja sagen, was er vorschlägt. Die Spannung zwischen uns wird fast unerträglich, uns trennen nur noch wenige Zentimeter, da klopft es plötzlich an Sams Zimmertür. Wie ertappt fahren wir auseinander.

»Ja bitte?«, presst Sam hervor. Er sieht aus, als würde er eine Menge Willenskraft dazu benötigen.

»Sam?« Aminata steckt den Kopf durch den Türspalt. »Ich wollte nur kurz fragen, ob du mir ein Ladegerät für mein Handy leihen kannst.« Ihr Blick wandert von mir zu Sam und wieder zurück. »Oh, aber ich will nicht stören …«

»Tust du nicht.« Sam räuspert sich. Er braucht einen Moment, um sich zu sammeln. »Carly und ich haben nur gerade festgestellt, dass unsere Zimmer eine Verbindungstür haben.«

»Ach wirklich?« Täuscht es mich, oder wirkt Aminata nicht im Geringsten überrascht? »Das sind diese niedlichen Hotels aus den Sechzigern. Die haben noch solche Extras.« Sie zwinkert uns zu. »Wahrscheinlich für untreue Eheleute, oder noch nicht verheiratete, die waren ja ziemlich spießig damals.«

»Ähm, ja, hier ist das Ladegerät.« Sam hat es inzwischen

aus seinem Rucksack geholt, während ich einfach wie erstarrt dastehe. »Aber bring es mir morgen früh zurück, okay?«

»Sicher, Boss.« Aminata nimmt das Ladegerät. »Und euch noch viel Spaß beim Erkunden eurer … Zimmer.« Sie grinst und schließt die Tür.

Diese wenigen Sekunden haben gereicht, um mich zurück in die Realität zu holen. Was mache ich hier eigentlich? Will ich wirklich meinem Reiseleiter an die Wäsche? Es ist, als ob ich aufgewacht wäre aus einem ziemlichen heißen, aber komplett unrealistischen Traum.

»Also dann …« Sam kratzt sich verlegen am Kopf. Ihm scheint es ähnlich zu gehen. Wie gestern auch ist der Zauber verflogen, der Bann gebrochen.

»Ja dann …« Ich zögere. »Gute Nacht.«

»Gute Nacht, Carly.« Sam sieht mich noch einmal an. »Soll ich die Verbindungstür zusperren?«

Ich schüttle den Kopf. »Ist schon in Ordnung so.« Damit drehe ich mich um und gehe zurück in mein Zimmer. Ich höre, wie Sam sachte die Tür hinter mir zuzieht und mit ihr eine Möglichkeit, von der ich nicht weiß, ob ich froh bin, dass ich sie verstreichen ließ, oder ob ich es bereuen werde.

Gut zwanzig Minuten später liege ich frisch geduscht im Bett, unter einer kuscheligen Daunendecke. Ich schließe die Augen und versuche, schnell einzuschlafen, vor allem, damit das Gedankenkarussell in meinem Kopf endlich aufhört, sich zu drehen. Zu den verwirrenden Gefühlen für Sam kommen jetzt, nach der Aufregung des Tages, wieder andere Gedanken hervor. Das Telefonat mit Ceci. Dad … werden sie ihn dieses Mal wirklich finden? Ist diese neue Spur die letzte?

Morgen ist der Tag aller Tage. Morgen ist St. Patrick's Day. Mein Schicksalstag. Etwas wird passieren, da bin ich mir ganz sicher. Ich vergrabe mein Gesicht in dem flauschigen Kopf-kissen. Ich werde einfach hierbleiben, in diesem Zimmer, in einem Kokon aus Gemütlichkeit und die Welt da draußen für diesen einen Tag komplett aussperren.

»Ein guter Plan, Carly«, murmle ich zu mir selbst, schon schläfrig.

Hier ist es warm, hier bin ich sicher.

Mag der 17. März kommen.

Kapitel 17

*U*nd dann ist er da. Der 17. März, St. Patrick's Day, für meine irischen Landsleute der beste Tag zum Feiern, so, wie ich es früher auch getan habe. Der Tag, vor dem ich mich am allermeisten fürchte.

Ich ziehe die Bettdecke bis zur Nasenspitze hoch und mache die Augen wieder zu. Genau so bleibe ich heute liegen. Ich werde später an der Rezeption anrufen und fragen, ob sie mir was zu essen raufbringen könnten und eventuell auch etwas zu trinken (ein Gläschen Rotwein wäre nicht schlecht), und damit bin ich zufrieden. Ich habe mir bereits gedanklich eine Filmliste angelegt, mit der ich locker drei Viertel des Tages fülle. Um meinen Hals ist demonstrativ ein Schal gewickelt, für den Fall, dass jemand nach mir sehen sollte. Ich schwanke noch zwischen starken Halsschmerzen und migräneartigem Kopfweh, als es bereits das erste Mal an meiner Tür klopft.

»Herein«, krächze ich. Die Tür öffnet sich langsam, und Dotties rosiges Gesicht lugt herein. »Guten Morgen, Carly. Ich wollte nur fragen, ob du nicht zum Frühstück kommst?«

»Nö, mir geht es gar nicht gut.« Ich fasse mir an den Hals.

»Ich glaube, ich hab mich gestern ordentlich erkältet, bei dem Regenwetter, Kopfschmerzen habe ich auch …«

»Oje, du Arme!« Dottie sieht mich so besorgt an, dass ich ein schlechtes Gewissen bekomme. »Kein Wunder, es war ja wirklich furchtbar gestern. Aber bist du dir sicher, dass du nichts essen willst? Zumindest einen kleinen Happen?«

»Ein belegtes Brot wäre super«, sage ich, denn mein Magen knurrt schon vor lauter Hunger. »Und vielleicht eine Tasse Tee?«

Dottie nickt. »Sicher, meine Liebe. Bin gleich wieder da.«

Fünf Minuten später klopft es wieder. Das wird Dottie mit meinem Frühstück sein. »Herein«, krächze ich.

Doch es ist nicht Dottie, sondern Sam, dessen Kopf in der Tür erscheint. Mein dummes Herz fängt bei seinem Anblick wieder an, schneller zu schlagen. Doch heute ist er absolut nicht in Flirtlaune, sondern sieht besorgt aus. »Dottie sagt, es geht dir nicht gut?«

Ich schüttle den Kopf. »Gar nicht gut.«

Sam betritt den Raum. Er hält einen Teller in der einen Hand und eine Tasse Tee in der anderen. »Was fehlt dir denn?«

»Ich habe, ähm, Kopfschmerzen.« Vorsichtig fasse ich mir an die Schläfen, obwohl ich zum Glück noch nie wirklich unter heftigen Kopfschmerzen gelitten habe. »Sie kommen in Wellen. Fast migräneartig.«

»Ach wirklich?« Sam mustert mich eingehend. »Wieso trägst du dann einen Schal?«

»Vorsichtshalber«, entgegne ich schnell. »Man kann ja nie wissen. Außerdem spüre ich da schon so ein Kratzen im Hals …«

»Du siehst gar nicht kränklich aus«, stellt Sam fest. »Nicht mal ein bisschen.«

»Ich bleibe heute einfach hier im Bett«, bleibe ich stur.

Sam schließt die Tür hinter sich und tritt zu mir heran. Sachte stellt er den Teller und die Tasse auf meinem Nachttisch ab. »Darf ich?« Er deutet auf die Bettkante. Ich nicke halbherzig. Eigentlich wäre es mir lieber, er würde wieder gehen. Er wird mich durchschauen, da bin ich mir fast sicher.

»Wieso willst du im Bett bleiben? Es ist ein herrlicher Tag. Inishmore ist eine tolle Insel, und wir wollen doch feiern. Es ist St. Patrick's Day!«

Bei seinem letzten Satz verkrampft sich mein ganzer Körper.

»Bis heute Abend bin ich ganz sicher nicht fit genug«, nehme ich ihm schnell den Wind aus den Segeln. »Hundertprozentig nicht.«

Sam mustert mich. »Okay«, sagt er schließlich, und nach einer Pause: »Willst du mir nicht sagen, was *wirklich* mit dir los ist, Carly? Du bist doch nicht krank, oder?«

»Was heißt schon krank …«, wiegele ich ab. »Auf jeden Fall fühle ich mich gar nicht gut.«

»Und warum fühlst du dich nicht gut?« Sam sieht mich aufmerksam an.

»Weil heute einfach kein guter Tag für mich ist«, bricht es aus mir heraus, ehe ich mich zurückhalten kann. »Und bevor etwas passiert, bleibe ich lieber im Bett.«

»Warum ist heute kein guter Tag, Carly?« Sam nagelt mich mit seinem Huskyblick fest, doch ich schüttle nur den Kopf. »Alles gut. Ich bleibe einfach hier.«

»Okay. Wenn du trotzdem reden willst, ich bin jederzeit da.« Er steht auf. »Außer von zehn bis zwölf. Da muss ich nämlich mit den anderen die Weberei besuchen. Aber ruf mich bitte an, wenn du was brauchst.« Er ist wieder im Reiseleitermodus, keine Spur von der Nähe, die gestern zu spüren war. Ich weiß nicht genau, wieso, aber es macht sich leise Enttäuschung darüber in mir breit.

»Danke.«

»Du meldest dich, ja?« Er sieht mich noch einmal an, und dieses Mal klingt er wieder verbindlicher.

»Mach ich.« Ich nicke, aber nur, damit er mich endlich in Ruhe lässt.

»Na dann, gute Besserung.« Er schließt behutsam die Tür hinter sich.

Es dauert keine Viertelstunde, da klopft es wieder.

»Ja«, rufe ich, einen Tick genervt. Will mich denn heute die ganze Reisegruppe besuchen?

»Ich bin es, Fred. Darf ich reinkommen?« Natürlich ist Fred so höflich, dass er nicht gleich die Tür öffnet.

»Klar«, rufe ich, weil ich unser ältestes Reisemitglied nicht vor den Kopf stoßen will, noch dazu schätze ich ihn wirklich. »Es ist offen!«

Langsam bewegt sich die Klinke hinunter, die Tür geht auf, und Fred betritt das Zimmer. »Dottie und Sam haben mir erzählt, dass du dich nicht wohlfühlst.« Sein Blick wandert forschend über mein Gesicht. »Und da wollte ich fragen, ob ich vielleicht etwas für dich tun kann.«

Ich schüttle bloß den Kopf. »Danke, alles gut.« Bei Fred schaffe ich es einfach nicht zu schwindeln. »Ich ruhe mich bloß aus.«

Er zögert. »Vielleicht täte es dir gut, wenn du ein bisschen rausgehst, eine Runde spazieren? Frische Luft pustet den Kopf frei, und hier liegen kannst du danach immer noch.«

»Ich kann das Bett heute nicht verlassen«, platzt es aus mir heraus.

Fred blickt mich erstaunt an. »Warum denn nicht?«

Ich atme tief aus. »Weil heute mein Unglückstag ist.«

»Was meinst du damit?«, fragt Fred ruhig.

»Heute ist St. Patrick's Day. Dieser Tag bringt seit Jahren nur Schlechtes für mich«, sage ich düster. »Und deshalb habe ich beschlossen, ihn dieses Mal im Bett zu verbringen. Ist am sichersten so.«

»Ich verstehe.« Fred sieht mich nachdenklich an. »Und ich möchte dich nicht drängen, aber es würde mich wirklich freuen, wenn du mich auf einen kleinen Spaziergang beglei-test.« Er deutet zum Fenster hinaus. »Das Wetter ist viel besser als gestern, und es wäre doch ein Jammer, wenn du gar nichts von der Insel siehst.«

Ich beginne zu schwanken. Einerseits will ich unbedingt an meinem Plan festhalten. Andererseits, was kann ein kurzer Rundgang schon schaden? Mir ist ehrlich gesagt jetzt schon langweilig hier drinnen, die Sonne scheint durch das Fenster herein, und ich fühle mich in Freds Gegenwart wohl.

»Gehst du denn gar nicht mit dem Rest der Gruppe die Weberei besichtigen?«

Fred winkt ab. »Eine Weberei kann ich mir anderswo auch anschauen. Aber die Landschaft hier ist einzigartig. In einer halben Stunde unten? Die anderen sind dann schon weg.«

»Also gut.« Ich nicke. »In einer halben Stunde unten.«

Als ich dreißig Minuten später die Treppe herunterkomme, wartet Fred schon in der kleinen Eingangshalle auf mich.

»Wollen wir?« Er hält mir die Tür auf, und wir treten nach draußen. Der Wind hat sich gelegt, und es ist kaum zu glau-ben, wie rau das Wetter gestern war, wenn man den blauen Himmel mit den dünnen Schleierwolken, die den Sonnenschein nur leicht abdämpfen, sieht. Heute erst kann man erkennen, wie schön es hier ist.

Wir gehen los, zuerst an den wenigen Häusern des Inselhauptorts Kilronan vorbei, ein paar Meter die geteerte Landstraße entlang, aber dann biegen wir auf einen Pfad ein, der über die Felder führt. Sie sind durch niedere Steinmauern voneinander getrennt, die kunstvoll per Hand errichtet wurden. Dazwischen verlaufen schmale Wege wie der unsere, und am Horizont blitzt das Meer hervor, das sich heute äußerst zahm präsentiert, kein Vergleich zu den tosenden Wellen von gestern.

Nach etwa einer Viertelstunde, in der wir nur ein paar Worte gewechselt haben, bleibt Fred stehen. Wir befinden uns jetzt auf einer kleinen Anhöhe und können von hier aus die gesamte Insel überblicken. Sie ist karg, mit steinernen Adern, die die baumlosen Weiden wie Adern durchziehen, und auch hier gibt es da und dort granitfarbene Felder, wie im Burren. Ich bin ergriffen von der rauen Schönheit, die mich umgibt, und atme tief ein. Die Luft riecht großartig, nach Salz, Heidekraut und Seetang.

»Das tut gut, oder?« Fred lächelt. »Komm, wir wollen hier rechts abbiegen, da gibt es laut Landkarte einen schönen Pfad entlang der Küste.«

Wir setzen uns wieder in Bewegung und laufen eine Weile schweigend nebeneinanderher.

»Ich will nicht aufdringlich sein, Carly, aber möchtest du mir vielleicht sagen, wieso du diesen wunderbaren Tag im Bett verbringen wolltest?«, fragt er ruhig und sieht mich von der Seite an.

»Ich weiß nicht so recht ...« Ich zögere. Einerseits würde ich mich gerne jemandem anvertrauen, und mein Geheimnis wäre bei Fred sicher in guten Händen. Andererseits will ich nicht gerade jetzt darüber sprechen, nicht heute, an meinem Schicksalstag.

Schließlich überwinde ich mich doch. »Es ist … es ist wegen meines Dads.« Ich atme tief durch. »Er wird seit dem St. Patrick's Day vor fünf Jahren im brasilianischen Regenwald vermisst.«

»O du meine Güte.« Fred wirkt erschüttert. »Carly, wie furchtbar.«

Ich erwidere nichts darauf.

»Darf ich fragen … wie stehen die Chancen, dass er noch lebt?« Fred ist es sichtlich unangenehm, diese Frage zu stellen.

»Nicht gut.« Ich schlucke. »Eigentlich gehen alle davon aus, dass er tot ist.«

»Und du?« Fred sieht mich mitfühlend an. »Glaubst du daran, dass er zurückkommt?«

»Ich weiß es nicht.« Ich brauche einen Moment, bevor ich Fred mitteile, was in meinem Kopf vor sich geht. »Manchmal denke ich, dass alles ein riesiges Missverständnis sein könnte. Dass er bloß einen Unfall hatte, bei dem er sein Gedächtnis verloren hat und inzwischen bei einem der indigenen Völker tief im Amazonas-Dschungel lebt.«

Fred nickt nachdenklich. »Das wäre möglich.«

»Aber natürlich ist es unrealistisch, und das ist mir im Grunde auch klar.« Ich seufze. »Meine Schwester und meine Mutter, eigentlich alle anderen, haben die Hoffnung längst aufgegeben. Ich glaube, ich will es einfach nicht wahrhaben, dass er nicht mehr zurückkommt. Dass es endgültig ist.« Meine Stimme wird brüchig, ohne dass ich es will. »Und gleichzeitig würde es mir so sehr helfen, endlich Gewissheit zu haben.«

Fred nickt. »In Ungewissheit zu leben, gehört mit zum

Schwierigsten überhaupt.« Zum ersten Mal bemerke ich eine Spur Bitterkeit in seinem Gesicht. »Damit kenne ich mich aus, das kannst du mir glauben. Weißt du eigentlich, warum ich diese Reise mache?«

»Allie hat gesagt, dass sie und Jake sich bei dir bedanken wollten, weil du ihnen so toll mit dem Bed and Breakfast geholfen hast«, wähle ich die diplomatische Antwort. »Und damit du deine neue Heimat besser kennenlernst.«

»Ja, das stimmt.« Fred nickt. »Aber ich glaube, es gibt noch einen anderen Grund.« Er zögert. »Ich habe dir doch am Anfang unserer Tour erzählt, dass ich sehr, sehr lange auf die Liebe meines Lebens gewartet habe.«

Ich nicke. Fred hat es in dem kleinen Café erwähnt, in dem wir den ersten Stopp eingelegt haben. Es ist erst ein paar Tage her, aber es kommt mir vor wie eine kleine Ewigkeit.

»Ich habe mit Mitte zwanzig eine bezaubernde junge Amerikanerin kennengelernt und über vierzig Jahre lang auf sie gewartet.« Fred lächelt wehmütig. »Nur um am Ende festzustellen, dass sie nicht mehr kommen wird.«

»Oh, Fred!« Ich sehe ihn bestürzt an. »Vierzig Jahre lang? Das ist länger als mein ganzes bisheriges Leben!«

»Es ist eine sehr lange Zeit, in der Tat.« Er blickt mich ernst an. »Und damit will ich sagen, Carly, dass ich zu sehr in der Vergangenheit gelebt habe. Ich habe mein Leben in gewisser Weise nicht weitergelebt, und das seitdem ich gerade mal Mitte zwanzig war. Und ich fände es sehr schade, wenn es dir genauso ginge.«

»Ich lebe nicht in der Vergangenheit«, ich halte inne. »Es ist vielmehr … ich habe das Gefühl, in einer endlosen Warteschleife festzustecken.«

»Das ist im Endeffekt dasselbe.« Fred ist ungewohnt direkt.

»Es ist klar, dass du deinen geliebten Vater über alles vermisst und dir wünschst, er würde zurückkommen. Aber du darfst dir die Erlaubnis geben, in der Zwischenzeit zu leben, Carly.« Er sieht mich eindringlich an. »Du *musst* dir diese Erlaubnis geben. Füll deine Tage mit den Dingen, die dir guttun, die dich glücklich machen. Ansonsten wirst du irgendwann feststellen, sehr viel von diesem kostbaren Leben, das uns gegeben wurde, verpasst zu haben.« Fred wirkt plötzlich traurig. »So wie ich. Ich bin ein alter Narr. Bitte mach nicht denselben Fehler.«

Freds Worte berühren mich tief, denn ich merke, wie recht er hat. Ich bin dabei, mein Leben zu verpassen. Es fühlt sich an, als hätte jemand auf die Stopptaste gedrückt und dass ich erst wieder weiterleben darf, sobald ich weiß, was mit Dad passiert ist. Falls wir es jemals wissen werden. Wie sehr das Warten in den letzten Jahren an mir gezehrt hat, das wird mir erst jetzt richtig bewusst. Aber man kann das Leben nicht pausieren, nicht aufschieben. Jeder Moment ist unwiederbringlich kostbar, und ich muss endlich wieder auf die Playtaste drücken. Um am Ende nicht das Schönste zu verpassen.

Mir wird klar, dass Fred und ich tatsächlich im selben Boot sitzen. Aber wenn ich mit meinem Leben weitermachen kann, dann sollte er das ebenfalls tun. Vielleicht hat er nicht mehr endlos lange dafür Zeit, aber wer hat das schon?

»Ich finde, man kann Dinge auch nachholen«, sage ich deshalb. Und fahre dann mit zunehmender Bestimmtheit fort: »Und ich glaube, es gibt in unserer Gruppe jemanden, der ebenfalls einiges nachzuholen hat. Die gerade erst auf den Geschmack gekommen ist, was das Leben betrifft.«

»Du meinst Dottie, nicht wahr?« Fred wirft mir einen verlegenen Blick zu.

Ich nicke. »Wäre Dottie ... ich meine, würde sie dir denn nicht gefallen?«

Er seufzt. »Sie ist eine wunderbare Frau, aber erstens ist sie noch in Trauer, und zweitens wird sie nicht ihre Zeit mit einem alten Knacker wie mir verbringen wollen.«

Ich schaue ihn vielsagend an. »Dafür verbringt sie aber schon jetzt ganz schön viel Zeit mit dir.«

Fred kratzt sich verlegen am Kopf. »Aber ich bin doch auch viel zu alt für sie.«

Ich schüttle den Kopf. »Ich glaube, der Altersunterschied würde ihr nichts ausmachen.«

»Aber was hätte ich ihr schon zu bieten?« Er seufzt. »Ein WG-Zimmer bei Pat? Eine Rentnerpension?«

»Ich denke nicht, dass solche Dinge für Dottie wichtig sind«, sage ich bestimmt. »Du hast als Mensch unglaublich viel zu bieten, und das reicht doch vollkommen aus. Außerdem gibt es bei vielen Paare einen Altersunterschied.«

»Wie soll ich denn herausfinden, ob sie mich auch mag?« Fred sieht immer noch zweifelnd aus. »Auf diese Weise?«

»Hm, da wirst du dich einfach trauen und konkret werden müssen.« Ich lächle ihm aufmunternd zu.

»Meinst du wirklich?« Fred wirkt plötzlich ganz verunsichert. »Meinst du, es gäbe eine Chance, dass sie mich mögen könnte?«

Ich lache. »Ich habe noch nie so viele Konjunktive in einem einzelnen Satz gehört, Fred. Natürlich mag Dottie dich und sogar sehr gerne. Man muss sich euch zwei doch bloß ansehen.«

Fred fasst sich an den Kopf. »Na, ich bin einfach ziemlich aus der Übung, vermute ich. Vielleicht konnte ich das auch nie, bei all der Warterei auf Doris.«

»Keine Sorge, sei einfach du selbst.« Ich lächle ihm zu.

»Tja, wenn du wirklich meinst ...« Fred drückt die Schultern durch. »Ich glaube, dann bleibt mir nichts anderes übrig, als einen Versuch zu wagen.« Er lächelt ebenfalls. »Vielen Dank, Carly. Es ist ein großes Geschenk, mit euch jungen Menschen unterwegs sein zu dürfen. Man kann eine ganze Menge von euch lernen.«

»Von dir lernt man noch viel mehr, Fred«, erwidere ich aufrichtig.

Eine Weile stehen wir nur in einträchtigem Schweigen da, jeder in seine Gedanken versunken. Dann fasst sich Fred an die Hüfte und verzieht das Gesicht. »Irgendwie bekommt mir das stundenlange Radfahren deutlich besser als diese kurze Wanderung über Stock und Stein. Wollen wir wieder zurück zum Hotel gehen?«

»Wenn es dir nichts ausmacht, laufe ich noch ein Stück«, sage ich rasch. »Du hattest recht, es ist einfach wunderschön hier.«

Fred nickt. »Aber sicher, mach das. Willst du die Landkarte haben? Nicht weit von hier müsste das *Wormhole* liegen, das ist ziemlich bekannt, soweit ich weiß. Eine Art natürliches Felsschwimmbecken, dass durch das hereinströmende Meerwasser immer wieder gefüllt wird. Zum Schwimmen ist es allerdings weniger geeignet«, witzelt er. »Also sieh es dir besser nur von oben an.«

»Ich werd dran denken«, sage ich und muss grinsen. Auch ohne Freds Warnung würde ich nie im Leben auf die Idee kommen, in ein wildes Felsbecken zu springen, neu gewonnene Spontanität hin oder her.

»Und, Carly.« Fred dreht sich noch einmal um. »Wirst du heute kommen?« Er sieht mich fragend an. »Zu der Feier im Pub?«

Ich überlege, und dann nicke ich langsam. »Ja, glaub schon.«

Auf Freds Gesicht macht sich ein Lächeln breit. »Wie schön, das zu hören, Carly. Wie schön.« Damit geht er davon, Fred Walsh aus Doolinvarna, der mir so sehr geholfen hat – und dem vielleicht auch ich ein kleines bisschen helfen konnte.

Ich dagegen marschiere weiter. Ich bleibe auf dem Pfad, der querfeldein führt und zunehmend verwachsen ist. Große Felsbrocken türmen sich links und rechts des Wegs, bis er schließlich unerwartet endet. Aber ich kann sehen, dass die Küste nicht mehr weit entfernt ist. Also klettere ich über die Steine und mir wird bewusst, wie sehr das Gestein unsere gesamte Reise prägt. Die markanten Felsen im Burren. Der Stein, über den Fred mit dem Rad gestürzt ist. Die vielen kleinen und großen Steine, die wir alle uns selbst in den Weg legen.

Und dann stehe ich plötzlich am Rand einer bestimmt fünfzig Meter hohen Klippe, die steil ins tosende Meer abfällt. Ich finde eine Stelle mit Gras, setze mich hin und lasse den Blick schweifen.

Der markante rot-weiß gestreifte Leuchtturm, dessen Licht uns gestern den Weg nach Inishmore gewiesen hat, thront etwa einen halben Kilometer entfernt auf einem markanten Felsvorsprung. Der Atlantik trägt heute dieselbe Farbe wie der Himmel: Azurblau. Eine niedliche Familie von Papageientauchern mit ihren rot-orangefarbenen Schnäbeln brütet in einem Nest knapp unterhalb der Felskante, nur wenige Meter von mir entfernt. Sie scheinen keine Angst vor mir zu haben, aber trotzdem versuche ich, mich nicht zu bewegen. Sie sind unglaublich süß, vor allem die Vogelküken, die immer wieder nach den kleinen Fischen schnappen, die ihre Eltern ihnen zustecken.

Das alles wird mir fehlen, wenn ich zurück nach Dublin fahre. Mir ist die Wildnis hier im Westen in den letzten Tagen unweigerlich ans Herz gewachsen, auch wenn sie uns während der Reise so manches Mal an unsere Grenzen gebracht hat.

Ich schließe die Augen und inhaliere die salzige, schwere Luft. Während dieser Reise habe ich so vieles, das lange tief in mir verschüttet war, wiederentdeckt. Meine Abenteuerlust, meine Neugierde, die Fähigkeit, mich für etwas zu begeistern. Dass ich nicht alles vorausplanen muss, um mich wohlzufühlen. Dass ich auch mal die Kontrolle abgeben kann. Seit Jahren habe ich mich nicht mehr so lebendig gefühlt. Ja, ich bin fast wieder die alte Carly, die ich so sehr vermisst habe. Ich lausche und höre das aufgeregte Kreischen einiger Dohlen über mir. Das unablässige Rauschen der Brandung unter mir. Doch plötzlich mischt sich noch ein anderer Laut in die maritime Geräuschkulisse. Es klingt wie …

»Hilfeee!«

Ich öffne die Augen und horche angestrengt in die Richtung, aus der der Ruf zu kommen scheint. »Hilfeeee!«

Doch, eindeutig: Da ruft jemand um Hilfe! Ich springe auf, scheuche damit auch die niedliche Papageientaucherfamilie auseinander und laufe in die Richtung, aus der der Ruf zu kommen scheint. Ich umrunde einen riesigen Felsen, und dann sehe ich es: Unter mir liegt ein aus einer natürlichen Felsformation entstandenes Schwimmbecken und darin Wanda, die um Hilfe ruft. Das muss das *Wormhole* sein, von dem Fred erzählt hat.

»Wanda!«, rufe ich so laut ich kann und winke. »Was machst du da?«

Wanda dreht den Kopf in meine Richtung. »Ich komme nicht mehr hoch!«, ruft sie zurück. »Die Felswände sind zu rutschig, ich kann mich nicht festhalten! Und der Wellengang wird immer stärker!« Tatsächlich ist nur ihr Kopf zu sehen, der wie ein Korken auf den Wellen hin und her tanzt.

»Ich komme!« So gut es geht, versuche ich, über die Felsen zu klettern, was gar nicht so einfach ist, denn sie sind von der Gischt nass und ziemlich rutschig. Wanda wirkt gefasst, ist aber leichenblass.

Ich überlege gerade, wie ich die letzten Meter überwinden soll, als ich kurz aufblicke und plötzlich bemerke, dass aus der entgegengesetzten Richtung jemand auf uns zugestürmt kommt.

»Was zum Teufel …«, ruft Sam, als er Wanda im Fels-schwimmbecken sieht. Er erkennt die brenzlige Situation sofort. Geschickt klettert er über die Felsbrocken hinunter zu dem Becken, in dem Wanda zappelt. »Wie lange bist du schon da drinnen?«, ruft er ihr zu.

»Keine Ahnung!«, ruft Wanda zurück. »Hab leider keine Uhr dabei! Aber es wird langsam ungemütlich!« Ihre Lippen sind tiefblau und ihre Augen blutunterlaufen, trotz des Neoprens, den sie trägt.

»Carly! Schnell!«, ruft Sam mir zu, während er versucht, so nahe wie möglich an die scharfe Kante des Felsschwimm-beckens zu kommen. So rasch ich kann, steige ich über die Felsen, bis ich die Stelle erreiche, an der Sam sich gerade hinkniet.

»Ich versuche, sie rauszuziehen«, sagt er. »Kannst du mich sichern? Am besten hältst du mich an den Unterschenkeln fest.«

»Wanda, kannst du hierherschwimmen?« Er sieht zu Wanda.

»Ich versuch's …« Sie macht einige angestrengte Schwimm-züge, um näher zu uns zu gelangen, wird aber immer wieder von dem Sog, den die sich zurückziehenden Wellen erzeugen, zurückgezogen. Das lange Kämpfen im eisigen Wasser hat seinen Tribut gefordert, das ist deutlich zu erkennen. Sam lässt sie nicht aus den Augen. »Wir bräuchten irgendwas, an dem sie sich festhalten kann«, murmelt er. »Ein Seil oder so was.«

Ich überlege. »Mein Gürtel!«

»Das könnte gehen.« Sam nickt. »Schnell, Carly.«

So rasch ich kann, fädele ich den Gürtel aus den Schlaufen meiner Jeans aus. Dann werfe ich ihn Sam zu, der bereits den Arm ausstreckt. »Wanda, schau, dass du den Gürtel zu fassen kriegst!« Er hat sich flach auf den Boden gelegt und ist so weit nach vorne gerobbt, dass sein Oberkörper über die Felskante ragt. Er lässt den Gürtel so nah wie möglich zum Wasser hinunter.

Wanda sieht nach oben, nimmt noch einmal all ihre Kraft zusammen und macht ein paar energische Schwimmzüge in unsere Richtung.

»Sehr gut! Noch ein paar Züge!«, ruft Sam hinunter. »Du schaffst das!«

Wanda schwimmt ein weiteres Stück in unsere Richtung mit vor Anstrengung verzerrtem Gesicht. Jetzt befindet sie sich direkt unter uns. Sie streckt die Arme aus, um das Gürtelende zu erreichen, das über ihr baumelt, doch es fehlen noch ein paar Zentimeter.

»Ich komm nicht weiter hoch!«, ruft sie. Das erste Mal höre ich Panik in ihrer Stimme.

Sam blickt kurz über die Schulter zu mir. »Carly, hast du mich? Ich muss noch ein Stück weiter vor.« Ich nicke und packe instinktiv zu, so fest ich kann. Sam lehnt sich ein weiteres Stück über den Felsvorsprung hinaus, während ich mit aller Kraft seine Beine festhalte. Ich spüre, wie sich seine Muskeln noch stärker anspannen. Ein kleiner Ruck noch.

»Jetzt!« Wanda streckt mit letzter Kraft noch einmal die Arme aus dem Wasser und bekommt den Gürtel zu fassen. »Sehr gut!« Sam hievt sie mit aller Kraft hoch, bis er mit einer Hand Wandas Arm erreicht. »Ich hab dich!«, presst er hervor. Es muss ungeheuer anstrengend sein. »Carly, kannst du mich ein Stück zurückziehen?«

»Ich versuch's!« Sam ist richtig schwer, und mit Wanda an seinen Armen noch schwerer. Zentimeter für Zentimeter ziehe ich Sam zurück, bis er genug Halt hat, um mitzuhelfen, und endlich haben wir es geschafft. Schwer keuchend liegen wir alle auf dem feuchten Steinboden. Wir brauchen eine gefühlte Ewigkeit, bis wir wieder imstande sind, zu sprechen.

»Das war knapp, oder?«, bringe ich schließlich hervor. Ich setze mich auf und betrachte meine Finger. Sie krampfen richtig von der Anstrengung.

»Allerdings.« Wanda hat sich ebenfalls aufgesetzt und blickt in das teuflische Schwimmbecken, das womöglich ihre Grabstätte hätte werden können. »Aber zum Glück kann ich ja sehr lange sehr laut rufen.« Das sollte wohl scherzhaft gemeint sein, aber Sam ist überhaupt nicht zum Spaßen aufgelegt.

»Das ist überhaupt nicht komisch!«, braust er auf. »Was hast du dir überhaupt dabei gedacht, in dieses verdammte Loch zu springen?«

»Ich wollte ein paar Längen schwimmen«, verteidigt sich Wanda. »Hab gehört, dass dieses Felsenschwimmbecken einmalig in Europa ist. Und als ich reingegangen bin, war die See ja auch noch total ruhig.«

»Ich kapier einfach nicht, wieso du andauernd so etwas Hirnrissiges machst.« Sam starrt sie nur an, als hätte sie den Verstand verloren. »Zuerst der Burren, dann die Klippe und jetzt das!«

Wanda schürzt die Lippen. »Alles halb so wild. Ich hatte ja meinen Neoprenanzug an.«

»Wenn du den nicht gehabt hättest, wärst du schon längst erfroren!«, bellt Sam.

»Aber ich *hatte* ihn ja an.« Wanda zuckt mit den Schultern. »Also alles gut.«

»Gar nichts ist gut!«, ereifert sich Sam. »Du wärst bei der Aktion fast draufgegangen!«

»Das ist ein bisschen melodramatisch, findest du nicht?«, befindet Wanda, während sie die Arme verschränkt, aber ich merke, dass ihr das Erlebnis eben sehr wohl an die Substanz gegangen ist. »Und irgendwann hättet ihr mich sowieso vermisst.« Ich sehe, dass es sie vor lauter Kälte schüttelt, aber sie versucht, sich nichts anmerken zu lassen. »War nur eine Frage der Zeit.«

»Und mehr fällt dir dazu nicht ein.« Sam knackt mit dem Kiefer.

»Nicht unbedingt.« Wanda sieht ihn ungerührt an. »Wenn ihr mich jetzt entschuldigt, ich brauche eine heiße Dusche.« Mit diesen Worten nimmt sie den Rucksack, den sie auf einen Felsen gelegt hat, wirft ihn sich trotzig über die Schulter und stapft leicht schwankend davon.

»Ich mach das nicht mehr länger mit!« Sam springt auf. »DIESE REISE IST FÜR DICH HIERMIT BEENDET!«, ruft er ihr wutentbrannt hinterher.

Wanda stapft trotzig weiter.

»Und ein DANKE dafür, dass wir dir den Hintern gerettet haben, hab ich auch nicht gehört!«, brüllt er ihr nach, doch sie dreht sich nicht einmal um.

»Mann!« Er tritt gegen einen Stein, der mit einem *Platsch* im *Wormhole* versinkt. »Ich versteh diese Frau einfach nicht!«

»Ich denke, sie steht noch unter Schock«, versuche ich, Sam zu besänftigen.

»Ach, Carly, das glaubst du doch selbst nicht!« Er ballt die Fäuste und schickt Wanda finstere Blicke hinterher. Seine Augen blitzen vor Wut, und mehr denn je erinnert er mich an einen Wikinger. »Ganz ehrlich! Was für ein Problem hat sie?«

»Ich weiß es nicht.« Ich blicke Wanda ebenfalls nach, aber mir tut sie leid. In ihrer Starrsinnigkeit, ihrem extremen Drang nach Action. Ihrer offensichtlichen Einsamkeit.

Sam hat sich inzwischen umgedreht und starrt finster in das *Wormhole*. Seine Kiefermuskeln arbeiten heftig, als wollte er etwas zwischen seinen Zähnen zermalmen. Oder jemanden.

»Sollen wir auch zurückgehen?«, schlage ich zaghaft vor.

Er blickt mich über die Schulter an, als ob er vollkommen woanders wäre. »Ich bleibe noch ein bisschen.« Er ballt seine Hände zu Fäusten. »In meinem jetzigen Zustand wäre es nicht gut, wenn mir Wanda über den Weg läuft.«

»Okay, dann laufe ich vor.« Ich wende mich zum Gehen.

»Carly, warte einen Moment«, hält er mich zurück. Er blickt mir in die Augen, jetzt ein klein wenig ruhiger. »Ohne dich hätte ich es nie geschafft, sie rauszuziehen. Du hast gerade jemandem das Leben gerettet.«

»*Wir* haben jemandem das Leben gerettet«, stelle ich klar.

Ein flüchtiges Lächeln huscht über sein Gesicht, bevor er sich wieder dem dunklen Wasser unter ihm zuwendet. Ich verstehe das Signal und mache mich auf den Weg zurück zum Hotel.

Den ganzen Weg über bin ich tief in Gedanken versunken. Ich denke über Wanda nach, über das Felsschwimmbecken. Die dramatische Rettungsaktion. Und darüber, wie anders dieser 17. März bis jetzt verlaufen ist, als ich es mir vorgestellt habe. Wenigstens hat sich Ceci bis jetzt nicht gemeldet, und ich hoffe, dass sie es weiterhin nicht tut.

Kapitel 18

Als ich zurück in unser Hotel komme, frage ich an der Rezeption nach Wandas Zimmernummer. Ihr Zimmer liegt im ersten Stock, gleich am Anfang des Flures. Ich klopfe an ihre Tür, zuerst zaghaft, und als alles still bleibt, etwas nachdrücklicher. Immer noch keine Reaktion. »Wanda?«, rufe ich.

»Was ist?« Sie klingt ungehalten.

»Ich wollte nur mal fragen, wie es dir geht!«, antworte ich.

»Alles okay.«

Doch so schnell lasse ich nicht locker. »Darf ich kurz reinkommen?«

Wieder bleibt es still auf der anderen Seite der Tür.

»Nur ganz kurz?«

»Von mir aus«, kommt es gedehnt zurück.

Ich öffne die Tür und sehe, wie Wanda auf ihrem Bett sitzt, in einem hellgrauen Lounge-Outfit, die Haare noch leicht feucht. Im gesamten Zimmer ist die Luft voller Dampf. Sie muss sehr lange sehr heiß geduscht haben.

»Ich wollte nur nachsehen, ob du okay bist.« Ich zögere. »Das war schließlich nicht ohne, so lange in dem eiskalten Wasser ...«

»Ich hatte ja einen Neoprenanzug an«, relativiert Wanda.

»Trotzdem. Das hätte schlimm ausgehen können«, sage ich mit Nachdruck. »Du hattest echt Glück, dass wir dich gehört haben.«

»Schon klar.« Wanda sieht jetzt ungehalten aus. »Was erwartest du? Soll ich dir zum Dank dafür, dass du mich gerettet hast, die Füße küssen, oder was?«

»Überhaupt nicht, nein.« Ich schlucke. »Ich wollte fragen, wieso du das alles machst.«

»Wieso ich was mache?« Wanda reckt angriffslustig das Kinn vor, wie sie es so oft tut.

»Wieso du dich andauernd willentlich in Gefahr bringst.«

»Ich liebe halt das Abenteuer.« Sie verschränkt die Arme vor der Brust.

»Ist das wirklich alles?«

Wandas Stimme ist belegt. »Wieso fragst du das?«

»Ich weiß nicht …« Ich zögere. »Ich habe das Gefühl, es könnte noch etwas anderes dahinterstecken.«

»Und wenn es so wäre?«, kontert Wanda. Sie sieht plötzlich nicht mehr ungehalten aus, sondern angespannt.

»Dann würde es vielleicht ganz guttun, mit jemandem darüber zu reden.« Ich blicke ihr fest in die Augen.

Wanda beißt sich auf die Lippen. Sie bricht unseren Blickkontakt ab. Eine Zeit lang wirkt sie abwesend, starrt ins Leere. Dann sieht sie mich wieder an. »Lust auf eine kleine Wanderung?«

Ich schaue sie verwundert an. »Wie bitte?«

»Ich frage dich, ob du mitkommst auf eine kleine Wanderung«, wiederholt sie etwas ungeduldiger. »Wenn du mich verstehen willst, dann komm mit. Wir treffen uns in fünf Minuten vor dem Eingang.«

Es ist wirklich nicht gerade freundlich formuliert, aber ich denke, dahinter steckt so etwas wie eine Bitte.

Also verlasse ich das Zimmer, schnappe mir meine Jacke und warte vor dem Eingang auf Wanda, die exakt fünf Minuten später mit getrockneten Haaren und in Jeans vor mir steht. Ohne ein Wort zu sagen, setzt sie sich Richtung Südosten in Bewegung. Ich folge ihr. Dafür, dass ich heute den ganzen Tag im Bett bleiben wollte, bin ich ziemlich viel auf Achse. Der Gedanke lässt mich schmunzeln, auch wenn ich lieber im Hotel geblieben wäre, als noch einmal loszuziehen. Aber wenn ich Wanda betrachte, die mir zielstrebig und wortlos vorausstapft, dann werde ich immer neugieriger, wo unser Ziel liegt.

Es sind etwa zwanzig Minuten, die wir auf einem der schmalen Pfade, die auch Fred und ich vorher genommen haben, querfeldein wandern. Dann kommt etwas in Sicht. Von Weitem erkenne ich die Überreste einer historischen Anlage. Es muss eine Festung oder etwas Ähnliches gewesen sein.

Nach ein paar weiteren Minuten erreichen wir die verfallenen Mauern.

»Was ist das?«, frage ich Wanda.

»*Dún Dúchathair*«, antwortet sie. »Das schwarze Fort. Eine ehemalige Festungsanlage, die zwischen eintausendfünfhundert und zweitausend Jahre alt ist.«

»Das schwarze Fort«, wiederhole ich ehrfürchtig.

Ich lasse meinen Blick schweifen, um die vollen Ausmaße der Ruine zu erfassen. Man kann sich gut vorstellen, wie riesig diese Trutzburg gewesen sein muss, auch wenn jetzt nur mehr Überreste der Grundmauern existieren.

»Ist das unser Ziel?«, frage ich. »Das schwarze Fort?«

Wanda schüttelt den Kopf. »Nicht ganz.« Einen Moment

stehen wir schweigend nebeneinander. »Das erste Heim, an das ich mich erinnern kann, hatte ungefähr dieselbe Atmosphäre.« Wanda starrt auf die düsteren Mauern. »Ich kann mich nicht sehr genau daran erinnern, weil ich noch ziemlich klein war, aber ich weiß noch, dass ich oft Angst hatte.« Sie hat einen starren Blick. »Immer, wenn das Eingangsportal am Abend geschlossen wurde, hat es geklungen, als würde die Tür zu einem Kerker zugehen.«

»Du warst in einem Kinderheim?«, sage ich bestürzt.

»Nicht nur in einem.« Wanda schüttelt den Kopf. »In mehreren. Ich habe meine gesamte Kindheit in Heimen verbracht. Und in Pflegefamilien.«

»Was war mit deinen Eltern?« Ihre Miene ist unbewegt, aber ich sehe, dass sie mit sich kämpft.

»Weil mich meine Mutter gleich nach meiner Geburt weggegeben hat.« Sie schnaubt. »Oder besser gesagt: Weil sie mich weggeben musste. Im erzkatholischen Irland ging man zu der Zeit nicht gerade nett mit ledigen Müttern um.«

Ich sehe sie erschrocken an. Natürlich habe ich schon von solchen Geschichten gehört, aber bislang kannte ich noch niemand Betroffenen persönlich. Es muss der blanke Horror gewesen sein, wie man mit ledigen Müttern, oft noch minderjährigen Mädchen, und deren Kindern umgegangen ist, und die Opfer sind bis heute noch längst nicht alle als solche anerkannt und entschädigt worden.

»Und dein Vater?«

Wanda schnaubt. »Der hat sich sicher sofort aus dem Staub gemacht, nachdem er erfahren hat, dass sie mit mir schwanger war. Oder seine Vaterschaft einfach abgestritten. Wie es halt damals so war.«

Ich schweige betroffen. Meine Familie ist bei Weitem nicht

perfekt, aber so ganz ohne Eltern aufzuwachsen, ohne ein liebevolles Zuhause, das muss unglaublich schwer sein.

»Ich habe früh gelernt, mich alleine durchzuboxen.« Ihr Gesichtsausdruck ist hart. »Wenn du in solchen Pflegefamilien aufwächst, musst du das tun, sonst gehst du unter.« Sie schluckt. »Keinem Menschen würde ich eine solche Kindheit wünschen. Aber es hat mich stark gemacht. Ich wusste immer schon, dass ich es auch alleine schaffe. Dass ich durchkomme. Und es ist mir gelungen.« Sie reckt das Kinn. »Schule abgeschlossen mit Bestnoten, Studium in Rekordzeit und mit Summa cum laude absolviert. Danach habe ich sofort einen Job in einer der renommiertesten Anwaltskanzleien in Dublin bekommen. Ich hab in Singapur gearbeitet, in London, New York und Sydney, war die jüngste Partnerin meiner Kanzlei. Alles, war ich mir vornehme, gelingt mir auch.« Sie hält einen langen Moment inne, bevor sie weiterspricht. »Aber ich bin trotzdem ruhelos. Egal, was ich auch erreiche, ich habe das Gefühl, es fehlt etwas. Ich glaube, deshalb muss ich auch ständig in Bewegung sein. Wenn ich mich bewusst einer Gefahr aussetze, dann fühle ich mich lebendig. Dann fühle ich mich für einen kurzen Moment unsterblich.«

Ich sehe Wanda plötzlich mit neuen Augen. Daher kommt also ihre ständige Risikobereitschaft, ihre stetige Suche nach dem Kick. Ihre Rastlosigkeit, ihre Getriebenheit. Das alles hat seinen Grund, so, wie ich es vermutet habe.

»Hast du jemals nach deiner leiblichen Mutter gesucht?«, frage ich leise.

Wandas Miene bleibt verschlossen. »Bis vor Kurzem nicht. Aber letztes Jahr bin ich vierzig geworden. Und plötzlich tauchten Fragen in meinem Kopf auf. Ich habe also recherchiert. Und habe eine Spur gefunden.« Sie sieht mich geradeheraus an. »Deshalb bin ich hier, Carly. Deshalb habe ich diese Reise überhaupt erst angetreten.«

»Du suchst deine leibliche Mutter.«

Wanda nickt. »Und ich denke, ich hab sie gefunden. Hier, auf Inishmore.«

»Wirklich?« Ich blicke sie überrascht an. »Wo ist sie? Wirst du mit ihr sprechen können?«

»Ich denke eher nicht.« Sie schaut mich mit einem Blick an, den ich nicht deuten kann. Wanda setzt sich in Bewegung und bedeutet mir, ihr zu folgen. Wir umrunden die Außenmauern der Burg, bis wir ein niederes, von Steinmauern umfasstes Feld erreichen. Und dann weiß ich, was Wanda gemeint hat. Vor uns liegt ein Friedhof.

»Du meinst …« Ich wage nicht, den Satz zu vollenden, doch Wanda scheint mich gar nicht zu hören. Sie durchforstet langsam die Reihen, den Blick konzentriert auf die meist schwarzen Inschriften der Grabsteine gerichtet. Eine Weile gehen wir so, sie voraus, ich ihr nach. Plötzlich bleibt sie stehen. Ihr Körper versteift sich. Starr blickt sie hinunter auf ein bescheidenes Grab, mit einem Stein, der so typisch für die Gegend hier ist.

Ich lese die Inschrift, die noch relativ neu aussieht.

ROSEANNE COSGROVE
1963–2024
MOTHER OF A WONDERFUL, LOST DAUGHTER

»Carly …« Wanda schluckt, ihre Stimme droht zu brechen. »Das ist sie.«

Sie versucht ein Lächeln, aber es gelingt ihr nicht. »Hi, Mum. Da bist du ja endlich.« Sie beginnt am ganzen Körper zu zittern, und Tränen laufen ihr aus den Augen.

»Oh, Wanda.« Und dann tue ich etwas, was ich mich sonst nie getraut hätte. Ich nehme die kratzbürstige, souveräne, kühle Wanda einfach in den Arm und drücke sie. Zu meinem Erstaunen erwidert sie meine Umarmung. Minutenlang stehen wir nur so da. Dann löst sich Wanda von mir und wischt sich mit der Hand die Tränen aus dem Gesicht.

»Tut mir leid. Ich habe so lange auf diesen Moment gewartet, und jetzt heul ich wie ein Schlosshund.«

»Du musst dich doch nicht für deine Gefühle entschuldigen.« Ich schüttle den Kopf und lächle. Wanda erwidert mein Lächeln und schnieft lautstark.

»Brauchst du ein Taschentuch?« Ich krame in der Tasche meiner Jacke und reiche ihr eines.

»Danke, Carly.« Wanda nimmt es entgegen und schnäuzt sich lautstark.

Dann atmet sie tief durch und bückt sich hinunter zum Grab ihrer Mutter.

»Eine schöne Ruhestätte«, sage ich leise. Wanda nickt und mustert das Grab. Rechts neben der Inschrift ist eine kleine, schmiedeeiserne Box in der Größe eines Kinderschuhkartons am Grabstein befestigt.

Wanda bückt sich, um zu lesen, was darauf steht. *»For my little girl«,* entziffert sie. Sie sucht meinen Blick. »Denkst du … glaubst du …?«

Ich bücke mich ebenfalls, ganz aufgeregt. »Ja, Wanda! Damit bist du gemeint. Ganz sicher!«

Sie führt ihre Hand, die wieder zittert, zu dem kleinen Verschluss der Box und öffnet ihn. Er klemmt etwas, angerostet vom rauen Seeklima, aber Wanda gelingt es, ihn zu öffnen. Sie greift hinein und holt eine verblichene Puppe heraus. Sie sieht alt aus, aber unbenutzt, als hätte nie jemand mit ihr gespielt.

Am Saum des fröhlich gelb-orange getupften Kleides, das die Puppe trägt, ist in winzigen, geschwungenen Buchstaben etwas eingestickt. Ein Name.

Wanda.

»Sie ist wirklich für mich.« Tief gerührt lässt sie ihre Finger über den verblichenen Stoff des Puppenkleids wandern. »Für mich.«

Nun laufen auch mir die Tränen über die Wangen.

»Oh, Wanda«, sage ich. »Was für ein wundervolles Geschenk.«

»Meinst du, sie hat sie selbst für mich genäht?«

Ich betrachte die Puppe genauer. »Das kann ich mir sehr gut vorstellen«, antworte ich leise. »Deine Mum hat sich sicher sehr auf dich gefreut.«

Wandas Finger liebkosen die Puppe. »Meine Mutter hat die ganze Zeit daran geglaubt, dass sie mich irgendwann finde. Und sie hatte recht, auch wenn es ewig gedauert hat.«

Sie kniet sich noch einmal vor das Grab, und ich entferne mich etwas, um Wanda Zeit zu geben. Die erste gemeinsame Zeit, die sie jemals mit ihrer Mutter hatte.

Meine Mutter hingegen ist noch am Leben, aber wie viel Zeit hatte *ich* mit ihr? Unwillkürlich muss ich schlucken. In den letzten beiden Jahrzehnten habe ich sie höchstens zweimal im Jahr gesehen, manchmal auch nur für vierzehn Tage in den Sommerferien. Mir wird klar, dass sie mir oft gefehlt hat, auch wenn ich das zu jener Zeit niemals zugegeben hätte. Dad war immer so gut es ging für mich da, und Mindy hat mehr als einmal die Ersatzmutter gespielt. Und doch: Ich hätte meine Mum gerne wieder häufiger in meinem Leben. Vielleicht ist es noch nicht zu spät. Vielleicht können wir unsere Beziehung wieder neu definieren, weg von der Distanziertheit, die ich zwischen uns immer spüre. Mit neuer Vertrautheit. Das wäre schön, das würde ich mir wünschen.

Ich setze mich auf eine Bank, die in Sichtweite des Friedhofs steht, und warte dort. Nach gut zwanzig Minuten taucht Wanda auf.

»Du hättest nicht bleiben müssen.« Ihre Augen sind noch ganz rot vom vielen Weinen, aber sie lächelt.

»Aber klar doch.« Ich lächle ihr ebenfalls zu.

Wanda setzt sich neben mich. Ihre rechte Hand hält die Puppe fest umschlossen. »Jetzt habe ich Mum gefunden, aber trotzdem gleich wieder verloren.« Sie starrt auf die Puppe in ihrer Hand. »Letztes Jahr ist sie gestorben, erst letztes Jahr … Hätte ich mich früher auf die Suche nach ihr gemacht, hätten wir noch miteinander sprechen können …« Sie fängt wieder an zu weinen. »Uns umarmen können.«

Auch mir kommen fast wieder die Tränen. Wandas Worte erinnern mich daran, wie gern ich Dad noch einmal in den Arm nehmen würde. Nur noch ein einziges Mal. Ich atme tief durch und muss mich einen Moment sammeln, bevor ich imstande bin, zu sprechen.

»Aber jetzt hast du etwas, das dich an sie erinnert«, sage ich schließlich. »Etwas, das sie extra für dich bestimmt hat. Und vor allem weißt du jetzt, dass sie dich geliebt hat. Und ihr Leben lang auf dich gewartet hat.«

»Du hast recht. Ich glaube, es dauert noch ein bisschen, bis ich das alles verarbeitet habe, aber es fühlt sich jetzt schon … anders an. In mir drinnen.« Wanda fasst sich an die Brust. »Besser als vorher.«

»Das klingt doch schon mal gut.« Ich sehe sie aufmunternd an. »Wie hast du eigentlich erfahren, dass deine Mutter hier lebte?«

»Ich habe ziemlich lang recherchiert und schließlich herausgefunden, dass sie schon seit längerer Zeit auf Inishmore zu Hause war. Sie hat in dem kleinen Inselladen gearbeitet.« Wanda lächelt. »Ich war heute Morgen bei ihrer früheren Nachbarin in Kilronan. Die Leute im Dorf wussten anscheinend nicht viel über sie, aber sie war beliebt.«

»Das ist doch schön.« Ich lächle ebenfalls. »Vielleicht hat sie ihren Frieden mit der Vergangenheit schließen können, trotz allem, was euch widerfahren ist.«

»Weißt du, Wanda ist der Name, den mir meine Mutter ursprünglich gegeben hat«, sagt Wanda. »Im *St. Mary's Catholic Home for Children* haben sie mich einfach umgetauft, auf einen anständigen, christlich-irischen Namen.« Wanda wirft mir einen vielsagenden Blick zu. »Aber als ich erfahren habe, wie ich eigentlich heiße, habe ich sofort eine Namensänderung beantragt. Als Kind habe ich diesen christlichen Namen nie wirklich gemocht, er fühlte sich an, als würde er nicht zu mir gehören. Als ich meinen wahren Namen erfahren habe, wusste ich, wieso.«

Eine Weile sitzen wir schweigend nebeneinander.

»Ich hätte auch alleine nach Inishmore fahren können«, sagt Wanda plötzlich unvermittelt. »Aber weißt du, wieso ich die Tour gebucht habe?«

Ich schüttle den Kopf.

»Wenn ich ehrlich bin, hatte ich Angst, diese Reise ohne Begleitung anzutreten.« Wanda schluckt. »Und ich hab mir gedacht, wenn ich als Teil einer Gruppe hierherkomme, dann ist da vielleicht jemand, zu dem ich gehen kann. Und dass ich nicht vollkommen auf mich gestellt bin, wenn ich meine Mutter finde.«

»Wie gut, dass du deinem Gefühl vertraut hast«, sage ich

und lege ihr eine Hand auf den Arm. »Wir sind alle für dich da, wenn du das willst.«

Wanda verzieht das Gesicht zu einem schrägen Grinsen. »Ich glaube kaum, dass der Rest der Gruppe große Lust darauf hat, sich länger mit mir abzugeben.«

»Nun ja, vielleicht nicht«, gebe ich zu. »Aber wenn, dann liegt das nur daran, dass du manchmal ein wenig ... abweisend wirkst.«

»Ich bin sozial komplett inkompatibel, sag's ruhig«, erwidert Wanda trocken.

»So würde ich es nicht formulieren«, sage ich eilig, weil ich sie nicht verletzen will.

Wanda grinst wieder, obwohl noch die Tränen in ihren Augen schimmern. »Für eine Unternehmensberaterin bist du eine ziemlich schlechte Schwindlerin, Carly.«

»Da hast du allerdings recht«, sage ich, und dann müssen wir beide losprusten. Wandas Gesicht verändert sich total, wenn sie lacht. Sie bekommt unzählige kleine Lachfältchen, die sie noch schöner machen.

»Ich glaube, du müsstest nicht immer eine Einzelkämpferin sein, Wanda«, sage ich vorsichtig, und mir wird plötzlich bewusst, dass dasselbe auch für mich gilt. »Lass doch einfach jemanden in dein Leben. Ich bin mir sicher, es gibt einige Menschen, die gern ein Teil davon werden möchten.«

Sie sieht mich zweifelnd an. »Glaubst du das wirklich? Ich bin nicht gerade ... unkompliziert.«

»Wer von uns ist das nicht?« Ich schüttle den Kopf. »Und du bist eine großartige Frau, ganz ohne Zweifel.«

»Das Problem ist, dass mir dieses Zwischenmenschliche nicht liegt.« Sie verzieht das Gesicht. »Ich bin einfach am besten, wenn ich für mich alleine bin.«

»Das kann sich aber jederzeit ändern, wenn du es willst«, halte ich dagegen. »Und Teamwork ist meistens einfach unschlagbar.«

Wanda nickt langsam. »Ich denk drüber nach.«

Ich lasse meinen Blick über die wirklich riesige Anlage schweifen. Plötzlich fällt mir jemand auf.

»Hey, sind das nicht Aminata und Horan? Da drüben, auf der anderen Seite des Forts?« Ich deute in die Richtung, und Wanda blickt ebenfalls zu ihnen.

»Ja, das sind sie.« Wanda nickt.

Unsere beiden Archäologen scheinen gerade heftig über etwas zu diskutieren, denn sie machen ernste Gesichter und gestikulieren ausladend, aber dann beginnen plötzlich beide schallend zu lachen.

Wanda und ich sehen uns überrascht an.

»Die beiden sind ein echt skurriles Duo«, sage ich und sehe zu Aminata und Horan. »Aber seltsamerweise scheint die Chemie zwischen ihnen zu stimmen.«

»Wissenschaftler«, kommentiert Wanda trocken. »Irgendwie haben die alle einen an der Birne.«

Wir stehen auf und schlagen den Weg zurück zum Hotel ein, schweigend, aber einträchtig.

»Was war das eigentlich für eine komische Geschichte, dass du krank bist und im Bett bleiben willst?«, fragt mich Wanda schließlich, als Kilronan wieder in Sicht kommt. »Du siehst kerngesund aus.«

»Ach das.« Ich muss grinsen, wenn ich an meine absurde Idee denke. »Vergiss es. Mir geht's gut.«

»Dann …« Wanda zögert. »Kommst du heute später mit ins Pub? Zu dieser St.-Patrick's-Feier?« Sie seufzt. »Ich hasse Feiertage, aber wenn ich damit anfangen soll, meine soziale

Ader zu stärken, dann wäre heute wahrscheinlich ein guter Tag dafür. Es ist unser letzter gemeinsamer Abend, und es ist bestimmt was los im Pub ...«

»Ich denke, ich schaue dort vorbei«, sage ich und muss grinsen. Wenn mir jemand vor einer Woche gesagt hätte, dass ich tatsächlich vorhabe, am St. Patrick's Day zu einer Party zu gehen, hätte ich demjenigen einen Vogel gezeigt. Wie rasch sich Dinge doch ändern können.

»Danke noch mal, Carly«, sagt Wanda, als wir unser Hotel betreten. »Ohne dich wäre das heute noch viel schwerer gewesen.«

»Wirklich gerne.« Ich nicke ihr zu. »Dann bis später?«

Wanda nickt ebenfalls. »Bis später.« Damit verschwindet sie in ihrem Zimmer.

Ich steige noch eine Stiege höher. Auf dem Weg zu meinem Zimmer komme ich an Dotties Raum vorbei. Ihre Tür steht einen Spalt offen, sodass ich in das Zimmer sehen kann. Und was taucht in meinem Blickfeld auf, gut sichtbar platziert auf Dotties Nachttisch, gleich neben dem Bett?

Die Vase.

Ich hatte sie völlig vergessen, über allem anderen, was heute passiert ist, aber ich muss das jetzt klären.

Zaghaft klopfe ich gegen die Tür. »Dottie, bist du da? Ich muss dich was fragen!«

»Sicher, Carly!« Dotties Kopf erscheint in der Tür. Sie scheint gerade unter der Dusche gewesen zu sein, denn ihre Haare sind noch feucht. »Komm doch rein!«

Die Vase steht offensichtlich auf dem kleinen Nachttisch. Ich mustere sie fassungslos und kann kaum glauben, dass Dottie ihr Diebesgut auch noch so offen präsentiert.

»Diese Vase ...«, beginne ich zögernd und deute auf das

bronzefarbene Ungetüm. »Die kommt mir bekannt vor. Ich glaube, die habe ich schon mal irgendwo auf unserer Reise gesehen.« Ich sehe Dottie prüfend an, doch sie scheint keine Spur eines schlechten Gewissens zu haben. »Das ist keine Vase, Carly.«

»Ach nein?« Ich bin überrascht. »Was denn dann?«

Dottie seufzt tief. »Du wirst mich für unglaublich dumm halten.«

»Dumm nicht ... nur ... es ist eben unehrlich«, sage ich mit Nachdruck.

Jetzt ist es Dottie, die mich verblüfft ansieht. »Wieso unehrlich?«

»Na, die Deko in Hotelzimmern ist ja nicht dazu da, mitgenommen zu werden«, sage ich. »Wenn das jeder machen würde ... Außerdem hat Allie doch gerade alles so schön eingerichtet.« Mir kommt es seltsam vor, Dottie das auch noch erklären zu müssen.

Sie guckt mich einen Moment lang verwirrt an. Dann scheint es ihr zu dämmern.

»Du glaubst ... aber ich hab doch nicht ...« Sie fasst sich an den Kopf. »Ich habe sie doch nicht gemopst!«

Ich zögere. »Aber ich hab sie zum ersten Mal in deinem Zimmer in Allies Bed and Breakfast stehen sehen, dann zufällig in Lahinch und dann auf der Fähre in deinem Koffer.«

Dottie schüttelt den Kopf. »Sie stand nicht bei Allie im Zimmer. Ich hatte sie von Anfang an mit dabei, Carly. Und wie gesagt, es ist keine Vase.« Sie winkt mich zu sich. »Komm, schau sie dir genauer an.«

Ich trete näher. Auf der Seite des wirklich schauderhaft hässlichen Dings ist ein Name eingraviert, sowie zwei Daten.

Plötzlich wird mir alles klar. »Ist das ... ist das etwa ...«

Dottie nickt. »Das ist eine Urne. Michaels Urne genauer gesagt.«

»Du hast seine *Urne* mit auf die Reise genommen?« Ich starre sie völlig verdutzt an.

Dottie nickt kleinlaut. »Ich weiß, ich bin eine Spinnerin. Aber ich wollte ihn einfach mit dabeihaben auf meiner ersten Reise allein …« Wie ein Häufchen Elend steht sie da, mit gesenktem Blick.

»Ach, Dottie!« Spontan nehme ich sie in den Arm. »Und ich hab dich zu Unrecht verdächtigt, es tut mir so leid!«

»Schon gut.« Sie erwidert meine Umarmung. »Was soll man sich denn auch denken. Es war eine dumme Idee, die Urne einzupacken.« Wir lösen uns voneinander.

»Weißt du, daheim steht Michael auf dem Kaminsims im Wohnzimmer.« Sie schluckt. »Ich konnte es einfach nicht über mich bringen, ihn in ein dunkles Grab zu stellen.«

Ich sehe sie mitfühlend an. »Das verstehe ich.«

Dottie starrt die Urne an. »Am Anfang war ich noch froh, ihn dabeizuhaben. Es gab mir ein Gefühl von Sicherheit. Aber im Laufe der Reise hat sich das verändert. Es kommt mir immer mehr wie Ballast vor, die Urne überallhin mitzuschleppen. Und ich glaube, wenn ich wieder daheim bin, bin ich bereit, Michael endgültig zu seiner letzten Ruhestätte zu bringen.« Sie lächelt. »Dann hat er Ruhe vor mir, und ich vor ihm. Außerdem habe ich immer mehr Lust, mein eigenes Ding zu machen, wie ihr Jungen wohl sagen würdet.« Sie kichert. »Es macht so verdammt viel Spaß, sein eigenes Ding zu machen, nicht wahr?«

»Das tut es allerdings.« Ich muss lächeln.

»Apropos Spaß.« Dottie grinst. »Dir scheint es viel besser zu gehen als heute Morgen, oder täuscht der Eindruck?«

Ich schüttle den Kopf und muss ebenfalls grinsen. Ich bin mir sicher, inzwischen hat auch Dottie mich durchschaut. »Viel besser.«

»Das ist gut zu hören. Kommst du dann nachher auch mit ins Pub?«

»Ja, ich komm mit.« Ich nicke. »Dann bis später.«

Kapitel 19

*I*ch bin froh, als ich endlich in meinem Zimmer angelangt bin. Was für ein Tag! So viele Schicksale, so viele Leben, so viele Wendungen. Aber es steigt auch so etwas wie Vorfreude in mir auf. Vielleicht sollte ich mich umziehen. Es ist schon später Nachmittag, und meine Jeans hat von der Rettungsaktion einige Flecken bekommen.

Ich will gerade mein Shirt abstreifen, da klopft es an die Verbindungstür. Ich ziehe das Shirt wieder zurecht und öffne die Tür. Wieder steht Sam unmittelbar dahinter.

»Hi«, sagt er, etwas verlegen. Ich registriere sofort, wie gering der Abstand zwischen uns ist. »Wo warst du denn?« Er sieht mich forschend an. »Ich war vorher schon mal hier … bist du noch mal los?«

»Jap. Mit Wanda.« Ich zögere einen Moment. Sie hat mich gebeten, den anderen nichts von ihrer Mission zu erzählen, und natürlich halte ich Wort. »Ich darf nichts Genaueres darüber sagen, aber ihre Risikofreudigkeit hat einen Grund, und ich verstehe sie jetzt ein ganzes Stück besser.«

»Dann tut das wenigstens einer von uns.« Der Sarkasmus in seiner Stimme ist nicht zu überhören. Dann seufzt er.

»Ich fürchte, ich muss mich später noch bei ihr entschuldigen. Sie so anzuschreien, war echt unhöflich von mir.«

»Ich glaube, es ist in Ordnung für sie.« Ich lächle. »Sie war ja auch nicht gerade höflich. Ihr seid also quitt.«

»Ich hab übrigens etwas für dich.« Sam zieht ein flauschiges Etwas hinter seinem Rücken hervor und überreicht es mir. Ich sehe, dass es einer der für diese Gegend typischen Aranpullover ist.

»Wow«, sage ich überrascht. »Womit habe ich denn den verdient?«

»Ich war doch heute Vormittag mit Dottie, Horan und Aminata in der Weberei. Und da du nicht dabei warst, habe ich mir gedacht, ich bring dir den mit.« Er wirkt verlegen. »Sie sind richtig warm. Und sie halten ewig. Ich hab einen von meiner Mutter bekommen, den trag ich seit fast zwanzig Jahren.«

»Das ist echt lieb von dir, vielen Dank.« Ich betrachte den Pulli. Er ist cremefarben, genau wie der von Sam, und ein Muster aus stilisierten zartgrünen Kleeblättern verläuft rund um den Halsabschluss.

»Er ist wirklich schön.« Ich lächle verlegen, weil ich nicht weiß, was ich sagen soll.

»Schön, wenn er dir gefällt.« Sam wird ebenfalls verlegen. »Sehen wir uns dann später auf der Feier im Pub?«

»Ja, ich komme mit«, sage ich. »Und danke noch mal für den Pullover.«

Sam nickt und scheint noch etwas antworten zu wollen, dreht sich dann aber um.

»Sam?« Ich zögere kurz, aber ich will ehrlich zu ihm sein.

»Ja?« Er wendet sich wieder mir zu. In seinem Blick erkenne ich Erleichterung darüber, dass ich ihn aufhalte.

»Heute Morgen … ich war gar nicht krank«, gebe ich zu. »Ich wollte nur den Tag im Bett verbringen.«

»Warum denn das?« Sam sieht mich überrascht an.

»Damit nichts Schlimmes passiert«, erkläre ich. »Weil heute mein Unglückstag ist.«

Sam deutet auf den filigranen Sessel in der Zimmerecke. »Darf ich? Das musst du mir genauer erklären.«

»Der ist doch viel zu schmal für dich.« Ich zeige auf mein Bett, auch, weil ich das Gefühl habe, es tut gut, ihn jetzt bei mir zu wissen. »Komm, setz dich hierher.«

Er leistet meiner Aufforderung Folge und lässt sich vorsichtig neben mir nieder.

»Also gut.« Ich atme tief durch. »In den letzten Jahren ist am St. Patrick's Day immer etwas schiefgelaufen. Katastrophal schief. Ein verstauchter Knöchel war da noch das Mindeste.«

Sam beugt sich gespannt vor. »Erzähl.«

Also beginne ich zu erzählen. Vom lädierten Fuß, dem verletzten Auge. Von Dylan. Vor allem aber davon, dass Dad genau am St. Patrick's Day verschwunden ist und dass sie ihn vielleicht genau in diesem Moment gefunden haben. Auch wenn ich bis jetzt immer noch nichts von Ceci gehört habe, was mich leise hoffen lässt.

Als ich geendet habe, stößt Sam einen überwältigten Laut aus. »Ich weiß gar nicht was ich sagen soll, Carly. Ich bin eigentlich nicht abergläubisch, aber das ist wirklich ganz schön viel Unglück für einen einzelnen Tag.« Er schüttelt den Kopf.

»Vielleicht verstehst du jetzt, wieso ich heute einfach nur im Bett bleiben wollte«, sage ich.

Er mustert mich. »Und trotzdem bist du aufgestanden. Und hast sogar jemandem das Leben gerettet.«

Ich blicke ihn an und bekomme eine Gänsehaut. »Wenn man es so sieht …«

Sam nickt entschlossen. »Wenn du liegen geblieben wärst, wäre Wanda womöglich gestorben.«

»Eigentlich haben wir alles Fred zu verdanken«, sage ich nachdenklich. »Wenn er nicht gekommen wäre und mich zu einem Spaziergang überredet hätte, hätte ich das Hotel bestimmt nicht verlassen.«

»Fred ist einfach klasse«, sagt Sam leise. »Ein großartiger Mensch.«

»Das stimmt.« Ich halte inne. »Und er hat heute etwas sehr Wichtiges zu mir gesagt. Dass wir die Gegenwart nur einmal erleben und wir jeden Tag auskosten sollten.«

Sam nickt langsam. »Da hat Fred vollkommen recht. Vor allem, wenn das Morgen ungewiss ist.« Er sieht plötzlich traurig aus.

»Wieso ist dein Morgen ungewiss?«, frage ich leise nach.

Sam atmet tief aus. Er braucht einen langen Moment, bevor er wieder beginnt zu sprechen. »Doreen … meine Mutter hat Alzheimer. Im frühen Stadium, aber die Krankheit schreitet rasch fort.«

»Oh, Sam!« Bestürzt sehe ich ihn an.

»Weißt du, es ging alles so schnell.« Er schüttelt den Kopf. »Am einen Tag war sie noch topfit, hat die Firma fast alleine gewuppt und dann, auf einmal hat es angefangen.« Er starrt ins Leere. »Zuerst waren es nur Kleinigkeiten. Sie hat vergessen, das Büro am Abend zuzusperren. Das Geburtsdatum einer Reiseteilnehmerin. Alles total untypisch für sie, aber weißt du, erst will man es nicht wahrhaben. Und hey, jeder vergisst doch ab und zu was, oder nicht?«

Ich nicke.

»Aber dann wurde es schlimmer, und wir waren gezwungen, alles umzustellen. Ich konnte nicht mehr nach Übersee reisen. Wir haben das komplette Amerikaprogramm eingestellt, dadurch ging viel Umsatz verloren. Ich musste sie zu Arztterminen begleiten, habe immer mehr in der Firma übernommen.«

»Wer kümmert sich um sie während du weg bist, so wie jetzt gerade?«, frage ich leise.

»Die Schwester meiner Mutter, meine Tante. Meine Patentante, um genau zu sein.« Er lächelt. »Wir haben ein unglaublich gutes Verhältnis, sie ist wie eine zweite Mutter für mich. Sie hält mich jeden Tag übers Handy auf dem Laufenden.«

Darum hat Sam also so viel telefoniert! Und ich dachte, er hätte eine Freundin! Fast schäme ich mich, weil ich ihm sein vermeintliches Liebesglück nicht gegönnt habe.

»Du musst alleine den Tourbetrieb leiten, die Reisen begleiten und deine Mutter pflegen?«, fasse ich zusammen.

Sam wirkt plötzlich ungeheuer müde. »Ja, so sieht es aus. Ziemlich anstrengend. Es zehrt, körperlich und vor allem emotional. Es ist brutal, dem Verfall eines Menschen, der dir so nahesteht, nur zusehen zu können. Die eigene Hilflosigkeit auszuhalten.« Er hält einen Moment inne. »Aber das Schlimmste für mich ist die Ungewissheit«, sagt er schließlich. »Meine Mutter ist erst einundsechzig, und leider tendiert Alzheimer bei verhältnismäßig jungen Menschen dazu, schnell fortzuschreiten. Aber nichts ist gewiss.«

»Mit Unsicherheit leben ist wirklich das Allerschwierigste.« Ich muss an das Gespräch mit Fred vorhin denken. »Damit kenne ich mich bestens aus.«

Wir sehen uns an, und ich weiß, dass Sam sehr gut versteht, wie ich mich fühle, und andersherum ist es genauso. Ein schöner, ein tröstlicher Gedanke.

»In letzter Zeit habe ich mehr und mehr das Gefühl, dass ich etwas ändern muss«, sagt Sam. »Ich kann so nicht mehr lange weitermachen. Mit Mum wird es immer schwieriger, und der Betrieb wird natürlich vernachlässigt, weil ich mich so viel um sie kümmern muss. Dabei ist *Leprechaun Tours* unsere Lebensgrundlage.« Er verbirgt den Kopf in den Händen. »Und Mums Vermächtnis.«

»Es gibt doch sicher ehrenamtliche Institutionen, die dich ein bisschen entlasten können«, sage ich. »Oder übertrag Aminata mehr Verantwortung.«

Sam schüttelt den Kopf. »Aminata soll endlich anfangen, ihr eigenes Leben zu gestalten. Sie gehört doch nicht hinter das Steuer eines Radtransporters. Sie gehört an die Uni, in die Forschung. Sie ist gut, und sie könnte meiner Meinung nach Herausragendes leisten, wenn sie sich nicht selbst so im Weg stehen würde.«

»Das hab ich mir auch schon gedacht«, gebe ich zu. »Und ich glaube, Horan bemerkt ihr Potenzial, ob es ihm gefällt oder nicht.«

»Aber egal wie, etwas muss sich ändern, so viel ist klar.« Sam reibt sich die Augen. »Ich verliere viel schneller die Nerven als früher, bin reizbarer. Wenn das so weitergeht, brenne ich langsam, aber sicher aus.« Er lächelt schräg. »Und sogar zum Flirten komme ich nicht mehr. Obwohl es so tolle Frauen in meiner Nähe gibt.« Er sieht mich an. »Besser gesagt eine Frau. Eine, die ich wirklich mag.«

Mein Herz klopft schneller. »Ich wusste gar nicht, dass du auf Ältere stehst«, gebe ich betont salopp zurück. »Ist es Wanda? Oder gar Dottie?«

»Um Himmels willen – Wanda!« Sam muss lauthals lachen. »Nein. Und Dottie meine ich auch nicht.«

Ich bin plötzlich furchtbar nervös. »Dann bleibt eigentlich nur noch eine übrig …«

Sam nickt.

»… Aminata«, sage ich, obwohl ich mir schon denken kann, dass seine Antwort anders ausfällt.

Er lacht noch lauter als vorher, und es dauert eine Weile, bis er sich wieder beruhigt hat. »Aminata ist ein super Typ, aber nichts für mich. Und ich denke auch nicht, dass sie überhaupt für eine feste Beziehung zu haben wäre, dazu ist der Karpfenteich viel zu groß, wie sie mir mal gesagt hat.« Er streckt eine Hand aus und ergreift meine. »Natürlich ist es eine intelligente, schlagfertige, exzellente und neuerdings konditionsstarke Radlerin aus Dublin. Mit unglaublich schönen roten Haaren.«

»Meine Haare sind kupferfarben«, korrigiere ich ihn, obwohl ich mich unheimlich über sein Geständnis freue. Ich erschrecke fast darüber, wie sehr. »Darauf lege ich durchaus Wert.«

»Dann kupferfarben.« Sams Augen blitzen. »Ich werd's mir merken. Nicht, dass ich mir noch mal so viel Ärger einhandle wie bei unserer ersten Begegnung.«

»Suchst du dir also auf jeder Reise jemanden aus, mit dem du flirtest?« Meine Frage ist halb scherzhaft, halb ernst gemeint.

Sam sieht mich entsetzt an. »Was denkst du eigentlich von mir?« Er nimmt meine Hand und sieht mir wieder in die Augen. »Carly, ich mag dich wirklich, und wenn ich daran denke, dass du übermorgen in Galway vom Rad steigst und wieder aus meinem Leben verschwindest, dann wird mir ganz anders.«

Seine Worte machen mir zum ersten Mal bewusst, dass es

genau so sein wird: Die Radtour ist bald zu Ende, und wenn ich nichts sage, werden Sam und ich uns womöglich nie wiedersehen. Ich hole tief Luft, als müsste ich Anlauf nehmen. »Mir … mir geht es genauso. Ich hab mich furchtbar schnell an dich gewöhnt.« Ich schlucke. »Mehr als gewöhnt. Aber ich fürchte, jetzt ist einfach ein denkbar schlechter Zeitpunkt.« Unsere Finger verhaken sich ineinander, und wieder einmal stelle ich fest, wie gut sich Sam anfühlt. »Ich muss endlich lernen, mich in einem Leben ohne meinen Vater zurechtzufinden.«

»Und ich muss eine Lösung für meine Mutter finden und mich um den Betrieb kümmern, damit er überhaupt weiter bestehen bleibt.« Sam seufzt.

»Und dich um dich selbst kümmern«, füge ich leise hinzu. »Ein echt blöder Zeitpunkt, um auch noch eine Beziehung zu starten.«

»Wahrscheinlich hast du recht«, flüstert Sam. Unter seinem intensiven Blick fühle ich mich wie hypnotisiert, ob ich will oder nicht. »Aber ich muss ständig an dich denken und weiß nicht, was ich dagegen tun soll.«

»Ich muss auch an dich denken.« Ich sehe, wie sein Gesicht freudig aufleuchtet.

»Außerdem, gibt es denn jemals einen passenden Zeitpunkt für die Liebe?«, fragt Sam und rückt ein bisschen näher, gerade nah genug, dass ich die ungeheure Kraft seines Körpers spüren kann. »Ich denke nicht.«

»Wenn, dann ist er in unserem Fall aber ganz sicher nicht jetzt«, flüstere ich und beuge mich vor, weil mein Körper absolut nicht auf meinen Verstand hören will.

Unsere Gesichter sind sich nun so nahe, dass nur wenige Zentimeter zwischen uns liegen. Es tut so gut, diese Nähe, so unglaublich gut. Ich ringe mit mir. So gerne würde ich Sam küssen, seine weichen Lippen auf meinen spüren. Aber mein Kopf lässt es einfach nicht zu. Deshalb rücke ich unmerklich von ihm ab. Sam bemerkt es sofort, denn auch er zieht seinen Kopf zurück.

»Ich glaube, es ist einfach leichter, wenn wir es gar nicht erst beginnen«, flüstere ich.

Sam nickt langsam. »Wahrscheinlich.« Er seufzt. »Warum muss das Leben manchmal so kompliziert sein?«

»Ich fürchte, darauf werden wir nie eine Antwort finden.« Ich befeuchte meine Lippen, die ganz trocken geworden sind. »Aber wie sagte Fred so schön: Die Gegenwart ist ein Geschenk. Wir können heute zusammen feiern und für einen Tag vergessen, dass es auch ein Morgen gibt.«

Sam nickt. »Das klingt gut.«

Ich muss lächeln. »Dad mochte den St. Patrick's Day auch immer. Ach, das ist vollkommen untertrieben, er hat ihn geliebt. Und wir haben ihn richtig toll gefeiert, haben uns verkleidet, sind bei der großen Parade in Dublin mitgegangen und so.«

»Dann führen wir heute offiziell die Tradition der McCormicks fort, würde ich sagen«, verkündet Sam. »Mit einer St.-Patrick's-Day-Feier in einem winzigen Pub auf einer gottverlassenen Insel mit unseren liebenswerten, nicht so liebenswerten und auch leicht verrückten Reisekollegen. Die allerbesten Voraussetzungen für eine unvergessliche Party, meinst du nicht?«

»Auf jeden Fall.« Ich lache, wir sehen uns an, und wieder spüre ich das warme Kribbeln, wie immer, wenn ich Sam so nahe bin.

»In zehn Minuten unten?« Er sieht mich erwartungsvoll an.

Ich nicke. »In zehn Minuten unten.«

Sam drückt noch einmal sachte meine Hand, steht auf und schließt die Verbindungstür hinter sich. Ich gehe ins Bad, und mein Blick fällt in den Spiegel. Von der Traurigkeit, die ich in den letzten Jahren so oft in meinen Augen entdeckt habe, ist nichts zu sehen. Stattdessen erkenne ich so etwas wie Heiterkeit in meinem Blick. Nie hätte ich geglaubt, jemals wieder so zu empfinden, aber ich fühle mich bereit. Bereit, den St. Patrick's Day zu feiern.

Kapitel 20

Aminata und Horan warten bereits in der Lobby, versunken in ein angeregtes Gespräch. Aminata sieht wieder großartig aus, sie trägt eine knallgrüne Latzhose mit der ihr gewohnten Lässigkeit, und sogar Horan hat sich für den heutigen Abend schick gemacht und seine Funktionskleidung gegen ein olivfarbenes Kurzarmhemd getauscht.

»Hallo, ihr zwei«, begrüße ich sie und stelle mich zu ihnen. »Ihr wart heute auch beim schwarzen Fort, oder?«

Beide sehen mich überrascht an. »Warst du auch da?«, fragt Aminata. »Ich hab dich gar nicht bemerkt.«

»Ihr beide wirktet ja auch sehr vertieft.« Ich lächle.

»Wer wäre das nicht beim Anblick eines Ringforts dieser Größe«, sagt Horan. »Wobei Größe ja nicht alles ist, wie mir meine Kollegin heute wieder einmal mitgeteilt hat.«

Aminata schmunzelt. »An gewisse Dinge muss man dich einfach ab und zu erinnern.«

»Ihr duzt euch?« Ich blicke erstaunt vom einen zur anderen.

Aminata zuckt mit den Schultern. »Unser emeritierter Herr Professor hat sich endlich dazu herabgelassen.« Sie streift Horan mit einem Seitenblick. »Wurde ja auch höchste Zeit.«

»Wie das klingt, *emeritiert*.« Horan seufzt. »Man könnte genauso gut sagen: mumifiziert.«

Aminata schüttelt den Kopf. »Du hast echt was drauf, Horan. Vielleicht nicht unbedingt menschlich, aber fachlich auf jeden Fall.« Er öffnet empört den Mund zu einer Widerrede, doch sie hebt die Hand. »Was ich damit sagen will: Du solltest dir das von deiner Fakultät nicht gefallen lassen. Ich hätte nie gedacht, dass ich das sagen würde, aber deine Studierenden können echt eine Menge von dir lernen.«

»Danke, Aminata.« Horan sieht sie düster an. »Doch leider sieht das am Trinity College keiner so. Und wenn, dann gehe ich nur dahin zurück. Wir sind einfach die Besten.«

»Dann musst du um deine Stelle kämpfen«, sagt Aminata entschlossen. »Fechte deine Pensionierung an. Such dir Verbündete, die dein Comeback unterstützen. Du hast Möglichkeiten.«

»Vielleicht sollte ich das wirklich tun.« Horan nickt langsam. »Ich bin noch nicht so weit, ich will einfach nicht in den Ruhestand, das ist mir während dieser Reise klarer denn je geworden.«

»Dann weißt du, was du zu tun hast.« Aminata grinst ihn an.

»Und du solltest auch wieder an die Uni.« Horan sieht sie geradeheraus an. »Und zwar schleunigst. Als Gepäcktransporteurin verschwendest du nur deine Zeit.«

Sie schüttelt den Kopf. »Ich bin bei Sam und Doreen gut aufgehoben.«

»Aber wieso machst du denn eigentlich nicht deinen PhD«, frage ich sie, wo wir schon einmal Klartext reden. Sie sieht mich etwas genervt an.

»Fängst du jetzt auch noch damit an, Carly?«

»Na, jedes Mal, wenn du über ein archäologisches Thema

sprichst, blühst du regelrecht auf«, erkläre ich, was ich während unserer Radtour beobachtet habe. »Wieso also machst du nicht weiter?«

»Weil sie einmal etwas Gegenwind bekommen hat und sich davon hat umpusten lassen«, sagt Horan.

Aminata schüttelt den Kopf. »Das war nicht bloß ein bisschen Gegenwind. Weißt du, Carly, ein Professor in Galway hat mich zu Ende meines Studiums regelrecht gemobbt. Ohne ersichtlichen Grund.« Sie sieht finster aus. »Wahrscheinlich, weil ich eine Frau bin. Und dazu noch jung und außerdem nicht weiß.«

Horan schnaubt. »Das sind doch alles nur Vermutungen, Aminata. Vielleicht mochte er einfach die Handschrift deiner Seminararbeiten nicht.«

»Wir schreiben alles auf dem PC, Horan.« Aminata verdreht die Augen. »Auf jeden Fall hat mir das die Lust auf eine Unikarriere gründlich verdorben. Wenn du in diesem Bereich arbeitest, triffst du solche Leute immer wieder, und ich habe keine Lust auf diese Machtspielchen.« Sie seufzt. »Auch wenn mir die Archäologie wirklich fehlt, das ist *mir* auf dieser Reise klar geworden.«

»Ich würde mich nicht so schnell ins Bockshorn jagen lassen«, bleibt Horan beharrlich. »Wenn ich kämpfen soll, dann solltest du das auch machen. Am Trinity könnten wir dringend Leute wie dich gebrauchen.«

»Seht mal, da sind ja schon die anderen«, lenkt sie ab, aber ich habe den Eindruck, dass ihr Horans Worte zu Herzen gegangen sind. Und ich finde, er hat recht. Aminata sollte sich nicht einschüchtern lassen. Sie wäre bestimmt eine fantastische Archäologin.

Fred steigt gerade die Treppe hinunter, und hinter ihm

erscheint tatsächlich Wanda. Sie trägt einen auffälligen giftgrünen Overall, der ihr hervorragend steht.

Fred blickt sich suchend um. »Ist Dottie denn noch gar nicht da?«

»Musste nur noch kurz telefonieren.« Dottie kommt gerade von draußen herein. Sie sieht toll aus, mit ihrer grün getupften Bluse und den sorgfältig hochgesteckten Haaren, aber sie macht ein trauriges Gesicht.

»Was ist denn los, Dottie?«, frage ich sie.

»Ach nichts.« Sie schüttelt den Kopf, und ich bemerke, dass sie ihr Handy noch in der Hand hält. »Ich wollte Dermot nur kurz einen schönen St. Patrick's Day wünschen, aber er war ziemlich kurz angebunden. Und die Kinder wollte er auch nicht mit mir sprechen lassen.« Sie wirkt bekümmert. »Ich glaube, er war verärgert, weil er gesehen hat, dass ich meine Kreditkarte während der Reise ein paarmal benutzt habe.«

Wanda hebt eine Augenbraue. »Sag bloß nicht, dass er auch noch einen Überblick über deine Kreditkartenabrechnungen hat.«

Dottie blickt leicht beschämt zu Boden. »Na ja … eigentlich schon.«

Wanda schüttelt den Kopf. »Dottie, so kann das unmöglich weitergehen. Du bist eine erwachsene, voll zurechnungs- und handlungsfähige Person. Zumindest vor dem Genuss von zwei Gläsern Prosecco.« Sie lächelt nicht, aber ich nehme an, dass das ein Scherz sein sollte. »Du bist zeichnungsberechtigt bei sämtlichen Konten. Das heißt, du kannst so viel Geld abheben, wie du willst.«

Dottie sieht sie mit großen Augen an. »Ich habe mehr als die Witwenrente?«

»Natürlich, Dottie.« Wanda nickt mit Nachdruck. »Dir steht

mindestens dein Pflichtanteil als hinterbliebene Ehefrau zu, und das ist exakt die Hälfte des gesamten Vermögens.«

»Wirklich die Hälfte?« Dottie schaut Wanda skeptisch an, aber diese nickt noch einmal.

»Exakt die Hälfte«, bestätigt sie.

»Das bedeutet …« Dottie fängt an, die Tragweite von Wandas Worten zu begreifen. »Ich kann auch öfter im Jahr in den Urlaub fahren?«

Wanda nickt. »Ich würde sagen, so oft du willst.«

Dotties Miene erhellt sich. »Und ab und zu mal in ein schickes Restaurant essen gehen?«

»Nicht nur ab und zu.«

Dottie beginnt zu strahlen. »Das ist ja fantastisch!« Dann verblasst ihr Strahlen wieder. »Aber wie soll ich das Dermot erklären? Er wird sicher nicht begeistert davon sein, und schließlich ist es ja auch sein Erbe.«

Wanda schüttelt den Kopf. »Dein Sohn hat seinen Pflichtanteil bekommen, mehr steht ihm im Moment nicht zu. Er wird auch deinen Teil bekommen, wenn du es nicht anders in deinem Testament verfügst. Aber bis dahin würde ich vorschlagen, dass du mit dem Geld genau das machst, was *du* willst.«

»Machen, was ich will …«, echot Dottie nachdenklich. »Das klingt gut, finde ich. Ungewohnt, aber gut.«

»Das klingt nicht nur gut, es *ist* gut.« So etwas wie ein Lächeln erscheint auf Wandas Gesicht. »Glaub mir, ich kenne mich damit aus. Ich mache eigentlich immer nur, was ich mag. Und wegen der Sache mit deinem Haus – ich bin mir sicher, das können wir vor Gericht anfechten. Wenn du willst, rollen wir alles neu auf, und dann mach ich alles für dich hieb- und stichfest.« Sie knackt bedrohlich mit den Fingerknöcheln. »Dermot hätte keine Chance. Aber ich würde euch raten, das vorher im Guten zu klären. Ist immer besser für den Familienfrieden.«

Dottie sagt nichts, sondern sieht sie nur stumm an.

»Natürlich nur, wenn du möchtest.« Wanda räuspert sich. »Ich dränge mich auf keinen Fall auf.«

Dottie sieht sie gerührt an. »Aber natürlich will ich das!« Sie umarmt Wanda. »Das ist einfach großartig! Ich danke dir jetzt schon von Herzen!«

»Schon gut«, brummt Wanda. »Du kannst mich wieder loslassen.«

Dottie lässt von ihr ab und umarmt Fred, der deutlich erfreuter über ihren Gefühlsausbruch zu sein scheint.

»Also dann, heute lassen wir es krachen!« In Dotties Augen blitzt der Lebensmut. »Ich gebe eine Runde aus, ach was, heute geht alles auf mich!«

»Hört, hört!«, echot Horan. »Dann nichts wie los!«

Übermütig und fröhlich plaudernd, setzt sich die Gruppe in Bewegung. Auch Wanda.

»Wanda!«, halte ich sie einen Moment zurück. »Es ist echt nett, dass du Dottie hilfst.«

Wanda winkt ab. »Keine Sorge. Ich werde ihr alle Barauslagen anrechnen. Und ziemlich sicher auch die Reisekosten, falls welche entstehen.«

»Sicher.« Ich nicke ernst und kann mir ein kleines Lächeln nicht verkneifen. Dann sehe ich sie von der Seite an. »Ich finde aber, dass du das ziemlich gut kannst.«

»Was?«

»Anderen helfen.«

Wanda zuckt mit den Schultern. »Kann schon sein.«

»Und ich glaube, vor allem könnte es dir Spaß machen.« Ich lächle ihr zu.

»Na ja, schlecht fühlt es sich nicht an.« Ein solcher Satz aus Wandas Mund bedeutet schon echte Zustimmung, das habe ich inzwischen gelernt.

»Du könntest dir das Helfen doch zur Gewohnheit machen«, schlage ich vor. »Geh zu einer NGO, mach bei einem Verein mit. Es hilft dir und anderen auch. Und du lernst massenhaft Leute dabei kennen.«

»Ich denk mal drüber nach.« Wanda nickt verhalten. »Wenn das geklärt wäre, können wir starten?«

»Ich warte noch kurz auf Sam«, sage ich und hoffe, dass ich nicht rot werde. »Wir haben gesagt, dass wir zusammen zur Feier gehen.«

Ein wissendes Lächeln erscheint auf Wandas Gesicht. »Na, dann geh ich mal vor, mit den anderen. Und du kümmerst dich um unseren Herrn Reiseleiter. Eine muss es schließlich machen.«

Die anderen ziehen los, bestens gelaunt in Richtung Pub, während ich in der kleinen Eingangshalle auf Sam warte. Und es dauert nicht lange, da taucht er auch schon auf. Bereits auf dem Treppenabsatz lächelt er mir entgegen.

»Also dann, wollen wir los?« Er sieht unglaublich gut aus, in seiner hellen, lässigen Jeans und dem beige-grün karierten Hemd.

Ich nicke. »Die anderen sind schon vorgegangen.« Als er bei mir anlangt, merke ich wieder, wie mein Körper unmittelbar auf seine Nähe reagiert. Ich versuche, mich davon nicht aus der Fassung bringen zu lassen, aber ich fühle, wie schwer mir das gerade fällt, noch dazu, wenn er mich so ansieht wie in diesem Moment.

»Es ist nicht weit.«

»Okay.«

»Dann los?«

»Dann los.«

Vom Hotel zum Pub sind es nur ein paar Hundert Meter, denn Kilronan ist ein winziger Ort. Als Sam und ich die Tür des Pubs öffnen, schlägt uns feuchtheiße Luft und ohrenbetäubende Musik entgegen. Sämtliche Tische sind belegt, an der Theke drängen sich die Leute, die Getränke bestellen wollen, und auch die kleine Tanzfläche ist proppenvoll. Alles leuchtet in Grün, fast jeder trägt etwas Grünes, und von der Decke hängen Girlanden, auf denen Kleeblätter, Leprechauns und der Schriftzug *HAPPY ST. PATRICK'S DAY* geschrieben steht.

»Das ist ja unglaublich!«, rufe ich überrascht. »Wo kommen denn die ganzen Menschen her?« Seit unserer Ankunft habe ich hier kaum mehr als zwanzig Leute gesehen, unsere Reisegruppe mit eingerechnet.

»Ich hatte auch keine Ahnung!« Sam sieht ehrlich erstaunt aus. »Hier ist ja die Hölle los!«

Ich freue mich, als ich Wanda an der Bar entdecke. Ungewöhnlich gelöst wirkt sie, wie sie da neben Aminata und Horan steht und das Treiben um sie herum beobachtet. Sie hat sich inzwischen ein winziges Kleeblatt angesteckt. Wir gehen zu ihnen und bestellen uns Guinness.

»Du trägst ja gar nichts Grünes, Carly!«, bemerkt Aminata. Sie hält ein Bierglas in der Hand und ist bestens gelaunt.

»Eigentlich dürften wir dich jetzt kneifen«, witzelt Horan. Er spielt damit auf die Tradition an, dass man jeden kneifen darf, der am St. Patrick's Day nichts Grünes anhat.

»Mein BH ist grün«, schwindele ich, da ich nicht glaube, dass Horan sich traut, das zu überprüfen. »Also wag es ja nicht.«

Horan sieht aus, als hätte ich ihm den Spaß seines Lebens verdorben. »So ein Pech aber auch«, grummelt er und zieht von dannen.

Als wir unser Guinness bekommen, stoßen Sam und ich mit Aminata und Wanda an.

»Carly, willst du tanzen?« Sam hat sein Glas auf dem Tresen abgestellt und deutet mit dem Kopf Richtung Tanzfläche.

Ich nicke, folge ihm, und wir beginnen, uns zur Musik zu bewegen. Es ist wirklich proppenvoll hier, und so stehe ich bald dicht an Sam gepresst, was weder ihm noch mir unangenehm ist – im Gegenteil. Ich weiß nicht, ob es das Guinness ist, die Musik oder die Tatsache, dass ich Sams Körper so gut spüren kann, aber ich merke, wie mein Widerstand mit jeder Sekunde bröckelt. Sam und ich werden niemals eine Beziehung miteinander führen. Aber wenn wir heute schon die Gegenwart genießen sollen, dann kann ich das in jeder Hinsicht tun. Und auch, wenn ich mir sicher bin, dass ich es morgen bereuen werde: Heute würde mir nichts größeres Vergnügen bereiten, als Sam Clarke hier an Ort und Stelle zu küssen. Ich sehe ihm in die Augen und weiß, dass er dasselbe denkt. Instinktiv rücke ich noch näher.

»Carly ...«, knurrt er mir ins Ohr. Er hat seine Hände auf meine Hüften gelegt. »Ich weiß, wir haben das vorhin geklärt, aber ...«

Ich lege ihm einen Finger auf die Lippen. »Heute ist heute, und morgen ist morgen«, entgegne ich atemlos.

Ein Lächeln taucht auf seinem Gesicht auf, und dann küsst er mich einfach. Es ist ein flüchtiger, scheuer Kuss, der aber alles verändert. Wir wissen beide, dass wir mehr wollen. Rasch lässt Sam seinen Blick schweifen.

»Komm.« Er nimmt mich bei der Hand und führt mich weg von der Tanzfläche zurück Richtung Bar. Neben dem Tresen befindet sich eine winzige Abstellkammer. Schnell öffnet Sam die Tür, wir schlüpfen hinein, und schon schließt er sie wieder. Wir zwei haben gerade so Platz, aber zwischen uns passt jetzt nicht einmal mehr ein Blatt Papier.

»Ein grüner BH also …« Sam sieht mich mit seinem intensiven Blick an, sodass mir sofort heiß wird. Er streift mein Shirt sachte über meine Schulter und dort, wo er meine nackte Haut berührt, beginnt sie zu prickeln.

»Interessant.«

»Vielleicht habe ich das ja nur gesagt, damit mich Horan nicht kneift.« Ich hebe meinen Kopf, um Sam in die Augen sehen zu können. Sein Blick ist intensiver denn je. Sofort bin ich wieder wie hypnotisiert.

»Sehr clever, Miss McCormick«, flüstert Sam, während er mit seinen weichen Lippen quälend langsam meinen Hals herunterwandert. »Nur lasse ich mich nicht so leicht in die Irre führen.«

»Dann muss ich mir noch was anderes für dich einfallen lassen.« Ich schließe die Augen, denn seine Berührungen sind so intensiv, dass es sich so anfühlt, als stünde mein ganzer Körper in Flammen.

»Das sollte dann aber etwas verdammt Gutes sein«, knurrt er. Der Tonfall, in dem er das sagt, ist alles andere als jugendfrei. »Willst du wissen, was ich mir für *dich* einfallen lasse?«

Hungrig sucht mein Mund seinen, und dann treffen unsere Lippen wieder aufeinander, dieses Mal wild und leidenschaftlich.

Sam küsst so gut. Alle Fantasien, die ich von uns hatte, scheinen plötzlich in greifbare Nähe zu rücken.

»Das wollte ich schon vorher machen, in deinem Zimmer«, flüstert Sam. »Aber da schien es nicht ganz passend.«

»Du hast recht, hier in dieser Besenkammer ist es natürlich viel passender«, antworte ich, fast atemlos, während ich mich noch näher an ihn dränge.

Sam quittiert meinen Kommentar mit einem kehligen Lachen. »In Besenkammern sind schon ganz andere Dinge passiert.« Sachte zeichnet er mit seinen Fingern mein Schlüsselbein nach.

Es ist unglaublich, wie mein Körper auf seine Worte und Berührungen reagiert. Langsam lässt er seine Hände über meine Hüften gleiten, was mich vor Verlangen fast zerfließen lässt.

»Oh, Sam«, stöhne ich. Seine Hände auf meinem Körper fühlen sich genau so an, wie ich es mir in meinen wildesten Träumen vorgestellt habe: Zärtlich, aber entschlossen, und er weiß genau, was er tut.

Ich beginne nun ebenfalls, seinen Körper zu erkunden, meine Hände wandern unter sein Shirt, den starken Rücken entlang. Noch niemals zuvor hat sich jemand so gut angefühlt wie Sam. Seine Muskeln zucken unter meinen Berührungen, sie sind fest, aber geschmeidig. Mein Körper reagiert ebenfalls sofort, er ist wie fiebrig, und als Sam beginnt, mein Schlüsselbein mit seinen Lippen zu liebkosen, stoße ich unwillkürlich einen Seufzer aus. All die guten Vorsätze, die ich zuvor in meinem Hotelzimmer noch gefasst habe, werden von einer Welle der Leidenschaft einfach weggespült wie Muscheln am Strand.

»Warte nur, das ist erst der Anfang.« In Sams Augen funkelt es wild, und in diesem Augenblick erinnert er mich mehr denn je an einen Wikinger. Ich nehme seinen Kopf zwischen meine Hände, wuschele durch sein dichtes Haar und stoße gleich noch einen Seufzer aus, dieses Mal einen sehnsüchtigen, als er anfängt, mich mit seinen Händen an jenen Stellen zu liebkosen, die so lange verwaistes Gebiet waren.

Plötzlich tönen von draußen wohlbekannte Klänge durch die Tür.

Molly Malone. Es ist eine Techno-Version, schnell und mit heftigen Beats, und das gesamte Pub grölt draußen mit.

Dieser Song. Meine Lippen lösen sich abrupt von Sams. Heute ist St. Patrick's Day, es ist immer mein Unglückstag gewesen, und dieses Lied erinnert mich gerade in grausamer Weise daran. Was, wenn es mit Sam wieder so wird wie mit Dylan? Wenn ich ihn mit meiner Trauer vergraule? Oder, schlimmer: Was, wenn ihm etwas zustößt, so wie Dad? Ich habe sie gesehen, die Abenteuerlust in seinen Augen. Noch einmal könnte ich so einen Verlust nicht verkraften, auf gar keinen Fall. Panisch stoße ich Sam von mir. Er sieht mich überrascht an. »Was ist los?«

»Tut mir leid, ich kann das einfach nicht«, presse ich hervor, dann öffne ich ruckartig die Tür der Besenkammer und flüchte nach draußen.

Der Lärm schwillt an, die Menge singt gerade den Refrain.

»As she wheeled her wheelbarrow
Through streets broad and narrow
Crying: Cockles and mussels, alive, alive, oh!
Alive, alive, oh
Alive, alive, oh«

Und dann, in das unbarmherzige Gedudel dieses Songs, mischt sich das eindringliche Klingeln meines Handys.

Mit einer unguten Vorahnung ziehe ich es heraus.

Es ist Ceci.

Ich stürme nach draußen, lasse den Lärm und den Dunst des Pubs hinter mir und trete in die klare, kühle, leicht salzig riechende Abendluft. Mit zitternden Händen nehme ich das Gespräch an.

»Ja, Ceci?«

»Carly …« Ich höre der Stimme meiner Schwester sofort an, dass es so weit ist.

»Was ist los?«, frage ich noch der Form halber, obwohl ich sicher bin, die Antwort bereits zu kennen.

»Dad. Sie haben ihn endlich gefunden.«

»Ganz sicher?« Ich atme tief aus.

»Ja, Carly.« Cecis Stimme klingt seltsam leer. »Es besteht kein Zweifel. Die indigenen Frauen haben den Suchtrupp an die Stelle geführt, wo sie den Mann gesehen hatten. Unweit davon wurde Dad gefunden. Sie haben ihn in Manaus ohne jeglichen Zweifel identifiziert, auch wenn es etwas … schwierig war.«

Sie haben ihn gefunden.

Wie lange habe ich auf diesen Augenblick gewartet. Wie oft mir ausgemalt, wie es wohl sein würde, wenn ich die Nachricht bekomme. Ich beginne, unkontrolliert zu zittern. Das Handy fällt mir aus den Händen auf den harten Asphalt.

Dad ist tot. Jetzt ist es gewiss. Es gibt keinen Zweifel, hat Ceci gesagt. Wieder ist es, als würde sich der Boden unter mir öffnen und ich nur noch fallen. Immer tiefer und tiefer, und es hört nicht auf. Und dann fange ich an, hemmungslos zu weinen. Es schüttelt mich am ganzen Körper. Ich weiß nicht, wie lange ich dort stehe, zusammengekrümmt, gebrochen. Schließlich, ganz langsam, verebben meine Schluchzer. Als der letzte verklingt, versuche ich, tief Luft zu holen. Einmal. Und noch einmal. Und ein drittes Mal. Mein Herzschlag verlangsamt sich wieder.

Und dann ... ist es vorbei. Ich bin immer noch traurig, kann es noch nicht ganz fassen, jetzt Gewissheit zu haben, dass Dad nie wieder zurückkommen wird. Aber ganz weit weg, irgendwo am Horizont, ist ein Silberstreif, ein Hauch Morgendämmerung nach einer endlos langen Nacht der Trauer. Es ist Erleichterung. Die Erleichterung, jetzt endlich, nach dem endlosen, jahrelangen Verharren, Gewissheit zu haben. Und nun kann ich mich auch endlich von Dad verabschieden. Wieder strömen die Tränen haltlos über mein Gesicht. All die Gefühle, die sich in mir über Jahre aufgestaut haben, bahnen sich ihren Weg an die Oberfläche.

Sie haben ihn.

»Carly?«, höre ich wie aus weiter Entfernung. »Carly, bist du noch dran?«

Ich atme tief durch, bücke mich und nehme das Telefon wieder in die Hand. »Ceci? Du hast nicht aufgelegt?«

»Ja ... obwohl ich mir nicht sicher war, ob *du* noch dran bist.« Ihre Stimme verrät mir, dass sie ebenfalls geweint hat.

»Was passiert jetzt?« Ich schlucke. »Ich meine mit Dad.«

»Sie überführen ihn. Es gibt eine Sondermaschine. Der irische Botschafter in Brasilien ist sehr bemüht, alles so rasch wie möglich in die Wege zu leiten. Sie wollen schon morgen in Dublin landen.«

»Morgen?«, rufe ich erschrocken. »So schnell?«

»Ja, anscheinend.« Ceci seufzt. »Ich war auch total überrumpelt.«

»Aber ... es muss doch jemand dort sein, um ihn in Empfang zu nehmen«, stammele ich. »Und ich bin auf den Aran-Inseln!«

»Ich kann frühestens übermorgen dort sein.« Ceci seufzt. »Schneller geht es bei mir beim besten Willen nicht. Vincent ist in Belgrad, Mum gerade gestern nach Mallorca geflogen ... und so schnell finde ich auch keinen Babysitter.«

»Wann landet diese Sondermaschine?«, frage ich.

»Am späten Nachmittag«, sagt Ceci. »Sie haben gesagt, zwischen siebzehn und achtzehn Uhr.«

»Das schaffe ich«, sage ich mit zunehmender Bestimmtheit. »Ich kann morgen früh gleich die erste Fähre nehmen und Mindy fragen, ob sie mich in Rossaveal abholt. Dann müsste ich rechtzeitig da sein.«

»Das wäre natürlich großartig«, antwortet Ceci zögerlich. »Aber es ist echt blöd, dass du deinen Urlaub abbrechen musst.«

»Ceci, sie bringen uns *Dad*«, sage ich mit brüchiger Stimme. »Es ist mir vollkommen egal, ob ich früher nach Hause muss. *Er* kommt nach Hause, das ist alles, was zählt.«

»Du hast recht.« Meine Schwester klingt plötzlich unendlich traurig. »Ich wünschte nur, er käme lebend zurück.«

»Ich auch, ich ...« Der Kloß in meinem Hals wird so groß, dass ich unfähig bin, weiterzusprechen. Aber Ceci versteht mich.

»Ich komme, so schnell ich kann, Carly. Ich meld mich wieder.«

Stumm nicke ich, obwohl meine Schwester das natürlich nicht sehen kann.

Langsam lasse ich das Handy sinken und blicke in den Himmel. Keine Wolke ist zu sehen, dafür beginnen unzählige Sterne am Firmament zu funkeln. Ich wusste es. Entgegen jeder neu aufflammenden Hoffnung, entgegen jedem neu gefundenen Optimismus – es steht einfach nicht in *meinen* Sternen, dass auch nur ein einziger St. Patrick's Day ein glücklicher Tag für mich ist.

Unmöglich kann ich jetzt wieder zurück ins Pub. Mich fröstelt es zwar, weil meine Jacke drinnen ist, aber ich laufe los, den kurzen Weg zurück zu unserer Pension. Niemand ist hier, das ganze Haus ist dunkel, denn auch Leslie, die Hotelbesitzerin, ist bei der Feier im Pub. Ich gehe den nur durch die Notbeleuchtung erhellten Gang bis zu meinem Zimmer, sperre die Tür hinter mir zu, und auch im Schloss der Verbindungstür drehe ich den Schlüssel um. Ich will bis morgen früh niemanden sehen oder hören. Ich lege mich ins Bett, tippe noch schnell meine Nachricht an Mindy, und gerade als die ersten Raketen in den nächtlichen Himmel steigen, um den wichtigsten irischen Feiertag zu zelebrieren, fallen mir vor lauter Erschöpfung die Augen zu.

Als ich am nächsten Morgen um sieben Uhr am kleinen Hafen von Rossaveal stehe, ist die Sonne noch nicht aufgegangen. Rauchblaue Nebelschwaden ziehen übers Meer, aber es soll wieder ein schöner Tag werden, also werden sie wahrscheinlich bald in der Wärme der ersten Sonnenstrahlen verdampfen. Es fröstelt mich, und ich kann es kaum erwarten, bis die näher kommende Fähre endlich anlegt und ich an Bord gehe.

Ich habe Aminata noch schnell eine Nachricht geschickt, dass ich die Reise vorzeitig abbrechen muss, und hoffe, dass es in Ordnung war, mein Rad einfach vor dem Hotel stehen zu lassen. Ich war zu feige, um Sam persönlich Bescheid zu sagen, dass ich früher abreise. Ich habe einige Anrufe von ihm auf meiner Mailbox, aber habe bis jetzt nicht geantwortet. Ich weiß einfach nicht, was ich ihm sagen soll. Dass ich ihn unheimlich gerne habe, aber keine Beziehung mit ihm führen kann?

Was für ein Unterschied zur Überfahrt zwei Tage zuvor! Heute zeigt sich die See spiegelglatt, die einzige Bewegung sind die leichten Wellen, die der Bug der Fähre ins Wasser zeichnet. Und nach nur einer halben Stunde erreichen wir den kleinen, schmucklosen Fährhafen von Rossaveal auf dem Festland.

Mindys knallroter Peugeot parkt an der Kaimauer, und sie wartet daneben. Es ist einfach großartig, dass sie hier ist, sicherlich war gestern, am St. Patrick's Day, in der *Panty Bar* die Hölle los und trotzdem muss sie sich schon gegen sieben Uhr früh ins Auto gesetzt haben.

»Da bist du ja, Liebes.« Sie schließt mich fest in die Arme, und an ihrer warmen, weichen Brust beginne ich gleich wieder zu weinen.

»Schon gut.« Sie streicht mir über den Rücken. »Alles wird gut.«

Sie wartet, bis mein Schluchzen verebbt.

»Wollen wir los?«, fragt sie schließlich. »Ich hab uns Cappuccino und frische Hörnchen besorgt.« Sie lächelt. »Und schließlich müssen wir noch einmal Irland durchqueren, um deinen Dad in Empfang zu nehmen.«

Ich nicke, wische mir die Tränen aus dem Gesicht und steige in den Peugeot.

Dad kommt nach Hause. Endlich.

Kapitel 21

*E*r wird eine Verdienstmedaille bekommen«, sagt Ceci tonlos. Sieben Tage sind vergangen, seit sie Dad gebracht haben, und wir haben ihn gerade auf dem kleinen Friedhof beigesetzt, der ganz in der Nähe unserer Wohnung liegt. Nur Ceci und ich und ein paar enge Freunde von Dad sind dabei gewesen. Es war eine kurze Zeremonie, schlicht und schnörkellos, so, wie er es wollte.

Wir stehen vor dem Eingang des Friedhofs. Meine Schwester trägt ein eng geschnittenes, malvenfarbenes Kostüm, die kastanienbraunen glatten Haare sind zu einem Chignon im Nacken gebunden. Ich komme mir in meinem etwas zu engen Blazer und der nur mühsam gebändigten Lockenmähne underdressed vor, wie so oft neben meiner großen Schwester. Aber ich weiß, dass es Dad absolut egal gewesen wäre, wie seine Töchter auf seiner Beerdigung angezogen sind.

»Von der brasilianischen Regierung.« Ceci versucht sich an einem Lächeln.

»Das hätte Dad wenig bis gar nichts bedeutet«, sage ich nüchtern. Medaillen, Auszeichnungen, Preise, das war ihm immer gleichgültig. Ihm ging es um die Sache und vor allem um die Menschen.

»Ich weiß.« Meine Schwester nickt. »Aber der irische Botschafter hat mir auch gesagt, dass der Stamm der Parakanã ihn zum Ehrenmitglied ernennen will. Weil er sich mit seiner Arbeit um den Erhalt ihres Lebensraums bemüht hat.«

»Das hätte ihm einiges mehr bedeutet«, sage ich. Plötzlich stehen mir die Tränen in den Augen. »Viel mehr.«

»Ja, das hätte es.« Ceci nimmt meine Hand. »Carly ...« Sie zögert. »Ich habe mit Vincent gesprochen. Ich muss ja heute zurück nach Avignon, aber im Juli hat er Urlaub, und dann würde ich gerne zu dir nach Dublin kommen, allein. Und Mum auch.«

Ich sehe sie überrascht an.

»Ich kann leider nicht ewig, du weißt schon, wegen der Kinder, höchstens zehn Tage, aber Mum wird länger bleiben. Wir möchten so gerne Zeit mit dir verbringen.« Nun hat sie feuchte Augen. »Wir vermissen dich jeden Tag. Und ich glaube, wir haben dir das viel zu selten gesagt.«

»Ich vermisse euch auch«, sage ich und muss jetzt auch wieder anfangen zu weinen. »Und es wäre toll, euch eine Weile hierzuhaben.«

»Dann machen wir es so.« Ceci schnieft ebenfalls. »Wir haben uns viel zu selten gesehen in den letzten Jahren. Ach, eigentlich die ganze Zeit seit der Scheidung. Und dabei hab ich dich so lieb, kleine Schwester.«

»Ich dich auch.« Wir stehen lange so da, fest umschlungen, wir zwei McCormick-Schwestern, und das erste Mal seit einer gefühlten Ewigkeit ist nichts mehr von der Distanz zwischen uns zu spüren. Schließlich lassen wir uns los.

»Ich kann es immer noch nicht glauben, dass wir Dad nie

mehr wiedersehen.« Eine neue Welle der Trauer überkommt mich, und ich warte, bis sie verebbt. »Und es war sonnenklar, dass mich die Nachricht, dass sie ihn gefunden haben, genau am St. Patrick's Day erreicht.« Ich ringe mir ein Lächeln ab. »Ich fürchte, ich werde den Fluch dieses verdammten Tages einfach nicht los.«

Ceci betrachtet mich. »Es ist interessant, dass du das sagst. Denn eigentlich ist an diesem Tag nichts passiert. Sie haben uns nur angerufen. Dad war schon viel länger tot.« Sie sieht mich an. »Außerdem, Carly, hast du es denn wirklich als schlechte Nachricht empfunden?« Sie seufzt. »Für mich war es ehrlich gesagt eher eine Erlösung. Ich war traurig, klar, aber auch erleichtert. Erleichtert, weil wir die ganze Zeit über schon um ihn getrauert haben, nicht wahr?« Sie lächelt wehmütig. »Und jetzt können wir endlich damit anfangen, uns zu verabschieden. Das wird es leichter machen, vielleicht nicht sofort, aber mit der Zeit schon.«

Ich betrachte die hübschen fliederfarbenen Magnolien, die jemand geschickt hat. Dad wollte keine Blumen zu seinem Begräbnis, stattdessen lieber Spenden für den WWF, aber jemand hat sich seinem Wunsch widersetzt, und ich bin irgendwie froh darüber, denn die Magnolien verleihen der ansonsten sehr schlichten Grabstätte einen Hauch Freundlichkeit. Ceci hat recht. Auch ich habe jahrelang getrauert, und auch wenn ich immer noch traurig bin, fühlt es sich jetzt schon an, als ob sich etwas in meinem Leben geändert hätte. Als ob ich neu anfangen und wieder auf *Play* drücken dürfte, endlich, nach so langer Zeit.

»Du hast sehr viel Pech gehabt am St. Patrick's Day, das ist ganz klar«, beginnt Ceci erneut. »Aber das war nicht immer so.« Ein Lächeln erscheint in ihrem Gesicht. »Du und Dad, ihr habt euch doch früher jedes Mal so auf diesen Tag gefreut. Ihr habt lustige Shirts gebastelt und euch diese kitschigen Kleeblattketten umgehängt, weißt du noch? Da musst du ungefähr neun gewesen sein. Und ihr habt Tänze und Lieder geübt, und wegen der Parade wart ihr Tage im Voraus schon aufgeregt.«

Ich muss ebenfalls lächeln. »Stimmt. Wir haben diesen Tag echt geliebt.«

Ceci greift wieder nach meiner Hand. »Carly, ich glaube, Dad hätte gewollt, dass du ihn und den St. Patrick's Day in guter Erinnerung behältst. Den Spaß, den ihr zusammen hattet, die schönen Erlebnisse.«

Ich nicke langsam. »Das glaube ich auch.«

»Aber was Dad gewollt hätte oder nicht, spielt vielleicht auch gar keine so große Rolle mehr«, sagt Ceci mit Nachdruck. »Wichtig ist nur, dass *du* wieder glücklich wirst, Carly. Dass du ab jetzt das tust, was *dich* glücklich macht.«

»Du hast recht« sage ich, und meine Entschlossenheit, die ich schon während der Reise verspürt habe, ist wieder da. Ich möchte mehr Dinge tun, die mich glücklich machen. Ich möchte wieder frei leben, unbeschwert. Und ich weiß nicht, ob ich den St. Patrick's Day jemals wieder so feiern kann wie damals mit Dad, aber ich möchte ihn wenigstens nicht mehr fürchten.

Wir umarmen uns noch einmal fest. Dann blickt Ceci auf ihre Uhr und seufzt. »Carly ... das ist jetzt total blöd, aber ich muss los. Mein Flieger geht in knapp drei Stunden, und sie haben für heute ziemlichen starken Verkehr angesagt.«

»Klar, mach dich ruhig auf den Weg.« Ich nicke.

Ceci ruft sich ein Uber, und ich warte mit ihr beim Ausgang des Friedhofs.

»Also, wir sehen uns.« Meine Schwester gibt mir zum Abschied einen Kuss auf die Wange. »Bald. Versprochen?«

»Versprochen.« Ich lächle ihr zu, während sie in das Uber einsteigt, und winke ihr nach, bis der Wagen hinter der ersten Kurve verschwunden ist.

Ich bleibe noch einen Moment stehen. Ich werde Dad vermissen, ganz schrecklich, für immer. Aber ich werde jetzt weitermachen mit meinem Leben, es neu befüllen mit Sachen, die mir guttun. So, wie ich es mit Fred besprochen habe.

Ich werfe noch einen Blick zurück auf Dads Ruhestätte. Die Magnolien leuchten mir richtig entgegen. Wenn ich jetzt losgehe, dann wird auch mein Leben wieder losgehen.

»Und das ist ganz richtig so, meine Curly Carly«, höre ich Dad plötzlich in meinen Gedanken. »Das Leben geht vorwärts, immer vorwärts.«

Also laufe ich los.

Auf in mein neues Leben.

Kapitel 22

Einen Monat später

*E*s regnet mal wieder.

Zwar ist es kein strömender Regen, aber doch so stark, dass ich meinen gepunkteten Knirps aufspannen muss, auf dem Weg aus der Innenstadt zu der Wohnung, die nun mir gehört. Dad hat ein Testament aufgesetzt, schon vor langer Zeit, und letzte Woche wurde es von einer Notarin verlesen.

Er hat mir unsere Wohnung vermacht, und Ceci und mir zusammen sein nicht unbeträchtliches Geldvermögen.

Ich habe die Wohnung etwas umgeräumt, Dads Schlafzimmer ist nun mein Büro. Ich werde es bald brauchen, denn ich habe meinen Job bei *The Green Change* gekündigt und werde mich wirklich als Nachhaltigkeitsberaterin für Familienunternehmen selbstständig machen. Mit etwas Startkapital im Rücken fällt mir das leichter und auch mit meiner wiedergewonnenen Energie, mit dem Schwung, mit dem ich auch alle anderen Dinge angehe.

Ich habe sie tatsächlich angerufen, Maeve und Ines, und wir haben uns schon ein paarmal getroffen in den letzten Wochen. Ich war auch bowlen mit Paul von der Arbeit und ein paar anderen, und ich habe mir ein gebrauchtes Trekkingrad gekauft, mit dem ich nun regelmäßig Touren unternehme.

Gerade als ich die Haustür aufsperren will, bemerke ich, dass nun überall im Park gegenüber bunte Tupfen leuchten, trotz des Regens. Es sind Frühlingsblumen, dieselben, die wir so oft im Burren gesehen haben. Primeln, Dotterblumen, Narzissen.

Jetzt bloß nicht an die Radreise denken, ermahne ich mich. Ich hatte den Kopf so voll in den letzten Wochen. Der Abschied von Dad, die vielen kleinen und großen Wege, die einem nicht erspart bleiben, wenn jemand verstirbt. Mindy hat mir tatkräftig geholfen, und auch Ceci hat getan, was von Avignon aus möglich war.

Aber zwischendurch, in einer ruhigen Minute, sind meine Gedanken immer wieder an die Westküste gehüpft. Diese Reise, diese sieben unvergesslichen Tage auf dem Rad haben das Ende eines alten und den Beginn eines neuen Lebensabschnitts für mich markiert. Ich habe erst jetzt, im Nachhinein, gemerkt, wie wichtig sie für mich war.

Und dann Sam.

Ich vermisse ihn so sehr. Wie oft ich schon an unseren Kuss gedacht habe, ich weiß es nicht mehr.

Ich weiß nur, wie sehr er mir fehlt.

Und doch ist es besser, wenn es so bleibt, wie es ist: Ich in Dublin, er in Galway. Dreihundert Kilometer zwischen uns.

Er hat noch ein paarmal versucht, mich zu erreichen, seit ich so Hals über Kopf von Inishmore abgereist bin, aber ich habe mich nie getraut, seine Anrufe entgegenzunehmen. Stattdessen habe ich ihm eine kurze Textnachricht geschickt, dass wir uns lieber nicht wiedersehen sollten, und ihn danach blockiert. Ich habe mich unglaublich feige dabei gefühlt, aber es *ist* besser so. Zwei fein säuberlich getrennte Leben, jeder mit seinen eigenen Problemen und Herausforderungen.

Und doch: Was für eine Reise war das. Durchsetzt mit Pleiten und Pannen, aber so vielen schönen, unvergesslichen Momenten, dass mir ganz schwindlig vor Glück wird, wenn ich wieder daran denke. Ich schließe die Augen und kann den Duft des Salzwassers, des blühenden Heidekrauts riechen und den Wind fühlen, der uns mal dahingetragen, mal alle Kräfte gekostet hat. Die Gemeinschaft, die in so kurzer Zeit entstanden ist.

Gerade, als ich noch in Gedanken bei unserer Radreise bin und mir das erste Mal erlaube, richtig in der Erinnerung zu schwelgen, läutet mein Handy. Aminatas Nummer leuchtet auf dem Display auf. Sie will facetimen.

Kurz zögere ich, aber dann nehme ich das Gespräch an.

»Aminata!«, rufe ich erfreut, als sie auf dem Display erscheint.

»Hey, Carly!« Sie grinst übers ganze Gesicht. Gut schaut sie aus, gewohnt tatkräftig, aber irgendwie friedfertiger als sonst.

»Ist das der Park gegenüber deiner Wohnung?« Sie schwenkt das Handy einmal, und ich erkenne plötzlich die St. Patrick's Kathedrale auf dem Display.

»Ja, aber … wie …« Ich bin verwirrt. »Bist du … bist du in Dublin?«

»Sieht so aus, oder?« Sie grinst. »Und wo steckst du? Bist du zu Hause?«

»Ähm, nein«, sage ich und werde immer verwirrter. »Aber auf dem Weg dorthin.«

»Bist du jetzt auf der Hauptstraße?«

»Ja genau«, antworte ich.

»Dann bleib genau dort, wo du bist!« Aminata klingt etwas außer Atem.

Verdattert bleibe ich stehen und schaue mich suchend um. Zuerst kann ich sie nirgendwo erblicken, aber dann entdecke ich sie.

Es ist Aminata, und sie ist nicht allein. Eine ganze Gruppe taucht hinter ihr auf. Zuerst Wanda, wie immer im Stechschritt, den Rücken gerade, den Kopf hocherhoben. Dann Fred und Dottie, Händchen haltend. Horan, mit ungewöhnlich fröhlichem Gesichtsausdruck und hinter ihm, als wollte er sich am liebsten verstecken …

Sam.

Ich erstarre und kann es nicht fassen. Das muss ein Traum sein. Was machen sie alle hier? In Dublin, im Park vor meiner Wohnung?

Und doch wirken sie sehr lebendig, denn als sie mich entdecken, beginnen sie alle wie wild zu winken und zu rufen.

»Carly! Hier sind wir!«

»Carly, wie schön, dich zu sehen!«

Alle außer Sam. Er scheint den anderen nur widerstrebend zu folgen. Und er wirkt angespannt.

»Was macht ihr hier?« Das ist Einzige, was mir einfällt. Ich bin komplett verblüfft. Und ich merke, wie sehr ich mich freue, sie wiederzusehen.

Endlich haben sie mich erreicht, und ich falle allen der Reihe nach um den Hals. Sogar Horan. Allen außer Sam. Er steht etwas abseits und starrt an mir vorbei.

»Wieso seid ihr hier?« Ich blicke von einem zur anderen. Noch immer kann ich es nicht fassen, dass meine gesamte Reisegruppe vor mir steht.

»Ich meine, ihr alle gemeinsam in Dublin …«

»Nun, eigentlich sind wir wegen Sam gekommen.« Dottie senkt die Stimme. »Dem armen Kerl hast du ja ordentlich zugesetzt mit deiner Abreise.«

»Ein bisschen dramatisch war das ja schon, oder?« Horan zieht eine Augenbraue hoch. »So bei Nacht und Nebel zu verschwinden …«

»Aber, Horan, wir kennen doch die Umstände«, sagt Dottie tadelnd. »Das war eine absolute Ausnahmesituation, in der Carly sich befunden hat.«

»Jetzt komm doch mal her, Sam.« Aminata winkt ihrem Chef ungeduldig.

Er kommt widerstrebend näher, und ich habe den Eindruck, er würde am liebsten im Boden versinken.

»Tja, wie Dottie schon gesagt hat. Er ist ziemlich neben der Spur, seit du weg bist«, verkündet Aminata gewohnt offenherzig.

»Muss das sein, Aminata?« Sam blickt sie entgeistert an.

»Er war richtig geknickt«, ergänzt Dottie. »Total. Hat den ganzen letzten Tag kaum ein Wort gesprochen mit uns.«

»Komplett erledigt«, pflichtet Horan ihr bei. »Er war finito.«

Sam schüttelt den Kopf. »Na, *so* schlimm war es doch auch wieder ni…«

»Doch«, schneidet ihm Wanda das Wort ab. »Es war so schlimm.«

»Deshalb haben wir Sam hierhergeschleppt.« Aminata nickt. »So kann das nicht weitergehen. Ich meine, ihr zwei mögt euch doch, oder?«

Keiner von uns beiden antwortet. Zu viele widersprüchliche Gefühle wirbeln in meinem Kopf umher. Natürlich mag ich Sam, sehr sogar, aber wohin soll das führen? Ich merke an seinem Gesichtsausdruck, dass es ihm genauso geht.

»Habt ihr euch gar nichts zu sagen?« Wanda sieht streng von mir zu Sam und wieder zurück. »Na, so wird das aber nichts.«

»Wir haben uns schon gedacht, dass ihr es unnötig kompliziert macht«, kommt es von Horan.

Aminata neben ihm nickt. »Deshalb haben wir uns auch was einfallen lassen.« Jetzt erst bemerke ich, dass hinter Dottie und Fred eine bunt beklebte, knallgrüne Fahrradrikscha steht.

»Ihr setzt euch jetzt da rein, und Aminata wird euch so lange rumkutschieren, bis ihr eine Lösung für euch gefunden habt«, befiehlt uns Horan.

»Eine *gute* Lösung«, fügt Wanda mit Nachdruck hinzu.

»Das ist nicht euer Ernst«, versucht Sam, sich noch zu wehren, aber Aminata hat ihn bereits am Arm gepackt, um ihn mit sanftem Nachdruck zum Einsteigen zu bewegen. »Carly, kommst du? Das Ding wird nach Minuten abgerechnet.«

»Überhaupt kein Druck«, stellt Sam trocken fest, während er auf einen der Passagiersitze klettert.

»Nö, gar nicht.« Ich lasse mich auf den zweiten Sitz gleiten. Sam plötzlich wieder so nahe zu sein, bringt mich völlig aus dem Konzept. So gut es geht versuche ich, meine Aufregung zu verbergen.

»Kann's losgehen?« Aminata sitzt bereits auf dem Fahrersattel.

»Und kommt nicht zurück, ehe ihr euch einig seid!«, ruft uns Dottie fröhlich hinterher. »Wir warten in dem Café dort drüben auf euch!«

Fred hat seine Unschuldsmiene aufgesetzt, aber sein Lächeln verrät mir, dass er mit den anderen unter einer Decke steckt.

»Wir sind doch nicht eure Hampelmänner!«, sagt Sam. »Was, wenn ich nicht will?«

»Ihr könnt ja rausspringen, wenn es euch nicht passt«, ruft Aminata freimütig und tritt kräftig in die Pedale. »Aber ich würde an eurer Stelle vorsichtig sein, der Dubliner Verkehr und alles …«

»Frechheit«, protestiert Sam noch einmal schwach, aber er hat wohl gemerkt, dass jeglicher Protest zwecklos ist.

Sam und ich schweigen. Ich blicke auf die Kathedrale, an der wir ziemlich schnell vorbeibrausen.

»Ich war ja dafür, euch eine Flasche Wein mitzugeben, damit ihr mal ein bisschen lockerer werdet«, kommt es von vorne. »Aber die anderen meinten, ihr solltet das nüchtern klären.« Sie wirft uns einen vielsagenden Blick über die Schulter zu. »Hätten sie mal bloß auf mich gehört.«

Wieder verlegenes Schweigen. Verdammt, so oft habe ich mir diesen Moment in den vergangenen Wochen ausgemalt, und jetzt, wo er da ist, fehlen mir die Worte.

»Wie geht es dir, Carly?« Ich blicke auf, und das erste Mal, seit er aufgetaucht ist, sehen wir uns in die Augen. So viele Gefühle sprudeln plötzlich in mir hoch, von denen ich glaubte, sie erfolgreich verdrängt zu haben, doch ich bemerke an meinem wild wummernden Herzschlag, dass sie nie wirklich weg waren. Und ich bemerke auch, wie sehr ich Sam vermisst habe.

»Ganz gut.« Ich schlucke. »Und dir?« Mein Blick fällt auf seine sinnlichen, geschwungenen Lippen. Wie gern würde ich ihn auf der Stelle küssen.

»Auch ganz gut«, antwortet Sam zugeknöpft. Er zögert. »Mindy hat mir erzählt, dass sie deinen Vater gefunden haben?«

Plötzlich wird mir klar, wie sehr ich ihn im Regen habe stehen lassen, und das tut mir unglaublich leid.

»Ja, sie haben ihn gefunden. Deshalb musste ich auch so

plötzlich zurück nach Dublin«, füge ich erklärend hinzu. »Meine Abreise war ja ziemlich überstürzt.«

»Das kann man wohl sagen.« Zum ersten Mal zeigt sich etwas wie ein Lächeln auf Sams Gesicht. »Und ich hatte schon Angst, dass es unser Kuss war, der dich in die Flucht getrieben hat.«

Ich sehe ihn überrascht an. Dass er den Kuss erwähnt, damit hätte ich nicht gerechnet.

»Nein, das war es nicht«, erwidere ich leise. Wieder verfallen wir in verlegenes Schweigen, nur der Lärm der vorbeifahrenden Autos ist zu hören.

»Leute, beeilt euch mal ein bisschen dahinten, mir tun schon die Beine weh!«, stöhnt Aminata. »Ihr seid ganz schön schwer.«

»Du solltest wohl öfter selbst radeln bei unseren Touren«, kontert Sam. »Etwas mehr Kondition könnte nicht schaden, oder?«

Aminata quittiert Sams Bemerkung mit einem lauten Schnauben. »Macht einfach weiter dahinten.«

Wir fahren gerade am St. Stephen's Green vorbei. Der Regen ist während unserer Fahrt weniger geworden, es ist nur mehr ein Tröpfeln, und die ersten Passanten klappen bereits ihre Schirme zusammen.

»Findest du, dass Aminatas ständige Zwischenrufe zu einer angenehmen Gesprächsatmosphäre beitragen?« Sam sieht mich gespielt ernst an.

Ich schüttle den Kopf. »Nicht unbedingt, sorry, Aminata.«

Sam beugt sich zu mir. Ich kann seinen kühlen Atem auf meiner Haut spüren und bekomme sofort wieder eine Gänsehaut. »Wir müssen uns was einfallen lassen, um sie loszuwerden«, flüstert er mir zu.

Ich nicke. »Und ich hab auch schon eine Idee.«

»Aminata?« Ich erhebe meine Stimme wieder. »Könntest du mal rechts ranfahren und mir bei dem Kiosk da was zu trinken besorgen? Ein bisschen Alkohol würde nicht schaden …«

»Logisch, Carly. War doch von Anfang an meine Idee.« Sie steuert das Rad an den Straßenrand, steigt aus und geht zu dem kleinen Kiosk. Sam und ich sehen uns an. Wie auf Kommando springt er vorne auf den Fahrersitz und wendet die Rikscha.

»Sorry, Aminata«, ruft er seiner verdutzten Mitarbeiterin zu, die sich mit überraschtem Blick umdreht, als sie das Quietschen der Reifen hört. »Aber unsere Angelegenheiten besprechen Carly und ich lieber unter vier Augen!«

»Lauf einfach die Hauptstraße entlang zurück!«, füge ich hinzu. »In einer Viertelstunde bist du wieder bei den anderen!«

Sie will zuerst lautstark protestieren, aber dann grinst sie übers ganze Gesicht. »Wir sehen uns später, ihr Turteltäubchen! Und vermasselt es nicht!«

»Fahr zum St. Stephen's Green!«, kommandiere ich meinen neuen Fahrer. »Immer geradeaus, bis du ganz viel Grün siehst.«

Nach wenigen Minuten haben wir den größten Park Dublins erreicht. Sam parkt die Rikscha vor dem Eingang, und wir suchen uns in Sichtweite ein Plätzchen auf dem weichen, saftigen Gras. Es ist noch feucht vom Regen, aber Sam hat seine Jacke ausgezogen, und wir setzen uns beide darauf, nah beieinander. Mein Herz legt noch einen Gang zu.

»Schön ist es hier.« Sam blickt sich um. Bäume, die voller Blüten sind. Frühlingsblumen auch hier, überall in den Beeten. »Endlich mal ein bisschen Grün.«

»Mit so einer Natur wie bei euch drüben können wir hier

natürlich nicht mithalten«, sage ich. »Es ist wirklich wunderschön dort.«

»Würdest du die Stadt sehr vermissen, wenn du sie nicht mehr hättest?«, fragt Sam plötzlich. »Ich meine, würdest du Dublin vermissen?«

»Kommt ganz drauf an«, bleibe ich vage, weil ich mir nicht sicher bin, auf was er hinauswill.

»Worauf?« Seine Stimme wird brüchig.

»Wer mich danach fragt. Beziehungsweise, wer dort auf mich warten würde«, antworte ich. Ich bin ihm so nahe, dass ich wieder den lichtblauen Kranz um seine Iris erkennen kann, seine weichen, vollen Lippen, und am liebsten würde ich ihn einfach in den Arm nehmen und küssen.

»Was, wenn *ich* es wäre?« Sein Blick ist ernst, verletzlich. Keine Spur von Ironie ist darin zu sehen.

Ich sehe ihn nur stumm an, bringe kein Wort heraus.

»Weißt du, ich habe so lange nach Gründen gesucht, warum das mit uns nichts werden kann«, erklärt Sam. »Tage- und nächtelang habe ich mir eingeredet, dass es ein Hirngespinst ist, diese Sache zwischen uns, dass es nie was werden kann … Vor allem nach deiner überstürzten Abreise. Nach meinen erfolglosen Versuchen, dich zu erreichen.« Nervös fährt er sich durch sein Haar. »Richtig fertiggemacht hat mich das.«

Schuldbewusst sehe ich ihn an. »Das war nicht okay von mir, einfach ohne Erklärung abzuhauen.«

»Ich verstehe dich schon.« Er schüttelt den Kopf. »Aber weißt du, sosehr mein Kopf mein Herz auch davon überzeugen wollte, dass wir beide zusammen eine dumme Idee sind, es ist mir einfach nicht gelungen.«

»Nein?«

»Überhaupt nicht.« Er sieht mir wieder in die Augen. »Also habe ich angefangen, nach Gründen zu suchen, wie es *doch* klappen könnte.«

»Lass hören«, fordere ich ihn ruppiger auf, als ich es meine. Denn in Wahrheit bin ich total aufgeregt. Sam hat mir sein Herz ausgeschüttet, was ich waghalsig und unglaublich mutig zugleich finde.

»Also gut.« Er holt tief Luft. »Ich habe einen Heimplatz für Mum gefunden. Direkt in Galway, sie kann zwar nicht sofort einziehen, aber spätestens in einem Jahr, und in der Zwischenzeit wird sie dort als Tagesgast betreut.«

»Oh, Sam, das ist großartig!«, sage ich erfreut.

»Dadurch werde ich mich wieder besser um *Leprechaun Tours* kümmern können«, erklärt er. »Und ich habe mit Wandas Hilfe herausgefunden, dass mein Betrieb für einige lukrative Förderungen infrage kommt, vor allem, was Umweltschutz und Elektromobilität betrifft.«

Schuldbewusst höre ich Sam zu. Das ist mein Spezialgebiet, dabei hätte eigentlich ich ihm helfen müssen.

»Wanda hat mir auch eine Steuerberaterin empfohlen, die sie persönlich gut kennt. Mit ihrer Hilfe werde ich meine Finanzen auf Vordermann bringen. Einiges läuft da sicher noch nicht optimal.« Sam zögert. »Und dadurch, dass Mum nun bestens versorgt ist, habe ich auch wieder mehr Zeit, mich um mein Privatleben zu kümmern.«

»Das klingt wirklich gut«, sage ich, etwas heiser. Ich bin vollkommen überwältigt von dem, was er erzählt.

»Und am liebsten würde ich diese Zeit mit dir verbringen, Carly.« Er greift sachte nach meiner Hand. »Das ist mir in den letzten Wochen klar geworden.« Ein Grinsen erscheint auf seinem Gesicht. »Eigentlich wusste ich das schon seit unserem

Kuss in der Abstellkammer, aber ich hab eine Weile gebraucht, um es zu kapieren.«

»Typisch Mann, würde Wanda jetzt sagen«, kommentiere ich trocken, aber nur, um meine Aufregung zu überspielen.

Sam lacht. Dann wird er wieder ernst. »Und … wie sieht's bei dir aus?« Er schluckt. »Könntest du dir vorstellen, nun ja …, dass wir … wir beide …«

»Ich habe auch viel über uns nachgedacht«, gestehe ich. »Zuerst war ich nur mit dem Abschied von Dad beschäftigt, aber dann bist du immer häufiger in meinen Gedanken aufgetaucht. Wenn ich ehrlich bin, warst du nie ganz weg.«

Sam blickt mich gespannt an. Ich merke, wie nervös er ist.

»Ich weiß nicht, ob ich Dublin Knall auf Fall aufgeben möchte«, sage ich ehrlich. »Ich bin hier aufgewachsen, die meisten meiner Erinnerungen mit Dad sind hier. Andererseits habe ich in letzter Zeit tatsächlich öfter darüber nachgedacht, wie es wäre, woanders zu leben. Wie gesagt, Dublin war immer meine Dad-Stadt. Alles ist voller Erinnerungen, aber seit er tot ist, sind hier nicht viele neue hinzugekommen.« Ich halte inne. »Vielleicht wäre ein anderer Ort auch besser dafür.«

»Ein anderer Ort wie vielleicht … Galway?«, fragt Sam vorsichtig. Die Unsicherheit in seinen Augen ist groß.

»Vielleicht.« Ich hole tief Luft, denn ich will ehrlich zu Sam sein. »Und natürlich ist mir klar, dass es für dich schwieriger wäre, deine Radreisen hierher zu verfrachten, als wenn ich mein Büro in den Westen verlegen würde.«

»Es ginge schon«, sagt Sam langsam. »Auch im Osten kann man schöne Touren planen.« Er lächelt ein wenig schief. »Es wäre umständlich, aber machbar. Auch das habe ich mir schon überlegt. Ich möchte auf keinen Fall, dass du irgendetwas für mich aufgibst.«

»Ich habe etwas Geld von Dad geerbt«, erwidere ich rasch. »Und die Wohnung. Die man aber durchaus vermieten könnte. Weißt du, ich möchte mein Leben neu sortieren. Und ich habe beschlossen, mich als Nachhaltigkeitsberaterin selbstständig zu machen.« Ich schlucke. »Und ich glaube, dass es in Galway viel Potenzial dafür geben würde. Hier in Dublin existieren schon Dutzende solcher Beratungsfirmen, aber drüben im Westen fast noch keine.«

Sam nickt. »Ich wäre dein erster Kunde. Wie gesagt, ich hab mich da mal informiert, aber wenn ich an die ganzen Formulare und Behördengänge bloß denke, wird mir übel.« Er verzieht das Gesicht. »Und so wie mir geht es vermutlich den meisten.«

Ich nicke. »Eigentlich ist es gar nicht so kompliziert, wenn man die Behördenwege versteht und alle Unterlagen vollständig einreicht ...« Ich merke, wie viel Begeisterung in meiner Stimme liegt, wenn ich über mein Herzensthema rede.

Sam lächelt, er scheint es ebenfalls zu merken.

»Heißt das etwa, wir haben so gut wie alle Hindernisse beiseitegeschafft?« Sam macht ein ungläubiges Gesicht.

»Zumindest gedanklich haben wir sie beseitigt«, wende ich ein.

»Denkst du, wir sind unrealistisch?« Er sieht mich an. »Ich meine, wir als Paar?«

»Ich weiß es nicht.« Ich muss lächeln. »Aber nachdem wir ja schon zusammen einen Urlaub hinter uns haben, was für viele Beziehungen die absolute Feuerprobe ist, glaube ich, unsere Chancen stehen gar nicht mal so schlecht.«

»Na dann.« Sam lächelt. »Trauen wir uns?«

Ich verliere mich in seinem Blick, und wenn ich daran denke, dass ich das tatsächlich ab jetzt Tag und Nacht tun könnte, wird mir ganz schwindlig vor lauter Vorfreude. »Trauen wir uns.«

Sam packt mich stürmisch, und ich küsse ihn, so, wie ich ihn die ganze Zeit über küssen wollte. Unsere Lippen treffen aufeinander, und dann können wir nicht mehr voneinander lassen, als wollten wir all die Zeit, in der wir getrennt waren, in einem Kuss nachholen. Ich schlinge meine Arme um seinen Hals, und er hält mich so fest, dass ich fast keine Luft mehr kriege. Sam fühlt sich so unglaublich gut an, viel besser noch, als ich es in Erinnerung hatte, und wenn ich daran denke, dass ich ihn womöglich für den Rest meines Lebens auf diese Weise küssen kann, wird mir ganz schwindlig vor lauter Glück.

Bald beginnen Sams Hände unter meinen Pullover und das T-Shirt zu wandern, und ich schiebe meine unter seines, weil ich ihm so nahe wie möglich sein will. So geht es immer weiter, bis unsere Umarmung fast nicht mehr jugendfrei ist.

»Schade, dass diese Rikschas keine Vorhänge haben«, knurrt Sam und deutet mit dem Kopf zu unserer Fahrradkutsche hinüber. »Das wäre mal was.«

Ich muss kichern. »Meine Wohnung ist gar nicht so weit von hier entfernt.«

»Na dann, worauf warten wir noch?« Mir entgeht das Glitzern in seinen Augen nicht.

»Aber wir können doch die anderen nicht so einfach im Park stehen lassen«, wende ich ein.

»Warum nicht?« Sam macht ein ungerührtes Gesicht.

»Sollen wir uns nicht vorher wenigstens von ihnen verabschieden?« Ich zeichne mit meinen Fingerspitzen sein Schlüsselbein nach, was ihn leise aufstöhnen lässt. »Ich habe nämlich das Gefühl, das könnte länger dauern.«

»Da könntest du absolut recht haben.« Sam grinst und

drückt mir noch einen letzten Kuss auf den Mund, bevor wir zur Rikscha gehen und zurückradeln. Dieses Mal sitze ich auf dem Fahrersitz und gebe Sam eine kleine Stadtführung, während er sich bequem zurücklehnt.

Die anderen erwarten uns wie verabredet in dem kleinen Café gegenüber des Parks.

»Da sind sie ja!« Dottie springt auf und fuchtelt mit beiden Händen, als sie uns erblickt.

Auch Aminata ist wieder bei ihnen. »Die haben mich echt einfach so abgeschüttelt!«

»Tut uns leid, Aminata.« Sam klopft ihr auf die Schulter. »Aber jetzt haben wir alles geklärt.«

»Und?« Dottie sieht uns aufgeregt an.

»Da muss man doch nicht fragen!«, ruft Horan gut gelaunt. Er hat schon wieder ein Bier vor sich stehen, allerdings ein alkoholfreies, wie die Aufschrift des Glases verrät. »Schau sie dir doch an!«

Sam und ich gucken uns an, und ich kann nicht anders, als über das ganze Gesicht zu grinsen.

»Wuhu!«, macht Aminata übermütig. »Na endlich!«

»Ein Kuss! Ein Kuss! Ein Kuss!«, beginnen alle lauthals zu skandieren, sogar Wanda stimmt mit ein. Sam und ich müssen lachen.

»Los, macht schon«, feuert uns Aminata an.

Also küssen wir uns noch einmal, Sam schlingt einen Arm um meine Taille und lehnt mich in einer dramatischen Geste zurück, was von unserer Reisegruppe frenetisch bejubelt wird.

»Also hat unser Plan doch geklappt«, freut sich Dottie. Sie und Fred haben ihre Hände ineinander verschränkt, und ich weiß nicht, wer glücklicher aussieht: Die beiden oder Sam und ich.

Aminata stemmt in gespielter Empörung die Hände in die Hüften. »Und wer bezahlt mir jetzt die ganze Zeit, die ihr alleine vertrödelt habt? Wie gesagt, die Rikscha wird nach Minuten abgerechnet.«

»Das geht auf mich.« Wanda hebt die Hand und grinst. »Ich bin dir sowieso noch ungefähr dreihundert Euro schuldig, Sam, für die Verzögerungen, die ihr mir zu verdanken hattet.«

Sam sieht sie überrascht an.

»Ist vollkommen ernst gemeint«, setzt Wanda nach. Sie grinst immer noch, und es steht ihr gut, dieses Grinsen, das ich während der gesamten Reise nie gesehen habe.

»Hört, hört!«, ruft Horan, bestens gelaunt. »Und jetzt brauchen wir noch einen edlen Spender für ein Hotelzimmer! Ihr könnt ja die Finger nicht voneinander lassen!«

Sam und ich blicken uns ein wenig verlegen an. »Ehrlich gesagt, meine Wohnung ist gleich um die Ecke …«, beginne ich, was die anderen mit schallendem Gelächter quittieren.

»Also wenn ihr uns entschuldigt, Carly und ich haben viel nachzuholen.« Sam strahlt über das ganze Gesicht. »Aminata, du kannst ohne mich zurückfahren. Wir sehen uns dann am Montag.«

»Alles klar, Boss.« Aminata zwinkert ihm zu. »Was werde ich deine charmante Art vermissen.«

Ich sehe sie überrascht an.

»Aminata beginnt im Herbst ihr PhD-Programm«, erklärt Sam. »Endlich.«

»Oh, das ist ja großartig, Aminata«, freue ich mich für sie.

»Ja, das finde ich auch«, sagt Aminata vergnügt. »So ganz lausig werden sie am Trinity wohl auch nicht sein. Auch wenn mein Doktorvater ein ziemlicher Sonderling ist und eigentlich auch schon in Rente.« Sie deutet auf Horan.

»Du hast einen Platz am Trinity College bekommen?«, frage ich beeindruckt.

»Natürlich mit etwas Vitamin B, aber für diese junge Dame war es wenigstens sinnvoll eingesetzt«, neckt Horan Aminata, worauf diese nur die Augen verdreht. »Und außerdem müssen sie am College ja auch gewisse Quoten erfüllen, hehe.« Horan lacht listig, aber ich merke, dass er tatsächlich nur scherzt, denn Aminata knufft ihn fast liebevoll gegen die Schulter.

Fred steht auf und nimmt mich in den Arm. »Ich freue mich so für euch, Carly.« Er lächelt. »Ihr werdet eine großartige Zeit miteinander haben, das hab ich im Gefühl.«

»Danke, Fred«, erwidere ich gerührt und werfe einen Blick über seine Schulter, wo Dottie sitzt und seinen Rücken versonnen betrachtet. »Du und Dottie aber auch, das hab *ich* im Gefühl.«

Fred kichert glücklich, und wir sehen uns für einen langen Moment an, weil wir beide sicher sind, dass uns unser Gefühl nicht täuscht.

»Schaut mal«, ruft Aminata und deutet in den Himmel. »Das gibt's doch nicht!«

Wir heben die Köpfe, blicken nach oben und sehen, dass die dunklen Regenwolken weitergezogen sind. Es hat aufgeklart, und über Dublin ist nur mehr blauer Himmel zu sehen, strahlend azurblauer Himmel. Und genau über uns, von einem Ende des Parks zum anderen, da spannt sich ein gigantischer, in allen Farben schillernder Regenbogen.

Epilog

St. Patrick's Day, ein Jahr später

Was tragen Sie heute Grünes, Ms. McCormick?« Sam hält mich spielerisch zurück, als ich gerade die letzte Kleeblatt-Wimpelkette aufhängen will. »Nur für den Fall, dass Horan wieder seine Kleidungskontrolle machen will.«

Es ist der 17. März, und wir müssen schnell mit dem Dekorieren fertig werden, weil wir heute die Party zum St. Patrick's Day bei Sam zu Hause veranstalten. Oder besser gesagt: bei uns zu Hause. Seit gut drei Monaten lebe ich nämlich auch hier, in Sams gemütlichem Haus am Hafen von Galway. Ich habe meine Wohnung in Dublin untervermietet und angefangen, mir hier meine Firma aufzubauen. Wie vorausgesehen, ist der Bedarf an der Westküste riesig.

»Das werden Sie noch früh genug erfahren, Mr. Clarke«, gebe ich übermütig zurück. Sam lacht und gibt mir einen langen Kuss.

Gleich werden sie alle hier sein: Aminata und Horan, die gerade wild diskutierend aus dem Bus aussteigen, wie ich vom Fenster aus sehen kann. Sie arbeiten jetzt tatsächlich beide am Trinity College; Horan ist als Mentor an die Uni zurückgekehrt und fühlt sich pudelwohl in seiner neuen Rolle.

Aminata hat ihr Doktorandenstudium aufgenommen, und beide zusammen erzielen bereits jetzt exzellente Forschungsergebnisse, wie mir Aminata mit unverhohlenem Stolz berichtet hat.

Mindy ist ebenfalls aus Dublin eingetrudelt; sie hat für später eine spektakuläre Einlage angekündigt. Ich bin schon super gespannt.

Wanda ist auch bereits zur Tür hereingeschneit, gewohnt elegant, aber mit ungewohnt strahlender Miene. Sie hat im vergangenen Sommer zwei Monate auf Sri Lanka in einem Ayurveda-Retreat verbracht und dann ihr Leben neu sortiert. Sie hat herausgefunden, dass sie richtig gut darin ist, anderen zu helfen. Mittlerweile arbeitet Wanda ehrenamtlich für die Opferschutzhilfe, die den Müttern und Kindern, denen in den staatlichen und kirchlichen Heimen statt Hilfe nur Schreckliches widerfahren ist, nachträglich zu ihrem Recht und finanzieller Entschädigung verhilft. Ich sehe, dass sie von Sams altem Studienfreund Peter gerade herzlich begrüßt wird, und ich sehe auch, wie Wanda vergeblich versucht, cool zu bleiben. Die beiden haben sich schon ein paarmal getroffen, als Wanda bei uns in Galway war, und ich glaube, das könnte was werden.

Dottie und Fred sind nicht hier. Nachdem Wanda Dotties Vermögen buchstäblich aus Dermots Klauen gerissen hat, genießt Dottie ihre neue Freiheit in vollen Zügen. Und das Beste: Sie hat für Fred und sich einfach eine Weltreise auf einem Kreuzfahrtschiff gebucht. So verbringen die beiden ihre Tage gerade im Karibischen Meer und schlürfen kühlen Prosecco an Deck. Es sieht herrlich aus, und wir alle freuen uns von Herzen mit ihnen über ihr Glück.

»Hey, Pat, wie schön, dass du gekommen bist!« Ich sehe, wie Sam gerade Allies Vater an der Eingangstür begrüßt. Pat ist extra aus Doolinvarna angereist und hat seine Gitarre mitgebracht. Allie und Jake sind leider nicht mitgekommen. Sie haben unglaublich viel im Bed and Breakfast zu tun, die Leute rennen ihnen die Bude ein. Und das ist nicht alles, wie mir Allie bei unserem letzten Telefonat verraten hat. Ihr ist zurzeit oft speiübel, aber aus einem wunderschönen Grund: Denn im Herbst, pünktlich zum Matchmaking-Festival, werden Jake und sie zu dritt sein.

Dafür ist Sams Mutter Doreen da. Sie musste sich mit der Situation im Heim erst arrangieren, genauso wie Sam, aber mittlerweile läuft es prima, und jedes Wochenende machen wir mit ihr einen Ausflug, meistens mit dem Rad. In guten Momenten erinnert sie sich an jedes Detail der vielen Reisen, die sie unternommen hat, und hat immer noch den einen oder anderen Geheimtipp parat. Wir konnten für *Leprechaun Tours* eine stattliche Förderung erhalten, Sam hat E-Bikes und einen neuen Transporter mit Elektroantrieb gekauft und zwei feste Mitarbeiterinnen eingestellt, die ihn auf den Touren öfters vertreten.

Auch Sam und ich haben eine Reise geplant: Im Herbst wollen wir gemeinsam mit dem Rad durch Patagonien fahren, bis ans Ende der Welt. Ein Abenteuer, aber eines mit kalkulierbarem Risiko. Falls es so etwas tatsächlich gibt. Und ich habe das Abenteuergen doch von Dad geerbt, glaube ich. Ceci anscheinend auch, denn sie hat tatsächlich die Kinder mit Vincent in Avignon gelassen und sich spontan in den Flieger gesetzt, um mit uns den St. Patrick's Day zu feiern. Und sie hat einen elegant gekleideten, braun gebrannten und bestens gelaunten Überraschungsgast dabei.

»Mum!«, rufe ich überrascht, als ich sehe, wer hinter Ceci die Wohnung betritt. Wir drei umarmen uns für einen langen

Moment ganz fest, und ich merke, wie sehr ich mich freue, sie zu sehen.

Im letzten Sommer waren sie tatsächlich zuerst bei mir in Dublin, und im Anschluss habe ich sie in Avignon besucht, ganze drei Wochen lang. Wir haben zusammen Muscheln in Weißweinsauce gekocht, flaschenweise Bordeaux getrunken, im warmen Meer gebadet, die Sonnenuntergänge bewundert. Vor allem aber haben wir das getan, was wir schon längst hätten tun sollen: geredet. Über uns, über Dad. Über die Vergangenheit, über das Jetzt, über die Zukunft. Und wir haben gestritten, gelacht und geweint. Am schönsten war aber, dass ich etwas erkannt habe: Dad mag zwar nie wiederkommen, aber ich weiß wieder, dass ich sehr wohl noch eine Familie habe. Eine Familie, auf die ich bauen kann, die hinter mir steht, mich so nimmt, wie ich bin.

Als ich meinen Blick über unsere Gäste schweifen lasse und die Teilnehmer der Radtour sehe, die Menschen, die vor einem Jahr noch Fremde waren, und mir inzwischen so ans Herz gewachsen sind, da wird mir noch etwas klar. Meine Familie besteht nicht nur aus Mum und Ceci, sie ist um so vieles größer geworden seit dem Moment, in dem ich begonnen habe, wieder Menschen an mich heranzulassen. Ich kann immer noch nicht ganz glauben, dass ich Dad nie wieder umarmen, nie wieder mit ihm sprechen, sein ansteckendes Lachen nie wieder hören werde. Aber ich habe so viele liebe Menschen in meinem Leben. Und Sam an meiner Seite. Ich *lebe* endlich wieder, und ich habe mir fest vorgenommen, mich nie mehr, auch nicht ein einziges Mal, vor dem St. Patrick's Day zu fürchten.

Lieber werde ich ihn ab jetzt wieder feiern. Mit Kleeblattgirlanden, albernen Hüten und allem, was dazugehört.

Als das Feuerwerk gegen Mitternacht über der Bucht von

Galway erstrahlt, drängen wir uns alle auf den schmalen, schmiedeeisernen Balkon. Die Luft ist klar, der Himmel wolkenlos, und man riecht den Atlantik. Sam, der neben mir steht, zieht mich zärtlich zu sich.

»Also, Ms. McCormick. Lüftest du nun das Geheimnis deines grünen Kleidungsstücks?« Er grinst. »Bevor Horan wieder nachfragt.«

Ich kuschele mich noch enger an ihn und flüstere ihm etwas ins Ohr. Das Kleidungsstück in zartem Lindgrün ist nämlich klitzeklein und nur für seine Augen bestimmt.

Er lacht laut heraus, als er hört, was ich ihm sage, aber seine Augen beginnen zu leuchten. »Du hast recht. Das wird Horan nie im Leben kontrollieren!«

ENDE

Danksagung

$\mathcal{B}$is aus einem ersten Gedankenschnipsel ein kompletter, gedruckter Roman wird, dazu braucht es viel Zeit und noch mehr hilfreiche Hände.

Niclas Schmoll, Frederike Labahn, Eva Jaeschke und Daniela Neuper – ein herzliches Dankeschön, dass ich mich immer auf euch verlassen kann! Miriam Covi, vielen Dank für das tolle Quote!

Allen Buchblogger*innen und Journalist*innen, die das Buch gelesen und rezensiert haben, kann man es nicht oft genug sagen: Eure Arbeit ist für Autor*innen unglaublich wertvoll.

Ebenso wertvoll ist die Arbeit meiner Freundinnen und Vorableserinnen, ohne die jedes meiner Bücher garantiert schlechter wäre, vom seelischen Beistand ganz zu schweigen!

Besonders danke ich auch meiner Familie dafür, dass sie stets an mich und meine Geschichten glaubt und Verständnis dafür aufbringt, wenn ich mal im Alltag neben den Schuhen stehe, weil mein Kopf schon wieder woanders ist ... Ich wüsste nicht, was ich ohne euch täte.

Ein riesiger Dank geht an euch, liebe Leser*innen: Ich finde es so unfassbar schön, dass wir uns zusammen mit Carly und Sam auf diese Reise begeben haben, und ich hoffe, dass ihr auch bei vielen weiteren Reisen dabei seid!

Packliste

für eine gelungene Radreise
(empfohlen von Leprechaun Tours)

Packe leicht: Je weniger Gepäck, desto angenehmer ist das Radfahren.

Informiere dich über die Wettervorhersage: Und plane deine Kleidung entsprechend. In Irland eine fast unlösbare Aufgabe. Wasserdichte Kleidung muss aber auf jeden Fall mit!

Reiseführer: Nicht nötig, Sam weiß Bescheid.

Smartphone: Super, aber im Burren ohne Empfang nutzlos …

Radhosen: Mit Polster für mehr Komfort (und bitte nicht zu Hause vergessen so wie Carly …)

Hirschtalgcreme: Das Wundermittel gegen wunde Hintern, wie es auch Dottie herausfinden muss …

Sonnencreme: Definitiv überschätzt. Wird selten gebraucht werden, zumindest während einer Radreise in Irland!

Verbandszeug: Für größere Verletzungen. Wird fast auf jeder Reise gebraucht, natürlich auch auf dieser …

Schmerzmittel: Ideal auch nach einer langen Nacht im Pub.

Josie Donovan

**Irland-Atmosphäre, Wohlfühlhumor
und große Gefühle:
Willkommen beim Matchmaking-Festival!**

978-3-453-42901-7